¡Tierra, Tierra!

Sándor Márai

¡Tierra, Tierra!

Título original: *Föld, Föld!...*

Traducción del húngaro: Judit Xantus Szarvas

*Con la colaboración de Magyar Könyv Alapítvány
(Fundación Húngara del Libro)*

Ilustración de la cubierta: Legado de Márai,
Museo Literario Petöfi, Budapest, 1910

Publicaciones y Ediciones Salamandra, S.A.
Almogàvers, 56, 7º 2ª - 08018 Barcelona - Tel. 93 215 11 99
www.salamandra.info

ISBN: 84-9838-000-6
Depósito legal: B-4.051-2006

1ª edición, febrero de 2006
Printed in Spain

Impresión: Romanyà-Valls, Pl. Verdaguer, 1
Capellades, Barcelona

PRIMERA PARTE

El mundo ya está lejos, con espantosa voz
de plomo da la guerra su grito destemplado
y la brasa del crimen aquí lo quema todo,
a todo europeo, judío o cristiano.
Con la sangre han marcado las puertas de las casas,
aquel que era creíble ha sido asesinado,
cuanto hacía vivible la vida es un oprobio;
en tu cama, carroña; tu casa, un hueco hediondo.
Arrastran los desolladores al creyente y la fe.
Al final se han abierto, Apocalipsis, tus puertas;
grazna la acusación de crimen sobre el mundo,
quien hoy día te besa, mañana ya te entierra,
a quien ahora abrazas, mañana estará muerto,
quien te acunaba anoche, te pone hoy en venta...

(Navidad, 1944)

1

En Hungría, las celebraciones onomásticas siempre han dado lugar a fiestas solemnes, multitudinarias y tribales. Así que, según las indicaciones del calendario gregoriano, el 18 de marzo de 1944, día de Sándor, Alejandro, invitamos a cenar a algunos parientes.

La cena fue modesta, acorde con las penurias propias de la guerra. Sin embargo, también ese año nuestros amigos del lago Balaton nos habían mandado unas cuantas botellas del fogoso vino, especialmente adecuado para acompañar carne asada, que se criaba en aquellas tierras volcánicas. Era una noche fresca, casi fría, de comienzos de primavera, y las estufas poco cargadas que calentaban el ambiente y las copas llenas de vino que caldeaban a los invitados resultaban bastante agradables. Estábamos en el comedor de aquel piso antiguo de Buda, donde yo llevaba viviendo casi dos décadas.

Hay días en los que la gente tiene la sensación, de una manera instintiva pero segura, de haber recibido alguna señal, algún mensaje, algo que va a influir directamente en sus vidas; no se sabe con certeza cuál es esa señal, pero se intuye que el momento ha llegado, se ha materializado y casi se puede oler.

Aquella velada de mediados de marzo de 1944 olía así. No «sabíamos» nada con seguridad, pero todos olíamos que algo se estaba formando y que se aproximaban cambios fundamentales y decisivos.

En aquella época, la de las tragedias bélicas ocurridas a orillas del río Don, cerca de Voronezh y sus alrededores, los habitantes de Budapest —una ciudad sombría, aunque hasta entonces relativamente a salvo— ya no llevaban una vida social tan intensa como antes. Sin embargo, aquella noche mi esposa había dispuesto todo igual que cuando, en tiempos de paz, invitábamos a parientes y amigos: había sacado del fondo del armario la vajilla de porcelana de Meissen, la de motivos de cebollas de la antigua herencia familiar, distribuido el juego de cubiertos de plata y colocado dos candelabros franceses con velas para iluminar la mesa y a los invitados, por más despilfarro que todo aquello supusiera. Éramos once alrededor de la mesa ovalada. Aquellas once personas nunca más volvimos a reunirnos alrededor de mesa alguna. Ahora resultaría imposible que lo hiciéramos, puesto que algunos de los que asistieron ya han muerto.

La luz íntima y misteriosa de las velas iluminaba los rostros, el círculo burgués, los muebles antiguos. Yo nunca había comprado ningún mueble, todo lo que teníamos era heredado de nuestras dos familias, originarias de las Tierras Altas. Aquellos muebles no eran antigüedades, pero tampoco provenían de ninguna fábrica ni se vendían en ninguna tienda: todo lo que había en nuestro piso reflejaba los gustos y las costumbres de las gentes de antaño.

Todas las puertas estaban abiertas de par en par, comunicando las distintas habitaciones. Ahora, al recordar aquella imagen misteriosamente iluminada por el titileo de las velas, me da la sensación de que todos nosotros, descendientes de familias burguesas de las Tierras Altas y la capital, estábamos representando por última vez una escena propia de la generación de nuestros padres. Los decorados y accesorios del pasado recobraban vida en medio de aquella noche.

12

La conversación se había iniciado a duras penas, pero el vino, la complicidad y el lenguaje común eliminaron la tensión del principio. Después de la cena permanecimos en torno a la mesa, y entonces comenzó —de una manera natural, muy típica del país— la tertulia, junto a las copas de vino y las tazas de café.

Poco después, los presentes empezamos a hablar apasionadamente de política. Aquella noche fue singular y se recordaría no sólo por lo que ocurrió más tarde —la desaparición completa y la aniquilación total de una forma de vida—, sino también por otras razones: fue uno de esos momentos en los que se puede atisbar el propio destino, tanto por lo que comprendíamos y conocíamos como por lo que nos dictaba el instinto. Nuestros invitados, todos parientes, eran inequívocamente contrarios a los nazis, salvo uno. Sin embargo, todos temían el final de la guerra, y todos intentaban adivinar, en medio de sus preocupaciones, lo que ocurriría en el futuro próximo, lo que traería la primavera helada, lo que sucedería en el frente y lo que los húngaros podríamos esperar en medio de aquel cataclismo.

La mayoría estábamos de acuerdo en que no podíamos esperar nada especialmente bueno. Sin embargo, aquel pariente que era amigo de los nazis no tardó en sacar a colación la leyenda de «las armas milagrosas». El país entero conocía esas historias: se hablaba de armas que «congelarían» al enemigo, de aviones que volarían a tal velocidad que obligaría a fijar con yeso a los pilotos para que se mantuvieran en sus asientos... Nosotros rechazamos tales disparates con un ademán despectivo.

Lo que no se podía descartar con la misma facilidad era el miedo, el miedo a la realidad: se aproximaba el momento de una importante decisión bélica. Yo expresé mi opinión de que había que enfrentarse a todas las consecuencias y romper de una vez con los alemanes, y la mayoría estuvo de acuerdo conmigo, aunque de manera poco resuelta, excepto el pariente amigo de los nazis, que protestó. Estaba un tanto bebido y empezó a golpear la mesa, repitiendo las frases de los editoriales que pedían «firmeza» y la «lealtad debida a nuestros aliados».

Cuando me enfrenté a él, me dio una respuesta inesperada y sorprendente:

—¡Yo soy nacionalsocialista! —dijo a viva voz, y me señaló—: Tú eres incapaz de comprenderlo porque tienes talento. Yo no tengo talento, así que necesito el nacionalsocialismo.

Aquel pariente irascible acababa de pronunciar unas palabras significativas que expresaban la verdad de su vida, y a continuación se quedó mirando el vacío, muy aliviado. Varios de los presentes rieron, aunque de manera amarga, pues nadie tenía verdaderas ganas de reír. Al darme cuenta de ello, le dije que no confiaba mucho en mi «talento» —puesto que se trataba de una capacidad que había que demostrar día a día— y que en ningún caso sería partidario de las ideas nacionalsocialistas, incluso aunque no tuviera talento alguno, cuestión que, por otra parte, tampoco era imposible... Mi pariente movió la cabeza con seriedad y me respondió así:

—Tú no puedes comprenderlo —repitió de manera mecánica, y se golpeó el pecho—. Ahora se trata de nosotros, de los que no tenemos talento —precisó con una extraña actitud de confesión, como el héroe de una novela rusa—. ¡Ésta es nuestra oportunidad!...

Entonces empezamos a reírnos a carcajadas y hablar de otras cosas.

Alrededor de las doce nuestros invitados se despidieron, puesto que los tranvías sólo circulaban durante ciertas horas de la noche por los apagones. Tras acompañar a la puerta al último de ellos, sonó el teléfono. Era un amigo, funcionario del Ministerio de la Presidencia. No tenía la costumbre de llamarme a altas horas de la noche, así que le pregunté con cierta preocupación:

—¿Ocurre algo?

—Los alemanes acaban de ocupar Hungría.

Lo dijo en un tono tan sosegado y natural como si me estuviera dando una noticia de sociedad. Se trataba de un funcionario excelente, muy disciplinado. Nos quedamos callados unos momentos. Luego le pregunté:

—¿Dónde están ahora?

—¿Los alemanes?... Aquí, en el barrio del Castillo. Ahora mismo están subiendo con los tanques. Los estoy viendo por la ventana.

—¿Dónde te encuentras?

—En el ministerio.

—¿Puedes venir a mi casa?

—En este momento me resulta imposible —respondió con calma—. No me dejarían pasar entre los tanques. Mañana, si todavía no me han arrestado, iré a verte.

—Buenas noches —dije, convencido de lo absurdo de mi frase.

—Buenas noches —contestó con seriedad.

Colgó. No lo arrestaron al día siguiente sino tres más tarde, y lo llevaron de inmediato a un campo de internamiento alemán.

... Después entró la criada y empezó a quitar la mesa ataviada con sus guantes blancos, como había servido la cena puesto que era una de las normas de la casa. Yo me fui a mi habitación y me senté junto al antiguo escritorio. Al otro lado de las ventanas, en medio de la noche primaveral, la ciudad estaba envuelta en el silencio. Sólo de vez en cuando se oía el ruido de algún tanque que subía al barrio del Castillo, llevando a los hombres de la Gestapo para que ocuparan las oficinas de los ministerios. Yo escuchaba el ruido de los tanques y fumaba un cigarrillo tras otro. La habitación estaba agradablemente caldeada. Miraba, distraído, los libros que había en los estantes, unos seis mil volúmenes reunidos en mis andanzas por el mundo. Me fijé en el ejemplar de Marco

15

Aurelio que había comprado a un librero de segunda mano a orillas del Sena, en las *Conversaciones con Goethe* de Eckermann, en una antigua edición de una Biblia en húngaro. Seis mil volúmenes. Desde las paredes me contemplaban los retratos de mi padre, mi abuelo y otros parientes muertos.

2

Vi al primer soldado ruso unos meses más tarde, el día después de la Navidad de 1944. Era un hombre joven, creo que bielorruso; tenía el rostro típico de los eslavos, de pómulos pronunciados, y el cabello rubio, cuyos rizos salían por debajo de un gorro de piel en forma de cono, parecido a un yelmo y marcado con la estrella del Ejército Rojo. Había llegado hasta el patio del ayuntamiento del pequeño pueblo donde nos habíamos refugiado montado en su caballo, metralleta en mano, y seguido por otros dos soldados más viejos, barbudos y con cara severa, que también iban a caballo. El joven me apuntó con el arma y preguntó:

—¿Quién eres?

Le dije que era escritor. Estábamos en medio de la nieve y los animales relinchaban, exhalando el cansancio en forma de vaho. Como todos los jinetes rusos, aquel muchacho también montaba de forma excelente, sin piedad por la bestia: los jinetes rusos, al cabalgar, no alzan el cuerpo de la silla de montar, sino que empujan hacia abajo al caballo con todo el peso de su tronco, de modo que el jinete se une al lomo del animal sin moverse apenas. Las monturas se habían detenido de repente, relinchando y resoplando, tras haber galopado a toda velocidad. El muchacho no entendió mi respuesta, así que me repitió la pregunta. Le repetí mi contestación pronunciando la palabra con más claridad: «*Pisatiel.*» Yo no hablaba ruso, pero había aprendido esa palabra porque, según se decía, los rusos respetaban a los escritores. Efectivamente, el muchacho sonrió, y su joven cara rojiza y orgullosa se iluminó con furia infantil.

—*Jarasho* —me dijo—. *Idi domoi.*

Saltó de su caballo y se dirigió hacia el ayuntamiento. Comprendí que me dejaba salir de allí y que podía irme a mi casa. Los compañeros del chico no me hicieron el menor caso. Atravesé deprisa el patio nevado y eché a andar por la carretera hacia la casa de campo en que llevábamos viviendo ocho meses, al lado de un bosque. La casa se encontraba en medio de una franja de tierra de nadie, rodeada por un gran jardín, en el límite de un pueblo para veraneantes. Durante aquellos ocho meses yo había vivido entre huidos y refugiados. La elección de aquella vivienda había sido un acierto: allí no llegaban los alemanes, ni los nazis húngaros ni los más recientes representantes del poder, los miembros de la milicia de los cruces flechadas, entrenados para la caza del hombre.

Volví a la casa por la orilla del Danubio. El río estaba lleno de bancos de hielo. Dos días antes, los alemanes se habían retirado del pueblo y sus alrededores sin llamar la atención y sin hacer el más mínimo ruido. Budapest no había sido cercada del todo por los rusos, quienes todavía seguían luchando al norte de la capital, cerca de Esztergom, en la orilla izquierda del Danubio, utilizando todas las variantes de sus armas más modernas: los morteros y unos lanzagranadas llamados «órganos de Stalin», tan peculiares como eficaces, que escupían fuego día y noche. Sin embargo, en la orilla derecha del río había una relativa calma. Sólo a veces llegaba hasta nosotros alguna granada o caía sobre una casa del pueblo una bomba de un avión distraído o confundido.

Unos días antes, los rusos habían ocupado la isla situada en medio del río. Los observábamos desde la orilla y los veíamos andar sobre la nieve mientras construían sus puestos;

pero hasta el día después de Navidad no apareció ningún soldado ruso por el pueblo. Aquel día, por la mañana, corrió la noticia de que un destacamento ruso dirigido por un comandante se había instalado en la mansión de un antiguo diplomático que se encontraba a unos kilómetros, cerca de una pequeña ciudad. Los lugareños consideraron que era mejor enviar una comitiva al encuentro de los soldados y llevarles dulces de avellanas y semillas de amapola y botellas de aguardiente, para solicitar al comandante que mandase una patrulla también a nuestro pueblo, y salvarnos así de los ataques de los grupos armados que rondaban por los alrededores en busca de cualquier botín. El comandante prometió que enviaría a un soldado de patrulla esa misma noche y ordenó recoger todas las armas del pueblo. Yo llevaba un fusil de caza para entregarlo en el ayuntamiento cuando me topé con el primer soldado ruso.

Volví a casa caminando por la orilla del Danubio, entre la nieve. Anochecía. Al otro lado del río, en la penumbra, se veían destellos azules, rojos, amarillos y verdes parecidos a los cohetes de una extraña fiesta popular: eran las señales que lanzaba la infantería rusa en su lenta marcha hacia Budapest para pedir fuego de artillería que cubriera su avanzadilla. El fragor de los cañones se oía cerca, y también el silbido de alguna que otra bala. Era un ruido bien determinado e inequívoco, pero yo ya estaba tan acostumbrado que no me llamaba la atención.

En medio de la oscuridad pasaron a mi lado algunos vecinos del pueblo que me reconocieron y saludaron, un tanto perplejos. En aquel pueblo había una extraña mezcla de campesinos pobres que malvivían de sus jornales, y de veraneantes que procedían de la burguesía pudiente de la capital. Las casuchas de los primeros se amontonaban en las laderas de la colina, mientras que las casas de los pequeños burgueses enriquecidos a raíz de la Primera Guerra Mundial se encontraban a orillas del Danubio, formando una hilera confusa y excéntrica que recordaba una feria y que reflejaba los caóticos gustos de sus dueños: había casas que seguían el estilo de las tirolesas, otras que imitaban casas solariegas de estilo *gentry empire*, otras cuantas que pretendían parecer castillos de Normandía, e incluso algunas que recordaban las haciendas españolas o iberoamericanas. La mayoría estaban vacías, ya que sus dueños se habían trasladado a Budapest para pasar allí el tiempo que durase el cerco de la capital: según la opinión de la inmensa mayoría, Budapest «caería en cuestión de días», pues en la gran ciudad «los vecinos se enfrentarían a mariscales», mientras que el pueblo estaría en manos de cabos, y eso sería más peligroso. La verdad es que tanto una cosa como la otra eran muy peligrosas, y los que se habían marchado a Budapest se vieron obligados a refugiarse durante semanas enteras en los sótanos con los que allí se habían quedado, y tuvieron que enfrentarse a todos los horrores de la destrucción de la ciudad. Entre los dueños de las casas del pueblo hubo muchos que huyeron a Occidente: las suyas fueron las primeras que saquearon tanto los rusos como los demás vecinos.

Los que me saludaban perplejos en la oscuridad pertenecían al proletariado del pueblo. Su perplejidad se debía a que ni los grandes cambios ni «el momento histórico» despertaban en su alma la más mínima experiencia de «liberación». Pertenecían a un pueblo que había vivido en estado de esclavitud durante demasiado tiempo y parecían saber que su destino no había cambiado: los dueños de antaño se habían ido, habían llegado los nuevos, y ellos continuarían siendo tan esclavos como antes.

El zapatero del pueblo —que tenía fama de ser un comunista clandestino— me seguía por la orilla del río, resoplando, para exponerme sus ideas apasionadas pero confusas. Era un hombre gordinflón y caminaba a mi lado sin abrigo, en medio de aquel horrible frío; me explicaba, muy excitado, que los rusos al llegar al pueblo lo vieron y le gritaron «¡Asqueroso burgués! ¡Asqueroso burgués!», y que le quitaron el abrigo de piel que llevaba, le dieron dos billetes de cien pengős y unas palmadas en el hombro y lo dejaron, medio muerto de miedo, antes de continuar cabalgando. «Pensaban que soy un asqueroso burgués —me explicaba el zapatero, quejumbroso—, sólo porque soy gordo y porque llevaba un abrigo de piel. ¡Y yo que había esperado tanto su llegada!...» Fue la primera vez que oí ese tono de voz lleno de desengaño.

3

La casa estaba a oscuras; llevábamos dos días sin luz eléctrica, una situación que se prolongaría durante varios meses. Nos quedaba leña, harina, quince kilos, yo había enterrado diez botellas de aceite en el viñedo, teníamos hasta jabón y café... Disponía de un traje que no me hacía falta, y había escondido el dinero que aún poseíamos en el desván, debajo de la viga principal, dentro de una caja metálica de Lucky Strike, para que no se lo comieran los ratones: teníamos cuatro mil pengős, que en aquella época bastaban para dos meses. Tenía hasta cigarrillos.

Los demás se habían acostado ya. Yo me preparé un café y estuve sentado solo, hasta el alba, en la habitación a oscuras, delante de una estufa cuyo fuego se consumía poco a poco. Me acuerdo perfectamente de aquella noche, con más nitidez y fuerza que de otras muchas cosas que ocurrieron más adelante. Algo se había acabado, una situación imposible había desembocado en otra situación nueva, igualmente peligrosa pero totalmente distinta. El soldado ruso que ese día había llegado a mi vida era obviamente algo más que un simple muchacho eslavo de cara rojiza, nacido en algún lugar cercano al río Volga... Me di cuenta de que ese soldado ruso no solamente había llegado a mi vida con todas las consecuencias que eso tendría, sino también a la vida de toda Europa. De Yalta todavía no sabíamos ni que existiese. Lo que sabíamos se resumía en hechos: los rusos habían llegado, los alemanes se habían ido, la guerra terminaría pronto; eso era cuanto yo comprendía de lo que había sucedido.

También comprendí que debía responder a una pregunta. No sabía formularla en aquel mismo momento, en aquella extraña noche, en la noche del día en que un guerrero del Este había llegado hasta un oscuro pueblo húngaro —uno sólo comprende lo que ve, lo que puede palpar—; pero percibía en la piel y con todos los sentidos que aquel joven soldado ruso había llevado una pregunta a Europa.

Desde hacía casi treinta años, el mundo debatía, ora en voz alta, ora en silencio, qué era el comunismo y qué sentido tenía. Los que habían contestado a esa pregunta habían encontrado respuestas diferentes, dependiendo de sus intereses, de sus convicciones, de sus ideales políticos, de la situación y del grado de poder que poseían. Muchos habían mentido o exagerado. Sin embargo, yo también había conocido a personas que no mentían y había leído libros que —debido a la garantía que ofrecían los nombres de sus autores— no exageraban. De todas formas, yo había vivido en un ambiente donde el comunismo se mencionaba inmediatamente después de los siete pecados capitales. Por eso llegué a la conclusión de que era el momento apropiado para olvidarme de todo lo que había oído sobre los rusos y los comunistas. En el mismo instante en que —en el patio nevado y brumoso del ayuntamiento— me encontré por primera vez frente a frente con un soldado ruso, empezó en mi vida personal el examen, la serie de preguntas y respuestas, la rendición de cuentas del mundo comunista y del no comunista, un examen que comenzaba también en el seno del mundo occidental. Una fuerza se había presentado en Europa, y el Ejército Rojo sólo constituía su expresión militar. ¿Qué fuerza era ésa? ¿El comunismo? ¿Los eslavos? ¿El Este?

Alrededor de la casa, en medio de la noche, un grupo de hombres iba y venía, refunfuñando. Aquellos merodeadores nocturnos hablaban un idioma extranjero. Yo estaba sentado en la habitación a oscuras y decidí que, en la medida de lo posible, despejaría mi mente de toda suspicacia e intentaría deshacerme tanto de los recuerdos y los desechos de mis lecturas y conversaciones como de los prejuicios oficiales que había en contra de los bolcheviques, para poder contemplar así, sin más, a los rusos y los comunistas.

Aquella tarde viví algo que sólo dos veces los llamados «trabajadores del espíritu» habían «experimentado» en Europa antes que yo: en el siglo IX, cuando los árabes llegaron hasta Autun y Poitiers, y en el siglo XVI, cuando los turcos avanzaron hasta Győr y Erlau. Tampoco en esas dos ocasiones permitió Europa el avance del Este... Las incursiones llenas de saqueos y conquistas de los Gengis Kan, Tamerlán o Atila por el territorio europeo sólo habían representado unos intermedios trágicos pero pasajeros, y sus hordas —que respondían a la llamada mágica de algún atávico silbido tribal— habían terminado por retirarse, huyendo de Europa. Sin embargo, los árabes habían pretendido combatir el cristianismo —una conciencia ideológica, racial y espiritual diferente de la suya— partiendo de su propia conciencia ideológica, racial y espiritual... Y cuando Carlos Martel, el hijo bastardo, los derrotó definitivamente cerca de Autun, dejaron en Europa no sólo el recuerdo de sus saqueos, sino también las grandes preguntas de la cultura árabe a las que entonces había que responder. Trajeron no sólo los ecos de la astronomía, la navegación, la medicina, una nueva ornamentación y la manera oriental de contemplar la naturaleza, sino también un sistema numérico que permitió el desarrollo del pensamiento técnico cuando acabó por desterrar los torpes y complicados números de los sistemas griego y romano. Con ellos llegó la conciencia de un helenismo que apenas había despuntado en las celdas en penumbra y en el alma enquista-

24

da del escolasticismo de la Alta Edad Media, hasta que por fin Gerardo de Cremona tradujo varias docenas de obras literarias y científicas griegas al latín, entre otras la obra casi completa de Aristóteles... El mundo cristiano supo responder a esa primera pregunta «bárbara» llegada del Este: respondió con las armas, cerca de Autun, y con el Renacimiento y el Humanismo, que —sin el aliciente helenístico y aristotélico de la cultura árabe— quizá hubiesen tardado siglos enteros en iluminar el alma medieval.

Es indudable que el Renacimiento fue una respuesta a la primera gran invasión ideológica llegada desde el Este. El mundo cristiano volvió a responder al segundo ataque procedente del Este, el del Imperio Otomano, con las armas así como con un gran intento de renovación, con la Reforma. ¿Cómo respondería mi mundo, el mundo occidental, a ese joven soldado ruso llegado del Este que me preguntaba a mí, a un escritor europeo sin nombre, quién era?

Estuve toda la noche allí sentado, en aquella oscuridad singular, escuchando el estrépito de los cañones que disparaban con la monotonía de la maquinaria de una fábrica y que destruían, a pocos kilómetros de donde yo me encontraba, todo lo que había sido mi hogar y representado mi forma de ver el universo, e intentaba imaginar cuál sería la pregunta que aquel soldado eslavo, rubio y rebosante de salud, vestido con un abrigo chino acolchado, iba a formular a mi mundo. No traté de encontrar la respuesta porque sabía que éstas no se deciden así. El Renacimiento no había sido decidido por los humanistas, ni la Reforma por Lutero... Las respuestas así simplemente ocurren. Sin embargo, me esforzaba en imaginar qué quería de mí aquel soldado ruso.

Naturalmente se llevaría el cerdo, el trigo, el aceite, el carbón y las máquinas, de eso no cabía duda (entonces todavía no podía imaginarme que también se llevaría personas). Pero ¿qué más quería, aparte del cerdo, el trigo y el aceite? ¿Querría también mi alma, es decir, mi personalidad? No tuvo que pasar mucho tiempo para que esa pregunta resonara con toda su fuerza no solamente dentro de mí, ni solamente en medio de la noche, en aquella casa de campo solitaria. Acabamos por enterarnos de que quería llevarse todo eso y, para colmo, también nuestra alma, nuestra personalidad. Cuando nos dimos cuenta de ello, el encuentro sobrepasó los límites del destino de un pueblo y adquirió un significado diferente para el mundo entero.

Los grandes imperios se marchitan antes que los bosques tropicales... La Historia está llena de fósiles de extraños cuerpos de mamuts como el imperio seléucida, el nubio o el libio, que florecieron durante unos instantes pero que luego desaparecieron, enterrados en la arena sin dejar rastro. Sólo un necio podría creer que los pueblos gigantes se preocuparían en lo más mínimo por el destino de la Hungría milenaria. Si el país se interponía en su camino, molestando a su paso, lo aplastarían sin ira, con indiferencia; si podían utilizarlo durante un momento, lo contratarían para un papel secundario; de la misma forma que lo habían contratado los alemanes, lo harían los rusos. Eso es el destino, y una nación pequeña apenas puede hacer nada para oponerse a él... Sin embargo, era necesario responder sin suspicacias ni prejuicios a la pregunta que el joven bolchevique ruso había traído a mi vida, a la vida de todos los que habíamos sido educados según las normas de conducta propias de la cultura occidental. Allí, en medio de la oscuridad, creí ver aquel rostro joven, ajeno e indiferente. No me resultaba antipático, pero sí alarmantemente ajeno.

En aquel instante, en aquel punto de la guerra, no sólo yo —un escritor «burgués» húngaro, refugiado en una casa de un pueblo húngaro— pensaba en los rusos con angustia. También los ingleses, los franceses y los estadounidenses los observaban con una esperanza incierta. Un gran pueblo, a costa de enormes sacrificios, había cambiado el curso de la Historia cerca de Stalingrado... y yo acababa de encontrarme con alguien que representaba y encarnaba esa enorme fuerza. Para muchos, para los perseguidos por el nazismo, aquel joven ruso había traído, de alguna manera, la liberación, la salvación del terror nazi. Sin embargo, no podía traer la libertad, puesto que él tampoco la tenía. Y eso era algo que aún no se sabía en aquel momento.

4

Fueron llegando poco a poco, por espacio de dos semanas, a rachas y sin lógica alguna, a veces solos, a veces en parejas. Casi siempre pedían algo: vino, comida, en ocasiones tan sólo un vaso de agua. Pasada la angustia de los primeros contactos, esos encuentros se fueron desarrollando en un tono humano, quizá un tanto teatral o estudiado. Una vez quedaron claras las formas rudimentarias de saludo y la comunicación básica, no teníamos más que limitadas posibilidades de conversación. En la casa vivía una joven que había estudiado en la Universidad de Praga y hablaba bien el idioma checo. Ella actuaba de intérprete, y los rusos la comprendían a grandes rasgos.

Llegaban de día y de noche, sin llamar al timbre ni a la puerta. Durante los primeros días y noches, a veces nos sorprendía encontrar en los momentos más inesperados, al lado de nuestra cama o nuestra mesa, a un ruso con metralleta. No tardamos mucho en acostumbrarnos también a eso. La mayoría se quedaba poco tiempo.

Un día llegaron tres juntos, dos oficiales, uno de ellos capitán, y un soldado. Como descubrimos más adelante, los oficiales en el ejército ruso empezaban a partir del rango de comandante: estos últimos habían estudiado en alguna academia militar, disponían de ordenanzas y la mayoría hablaba algo de alemán. Por el contrario, los oficiales por debajo del grado de comandante no contaban como tales, por más estrellas que lucieran en sus uniformes. Había también otros grados, otras relaciones de superioridad o inferioridad difícilmente comprensibles para un extraño: existían los oficiales políticos que controlaban a los soldados por encargo del Partido, y seguramente había otros que controlaban a los oficiales políticos. Unos años antes, al principio de la guerra, había leído un libro editado en Suiza cuyo autor, un militar ruso llamado algo así como Bassenev, intentaba describir el ejército popular ruso. Me acordé de aquella lectura, pero me di cuenta de que la realidad era mucho más complicada que la descrita por el autor.

Esos tres visitantes, por ejemplo, pertenecían a un grado difícilmente determinable según la clasificación militar occidental. Eran jóvenes, el soldado era conductor y muy corto de luces, y los dos oficiales estaban ligeramente bebidos. Llegaron hacia el mediodía y yo intenté recibirlos con cortesía, respetando las costumbres sociales, puesto que había comprendido que ese tratamiento era lo más adecuado para domesticar a los visitantes rusos: les di la mano, los invité a sentarse, les ofrecí un cigarrillo de los pocos que me quedaban y una copita de aguardiente y luego esperé a ver qué ocurría. Los buenos modales, las formas externas de la vida social, tenían en ocasiones efectos positivos sobre los rusos. La mayoría de las veces llegaban armando mucho ruido, buscando «fusiles» y «Hermanns», o sea, alemanes, pero se calmaban tras las primeras palabras de cortesía, tras los primeros gestos de convite. En esa ocasión también ocurrió así: cuando alcé mi copa de aguardiente para brindar a su salud, los tres se levantaron a la vez y me devolvieron el saludo, alzando sus copas con cortesía. A continuación volvimos a sentarnos al lado de la estufa redonda y empezamos a hablar casi como suelen hacerlo, en tiempos de maniobras militares, los soldados y sus anfitriones. Los miembros de la familia —mi esposa, un niño que vivía con nosotros en la casa y la joven que hablaba el idioma eslavo— estaban también presentes. La situación era extraña, diferente de la que nos habían descrito quienes acababan de huir. Empezaba a albergar ciertas esperanzas.

Éstas no eran del todo infundadas en los primeros tiempos. Con los oficiales y los soldados del ejército regular nos entendíamos bien y no nos causaban daños ni perjuicios, sobre todo si no estaban bebidos o si había algún superior en las cercanías. Hubo ciertas excepciones, sobre todo durante los primeros días, gente que sólo se preocupaba por el botín que podía conseguir: llegaban en la oscuridad de la noche, se metían en las casas blandiendo sus armas, exigían que se les entregaran los relojes, las bebidas, las botellas de colonia, y se llevaban todo lo que encontraban. Se notaba que tenían cierta mala conciencia: temían el castigo de sus superiores. Sin embargo, la mayoría de los soldados regulares, sobre todo los oficiales, se comportaron bien en aquel pequeño pueblo: demostraban comprensión, no como en la ciudad cercana, donde el saqueo y las violaciones se permitían y toleraban.

Los tres soldados estaban sentados amigablemente al lado de la estufa. El conductor era bastante idiota, pero también intentaba mostrarse educado e imitaba el comportamiento de los dos capitanes. Los tres me contaron lo que hacían en la vida civil —uno de ellos era delineante— y me preguntaron por mi oficio. Aquélla era mi primera conversación larga con soviéticos, y me di cuenta de nuevo de que «escritor» era una palabra mágica para ellos. En el instante en que les dije a qué me dedicaba, empezaron a observarme con reconocimiento y atención, como si yo fuera un ser excepcional. Miraron alrededor, contemplando mi habitación, cuyos muebles no parecían muy elegantes (la casa no era mía; me había trasladado a ella ocho meses antes porque así me lo habían rogado unos amigos), y resultó evidente que se emocionaron con lo que vieron. El capitán más joven —el que era delineante— me dijo que estaba encantado de haberme conocido, porque las personas como yo «le fascinaban». A continuación me preguntaron si la casa era mía. Cuando contesté que no, empezaron a describirme con entusiasmo los privilegios de que gozaban los escritores en la Unión Soviética, asegurándome que allí yo ya tendría casa con jardín y automóvil. El mayor de los tres se entusiasmó demasiado y me preguntó si acaso deseaba escoger, en el pueblo, alguna otra casa más ostentosa y señorial, porque de ser así él me la facilitaría con mucho gusto... Yo decliné su oferta entre risas.

A mí todo eso me parecía infantil y extraño: no acababa de comprender su admiración por los escritores. Intenté averiguar lo que conocían de la literatura rusa y de la universal. A mi pregunta los tres respondieron que lo conocían todo porque en su patria, la Unión Soviética, todo el mundo leía. Cuando les pedí más detalles, uno de ellos pronunció el nombre de Pushkin y otro el de Lermontov. Más adelante, en otras ocasiones tuve oportunidad de reparar en que esos dos nombres —sobre todo Pushkin— eran conocidos por la mayoría de ellos: el recuerdo de las lecturas obligatorias del colegio se resumía en dos nombres propios. Al oír mencionar a Tolstoi y Dostoievski, asentían con la cabeza, pero se veía que sus nombres no les decían nada. Mientras conversábamos, uno de mis invitados, el más bebido, intentó toquetear a la intérprete. Sin embargo, con una sola mirada por mi parte la soltó, y su compañero, el delineante, le dijo algo en tono de reproche. Desde ese momento, los tres se comportaron de una manera absolutamente correcta. Nos dimos la mano para despedirnos, yo los acompañé hasta la puerta de la valla —entonces todavía existían la valla y la puerta—, y esperé hasta que subieron al trineo. Estaban alegres, eran jóvenes, y su trineo verde —¡sólo Dios sabe dónde habían encontrado aquel vehículo!— iba tirado por un caballo adornado con unos aparejos de campanillas; toda aquella imagen, en suma, parecía una estampa festiva de la época de las guerras napoleónicas.

Mis invitados se fueron en medio de un sonoro tintineo, y al girar en el otro extremo del jardín, empezaron a disparar al aire con sus metralletas... «Sólo son unos jovencitos —pensé cuando el trineo desapareció por el camino nevado entre la bruma—, unos adolescentes.» Volví a la casa y comentamos los detalles de aquella extraña visita.

La angustia disminuía: los rusos, al parecer, no eran tan salvajes como su fama decía... Ésa fue la alentadora conclusión a la que llegamos. Sin embargo, Stendhal, al regresar de Kiev junto a Napoleón, escribió de ellos: «*Cet océan de barbarie puante.*» Se lo dije a los demás. La realidad —eso esperábamos— era diferente: esos tres jóvenes eran incultos, pero... ¿por qué deberían ser especialmente cultos los miembros de un ejército del Este? En todo caso eran sanos, alegres e imparciales. Y además manifestaban respeto por los escritores. «No olvidemos —sentencié— que vienen de Oriente, donde ya en la época de los asirios, en la época de Hammurabi, la escritura tenía su dios, llamado Nabu...» Así pasábamos el tiempo entre bromas.

La cuestión es que empezó a intrigarme por qué «escritor» era un término tan mágico para los rusos. Una mañana llegó a mi casa un oficial superior —comandante o teniente coronel— acompañado de su séquito, compuesto por hombres con abrigos de piel, botas de calidad y guantes forrados, gorras propias de su rango y galones dorados en los hombros. El oficial hablaba bien alemán. No se sentaron. Habían estado almorzando en la casa de al lado, y allí les habían dicho que aquí vivía un escritor, y ellos se presentaban para ver a esa especie animal tan rara. La visita fue corta pero concienzuda. El comandante se detuvo en el centro de la habitación, en medio del semicírculo formado por los miembros de su séquito de oficiales, con su fusta de montar en la mano y unos prismáticos que le colgaban de una correa de cuero sobre el pecho: parecía el jefe de un ejército representado en un libro de Historia. Me preguntó si yo era el escritor. Y me miró detenidamente. Le indicó a uno de sus oficiales que me sacara una fotografía. En el escritorio se encontraba mi máquina de escribir con un manuscrito empezado. En un tono decidido pero cortés me preguntó si estaba trabajando en algo. Le respondí que dada la situación no podía dedicarme a nimiedades de carácter literario, pero que seguía escribiendo mi diario, como siempre, en tiempos de paz y de guerra. Asintió con la cabeza, como si me comprendiera a la perfección, y me preguntó si anotaba en el diario todas mis experiencias.

—No todas —le respondí—, sólo las que considero importantes.

—Entonces anote, por favor —dijo con seriedad y severidad—, que vino a verlo un oficial ruso y que no le hizo daño alguno. Anote también que ese oficial ruso ha visitado la casa de Tolstoi en Iasnaia Poliana, la casa que los soldados de su patria saquearon por completo. ¿Lo anotará? —me preguntó con adustez.

Le prometí que sí (la situación no me permitía discutir con un oficial ruso, así que no pude decirle que la noche anterior los soldados rusos habían saqueado y despojado la casa de Zsigmond Móricz, que se encontraba en el pueblo, y que habían pisoteado con sus botas llenas de barro las páginas de sus manuscritos, desparramadas por el suelo... Así son las guerras, siempre terribles, y las botas llenas de barro siempre acaban pisoteando los manuscritos de tierras extranjeras). El oficial estuvo mirando alrededor durante unos minutos más, luego se encogió de hombros, se llevó una mano a la visera para saludar a la manera castrense, se dio la vuelta, con un ademán ordenó a los miembros de su séquito que lo siguieran y se fueron todos. Yo me quedé contemplándolos, atónito. Ahora he cumplido lo que había prometido.

Todo era distinto de lo que habíamos esperado. Tan diferente y tan sorprendente que empecé a sospechar, como quien se pierde en la oscuridad y no halla las señales para salir del bosque... ¿Qué clase de hombres eran aquéllos? Unos minutos después llegó una criada de la casa de al lado para contarnos que los oficiales rusos que habían almorzado en la casa, que le habían besado la mano a la anfitriona al despedirse, que habían pasado a nuestra vivienda para ver a un escritor en vivo y que se habían ido en paz, una vez en la carretera mandaron volver al chófer con metralleta para exigirle al anfitrión que le entregara su reloj de oro. El anfitrión despojado —que no había sospechado nada y se había permitido consultar su reloj de pulsera a la vista de sus invitados durante el almuerzo— nos contó de nuevo la noticia, más tarde, preguntándose, muy perplejo: «Entonces ¿por qué le besaron la mano a mi esposa?» Empezábamos a sospechar que los rusos presentaban algunos rasgos muy asombrosos.

Algunos judíos, ocultos en el pueblo durante la persecución alemana y húngara, comenzaron a salir de sus escondites. Cerca de nosotros vivía un anciano con toda su familia: era boticario, un burgués pudiente que se había salvado de la persecución de los cruces flechadas. Sin embargo, las mujeres de su familia temían a los rusos. Cuando llegó el primero de ellos, el anciano —una persona digna de respeto, con barba blanca, que recordaba a un patriarca— se detuvo solemnemente delante del soldado y declaró que era judío. La escena posterior fue sorprendente: el soldado, al oír aquello, sonrió, se quitó la metralleta, se acercó al anciano y le dio dos besos según la costumbre rusa, uno en cada mejilla. Le dijo que él también era judío. Mantuvo la mano del anciano en la suya durante unos momentos en actitud amistosa.

A continuación, volvió a colgarse la metralleta del cuello e invitó al anciano, con toda su familia, a reunirse en uno de los rincones de la habitación, a darse la vuelta y levantar las manos. Como el anciano no comprendió sus indicaciones a la primera, le gritó que obedeciera de inmediato, añadiendo que si no lo hacía los mataría a todos. Las mujeres y el anciano se agruparon en el rincón y se giraron hacia la pared. El ruso les robó todo lo que tenían, de manera paciente y metódica. Era un experto: golpeó las paredes y la estufa hasta encontrar los huecos, rebuscó en todos los cajones, dio con las joyas familiares escondidas y todo el dinero que poseían, unos cuarenta mil pengős. Se lo metió todo en los bolsillos y se marchó.

5

Olfateaban el vino como los perros de caza olfatean el venado. Golpeaban el suelo de las bodegas con la culata de los fusiles —los vitivinicultores habían enterrado los barriles en sus bodegas, pero los rusos aprendieron pronto las artimañas de la búsqueda del vino—, y allí donde sonaba a hueco empezaban a cavar hasta que daban con él. El ritmo del ataque de los rusos disminuyó en dos frentes; cuando las tropas soviéticas llegaban a las regiones donde había buen vino, los oficiales sólo a duras penas conseguían convencer a los soldados de que siguieran, y hasta tenían que pedir refuerzos. Así ocurrió en las dos regiones vitivinícolas de las montañas del Mátra y el lago Balaton. Todos sus actos eran así de imprevisibles.

A veces el mismo ruso que por la mañana había estado en una casa conversando amistosamente con una familia, enseñándole, sentimental, las fotografías de los suyos, acariciando suavemente la cabeza de los niños y regalándoles caramelos o manzanas, regresaba más adelante —por la tarde o la noche—, de improviso, para robarla. Como la imaginación de la gente funcionaba en aquellos días de manera un tanto exacerbada, yo no creía todas las historias que contaban sobre el comportamiento de los rusos, y sólo anoto aquí los hechos que he vivido personalmente o cuya veracidad he podido comprobar.

Es verdad que «escritor» era un término mágico para la mayoría de los rusos —de la misma forma que «actor», «médico» y en ocasiones incluso «sacerdote»—, pero también es cierto que esa palabra no siempre tenía ese efecto mágico. Una mañana se presentó un ruso en mi casa exigiendo harina —lo habían mandado, naturalmente, los vecinos que sabían que teníamos algo de harina escondida—, y por más que le repetí que estaba en casa de un escritor, encontró la harina y se la llevó, refunfuñando con rabia. En Año Nuevo ya no nos quedaba ni un pedazo de pan. Fue entonces cuando aprendí que el hambre es algo más poderoso que el mismo oro: una madrugada, un barquero y yo atravesamos en su destartalada lancha el Danubio, lleno de bloques de hielo, para ir a una localidad de la isla de enfrente porque había oído que el molinero vendía harina a cambio de oro. Encontré a aquel Shylock pueblerino —un suabo gordo de cara morada— en el molino, y sin decir palabra le mostré un reloj de oro suizo de mujer, uno de los últimos objetos de valor material que aún poseíamos. El molinero entendía no sólo de harina, sino también de oro: abrió la tapa del reloj con un ademán de experto, digno de un joyero, y sacó una lupa del cajón del escritorio para examinar la marca del oro. Era bueno, de dieciocho quilates. Suspiró y me devolvió el reloj con un movimiento entre ridículo y serio.

—No tengo harina —dijo, abriendo los brazos con impotencia—. Los rusos se llevaron anoche toda la que tenía.

Allí estábamos —el molinero, hambriento de oro, y yo, el escritor hambriento de harina—, impotentes en medio de la situación mundial. Tuve que volver a casa con las manos vacías, y mientras la lancha se deslizaba entre los bancos de hielo hacia la orilla de enfrente —poco antes se había producido un fuerte ataque con cañones, ya que los rusos se preparaban con renovadas energías para ocupar Budapest—, yo reflexionaba sobre aquella situación tan extraña. Llegué a entender un poco las penurias que sufrieron los conquistadores de antaño.

Hubo bastantes excepciones, pero durante las dos primeras semanas —gracias a la presencia del mando militar ruso afincado en el pueblo— fui capaz de arreglármelas con los visitantes rusos que llegaban a mi casa. La mayoría de las veces la buena educación y un tono afable los domesticaban; así, una mezcla de confianza previa y de rechazo —expresada con voz de adulto, dejando claro que yo era la persona mayor que hablaba con unos jovencitos—, más algún matiz de resignación propio del vencido, en ocasiones tenía efecto sobre ellos. No era el significado de las palabras lo que importaba —incluso con la ayuda de la intérprete apenas era capaz de comunicarme con ellos—, sino el tono de voz, los modales, las miradas. A veces resultaba agotador ganárselos, puesto que llegaban sin parar, día y noche, uno por uno o en pequeños grupos, a pie o a caballo. Ocurrió varias veces que al salir al recibidor me encontré unos caballos que esperaban allí, pacientes, mientras sus jinetes, los cosacos, rebuscaban en la cocina algo de comer o beber. El hombre es un ser maleable, y yo aprendí pronto cómo obligar a los intrusos a marcharse: les hablaba, a la vez y en el mismo tono, a bestias y hombres, y el resultado era, en muchos casos, que se iban. Tras vivir varias escenas de este tipo llegué a sentirme como un domador después de un número exitoso con sus leones. Sin embargo, no se trataba de leones ni de otra fiera salvaje, sino de gente infantil y sencilla.

Como aquel ejército se componía de muchas razas diferentes, distinguirlos resultaba bastante difícil, así que la generalización que suponía agruparlos a todos bajo la simple denominación de rusos era irresponsable. Yo sigo siendo incapaz, incluso hoy en día, de distinguir entre un bielorruso y un ucraniano, aunque parece que las diferencias temperamentales, humanas y culturales entre ambos son notables. Durante aquellas semanas, tuvimos la ocasión de conocer a soldados del Segundo Regimiento Ucraniano, un cuerpo militar que se componía de muchos elementos diversos: había soldados orientales de aspecto chino, con la piel amarilla, el bigote oscuro y los ojos rasgados, tártaros, mongoles, también siberianos de ojos grises y cabello rubio, cosacos que montaban a caballo de manera legendaria... Yo mismo vi a dos de ellos subir a caballo, con total indiferencia, los doce escalones que conducían desde el jardín al porche de la casa más próxima... Eran todos distintos, complicados, extraños e incomprensibles.

Y sobre todo resultaban sorprendentes, como niños o como miembros de una raza humana diferente, de reflejos y reacciones inesperados e imprevisibles. En una de las casas cercanas a la nuestra vivían una anciana dama, muy culta, viuda de un ministro, y sus criadas. Aquella señora solitaria estaba rodeada de muebles de estilo Imperio: era descendiente de una familia principesca alemana, y uno de sus antepasados, un general alemán, había luchado al lado de Kutuzov contra Napoleón. Su efigie figuraba en el grupo escultórico dedicado a Kutuzov y los suyos que se encontraba en una plaza de Moscú. Durante la primera época de la ocupación rusa, la anciana dama basaba su futuro en este hecho. Así que un día que alojaron en su casa a un coronel ruso y su ordenanza, ella se vistió de gala y, con la fotografía de la estatua en la mano, fue a ver al coronel para solicitar su protección. Éste la escuchó con atención, miró también con atención la fotografía de Kutuzov y acto seguido ordenó que la dama se alojara en la cocina junto con sus criadas, puesto que él deseaba ocupar, solo, todas las habitaciones. Así ocurrió, y la anciana dama no se enfadó. Era una persona orgullosa; se acomodó en la cocina, en la cama de hierro de una de las criadas, y pasaba los días leyendo *La cartuja de Parma*. Por las mañanas recibía allí mismo a sus amigos, a quienes agasajaba y entretenía como si fuese María Antonieta en el sótano de la Conciergerie. Cuando el coronel se hubo marchado, la anciana dama continuó en la cocina, pues sospechaba que llegarían otros oficiales rusos, pero lo que apareció un día fue un soldado raso con la pierna dolorida. Se presentó en la casa por la noche y pidió que le permitieran lavarse los pies y dormir en la cocina, junto a las mujeres. No podían hacer otra cosa, así que se lo permitieron. La noche pasó en calma. Por la mañana, el ruso agradeció la amabilidad de la anciana y le exigió que le expidiera un certificado en alemán, un *bumazkia*, un papel que demostrara que él había dormido en aquella casa. De nuevo el papel, lo escrito, era lo que más importaba al ruso... El *bumazkia*, esa cosa misteriosa, llena de letras... La anciana intentó explicarle en vano que un certificado suyo carecía de valor; que, de hecho, era difícil comprender qué significado podía tener, qué protección y qué seguridad podía representar ante la autoridad soviética para un ruso errante que había perdido a sus tropas un certificado expedido en alemán por una anciana de una nación enemiga... No obstante, no hubo negociación posible, el ruso exigía el escrito y al final lo recibió. Entonces se despidió, muy contento, y para expresar su gratitud depositó sobre la mesa de la cocina —ante los incrédulos ojos de las presentes— una bolsa de papel con un poco de azúcar.

6

Se mostraban infantiles, a veces salvajes, otras nerviosos y tristes, siempre chocantes e imprevisibles. Como no podía hacer otra cosa, decidí proseguir con mi profesión: después de las primeras sorpresas empecé a observarlos y a anotar breves comentarios. Hace poco leí mis apuntes y llegué a la misma conclusión de entonces: hay en los rusos algo diferente, algo que una persona de educación occidental no es capaz de comprender. No pretendo calificar, juzgar o criticar este aspecto diferente, simplemente lo constato.

Si me encuentro ante una persona occidental, es decir, ante un francés, un inglés, un americano o un alemán, en una situación dada —independientemente de la personalidad del individuo— puedo prever, más o menos, sus primeras reacciones, simplemente con arreglo a la situación o al momento. Sin embargo, nunca he sido capaz de descifrar las primeras reacciones de los rusos, y menos todavía las segundas o terceras. No fui yo la única persona que los observaba sin poder atisbar nada, les sucedía lo mismo a todos los demás representantes del mundo occidental que se encontraron con ellos en aquella época, y ellos, los rusos, también nos vigilaban a nosotros. Se paseaban ojo avizor, mirándonos con la suspicacia de un pueblo primitivo de instintos poderosos.

La palabra mágica «escritor» no siempre causaba efecto, y yo tampoco podía esperar que los soldados del Ejército Rojo asistieran, en mi abandonada casa de campo, a seminarios literarios mientras cercaban Budapest. Aun así, siempre había alguno que me miraba con interés, respeto y fervor cuando mencionaba mi profesión a la hora de presentarme. Y como durante esas visitas, no del todo exentas de peligro, necesitaba alguna protección, y como los rusos son muy desconfiados y no siempre se creían que yo era escritor de verdad —una sospecha que, en el fondo de mi corazón y en secreto, compartía con ellos y sigo compartiendo cada vez con más intensidad—, me vi obligado a buscar alguna prueba para demostrar ante mis suspicaces visitantes la veracidad de mi atrevida afirmación. Y como en ningún lugar del mundo nadie da un *bumazkia* para probar con certeza que alguien es escritor, me alegré mucho al encontrar, en la pequeña biblioteca de los dueños de la casa, la versión francesa de uno de mis libros. En la cubierta figuraba mi nombre y apellido, y en la contracubierta, entre los libros de próxima publicación que se anunciaban, estaba el nombre de un escritor ruso famoso, Ilia Ehrenburg, junto al título de una de sus novelas.

Durante las conversaciones literarias de aquel entonces, yo ya había advertido que, por lo general, los rusos no decían la verdad cuando se ufanaban de sus conocimientos literarios, pero también había notado que entre los escritores soviéticos que mencionaban se encontraba el tal Ilia Ehrenburg. Más tarde me enteré de que ese escritor publicaba en los periódicos y las revistas que se distribuían entre los miembros del ejército ruso, así que su nombre era conocido también por personas que nunca habían leído ningún libro suyo.

Una madrugada, ya hacia el alba, llegó a mi casa un ruso desaliñado y con barba, bastante malhumorado, un kirguís o de otra raza oriental; pidió algo, vino o tocino, y como no le di nada, empezó a gruñir con nerviosismo. Tenía la metralleta bien agarrada y gritaba palabras incomprensibles en tono amenazador. La situación era muy poco amistosa. Decidí recurrir a mi última posibilidad de defensa y me presenté. Sin embargo, aquel ruso recelaba.

—¿Escritor? —me preguntó, desconfiado—. ¿Qué tipo de escritor?

Cogí el libro en francés que estaba en el estante, le enseñé mi nombre y me señalé a mí mismo, diciéndole, con la ayuda de mi intérprete:

—Vete de aquí. Ya ves que has llegado a la casa de un escritor. ¿Ves? Este libro lo he escrito yo. Éste es mi nombre. Pero eso no es todo —añadí, dándole la vuelta al libro—. Yo no soy un escritor cualquiera, sino uno que publica junto a un escritor ruso muy famoso. Mira, aquí está el nombre de Ilia Ehrenburg.

El bajito y barbudo ruso seguía dudando; se inclinó sobre el libro sin soltar el arma, para leer el nombre en la contracubierta, y preguntó, con la mirada torva y lleno de dudas:

—¿Ilia Ehrenburg?

—Sí —le contesté—. ¿Qué te parece?

El ruso me miró de arriba abajo. Abrió los brazos del todo, echó la cabeza atrás y se encogió de hombros.

—*Propagandist!* —sentenció con desdén.

Se dio la vuelta y salió de la habitación. Me quedé mirándolo boquiabierto. Ese hombre parecía entender algo de literatura y de alguna manera sabía diferenciar entre un escritor y un propagandista.

Sin embargo, ni ese tipo de encuentros ni otros me ayudaron a descubrir en qué consistían las diferencias que yo sentía entre rusos y occidentales. Porque eran, indudablemente, diferentes de nosotros; no tanto como un hindú o un chino, pero es absolutamente cierto que un campesino alemán, un fontanero inglés, un veterinario francés o un pintor de brocha gorda italiano responden a las cuestiones primarias de la vida, desde el punto de vista de su comportamiento, de manera diferente de la de un ruso. Como ya dije, nos observábamos mutuamente: ellos, los rusos, también nos observaban a nosotros. Y no sólo se concentraban en los moradores de las casas de gente pudiente. No sólo pasaban revista a los accesorios de la vida burguesa: todo eso les interesaba, pero también observaban y atendían a lo que veían en las casas de la gente más humilde, y era obvio que lo que veían les resultaba no sólo extraño, sino también sorprendente e insólito. ¿En qué se resumían tales diferencias? ¿Se debían acaso a las características del hombre soviético, un ser humano criado y condicionado de una manera totalmente nueva, un ser humano que experimenta y observa el mundo y a sus habitantes desde un punto de vista completamente distinto? ¿O bien se trataba simplemente del ruso que —no por primera vez en su historia, pero sí por primera vez con todas sus consecuencias— había abandonado su hogar en los confines de Europa y Asia y había iniciado sus andanzas por el mundo, titubeando y sospechando, pero lleno de curiosidad?... Yo no sabía responder a esa pregunta.

Por supuesto, se llevaron el cerdo y se llevaron la harina, pero eso no era lo más importante ni lo más característico. En aquellas semanas se llevaban incluso las bicicletas que encontraban por el camino... Se las quitaban a sus dueños, las montaban, las utilizaban y las dejaban en la cuneta o se las regalaban al primero que veían. Su afición por coleccionar relojes tampoco se podía explicar con facilidad. Cuando exigían su entrega, demostraban un verdadero interés de coleccionista: había algunos que, al ponerse uno de nueva adquisición, se remangaban el uniforme con orgullo para enseñar sus trofeos anteriores, otros cuatro o cinco relojes que ya adornaban su antebrazo. Durante la Primera Guerra Mundial, conocí algunos prisioneros de guerra rusos —oficiales, campesinos, obreros—, pero ninguno había demostrado un interés tan apasionado por los relojes. ¿Qué había ocurrido? ¿A qué se debía el entusiasta interés de los rusos por las máquinas de medir el tiempo? Recordé la explicación de Spengler, quien —en su gran obra pesimista— había intentado demostrar que las personas que pertenecen a culturas armoniosas y vivas no tienen interés alguno por los períodos de tiempo contabilizados hasta el último segundo: los chinos o los griegos se dejaban regir por largos períodos de tiempo, la frecuencia de los juegos olímpicos como medida del tiempo constituye una prueba de esa indiferencia; mientras que cuando una cultura entra en decadencia, la civilización, es decir, el principio de utilidad, genera cierto sentimiento de pánico en el alma humana, y entonces empieza la preocupación por medir el tiempo con una exactitud extrema... ¿Acaso el experimento de industrialización llevado a cabo en la Unión Soviética generó en los rusos esa preocupación por el tiempo? Yo no podría afirmarlo categóricamente. Lo más probable es que en la Unión Soviética no hubiese suficientes fábricas de relojes y por eso los *mujiks* se encaprichaban con tanto juguete. ¿O bien es que el reloj era simplemente el objeto de valor que con más facilidad se podía intercambiar? Como estoy hablando de los rusos, no sé responder con certeza.

Sus idas y venidas, sus visitas, sus desapariciones, todo en ellos era incomprensible, incalculable e imprevisible. A veces pasaban varios días sin que viéramos a un ruso, y de repente llegaban a montones, atravesando el pueblo en sus vehículos motorizados o en carros, con el pelo alborotado, como si fueran gitanos. Llegaban en trenes militares, y la infantería se presentaba sobre innumerables carros que avanzaban en fila, con los soldados y los oficiales echados sobre montones de paja, con mujeres soldado e incluso muchachos soldado, de doce o trece años, ataviados con sus uniformes y las distinciones de su grado. Nunca vi ningún sacerdote castrense entre las tropas, aunque quizá no los reconociese.

Los alemanes siempre avanzaban con destacamentos motorizados, como si toda la fábrica Krupp se hubiese puesto en marcha; incluso la humeante chimenea de la cocina portátil parecía la boca de un cañón transformada para tal propósito. Los rusos tenían todo lo que hacía falta para la guerra, pero ese todo era diferente, menos mecánico, menos reglamentario... Era como si un gran circo ambulante, temible y misterioso, hubiese salido desde algún punto lejano y desconocido del Este, desde Rusia. Ese circo ambulante era, en realidad, una de las maquinarias bélicas más inmensas de la Tierra. Y los que la dirigían lo hacían de manera excelente, aunque totalmente incomprensible para un extraño: todo estaba en su sitio, en medio del caos y el desorden aparentes todo funcionaba, y los misteriosos inspectores y vigilantes informaban de todo dentro de aquel grandioso artefacto.

Resultaba imposible comprender su sistema de espionaje, de comunicación, su manera de transmitir las órdenes y de hacer valer sus normas internas. Sin embargo, parecía que en su ejército todo ocurría según una tradición ancestral: su disciplinada manera de marchar, de seguir su camino, de alimentarse, de tender puentes, de montar las tiendas, de desaparecer de repente, como obedeciendo a una llamada enigmática, reflejaba las experiencias bélicas de los tártaros, de Gengis Kan y de las Hordas Doradas. Las artes bélicas de los antiguos magiares y los hunos debieron de ser como las de los rusos; las tropas escitas montaban a caballo del mismo modo, sin piedad alguna por el animal: según cuentan los historiadores, había un puesto cada cuarenta kilómetros —con caballos de refresco—, donde los jinetes ataban a sus animales, les abrían las arterias con sus cuchillos y bebían su sangre durante cortos períodos de tiempo que medían con relojes de arena, cosían las heridas con rapidez y proseguían su camino... Los soldados rusos se encontraban más cerca de la naturaleza que los miembros de los ejércitos occidentales; de la misma forma que los jefes de los ejércitos mongoles de antaño disponían a sus jinetes sobre caballos blancos o de otros colores según la posición de la luna, para situarlos en una línea de ataque orientada hacia el este o hacia el norte —respetando de ese modo las reglas de una desconocida táctica militar milenaria de toques «aerodinámicos»—, también sus descendientes parecían percibir las fuerzas favorables o desfavorables de la naturaleza...

Me resulta muy difícil hablar de eso porque no puedo aportar ninguna prueba. Pero durante los meses que conviví con ellos día y noche, en directa intimidad, ésas fueron mis impresiones y sensaciones. Todo ello constituía la diferencia... Eran asimismo astutos, hábiles, listos, pícaros y maliciosos, y les encantaba tomarnos el pelo y engañarnos, a nosotros, los occidentales. Disfrutaban como niños cuando veían que mordíamos el anzuelo. Yo tuve que tratar con muchos rusos en aquellos tiempos y también más tarde, y ninguno que pidiera algo prestado, una herramienta, un libro, cualquier objeto sin valor alguno, y asegurara con seriedad que lo devolvería, cumplió su palabra. Al pedirles cuentas, se reían abiertamente, contentos, a carcajadas, como señalando que habían sido más listos que yo y conseguido engañarme.

Me acuerdo de algunos tipos extraños: un joven que patrullaba a caballo, en un atardecer de enero, en medio de una bruma densa, a orillas del Danubio, y cuyo andar y rostro de rasgos mongoles me resultaron tan extraños que me detuve en mi camino a contemplarlo. Aquel jinete no se diferenciaba de los demás, no constituía un individuo, era «el» jinete mongol que cabalgaba de la misma forma desde hacía milenios, vestido con su abrigo chino acolchado, como sus antepasados a orillas del Volga o de cualquier otro río... Seguramente cabalgaría con la misma impasibilidad aunque lo enviaran de patrulla a los Pirineos. No miraría alrededor, y su rostro mongol reflejaría la misma superioridad e indiferencia de siempre. Otro día vi a dos jinetes cabalgar juntos: parecían el Gordo y el Flaco, uno era delgadísimo y el otro tan rechoncho que parecía Sancho Panza; iban cantando y haciendo ridículas muecas de tristeza, avanzaban a duras penas y exagerando, mofándose de sí mismos; al llegar a mi lado soltaron un rebuzno de asno y siguieron su camino encogiéndose de hombros: dos payasos de provincias...

Les encantaba jugar y hacer comedia. Pero su manera de jugar también era diferente, no se notaba en ellos la conciencia del *homo ludens*, ni los reflejos cultos de la *commedia dell'arte*; en todos los juegos que improvisaban había algo de hechicero, algo tribal, algo ritual; así que, cuando se ponían a jugar, también inspiraban miedo.

A veces llegaban algunos oficiales con quienes se podía hablar más largamente, con más seriedad, e incluso en alemán. Naturalmente, no les preguntaba sobre su vida civil, sobre su destino fuera de la guerra, puesto que habrían podido interpretarlo mal. Lo más acertado parecía hablar del único tema que yo mismo era capaz de dominar: la literatura. Ellos respondían a mis preguntas con inseguridad, a veces con cierta necedad, a veces con desconocimiento, y a veces, de manera sorprendente, con esmero. Como sabía que muchos de ellos mentían, sólo aceptaba las respuestas que demostraban con datos que aquella persona sabía de qué estaba hablando.

7

Me tomé especial interés en averiguar lo que esa gente conocía de la literatura rusa, tan enorme, tan potente y tan influyente durante las primeras décadas del siglo entre los rusos y entre los intelectuales del mundo entero... Así que no me daba por satisfecho cuando me aseguraban —repitiéndolo mecánicamente— que habían leído todo, sino que seguía preguntando para recabar detalles. En dichas ocasiones las respuestas se resumían, por lo general, en unos gruñidos difusos. La propaganda comunista soviética hizo creer al mundo —o por lo menos a sus simpatizantes de buena fe— que la revolución había cambiado las ambiciones culturales del ruso medio. Es cierto que cualquier cambio en este terreno es un logro que quizá no merezca una revolución, pero cualquier revolución puede mostrarlo, orgullosa, en esos términos. Yo no entendía nada de la estructura estratégica o jerárquica del Ejército Rojo, y tampoco reivindicaba el derecho de sacar conclusiones, a partir de unos encuentros esporádicos, sobre el carácter o la visión del mundo del hombre soviético. Una gran revolución que educa a la gente durante décadas según sus ideales y prácticas es un proceso demasiado complicado para que yo —que en aquella época no conocía en absoluto la práctica de la educación comunista, ni tenía ninguna experiencia personal al respecto— pudiese sacar conclusiones sobre el estado intelectual de la Unión Soviética a partir del comportamiento de los representantes del régimen y sus palabras circunstanciales.

Sin embargo, algo entendía de literatura, y la literatura rusa me había educado a mí también, me había deleitado, me había llenado de dudas y entusiasmo, así que me interesaba saber qué conocía el hombre soviético de la literatura de su país, puesto que sí estaba a mi alcance poder calibrar sus respuestas. Tras escuchar la tópica respuesta reglamentaria —según la cual todos los oficiales entrevistados me aseguraban con orgullo que en la Unión Soviética todo el mundo leía— siempre intentaba entrar en detalles. Después de que aparecieran los nombres de Pushkin y Lermontov —la mayoría conocía sus nombres, aunque era incapaz de citar alguna obra suya—, yo intentaba averiguar, con la ayuda de los nombres de Tolstoi y Dostoievski, hasta dónde llegaban los conocimientos de mis invitados sobre la literatura rusa del pasado más próximo y de la actualidad. Me sorprendía ver lo poco que sabían esos hombres soviéticos sobre su propia literatura, tan extraordinaria. No me estoy refiriendo a las respuestas de los necios, sino al hecho de que incluso las personas que tenían estudios de grado medio sólo eran capaces de citar mecánicamente el nombre de Maiakovski y —para mi sorpresa— el de Chejov, un escritor de voz y visión más bien burguesas. De sus respuestas deduje que era verdad que leían, pero de una manera superficial, y más bien los libros que sus educadores oficiales les proporcionaban en los cursillos de formación.

A Dostoievski, por ejemplo, apenas lo comprendían. Conocían sus obras, los más cultos sabían incluso los títulos de sus libros menos importantes, pero a mí me parecía que Dostoievski no pertenecía a los mimados por la política cultural soviética. Nunca he llegado a descubrir el porqué. Quizá fuera por su nacionalismo, quizá por su misticismo, quizá por sus estallidos de cristianismo ferviente... No me atrevería a afirmar nada al respecto. Sin embargo, me parecía que Dostoievski no pertenecía a la línea aprobada por los chamanes culturales de la política oficial del partido. De Tolstoi hablaban con aprobación y veneración. Y todos los entrevistados mencionaban con entusiasmo el nombre y las obras de Chejov. Daba la impresión de que ese gran escritor burgués de fin de siglo era un autor oficialmente permitido, favorito y popular entre el pueblo soviético. Más adelante, unos literatos comunistas me explicarían que la política cultural soviética permitía y favorecía a Chejov porque su ironía y su crítica social sarcásticas reflejaban, sin querer, la imagen fiel de la Rusia burguesa.

En cuanto a Dostoievski, nunca llegué a enterarme de su valoración. Parecía estar entre los santos nacionales, y quizá por ello nadie reconocía que en realidad era tratado como un elemento no deseado desde un punto de vista intelectual o espiritual, aunque era obvio que intentaban salvar a la juventud soviética de la influencia de ese gran genio. A Tolstoi lo aprobaban como monumento, lo mismo que a la estatua de Kutuzov. A mí me sorprendía que los autores rusos menores de finales del XIX y principios del XX hubieran desaparecido sin dejar rastro de la conciencia de los representantes del hombre soviético. Al fin y al cabo, al lado de las obras de Dostoievski y Tolstoi, la literatura rusa podía mostrar al mundo una segunda fila cuyos miembros más destacados no eran escritores geniales según la tradición literaria universal, aunque en su época y su contexto habían legado a la literatura de su país, y a la mundial, unas cuantas obras importantes y valiosas. Evidentemente, yo no preguntaba a los jinetes kirguises, a los fontaneros ucranianos o a los cazadores bielorrusos o siberianos si conocían los nombres de Osip Dimov, de Arkadi Averchenko, de Archibashev, de Kuprin, de Ivan Bunin, de Merejkovski o de Leonid Andréiev, pero sí se lo preguntaba a los oficiales dispuestos a entablar conversación conmigo. No encontré a ninguno que los conociese: gruñían perplejos, y cuando les hablaba de los clásicos, me aseguraban con alivio que habían leído la famosa obra de Gogol *Las almas muertas*, que sabían quién era su autor, que también habían oído hablar de Goncharov, y me aseguraban, muy orgullosos, que en la Unión Soviética se leían y se apreciaban las obras de Turgueniev, ese autor tan burgués y occidental...

Naturalmente, el gran escritor oficial era, para todos ellos, Gorki. Muchos conocían los nombres de Fadeiev y Makarenko, y casi todos habían oído hablar del ya mencionado Ehrenburg. Pero me sorprendió la rapidez con que habían desaparecido de su memoria los nombres de algunos autores que nosotros, los escritores y lectores occidentales, sí recordábamos: sin ir más lejos, no había ninguno entre mis entrevistados que conociera a Gladkov, autor de *Cemento* (y tampoco sabían cómo ni cuándo había desaparecido este escritor, junto con otros, en la época de las purgas estalinistas); y había algo que me resultaba todavía más extraño: apenas habían oído el nombre del escritor soviético realista más importante, Solojov.

No pretendo generalizar: yo sólo hablé con unas pocas docenas de soldados rojos sobre literatura rusa y estoy seguro de que en aquel enorme imperio hay mucha gente que conoce su literatura con más detalle y de manera más exhaustiva que ellos. Sin embargo, también es indudable que la literatura de un gran pueblo —y especialmente una literatura tan rica y profunda como la rusa— deja un impacto en la conciencia de la gente que habla el idioma de dicha literatura, por lo menos en forma de unos cuantos nombres y conceptos. Los rusos admiraban a los escritores y la literatura, pero los rusos que yo conocí durante aquellas semanas, y también más adelante, habían leído sorprendentemente poco. Todos hablaban con palabras emocionadas de la cultura; la cultura popular, la *narodni kultura* era una expresión casi mágica, y algunas veces, cuando algún ruso se mostraba especialmente violento, yo lograba domesticarlo reprochándole que con su comportamiento no hacía honor a la *narodni kultura*, pero noté que ninguno tenía la menor idea de lo que es en realidad la cultura. Por lo que me decían, resultaba obvio que para ellos la cultura significaba una serie de conocimientos profesionales o técnicos. Al mismo tiempo, la cultura les interesaba y los apasionaba, de la misma manera que la escritura.

El interés que sentían y demostraban por la escritura se podría explicar también por el hecho de que la palabra escrita adquiere un significado mágico al principio de cualquier empresa humana primitiva. La palabra escrita fija algo que se presenta en el alma humana primitiva bajo la forma de un deseo poco definido, de una intuición mítica, y el mito fijado en palabras se convierte en Historia, en conciencia histórica, es decir, en una experiencia cargada de responsabilidades. Aquella gente estaba todavía lejos de ver la escritura como una especie de gimnasia espiritual, o —a la manera de los escritores en la civilización occidental— como un artículo de comercio o una ocupación de moda. Para la mayoría, la palabra escrita conservaba aún toda su credibilidad. Y la cultura, de la que hablaban en un tono absolutamente devoto, ¿qué significaba para ellos, para aquella gente inculta en el sentido occidental de la palabra? ¿Para aquella gente que no había sufrido las dos sacudidas de la cultura occidental, el Renacimiento y la Reforma?... Tardé en comprender que para ellos cultura era sinónimo, en secreto y en el fondo de sus almas, del concepto de huida. No sabían lo que era exactamente, pero les interesaban y atraían todas sus posibilidades, la huida que se podía llevar a cabo con la ayuda de la cultura... ¿Huida de qué? Huida del yermo vacío de sus vidas.

Intuían, como los primeros cristianos, que solamente una solución espiritual podía salvarlos del profundo y desértico vacío desesperanzado de su vida de termitas. No sabían qué tipo de huida les proporcionaría la cultura, pero anhelaban alcanzar su luz, como los insectos que se reúnen alrededor de una lámpara. Todavía no sabían que la cultura es algo más que cortarse el pelo y peinarse, algo más que abstenerse de escupir en el suelo, algo más que escuchar música en un gramófono, pero ese plus, esa posibilidad, los atraía con gran fuerza. Por eso admiraban a los escritores, a los médicos, a todos los que —según ellos— pertenecían a la esfera de la cultura. Ese chiste tan típico de Budapest, ciudad llena de ingenio, según el cual «Stalin cometió un error muy grave al mostrar Europa a los rusos y viceversa», reflejaba cierto grado de veracidad. Las personas que asociaban tal chiste con una esperanza cierta estaban probablemente equivocadas: es verdad que las masas de rusos que regresaron a su país desde Europa se llevaron consigo un deseo de otra vida, de otro tipo de cultura, que la que se manifestaba en su realidad diaria de trabajos forzados (el destino de Solzhenitsin y de millones de soldados rusos demostró que Stalin había tenido muy en cuenta tal peligro); pero también es un hecho que ese deseo reavivado jamás llegó a destruir las barreras de alambre de espino del régimen.

Sin embargo, a lo mejor no estaban tan equivocados los que pensaban que tales deseos funcionarían como estímulos; otro asunto es la rapidez con que se propagarían a través de las neuronas de los rusos, de reflejos más lentos, ese estímulo y ese deseo por la cultura. Es probable que hagan falta décadas enteras para ello, además de un contacto permanente con Occidente.

También observé, durante esas conversaciones «literarias» y esos encuentros, que las respuestas de las personas mayores de cuarenta años —o sea, las que tenían ocho o diez años en el momento de la revolución y estaban creciendo en el seno de sus familias— eran muy diferentes de las de los jóvenes soviéticos de veinte o treinta años, instruidos en los campos de educación marxista-leninista. Estos últimos sólo se diferenciaban de los miembros salvajes y desprovistos de escrúpulos de las Juventudes Hitlerianas por sus rasgos físicos. No sabían nada de literatura; sus modales toscos, su carácter cruel y bárbaro y su comportamiento inhumano eran una prueba de que en su alma ya había muerto el reflejo fisiológico de la cultura heredada (en poco tiempo, apenas unos lustros después, una nueva generación de rusos exigiría con valor y decisión que los dirigentes soviéticos les dijeran la verdad en lugar de tanta mentira, pero al final de la Segunda Guerra Mundial los miembros de esa generación todavía eran unos niños). Sin embargo, los mayores de cuarenta años habían aprendido en el seno de sus familias los conceptos básicos de la versión rusa de la cultura humanista: la solidaridad humana, las leyes escritas y no escritas de «esto es mío y eso es tuyo». En las personas mayores de cuarenta años a veces se atisbaba —por detrás de la máscara del bolchevique y del soldado rojo— un fenómeno muy entrañable: el del ser humano ruso.

Al final de la segunda semana —cuando yo ya tenía bastante práctica en el terreno de los modales extraños que determinaban de qué manera había que relacionarse con los conquistadores—, una mañana llegaron a mi casa dos soldados soviéticos de aspecto salvaje y aterrador. Yo estaba solo en casa, pues las mujeres habían salido en busca de comida y leña. Los dos soldados, despeinados, barbudos y armados, visiblemente cansados y hartos de la guerra y el largo camino, me pidieron agua y a continuación se sentaron, sin pronunciar palabra, al lado de la estufa para calentarse. Yo me senté con ellos, resignado, mientras esperaba a que se fueran. Uno de ellos se durmió casi enseguida. El otro se puso a hablar. Hablaba en ruso o en su variante ucraniana, sin mirarme, para sí mismo. Yo no entendía lo que decía, pero había algo en su tono que me obligaba a atender.

Entre los libros que durante aquellos años había leído sobre los rusos —a favor y en contra de los comunistas—, había uno que recordé en ese momento: el libro de un escritor báltico llamado Schubart, un libro conmovedor, apasionado, de aire un tanto mítico, que se titulaba *Europa y el alma del Oriente*. Había sido publicado durante la guerra en algún país neutral. Más tarde me enteré de que ese escritor báltico —amigo de los eslavos pero enemigo de los bolcheviques— había desaparecido cuando los rusos ocuparon los estados bálticos. En su libro traza un retrato peculiar de los eslavos. Schubart, en un estilo un tanto barroco, afirma que el hombre occidental es prometeico, o sea, un hombre esclavizado por el deseo de posesión y de poder terrenal, mientras que el oriental, esto es, también el ruso, es sanjuanista, es decir, alguien que cree en la redención. Durante los años siguientes recordé en más de una ocasión una de las afirmaciones más severas y al mismo tiempo más altisonantes del libro: «El bolchevismo es un ultimátum que Dios ha dirigido a la humanidad.» Se trata de unas palabras importantes, poéticas y proféticas. Los políticos y los militares suelen encogerse de hombros al oír palabras así. Sin embargo, yo, que no soy ni político ni militar, comprendí que esa afirmación resonaba en mi conciencia. Me he preguntado en varias ocasiones —en aquella época y también más adelante— cómo el hombre occidental respondería a ese «ultimátum»...

En aquellos momentos —al escuchar el apasionado monólogo del ruso bajito, barbudo y salvaje que estaba sentado al lado de la estufa junto a su compañero, que no dejaba de roncar— también me acordé de las palabras de Schubart. ¿Sería verdad que los rusos tienen una misión designada especialmente para ellos —en el sentido sanjuanista del término—, y que el hombre occidental, mucho más escéptico, es incapaz de llevar a cabo tal misión, e incluso de entenderla o pararse siquiera a escucharla?... Estuve escuchando a aquel ruso con mucha atención, sin comprender ni una palabra de lo que decía, y sin embargo, en el fondo, lo entendí. En un relato de Kősztolányi, el revisor búlgaro de un expreso que avanza en medio de la oscuridad de la noche cuenta, en el pasillo del tren, la tragedia de su vida a un viajero extranjero

—en búlgaro, o sea, en un idioma que éste no comprende en absoluto—, y luego el revisor y el viajero que lo escucha terminan uniéndose en un abrazo fraternal, lleno de comprensión; pues bien, así escuchaba yo también al ruso parlanchín, mientras llegaba a la conclusión de que era cierta la idea de Wilde según la cual las situaciones de la vida imitan, a veces, las visiones de los artistas y la imaginación de los escritores...

Ese ruso bajito que hablaba sin parar me recordó asimismo a otro personaje literario: el zapatero ruso que en *Guerra y Paz* explica a Pierre Bezujov, el gran y poderoso señor que cae preso, que dar sentido a la vida humana es una empresa sencilla y quizá no del todo exenta de esperanza... Aquel ruso también me estaba explicando algo a mí, se golpeaba el pecho, miraba hacia arriba, meneaba la cabeza, lloraba a lágrima viva y se secaba el llanto con el puño sin dejar de hablar. Yo lo escuchaba sin decir palabra. Sólo entendí que se sentía muy desgraciado. Así que en un momento determinado le puse una mano en el hombro, y entonces me miró con los ojos llenos de lágrimas. Sonrió con tristeza, como excusándose, y a continuación hizo un gesto, indicando así que se avergonzaba de su propia debilidad.

En ese instante llegó a la casa la joven que convivía con nosotros y que nos servía de intérprete. El ruso parlanchín despertó a su compañero y se fueron sin despedirse, en aquella tarde de enero llena de bruma, hacia la puerta, el jardín, la línea de fuego. En la puerta se detuvo, como quien se acuerda de algo, se volvió y me preguntó cuál era mi profesión. Cuando la intérprete se lo dijo, el ruso le respondió *«jarasho»*, lo mismo que había dicho el primer soldado soviético que yo había conocido. Le pregunté por qué estaba *jarasho*, por qué estaba «bien» que alguien fuera escritor, por qué creía él que estaba «bien»...

Reflexionó unos momentos. Y respondió midiendo, cuidadoso, sus palabras, pronunciándolas lentamente, con un énfasis especial:

—Está bien porque si tú eres escritor, puedes decir lo que nosotros pensamos.

Sin mirarme, salió despacio junto a su compañero. No volvió la cabeza. La carrera de un escritor no suele merecer muchos reconocimientos. Pero yo conservo esa frase como una condecoración muy especial.

8

En cierto momento, el pueblo y sus alrededores se hallaron entre dos frentes. Budapest aún no había caído, aunque los rusos la tenían cercada, pero al oeste de la capital, cerca de Esztergom, los alemanes habían contraatacado y ocupado de nuevo, aunque sólo momentáneamente, esta última ciudad. La infantería y la artillería rusas atravesaban nuestro pueblo sin cesar, día y noche. Llevaban a sus heridos a lugares más seguros en camiones descubiertos: los guerrilleros rusos, que tenían vendas en la cabeza e iban acostados encima de montones de colchones y edredones, parecían extrañamente apáticos. Los rusos siempre han sido buenos soldados, especialmente en las guerras defensivas de su patria, y las autoridades militares de la Unión Soviética conocían el carácter valiente y la resistencia de sus soldados y se aprovecharon de ello. No es verdad que lucharan con fanatismo; luchaban con sumo cuidado, con el mínimo esfuerzo, y si caían heridos, pedían ayuda donde podían, pero en medio de la batalla —lo vi de cerca, con mis propios ojos— se mantenían en su puesto con severidad y coraje, aguantando como verdaderos hombres. Cuando se encontraban en una situación en que su vida peligraba, soportaban la amenaza con indiferencia y sin decir palabra.

Un día, en medio de las aguas del Danubio, que bajaban rápidas y llenas de bloques de hielo, apareció una lancha con siete soldados rusos que empezó a hundirse delante de varias personas que estaban en la orilla. Entre éstas había también soldados rusos. Era imposible ayudar, pues las aguas bajaban con extrema fuerza, el río estaba a punto de desbordarse, la lancha se hundía poco a poco y los soldados iban a estrellarse contra los témpanos de hielo. Todos los testigos me contaron lo mismo: relataron que los rusos condenados a una muerte segura se mantuvieron en su lancha sin moverse, sin gritar, sin quejarse, sin hacer siquiera una señal; se mantuvieron impasibles, esperando la muerte con absoluta indiferencia, casi temible, en medio de las aguas heladas.

Entre los dos frentes, las tropas rusas desfilaban sin descanso por nuestro pueblo. No pasó noche sin que alguien pidiera alojamiento en mi casa. Esos huéspedes de una sola noche solían pagar por la mañana robándonos algo: se llevaban una sábana, una almohada o un edredón, algunos cubiertos de la cocina, algún traje o vestido, un par de zapatos, lo que encontraran... Les daba lo mismo, se llevaban lo que fuera, y tampoco se preocupaban por saber si la persona a quien robaban era un burgués o un pobre desgraciado. Parecía que no sabían diferenciar entre burgués y lumpen.

Los tres canales por los que la mayor parte del patrimonio húngaro terminó llegando a la Unión Soviética —el saqueo después de la batalla, las indemnizaciones de guerra y la cesión de fábricas y empresas arrebatadas a sus propietarios, alemanes y húngaros, y cedidas a los rusos según los términos de la conferencia de Potsdam— todavía no estaban organizados, y sólo el pillaje y la industria del botín funcionaban a la perfección... Se llevaban todo lo que encontraban. Vaciaron la casa de al lado ante mis ojos y en pleno día: cargaron las cosas en un camión, se lo llevaron todo, los muebles, los objetos, incluso el parquet y los conductos eléctricos arrancados de las paredes. Tan sólo dejaron los libros en los estantes... Todas las casas del pueblo y sus alrededores retumbaban con el eco de las quejas y el llanto de sus habitantes.

Los campesinos intentaban salvar sus bienes como buenamente podían: enterrando el trigo, el vino, las patatas, escondiendo en el bosque las vacas, los cerdos, los caballos, embadurnando el rostro de las jovencitas con hollín para que parecieran *stary baba*, es decir, viejas, recomendando que los jóvenes se dejasen crecer la barba tan rápido como pudiesen para parecer *stary papa*, es decir, viejos, puesto que corría el rumor de que los rusos reunían a los varones jóvenes y se los llevaban. El rumor era cierto: se llevaban no sólo a los jóvenes, sino a cualquiera que encontraran por el camino. Un conocido mío, un hombre de sesenta años, iba por una calle de la Budapest recién liberada, vestido con una bata y un par de pantuflas, cuando un ruso muy amistoso lo invitó a realizar «un trabajito»: ese hombre, como muchos otros, se encontró de repente en Ekaterimburgo y tardó varios años en volver a su casa.

Los mandos militares rusos habían ordenado apresar en los territorios liberados a un número determinado de gente «de poca confianza». Como todavía no existía ninguna autoridad húngara, ni nadie que examinara la fiabilidad de nadie, los representantes de la autoridad rusa detenían a todos los que se les cruzaban: para ellos todos los ciudadanos húngaros eran «de poca confianza». Cuando tuvieron reunido el *stuck* —éste era el término ruso utilizado—, cuando hubieron cumplido con el cupo designado para cada provincia, se llevaron a sus víctimas hacia el campo de retención más cercano. En el camino varias personas lograron escapar, y como los soldados rusos tenían que cumplir con el *stuck* para sustituir a las «almas muertas que faltaban», simplemente apresaron a cualquiera que pasara por allí.

En el curso de aquel verano fatídico, un conocido mío —un dentista de origen judío— había enviado a su hijo de dieciocho años con los partisanos serbios para que luchara con ellos. El muchacho cayó después en manos de los rusos, quienes se lo llevaron a un campo de retención rumano. Por

61

más que intentó explicar que estaba del lado de los aliados, los rusos no le hicieron ningún caso. Sus padres, desesperados, presentaron varias solicitudes ante la autoridad rusa sin lograr nada en absoluto, y al muchacho sólo lo soltaron cuando enfermó de neumonía aguda. El joven estaba ya agonizando cuando sus padres pudieron llevárselo a casa, donde murió unas semanas más tarde. Resultó que por entonces el padre estaba tratando a un oficial ruso del Comisariado Popular de Asuntos Internos, y le preguntó si según su opinión no quedaba claro ante la autoridad soviética que un muchacho judío que había estado luchando con los partisanos serbios y que había llegado así a manos rusas, no podía ser más que un aliado de los rusos... El oficial asintió tranquilamente con la cabeza, respondiendo que sí, que la autoridad soviética lo sabía perfectamente. Añadió que, sin embargo, en esos casos había que contar con cierto porcentaje de error... El padre preguntó en qué porcentaje, según los cálculos oficiales, la autoridad soviética cifraba el margen de error.

—En el veinticinco por ciento —respondió el ruso con absoluta calma.

Ese porcentaje era en realidad más elevado. En aquellas semanas —y en las posteriores— sólo la buena suerte podía salvar a los varones húngaros de ser conducidos a los campos rusos de trabajos forzados, donde por entonces ya había millones de personas sufriendo. La mayoría eran víctimas de las purgas llevadas a cabo por Stalin antes de la guerra, aunque también había muchos que habían sido confinados allí tras ella, seleccionados por vía militar o por vía civil, culpables de «haber visto Occidente», es decir, por haber regresado desde el frente o desde los campos de prisioneros de guerra con ideas críticas o nostálgicas... Más adelante yo tendría ocasión de hablar con prisioneros de guerra húngaros que consiguieron de alguna manera regresar a su tierra desde los campos de trabajos forzados rusos, y sus relatos personales corroboraban lo que se publicaría años más tarde en los informes occidentales sobre esos campos, a veces tan grandes que ocupaban regiones enteras. El sistema de poder de la Unión Soviética temía más que a nadie a los comunistas que habían visto que en Occidente existía otro proceso de desarrollo social, más eficaz y más rápido que el suyo.

Una mañana de enero se presentó en mi casa un oficial, acompañado por dos soldados rusos armados, «en busca de varones para llevarlos a trabajar». Yo no tenía idea de lo que pretendía en realidad, así que le respondí con calma que yo no iría a trabajar porque el trabajo físico no era tarea mía. No intenté protegerme, no le dije que estaba enfermo ni traté de dar explicaciones, simplemente le dije que no haría, bajo ningún concepto, trabajo físico alguno. Estábamos de pie en medio de la habitación, los tres rusos y yo, mirándonos. Quizá me ayudó precisamente eso: si hubiese lloriqueado, si me hubiese escondido, si hubiese tratado de despertar lástima, probablemente me habrían arrestado... Sin embargo, aquel oficial —un hombre de mirada penetrante, antipático, con cara de perrero— se limitó a observarme largo rato. Se fueron sin añadir nada.

Yo no entendía lo que acababa de suceder... Unas horas más tarde me enteré de que la misma patrulla había cogido a todos los varones sanos del pueblo: se llevaron a una parte de ellos a trabajar en la construcción de un puente provisional cercano, y al resto a campos de retención rumanos, de donde fueron a parar a la Unión Soviética. Sé de uno de ellos que volvió tres años más tarde, pero también sé de otros que siguen todavía en el mismo lugar, si es que aún viven. Cuando me enteré de todo ello, me acordé de aquella escena tan peculiar.

Los campesinos supieron desde el principio cómo reaccionar en tal situación, como si los recuerdos de los ciento cincuenta años de ocupación turca, tras la trágica batalla de Mohács, hubiesen sobrevivido en la conciencia del pueblo. Los campesinos sabían que no era posible defenderse de los conquistadores que llegaban del Este con métodos que no fueran la ayuda de los bosques, los hoyos cavados en la tierra y los escondrijos. El pueblo húngaro, refugiado en un sentimiento vital desesperado y anárquico ante los turcos, que robaban, saqueaban, violaban y se llevaban a los muchachos y muchachas, había salvaguardado algún reflejo nervioso de esos ciento cincuenta dolorosos años, un reflejo que permaneció intacto cuando la tragedia se presentó bajo una forma distinta. Mientras los alemanes habían robado de forma organizada e institucional, los rusos saqueaban de manera oficial y también privadamente. Es imposible conocer el valor real de su botín.

Me acuerdo del primer cochinillo que un ruso le quitó a un vecino mío, un transportista, delante de mis propios ojos. El hombre miraba al ruso que se llevaba el cochinillo con la cara pálida y los labios exangües. Con el tiempo, el cochinillo engordó. Tenía apetito y se tragó todo lo que los rusos le echaron, lo que habían ido recogiendo como botín a su paso por Finlandia, Polonia, los estados bálticos, el este de Alemania, Hungría, Rumanía, Bulgaria, la parte oriental de Austria; así que engordó tanto como ningún otro cerdo en la Historia. Sólo los inocentes podían pensar que los rusos renunciarían por voluntad propia —a cambio de algún crédito americano de varios miles de millones— a esa posibilidad de engorde. Durante años y años se llevaron por barco, por carretera y por tren todo lo que encontraron en esos ricos países: se llevaron el trigo, el hierro, el carbón, el aceite, la manteca y también la fuerza humana, a los expertos alemanes, a los operarios bálticos... El cochinillo que aquel ruso se había llevado ante mis propios ojos engordó más de lo debido durante aquellos años. Todo había empezado en las pocilgas de los pueblos por donde pasaban y cogían su botín, para continuar después en las salas bien iluminadas de los ministerios de los países ocupados, cuando —bajo el foco de los fotógrafos presentes— los agregados comerciales soviéticos firmaron los acuerdos de «indemnización» y los tratados «comerciales» con sus países satélites. Hay pocos casos en la Historia moderna comparables a ese saqueo institucionalizado y constante.

El pueblo se defendía como podía. Los destacamentos saqueadores del régimen rebuscaban sin piedad por el país entero, y la única manera de salvarse de ellos era esconderse y esconder todo lo que se podía. Más adelante, los domadores de almas reprocharon a la sociedad húngara no tener remordimientos de conciencia por los actos inhumanos cometidos por los regímenes anteriores —los nazis y sus colaboradores húngaros—, por las atrocidades y los robos llevados a cabo en los pueblos ucranianos y rusos. Efectivamente, tal remordimiento no era especialmente agudo en el alma de los húngaros, puesto que los pueblos nunca se muestran dispuestos a experimentar un sentimiento de culpa: eso es algo que sólo puede ocurrir en el ámbito de cada individuo... Sin embargo, si acaso existía algún rastro de remordimiento en la sociedad húngara por su pasado, la manera de presentarse y actuar de los rusos no dejó ni el más mínimo resquicio.

Los rusos no se preocuparon en absoluto por cómo los recibían los vecinos: ese régimen sólo se preocupaba por los resultados palpables y concretos, es decir, por el cerdo, por el aceite, por el hierro, por el carbón, por la materia humana que iba atrapando. Esa falta de inhibiciones —que caracterizó también el comportamiento de los rusos en el campo de la política mundial— constituyó una de sus armas más potentes y su mayor fuerza. En los países democráticos, los dirigentes se ven obligados a tener en cuenta la opinión pública. El régimen totalitario ruso ni siquiera se preocupaba por la opinión pública de su propio país, así que no tenía ninguna razón para preocuparse por la de los países que iba ocupando. Tras contemplar por primera vez a un ruso quitarle su cochinillo a un pobre campesino húngaro y llevárselo —y más tarde, cuando todo el mundo vio cómo había engordado aquel cochinillo, alimentado con todo lo que los rusos habían obtenido en los países saqueados—, me pregunté si a los jefes de Estado occidentales, presentes en Yalta y otras reuniones, se les habría pasado por la cabeza lo que iba a ocurrir. El cochinillo del que aquel ruso se había apropiado llegó a engordar de manera legendaria. Y su apetito nunca disminuyó.

Los campesinos se llevaban las vacas al bosque, enterraban las patatas, escondían a las mujeres, exactamente igual que en la época de la dominación turca. Además de todo eso, muy pronto se dieron cuenta de que la mayoría de los rusos eran no sólo unos saqueadores insaciables, sino también unos corruptos, así que empezaron a trapichear con ellos. Unos rusos se llevaban los caballos, pero al día siguiente aparecía otra caravana, y otros rusos, sedientos de aguardiente, vendían a los campesinos otro caballo a cambio de un litro de alcohol: ése era el precio. Al cabo de un año hubo muchos campesinos húngaros que se desplazaban en carro, cuando nunca hubiesen podido permitirse tal lujo. El robo del cochinillo resultaba muy doloroso —muchas personas son capaces de renunciar con más facilidad a sus ideales que a un cochinillo—, pero después, en cuanto la situación bélica lo permitió, las mujeres del pueblo se dirigieron andando a otros pueblos de provincias más alejadas y trajeron de vuelta, cargado sobre los hombros, otro cochinillo. Yo conocí algunos ejemplos inolvidables de capacidad de resistencia y sabiduría histórica durante aquellos tiempos.

Al principio, cuando los rusos empezaron los saqueos, la gente admitía, si bien a duras penas, que todo aquello les parecía amargo, a veces incluso trágico, y resumían sus experiencias con la frase «¡ay del vencido!». «Es necesario sobrevivir —repetíamos—. Los rusos se irán, nosotros pagaremos las indemnizaciones, comenzaremos algo nuevo, algo mejor y más humano, si es posible...» Unos años después, cuando el pueblo comprobó que el poder extranjero saqueaba no sólo los bienes materiales, sino también los derechos humanos, ocurrió algo increíble: el pueblo llegó hasta el borde del suicidio, a la revolución, luchando contra los tanques y las metralletas nada más que con los puños desnudos, porque comprendió que se pretendía aniquilar su condición humana, su espíritu, su carácter y su individualidad. Pero en las brumosas semanas de enero de 1945 nadie pensaba en ello. Ni siquiera los rusos.

9

Cerca del pueblo donde vivíamos había una pequeña ciudad habitada por serbios; una parte de la población profesaba la fe ortodoxa. Se trataba de una ciudad antigua, muy atractiva, adonde iba de vez en cuando para ver a un panadero conocido y comprar pan. Era interesante observar cómo los popes ortodoxos se relacionaban con los rusos.

Esta congregación era aceptada y estaba legalmente reconocida en Hungría. Después de la llegada de los rusos, los popes barbudos empezaron a pavonearse con aire de satisfacción, a hablar en serbio en voz ostentosamente alta y a entablar amistad con los rusos. El parentesco racial, la conciencia de que existía el patriarca de Moscú, la cercanía de la Iglesia oriental, muy poderosa, aumentó el grado de confianza que los popes locales tenían en sí mismos. Naturalmente, los popes ortodoxos no eran comunistas (además, el contacto cotidiano con los rusos les quitó pronto las ganas de ufanarse de la llegada de sus hermanos eslavos), pero eran popes eslavos, así que sentían que había llegado el momento de que su Iglesia se hiciese poderosa, aunque por una vía un tanto torcida, con el beneplácito de los comunistas.

Mis visitas a la pequeña ciudad serbia —donde los vecinos y sus popes habían descubierto, tras la llegada de los rusos, su conciencia eslava— me recordaron uno de los mo-

68

mentos más críticos de la historia húngara, que se repetía a pequeña escala, pero de forma muy patente: me preguntaba qué hubiese ocurrido si los húngaros, al abandonar el paganismo para convertirse al cristianismo, hubiesen optado por la Iglesia oriental, es decir, la bizantina, en vez de por la occidental, o sea, la romana... Me refiero a algo que sucedió cerca del año 900, cuando los húngaros se convirtieron al cristianismo. En aquella época, Bizancio representaba el poder más fuerte y atractivo de toda Europa. La casa real húngara, los Árpád, mantenía entonces relaciones políticas, diplomáticas e incluso familiares con Bizancio. El rey Béla, quien después de la caída de la dinastía Comneno separó Dalmacia del Imperio Oriental, estableció la paz con el emperador Isaac Angelus. Tras la muerte de Esteban III, Béla regresó de Bizancio a Hungría para ocupar el trono, impregnado totalmente de la cultura bizantina. Irene, la esposa del emperador Johannes, era hija de nuestro rey san Ladislao. Podríamos añadir más ejemplos a esta lista... Los lazos entre ambas dinastías, políticos y culturales, eran muy fuertes. La cuestión es que, en el momento decisivo, cuando los húngaros tuvieron que buscar su lugar en Europa, nuestros estadistas se dirigieron hacia Occidente, aunque en aquella época Roma no era más que una sombra de lo que había sido.

Los rusos del principado de Kiev, los búlgaros que en aquella época gobernaban un imperio poderoso y la mayoría de los pueblos que vivían a orillas del Danubio, buscaron la protección de Bizancio, el poder cristiano de Oriente... Los húngaros, sin embargo, optaron por aliarse con Occidente desde un punto de vista ideológico, espiritual y también político. Mientras esperaba mi turno en la panadería —para conseguir unas barras recién hechas con harina de maíz, salvado y sémola, pegajosas y distribuidas en secreto— y observaba por la puerta de cristal cómo los popes ortodoxos de luenga barba y casulla lila, muy afables y contentos, sonreían con aires de superioridad y paseaban en compañía de los oficiales rusos por las calles de la pequeña ciudad, no podía dejar de pensar en que aquella poderosa «fuerza femenina» eslava podía haber tenido efectos desastrosos sobre los húngaros. Nuestro pueblo, en su terrible soledad, en su aislamiento entre los demás pueblos del mundo, pudo haber desaparecido en el crisol eslavo si hace mil años el rey Esteban, fundador del país, no hubiese solicitado los sacerdotes misioneros y los emblemas de su coronación al papa Silvestre II sino a Bizancio, ya impregnado del espíritu eslavo... Los pueblos y sus gobernantes actúan —en momentos de crisis, cuando es preciso decidir el futuro de una comunidad importante con todas sus consecuencias, como ocurrió hace mil años en el caso de los húngaros, que tuvieron que elegir entre el cristianismo occidental y el oriental— guiados no sólo por su mente, sino también por sus instintos.

En aquella época, cualquier razonamiento habría tenido que orientar a los húngaros hacia la Iglesia bizantina. Y, sin embargo, la Santa Corona —que desempeñó un papel importante en la milenaria y atormentada historia del pueblo húngaro y acabó pasando de objeto totémico a noble símbolo del derecho civil— llegó a Hungría desde Roma.

No puedo decir que en ese preciso instante todo esto me viniera a la mente de una forma tan ordenada. El ser humano, en momentos de peligro, no sólo piensa con la cabeza; y en aquel tiempo todos los húngaros estábamos en peligro, puesto que habían llegado los eslavos. Hasta entonces constituían más bien un mito, una nube que proyectaba su sombra en un punto lejano de nuestra Historia... Pero ahora estaban allí; habían llegado a un país donde vivía un pueblo cuyo idioma no comprendían, cuya religión y cuyo modo de vivir eran distintos de los suyos, un pueblo que era diferente en todos los sentidos, un pueblo que no era eslavo sino magiar. Había en todo ello algo temible, y no solamente porque a un país vencido habían llegado los enemigos vencedores, los comunistas. Lo más temible era que habían llegado los eslavos.

70

¿Quiénes eran en realidad? ¿Qué querían en un país no eslavo, que vivía con la convicción de ser occidental y cristiano?... Todo el mundo pensaba en eso, pero no mediante sabias ideas, sino con la piel y los nervios, puesto que ya teníamos a los eslavos delante.

Los popes serbios muy pronto se dieron cuenta de que no podían esperar nada de sus hermanos eslavos, los rusos comunistas. Los jefes militares soviéticos habían prohibido estrictamente que las tropas hiciesen daño o molestaran a los sacerdotes u otras personas pertenecientes a la Iglesia, a cualquier Iglesia. Los comandantes, al entrar en las ciudades, rendían visitas de cortesía a cardenales y obispos, pero los saqueadores rusos no se andaban con miramientos con nadie, y los popes serbios pronto conocieron también a los visitantes nocturnos que hablaban ruso mas no respetaban el parentesco eslavo.

Sin embargo, tras la llegada de las tropas soviéticas, los oficiales rusos y los popes serbios se mostraron muy amistosos los unos con los otros. En esa pequeña ciudad, justo enfrente de la panadería, había una herrería abandonada que conservaba en la puerta una inscripción enmarcada con los colores de la bandera; según rezaba, ese establecimiento era una tienda cristiana y nacional que atendía a los compradores y también aceptaba encargos. El propietario del taller, un nazi famoso en el pueblo, había huido a Occidente antes de la llegada de los rusos. Taller y tienda habían sido saqueados por los vecinos y los soviéticos. Sin embargo, nadie se había llevado la insignia cristiana y nacional de la entrada. Una mañana, mientras esperaba mi turno en la cola de la panadería, vi a través de la puerta que un pope serbio le enseñaba la insignia, señalándola con gestos vigorosos, a un oficial embutido en un abrigo de piel para explicarle detalladamente su significado.

Todo el carácter terrible, monstruoso y fantasmal del pasado histórico más reciente estaba presente en aquel cartel. Quienes lo idearon e imprimieron —y quienes lo colocaron en sus tiendas— habían empezado por robarles a los judíos sus bienes y patrimonio. Continuaron llevándose y asesinando a cientos de miles de desdichados inocentes a causa de su origen hebreo. Poco después llegaron los comunistas, los rusos, que siguieron robando, llevándose gente y asesinándola. El oficial ruso miraba el descolorido cartel con aire severo. No dijo nada, chasqueó la fusta y siguió su camino con el pope bajito y parlanchín a su lado.

¿Qué pensaría aquel oficial comunista del cristianismo convertido en las últimas décadas en régimen político-cristiano? ¿Qué pensaría de la nación, convertida en insignia comercial? ¿Qué pensaría de la cultura occidental que había mandado a cientos de miles de ciudadanos húngaros, metidos en vagones de mercancías, a los desolladeros donde los asesinaban? ¿Qué pensaría de los desolladeros de su propio país, donde se juzgaba a clases sociales enteras, a millones de personas, también inocentes, que eran condenadas sólo por su origen? No sé qué pensaría. No creo que tuviese remordimientos de conciencia. Chasqueó la fusta y se fue. Curiosamente, el cartel —casi un trozo de cartulina— se quedó durante largo tiempo en la entrada de la herrería nazi, y a nadie se le ocurrió quitarlo de allí. Los vientos de la primavera terminaron por arrancarlo y hacerlo desaparecer.

En nuestro pueblo empezó de repente —como si alguien hubiese dado la señal para ello— el saqueo de los bienes abandonados. En primer lugar se saquearon las casas de las bestias fascistas, o sea, de los propietarios burgueses que habían huido a la capital o a otro lugar más lejano, a Occidente. Tales incursiones siempre se llevaban a cabo por las noches: a veces los rusos saqueaban solos, a veces se aliaban con los piratas locales. Como afirma el proverbio húngaro, «la práctica hace al maestro» —y hay otro que dice que «el hambre entra comiendo»—, así que los pobres desgraciados del pueblo cayeron pronto en la cuenta de que se podía achacar a los rusos muchas de las cosas que ocurrían durante la noche. Ese popular deporte empezó el 18 de marzo de 1944 —la noche de aquella onomástica memorable— y ni siquiera terminó cuando las tropas rusas se marcharon del lugar y gobernaba otra vez la autoridad húngara. Esta autoridad dio la orden de requisar los libros fascistas en las casas de las personas sospechosas, y la policía democrática la ejecutó con esmero y aplicación, descubriendo que en las casas de las personas sospechosas, o sea, en la cueva de la bestia, además de libros fascistas había candelabros de plata fascistas y vajillas de porcelana fascistas. Naturalmente, también se incautaron de esos cuerpos del delito.

10

Durante dos semanas llegaron a nuestro pueblo muchas personas diferentes, día y noche; mientras, los cañones no dejaban de retumbar, los aviones Rata rusos seguían bombardeando, con ataques puntuales a cada hora, los distintos barrios de la capital, y los camiones cargados con los «órganos de Stalin» iban y venían entre las dos líneas del frente, la de Buda y la de la parte occidental de la curva del Danubio; nos parecía que vivíamos la realidad inmediata de la guerra y que conocíamos en cierto modo a los rusos y al Ejército Rojo. Pero, en realidad, todavía no sabíamos nada de nada. Todo lo visto y vivido hasta entonces no era más que una cortés visita de presentación.

La guerra, en su terrible realidad, llegó al pueblo de forma inesperada. Entre los vecinos de las casas situadas a ambos lados de la calle principal, de unos cuantos kilómetros de longitud, se había establecido cierto orden prudente: la gente vivía detrás de puertas cerradas con llave, con todos los objetos de valor escondidos, tratando de domesticar, con comida y palabras amables, a los visitantes rusos que se encontraban de paso y a los miembros del ejército que se habían quedado en la retaguardia. De repente, de un día para otro, con la imprevista rapidez de una granizada, llegó a la vida del pueblo el momento de alojar a oficiales y soldados.

La línea del frente se había quedado cerca de las trincheras de Buda y los rusos se preparaban con todas sus fuerzas para el asalto decisivo a la sitiada capital. El pueblo donde vivíamos —y que hasta entonces sólo había sido escenario de su paso— se transformó, una tarde de enero, en sede de un mando importante y en base de operaciones de una línea de fuego próxima. En la práctica eso significó que todas las casas se llenaron de rusos. Por orden del mando militar hubo que levantar un puente entre el pueblo y la isla de enfrente. También ordenaron que caváramos hoyos en la carretera de adoquines para colocar minas que asegurarían un eventual repliegue. En todas las casas había unos cuantos rusos alojados. Habían caído sobre la pacífica vida del pueblo de forma inesperada, como una tormenta de hielo desde el polo norte.

Durante las tres semanas siguientes, todos los vecinos tuvimos ocasión de conocer la verdadera estructura del Ejército Rojo. En 1939, cuando el ejército de la gigantesca Unión Soviética atacó la pequeña Finlandia y las maniobras militares se desarrollaron con lentitud, mucha gente afirmaba que los mandos militares rusos estaban intentando disimular su fuerza para engañar a los alemanes... Si fue efectivamente así, nadie lo sabe. Sin embargo, durante aquellas semanas sí que vimos al Ejército Rojo con todo su poder real. En tierras húngaras, los mandos militares rusos no disimulaban sus maniobras: llevaron a cabo sus ataques con toda la fuerza que eran capaces de desplegar. Luchaban con toda su energía, con todo el armamento que poseían.

No era posible cuantificar el número de efectivos presentes, pues iban llegando paulatinamente, en forma de refuerzos invisibles, tropas completas y batallones enteros, con toda clase de accesorios y pertrechos. La potencia que desplegaban era salvaje, irresistible, temible. Era especialmente sorprendente el ímpetu y la vehemencia despiadados con que se apoderaban de todo lo que necesitaban, su cruel forma de ejecutar las órdenes, buscando siempre la menor resistencia, sin piedad ni miramientos de ningún tipo. Así de feroces eran también entre sí. Naturalmente, tampoco se preocuparon por los habitantes del pueblo. Y el aspecto de la localidad cambió radicalmente en cuestión de horas, hasta hacerse irreconocible.

Una tarde de enero estábamos sentados en la oscuridad, porque en la casa no había luz eléctrica, cuando de repente nos asustaron unos hachazos procedentes de la puerta de la valla del jardín. Salí de la casa y vi un montón de camiones; habían derrumbado el portón de abajo, las columnas de piedra y la valla entera para que entraran en el jardín los vehículos cargados con bidones de gasolina y maquinaria diversa. Y vi también que varios rusos desmontaban a hachazos el portón de arriba, columnas de piedra y valla incluidas. En cuestión de segundos el camino hacia la casa quedó expedito. Entró un camión enorme, similar a un vagón de tren y alto como una casa, y se detuvo delante de la puerta principal; transportaba el motor del generador, y los soldados empezaron enseguida a desplegar los cables. Un oficial se metió en la casa, inspeccionó todas las habitaciones, miró bien a las mujeres que estaban conmigo y nos ordenó a todos los que vivíamos allí que pasásemos a una de las pequeñas habitaciones laterales. Luego ordenó que todas las demás habitaciones fueran utilizadas para montar el *mastiorskaia*, o sea, el taller de reparación, necesario para asegurar el despliegue de las tropas rusas. Por la noche la vivienda parecía una fábrica. En el cuarto de baño montaron el taller de soldadura; en la despensa colocaron el banco con tornillos y allí mismo instalaron el taller de reparación de piezas más pequeñas, iluminado con lámparas de bencina. A todas las mujeres —a mi esposa, a la joven que vivía con nosotros y a las vecinas— les ordenaron que fueran a la cocina y se pusieran a pelar patatas. Los soldados encendieron el generador eléctrico y comenzaron a reparar de inmediato las piezas de los vehículos, tanques y avionetas Rata que se encontraban en el jardín. Nosotros éramos incapaces de hallar nuestro lugar entre tanta maquinaria en funcionamiento. Había tres dormitorios en la planta baja y uno en el primer piso: todos se llenaron de kirguises, uzbekos, rusos, ucranianos, mongoles y siberianos. En conjunto, estaban representadas todas las razas humanas imaginables.

Con la misma rapidez e intransigencia se apoderaron del pueblo entero. No se preocupaban de abrir los portones, derrumbaban a hachazos las columnas y las vallas y entraban en las casas con todas sus armas y a caballo. Una noche, los que estaban en mi casa necesitaron una tabla, así que desmontaron inmediatamente una de las camas del dormitorio de arriba, cogieron la tabla y tiraron el resto a la basura. De la misma manera cortaron todos los postes telegráficos del pueblo, en cuestión de horas, y talaron todos los árboles que se podían utilizar para el cableado. Siempre buscaban lo esencial, lo más directo. Llegaron una tarde, y por la noche habían ocupado todas las casas y todas las habitaciones, como si una tormenta de arena procedente del Este hubiese cubierto nuestras vidas.

Durante los primeros días anduvimos entre ellos asfixiados y cegados. En nuestra casa se alojaba una treintena de operarios y de chóferes que a medianoche ya estaban durmiendo, los unos junto a los otros, en el suelo del dormitorio del centro y del extremo, inmóviles, como las lagartijas en los senderos helados del jardín. Empezaban a trabajar a las cinco de la madrugada. Los obligaban a trabajar sin parar. Reparaban la maquinaria bélica estropeada desde las cinco de la madrugada hasta las once de la noche, bajo el control de sus negreros, sin apenas descansar. En el pueblo vivía un mecánico: lo obligaron a trabajar, como también al herrero, el carpintero y el cerrajero. Éstos nos dirían después que los operarios rusos trabajaban con mucho empeño, pero que carecían de aptitudes técnicas. Ni siquiera cogían las herramientas como un operario occidental... Y, efectivamente, así era en el caso de aquella generación. Sin embargo, el tiempo también regalaría a los operarios soviéticos el extraño don del reflejo técnico moderno.

Está claro que todo lo que vi durante las semanas siguientes, caóticas y no del todo exentas de peligro, pero apasionantes y muy instructivas —pudimos observar en el pueblo, muy cerca de nosotros, la estructura interna y el orden de despliegue de un grandioso ejército del Este—, me convenció a mí y a los demás civiles de que el Ejército Rojo constituía una fuerza enorme. Ese ejército se alimentaba con refuerzos casi inagotables, pero al final de la Segunda Guerra Mundial éstos no eran tanto de índole técnica como de carácter humano. El ejército alemán constituía una fuerza organizativa y técnica, mientras que el ejército ruso representaba una fuerza biológica —una variante humana de las hormigas o las termitas— que había adoptado una formación militar. Era como si un grupo de termitas hubiese declarado la guerra y luchara de una manera incalculable e imprevisible, con toda la misteriosa capacidad de la materia orgánica. Habían traído con ellos sus cañones, sus fusiles y su munición desde la Unión Soviética; también las avionetas Rata —muy rudimentarias pero útiles en las batallas urbanas— eran de fabricación rusa, pero todo lo demás —sus herramientas, sus camiones, sus tanques— procedía de América y había sido fabricado al otro lado del océano. Durante las últimas décadas, ese ejército de termitas se ha desarrollado y modernizado desde el punto de vista mecánico: la industria pesada rusa ha construido la bomba atómica, una enorme flota, cohetes, aviones y avionetas. ¿A qué precio? ¿Con qué ayuda? ¿A costa de cuántos científicos nativos o raptados de los países satélites, de cuántos espías, de cuántas generaciones de rusos obligados a realizar trabajos forzados?... Es algo que no se puede saber. El hecho es que han conseguido tener un ejército moderno, equipado con todos los logros de la revolución técnica más actual. ¿Cuál es la calidad de este Ejército Rojo mecanizado? Es algo que tampoco se puede saber. Se han quedado atrás en la conquista de la Luna, y a lo mejor los aparatos técnicos que muestran en los escaparates no son tan perfectos como los occidentales. Fue una equivocación muy grande, por parte de Hitler, despreciar —con arreglo a informes erróneos— el poder ruso, el poder soviético. Es posible que esa misma equivocación se haya producido más adelante —basada también en informes erróneos— al sobrevalorar el poder soviético.

Pero en aquellos meses, durante el invierno de 1944-1945, el equipo técnico del ejército soviético no valía mucho sin la ayuda norteamericana. La abundancia de mano de obra compensaba los fallos técnicos. Su manera de aplastar una localidad, una casa, una familia, su manera de apoderarse de todo lo que necesitaban y también de lo que no, todo ello era la manifestación de una fuerza biológica ciega e instintiva. Yo observaba su despliegue desde un extremo del jardín, y también observaba sus combates, difíciles y sangrientos, en la orilla opuesta del río, desde una colina cercana, a una distancia de kilómetro y medio. Durante un tiempo, las avionetas Rata despegaron de la parcela de tierra situada delante de nuestro jardín. Veía sus armas... Ahora, al recordarlo todo, yo, que no soy un experto en artes bélicas, sólo puedo decir que la infantería era excelente —soldados valerosos, firmes, disciplinados en la batalla y en el servicio, e indisciplinados, errantes y vagabundos fuera de él—, y también que las tropas estaban bien organizadas en todos los sentidos. Los expertos militares que consulté en aquellos meses me aseguraron que la artillería rusa también era excelente, e incluso las personas que no eran expertas en el tema constataban que su mando y su estrategia eran ingeniosos y consecuentes. No obstante, como ya he dicho, en aquella época su preparación técnica era más bien mediocre, incluso peor que mediocre.

En sus contactos personales y privados, en su estrategia, en su manera de conducir la guerra desde un punto de vista político o diplomático —en aquella época y más adelante—, podía apreciarse el carácter lúdico, extraño, astuto, típico de un adolescente, con el que siempre intentaban sorprender al enemigo. Sabían hacer sus cálculos, sabían engañar al enemigo, sabían reírse de él... Su manera de ocupar el pueblo, su manera de destrozar camas, de derrumbar portones, cortar postes y talar árboles, de obligar a trabajar a todos los que les podían servir, su manera de levantar un puente provisional sobre el Danubio, en tres días, en medio de un derroche de materiales —los vecinos hicieron enormes sacrificios para tender aquel puente que resultó innecesario y que los rusos no llegaron a utilizar ni una sola vez, puesto que se les había olvidado contar con el deshielo y éste se llevó por delante toda la construcción—, en fin, su manera de actuar en el pueblo era parecida a su manera de actuar a nivel estatal: acabaron en una sola noche —con una operación violenta bautizada como «reforma agrícola»— con los terratenientes húngaros; en otra noche lograron «nacionalizar» con una sola maniobra la industria húngara al completo, los bancos, el comercio al por mayor, y se preparaban para aniquilar así, con un solo movimiento, el poder de la Iglesia sobre las almas, y atacar a continuación los baluartes de la educación y la cultura... Siempre, en todas las acciones que emprendían, esa voluntad, esa actitud desenfrenada y salvaje era la garantía del éxito, y ese afán no conocía impedimentos de tipo moral, intelectual o espiritual. Sólo sabía de metas y resultados.

Para alcanzar esas metas y lograr esos resultados, hacían trabajar sin piedad a los habitantes del pueblo y a sus propios hombres. Al cabo de unos días, el pueblo entero se había convertido en una fábrica a pleno rendimiento, con su posada de caravanas, su despensa militar y sus oficinas. Nosotros formábamos parte de esa maquinaria, pues convivíamos con treinta personas o más, kirguises, chuvaches, uzbekos y rusos, soldados y mecánicos. Al cabo de los primeros días, totalmente caóticos, se estableció entre nosotros cierta intimidad, como suele ocurrir siempre que uno se ve obligado a convivir con rusos. En medio de la confusión se iban dibujando algunos rostros humanos.

Ese *mastiorskaia* era un grupo militar bien organizado: el equipo de los mecánicos se había formado al salir de Stalingrado, siguiendo al ejército que perseguía a las tropas alemanas; situados siempre inmediatamente detrás de la línea de fuego, trabajaban con mucha responsabilidad, porque los soldados de artillería, los chóferes y los conductores de los tanques trasladaban directamente de sus manos a la línea de fuego las armas y la maquinaria reparadas por ellos. En el grupo yo experimenté algo que comprobé más tarde en la vida política violada por los comunistas: el hecho de que en el régimen soviético no hay ni reconocimientos ni logros personales. El político ruso, de la misma forma que el operario ruso, sabe que su persona no importa mucho: no importa que fuese un revolucionario excelente, de total confianza, al principio de la revolución, cuando todavía se luchaba en las barricadas; no importa que consiguiese notables logros en los tiempos en que había que reconstruir la industria rusa; no importa que fuese un obrero modélico veinte años atrás; en el régimen ruso sólo importa si hoy, a las cuatro y media de la tarde, es posible utilizar al hombre en cuestión, es decir, el material disponible...

Si es posible, se le utiliza; si ya no es posible, si se ha cansado o lesionado, o si el régimen ya no confía en él, entonces lo apartan sin piedad. Yo convivía íntimamente con hombres soviéticos por primera vez en mi vida, y me habría gustado saber qué formación habían recibido, qué pensamientos tenían, qué relación había entre ellos y entre ellos y el mundo. Esas personas habían vivido ya los largos años de reeducación y purgas soviéticas; los años de las campañas de exterminio contra narodniks, kulaks, mencheviques, socialistas y trotskistas; los años de los falsos juicios de cara a la galería. ¿Eran conscientes acaso de cómo habían desaparecido, frente a las casamatas de los campos de trabajos forzados de Siberia, aquellos a quienes la Unión Soviética ya no sabía o no quería utilizar?... Conocían bien un régimen con el que no se podía regatear. Más tarde, cuando los comunistas de origen húngaro, regresados desde Moscú y bien aleccionados, se hicieron con el poder bajo la protección de las bayonetas del Ejército Rojo, se pudo ver que eran personas confiadas y seguras de sí mismas, pero también se notaba que tenían miedo: ¿quizá porque sabían —mucho mejor que los operarios de mi *mastiorskaia*— lo que el Kremlin pensaba de ellos? Lo sabían y tenían miedo. Yo viví, durante varias semanas, entre personas educadas por ese régimen, y no se necesitaba mucha imaginación para prever lo que le esperaba a Hungría, a Europa y al mundo entero el día en que ese régimen extendiera su autoridad.

11

Me habría gustado comprender bajo qué tipo de control vivía esa gente. Incluso en esa situación tan confusa, brutal y peligrosa, yo me mantenía firme en mi decisión de contemplar el régimen soviético sin ideas preconcebidas ni prejuicios. Por supuesto, eran evidentes la jerarquía y subordinación militares: el grupo de los mecánicos tenía su superior, un sub oficial que convivía con sus hombres, pero mientras los mecánicos dormían en el suelo, el suboficial se había acomodado en la única cama que quedaba, pegada a una pared. Él mismo se ocupaba de despertar a sus hombres a las cinco de la madrugada, distribuía el correo y controlaba el trabajo de los suyos durante el día entero. Se llamaba Sedlachek, odiaba a los húngaros —decía que su madre era húngara— y era un hombre especialmente agresivo, salvaje y corto de entendimiento. Ese tal Sedlachek había traído consigo un reloj de péndulo del tamaño de un niño pequeño, conseguido Dios sabe dónde, al que tenía en gran aprecio: lo había colocado al lado de su cama, le daba cuerda con mucha ternura todas las mañanas, y escuchaba cómo anunciaba las horas con orgullo. Naturalmente, el reloj marcaba la hora de Moscú —había dos de diferencia respecto a la de Budapest.

Junto a la medida rusa del tiempo, también trajeron con ellos el alfabeto cirílico; en resumen, todo lo diferente, extraño y misterioso que el hombre occidental nunca será capaz de entender y que ni siquiera una convivencia forzosa, muy íntima, lograba hacer desaparecer. Convivimos semanas enteras con una treintena de hombres como si fuésemos animales del mismo redil: comíamos en el mismo pesebre, dormíamos sobre el mismo jergón de paja, les lavábamos la ropa, les preparábamos la comida, los ayudábamos en sus tareas, pero nunca, ni por un solo instante, sentí que tuviéramos algo en común. No faltaron las situaciones que acercan a la gente: guerra, miseria y penurias compartidas unen a los seres humanos, a todos, incluso a vencedores y vencidos. Tampoco puedo decir que esas personas —y todas las que pasaron por mi casa durante las semanas del cerco de Budapest— fueran especialmente malvadas, crueles o inhumanas. Había entre ellas algunas bestias de instintos más bajos que los de un animal, pero también encontré a otras de buena voluntad, y cuyos ojos y palabras transmitían conmiseración y piedad. Sin embargo, nada logró acabar con mi sentimiento de extrañeza.

Cuando los conocí un poco mejor —cuando conocí sus gustos, sus deseos, su manera de guardar lo suyo, gruñendo como perros, escondiéndolo de nosotros y de los demás, su propiedad privada, tan insignificante como miserable, su botín oculto entre harapos, un par de zapatos, un juguete, algo que querían llevarse a casa para su hijo, un termómetro roto, cualquier objeto palpable—, me di cuenta de que el verdadero motivo del constante saqueo de los rusos no era la ira que sentían hacia el enemigo «fascista», sino simplemente su propia miseria. El ruso comunista era, tanto en la guerra como en la paz, o sea, en la vida civil, tan pobre y tan miserable, y estaba tan hambriento, tan desprovisto de lo que fuera, tan expoliado de todo por la revolución y por el posterior régimen totalitario —tan privado de todo aquello que da a la vida más colorido y la hace más humana—, que al salir al mundo, después de treinta años de penurias y trabajo de esclavos, se abalanzó con avidez sobre todo lo que encontraba. Durante las dos últimas décadas se había podido observar un solo motor tras la estrategia de la política mundial bolchevique: el miedo a que sólo mediante la fuerza podrían anular el descontento interno; además, estaba la miseria, una necesidad que los obligaba a veces a realizar concesiones, y otras, a cometer saqueos crueles y desvergonzados. Algunas almas sensibles de Occidente que —guiadas por sus sueños utópicos— afirmaban que la cínica, codiciosa e inhumana estrategia de los comunistas se debía exclusivamente a errores momentáneos y pasajeros, se despertaron, en la mayoría de los casos, de su cándido sueño cuando el régimen soviético las tenía ya personalmente agarradas por el cuello (y en algunos casos ni siquiera entonces). Con la misma avidez con que los hombres de mi *mastiorskaia* se abalanzaban sobre un par de zapatos, un traje o un vestido, un juguete o una botella de vino, así se abalanzó la Unión Soviética sobre los bienes de los países vencidos; y así se abalanzaría más tarde sobre la miseria del Lejano Oriente, para conseguir algún beneficio, y si otra cosa no, por lo menos mano de obra para trabajos forzados; y del mismo modo se abalanzará algún día sobre Europa Occidental, de existir la posibilidad, cuando los intelectuales occidentales hayan preparado el camino, en su afán de «apertura», «diálogo» y «coexistencia». Yo estoy cada vez más convencido de que no es la lucha de clases la que motiva esa batalla, sino la miseria y la penuria del Este y la alianza de los intereses de la Nueva Clase descrita por Djilas y otros.

Yo convivía con ellos, los observaba e intentaba comprender la estructura humana y militar de ese destacamento de soviéticos. Los superiores inmediatos de Sedlachek eran los oficiales ingenieros destinados a la construcción del puente: iban y venían por mi casa día y noche, controlaban el trabajo, discutían, daban consejos; se trataba visiblemente de personas con estudios superiores. Vivían aparte, en las casas de los burgueses, comían aparte y disponían de ordenanzas que los atendían. Sin embargo, los soldados operarios no hacían mucho caso a esos oficiales ingenieros: les contestaban de malos modos y se notaba que no los reconocían como verdaderos superiores. Cuando llegaba algún oficial militar realmente superior para llevar a cabo una visita de control, se comportaban de una manera muy distinta: a nosotros nos ordenaban que saliéramos al jardín, mientras los operarios formaban en semicírculo en el salón, Sedlachek se cuadraba y saludaba al estilo militar, e informaba al oficial superior, que iba vestido con abrigo de piel, al estilo occidental, y ataviado con guantes blancos y charreteras doradas; éste escuchaba a Sedlachek y pasaba revista a todo y a todos. El estilo de esos oficiales militares superiores, su comportamiento, el respeto hacia ellos y hacia la jerarquía en general eran parecidos a los de los ejércitos occidentales.

Pero el oficial superior se marchaba, Sedlachek se quedaba y yo percibía que la mayor autoridad no estaba en manos de esos oficiales militares superiores. Nunca descubrí quién era el oficial político entre ellos, y tampoco quién controlaba a éste... Simplemente éramos conscientes de que esas personas poderosas se encontraban siempre entre nosotros. A veces llegaba un oficial de la Dirección Política Estatal vestido con elegancia y tocado con un gorro de piel: era un hombre muy joven, de rasgos suaves y femeninos, siempre ligeramente perfumado, de manos delicadas, una especie de dandy apuesto o muchacho mimado, parecido a los héroes del gran poema ruso de Pushkin, a Lenski o a Oneguin... En tiempos de paz, ese hombre daba clases de gimnasia terapéutica y gimnasia artística en Moscú. Mis operarios kirguises temblaban con sólo verlo. Era el jefe de la policía militar del destacamento, del cuerpo de policías secretos que acompañaba a las tropas; es decir, quien disponía sobre la vida y la muerte. Cuando entraba inesperadamente en algún sitio, en alguna habitación o algún taller, los presentes se callaban de inmediato, dejaban de maldecir, de gritar y canturrear, nadie se atrevía a mirarlo, y seguían trabajando con la vista clavada en el suelo, cabizbajos...

Una noche, uno de los soldados alojados en casa, muy listo, encontró en el desván la caja de metal de Lucky Strike donde guardábamos el dinero que nos quedaba; descubrimos el robo en el momento en que el perfumado oficial de la Dirección llegaba a pasar revista. Al ver nuestras caras largas, nos preguntó qué había ocurrido... Se sorprendió un poco con la respuesta y nos miró incrédulo, como alguien que no comprende qué hay de extraordinario en el hecho de que sus hombres, soldados soviéticos, roben todo lo que se pone a su alcance... Se encogió de hombros y nos propuso llevar a cabo un interrogatorio relámpago entre los soldados, asegurándonos que en un par de horas encontraría, si no el dinero, sí al responsable... Conseguí convencerlo de que desistiera de tal idea, pues no quería tener enemigos personales entre los soldados alojados en la casa. Entonces me dijo con aire vanidoso que no comprendía mis reticencias, y se fue visiblemente contrariado por no haber podido demostrarnos sus excelentes procedimientos orientales de interrogatorio a nosotros, unos occidentales que no entendíamos nada de sus artes... Cuando salió, todos respiramos aliviados: el ladrón, que seguramente estaba presente, y nosotros, los damnificados... Más adelante encontré la caja de Lucky Strike en posesión del notario del pueblo, que antes había sido nazi y que entonces brindaba, encantado, sus servicios a los rusos: se la había dado uno de los soldados rusos alojados en la casa a cambio de sus servicios galantes, por haberle proporcionado una mujer.

Un hombre bajito de rasgos refinados, ligero y hábil de movimientos como un mono, oriental —uzbeko—, un tal Hassan, limpiaba, barría, lavaba y cocinaba para todo el destacamento de los mecánicos. Era de Tashkent y muy friolero, tenía los ojos rasgados y la piel amarilla, y callaba y aborrecía a los rusos, que lo despreciaban y trataban con desdén.

—Tú no eres ruso —le decía a veces Fedor, un adolescente gordito, de buen corazón, que trabajaba a su lado como pinche de cocina—, tú eres chino.

Hassan gruñía como un perro cuando lo provocaban. Los rusos aprovechaban cualquier ocasión para afirmar que ellos pertenecían a una raza superior.

Había también entre los operarios un judío, un tal Andrei: un hombre joven nacido y crecido en la Unión Soviética que se sentía en su casa en la república judía soviética e intentaba, por todos los medios, evitar el contacto con los rusos. Se hacía la cama aparte, en la cocina, comía aparte, y por las mañanas se ponía los accesorios propios de los judíos, necesarios para la oración, se volvía hacia la pared y rezaba así durante un largo rato.

Había otro, de Siberia, una especie de aristócrata —un hombre de ojos grises, rubio platino, vanidoso y solitario— que despreciaba a todo el mundo, incluso a los bielorrusos y los ucranianos. Vivía entre los mugrientos mecánicos con la altanería del hombre acostumbrado a una naturaleza grandiosa, a la caza y la pesca y otros menesteres ancestrales, los trataba con descuido y desprecio, y los demás reconocían su excelencia y su superioridad. Ese siberiano trataba a Hassan como si el uzbeko fuera su perro y él el cazador: a veces lo llamaba con un silbido, y el bajito asiático que nunca hacía caso a nadie se presentaba, dócil, ante su amo. Cuando Hassan se enteró de que nos habían robado, subió al desván, miró por todas partes, bajó por las escaleras con la expresión apenada del niño engañado, e hizo un gesto para expresar así que el ladrón se había llevado todo y no había dejado nada para él. Yo me hice amigo de Hassan: me contaba cosas sobre Tashkent, donde siempre hace calor, donde nunca falta la luz eléctrica, donde de la tierra sale el agua caliente a chorros, y donde los nativos del país se pasean con sus caftanes de colores. Cuando yo le relataba que nosotros también habíamos vivido así hasta hacía poco, cerca de Budapest —aunque no llevásemos caftanes de colores—, me miraba con recelo y no decía nada. Se veía que no se lo creía: en ese uzbeko, como en muchos otros compañeros suyos, desde los rusos hasta los chuvaches, había algo del *complex de superiorité* que menciona Gide al hablar de su viaje a Rusia. En todo caso, Hassan era un hombre de modales exquisitos, extraño, típicamente oriental, y también muy limpio, a su manera: una vez lo vi lavar los platos en la cocina y a continuación, con la misma agua, lavarse el pelo.

12

Al mediodía hacían una pausa de una hora para almorzar: Hassan traía la comida desde la cocina militar más cercana en un cubo. Los mecánicos se reunían alrededor de la única mesa o se sentaban sobre unas cajas y se ponían a comer. Yo contemplé en varias ocasiones esa imagen tan extraña, humana sólo a medias, intentando separar lo que era necesidad bélica y miseria de lo que era ruso: la aridez de la vida rusa, el desaliño y la indiferencia del hombre soviético... La mirada con la que yo contemplaba esas escenas debió de reflejar cierto asombro, pues un día un soldado —un ucraniano mayor que los demás, maestro mecánico, de unos cuarenta años— me guiñó un ojo y al pasar a mi lado me susurró con guasa:

—¡El ruso Iván!...

A continuación hizo un gesto despectivo, como quien sabe más pero no puede decirlo. Más adelante me enteré de que el ruso Iván era más o menos lo mismo que Robin Hood, o Jóska Sobri en su variante húngara, la expresión con la que el lenguaje cotidiano designaba al ladrón popular. El maestro mecánico ucraniano comía aparte en un rincón; era un hombre cortés, nos traía jabón y nos pedía, casi con humildad, que le laváramos la ropa interior y hasta robaba para nosotros petróleo, azúcar y pan. Un día nos dijo:

—¡Vosotros todavía no conocéis a los rusos!...

Miró alrededor llevándose un dedo a la boca. Eso me hizo reflexionar. Hasta ese momento yo no había encontrado a ningún soviético que se hubiese quejado de la situación de su país. Mucho más adelante leí una profecía que intentaba persuadir al mundo del peligro ruso y entonces me acordé del aviso del ucraniano (la profecía decía así: «Cuando Rusia cuenta con la cobardía y el temor de los poderes occidentales, hace que suene su sable y aumenta a un grado máximo sus exigencias, para comportarse luego como si fuera magnánima al contentarse con alcanzar sus objetivos más inmediatos... ¿Ha pasado ya el peligro? No. Sólo es la ceguera de las clases dirigentes de Europa la que ha llegado a su cenit. Para empezar, la política rusa es inmutable... Pueden cambiar los métodos, las tácticas o las maniobras, pero la estrella polar de su política —la dominación del mundo— es una estrella fija»). El autor de estas frases es Karl Marx. El ucraniano que se alojaba en mi casa no conocía las obras de este autor, pero sí a los rusos.

Hassan era más parlanchín que el ucraniano. Por las noches, cuando ya no tenía nada que hacer, a veces jugaba con él al ajedrez. Nos sentábamos al lado de la lámpara de petróleo, en la mesa sucia, y mientras fuera se oían las máquinas y las bombas, el hombre del Este se inclinaba sobre el tablero con atención y seriedad. Cuando la intérprete estaba cerca, también conversábamos. En una ocasión Hassan se interesó por el origen de los húngaros, pero, antes de que yo pudiera responder, una voz que llegaba desde arriba dijo, sosegada y muy despectivamente:

—Los húngaros acaban de demostrar cerca de Voronez que son de origen asiático.

Miré hacia arriba y reconocí al ingeniero de puentes de Moscú, alto, delgado, de cabello rojizo, que estaba observando nuestro juego; tenía una pipa en la boca y llevaba una cazadora de cuero. Ese hombre me había llamado ya la atención: siempre andaba solo, no hablaba con nadie, se mantenía separado de los demás incluso durante las comidas en común, por las mañanas y por las tardes salía al puente y daba instrucciones para la construcción, luego volvía a la casa, sacaba algún libro o periódico y se ponía a leer. A veces tomaba apuntes en un cuaderno, páginas enteras, en cirílico. Me alegré de que me dirigiera la palabra, puesto que nunca antes se había mostrado dispuesto al diálogo: vivía entre nosotros como alguien que no se digna siquiera mirar a los propietarios burgueses. Yo ya me había percatado de que ese hombre tenía cierta categoría en el destacamento: no solamente los soldados, sino también los oficiales acudían a él con sus problemas, y hasta el perfumado oficial de la Dirección Política Estatal le hablaba con respeto. Él siempre respondía con calma y sosiego, poniéndose las gafas —era el único ruso con gafas que yo había visto hasta entonces, y uno de los pocos que he visto en toda mi vida—, algo que subrayaba su indudable superioridad.

Ese hombre no llevaba ningún distintivo de graduación, era un simple soldado, pero en realidad era el único que tenía verdadero poder. Incluso el oficial político lo temía. Más adelante me enteré de que era miembro del Partido, y de que eso equivalía a tener un alto grado; era un comunista de los de antes, quizá el único comunista auténtico, con verdadera fe, que he conocido entre los soldados rusos. Sobrevivió a las grandes purgas, odiaba a los alemanes, a los húngaros y a los capitalistas. Y por fin abría la boca... Se sentó a la mesa, con su pipa, esperó con paciencia a que termináramos y, a continuación, propuso una partida. Después de aquella noche jugamos al ajedrez y conversamos todos los días y todas las noches durante una semana entera.

La primera noche le dije que en la guerra todo el mundo se volvía salvaje, y que era posible que entre los soldados húngaros algunos se hubiesen mostrado injustos o incluso crueles en la batalla de Voronez, pero que no debía juzgar a los húngaros con arreglo a eso, porque esta nación era víctima de grandes desgracias. Tras escucharme con calma, se puso a pensar y me respondió despacio y escogiendo cuidadosamente sus palabras:

—Sí, es verdad que no sois libres. Ahora tampoco lo seréis —dijo, levantando el dedo índice; más tarde yo recordaría sus palabras en varias ocasiones—, porque nosotros, los rusos, sólo sabemos liberarnos a nosotros mismos. Igual que sólo los húngaros, los búlgaros y los rumanos podrán liberarse a sí mismos.

Como había dicho que él era comunista y que odiaba a los burgueses, le pregunté si pensaba que yo también era uno de ellos.

—Tú no eres burgués —contestó— porque no vives de tu patrimonio, ni del trabajo de otros, sino del tuyo propio. Sin embargo, sí que eres burgués —añadió, mirándome con aire suspicaz tras el humo de su pipa— porque lo eres en el fondo de tu alma. Te aferras a algo que ya no existe.

Me hizo una señal con la mano como para indicarme que no quería hablar más del tema. Le pregunté qué les había ocurrido a los burgueses en la Unión Soviética.

—La revolución acabó con ellos —respondió con aire serio—; un tercio murió durante la revolución, otro tercio emigró y se dispersó, y los demás se integraron, poco a poco, en el sistema de los sóviets, y encontraron por fin su sitio.

Yo contemplaba a ese hombre extraño, de palabra decidida, con la sospecha de que él también era de origen burgués. Un día me dijo que debía de resultar difícil ser escritor en una revolución, pero que no era un verdadero escritor el que no comprendía que la revolución es una empresa tan grandiosa que tiene el derecho de sacrificar ese algo relativo que se llama libertad intelectual o espiritual.

—¿Por qué es algo relativo la libertad intelectual o espiritual? —pregunté.

—Porque sin libertad social y material no existe la libertad intelectual o espiritual —respondió.

En la situación en que vivíamos era difícil discutir, así que no repliqué. Siempre que me tenía que enfrentar a comunistas fervorosos y devotos o a sus aliados, me daba la impresión de que no permitían que los argumentos de sus contrincantes traspasaran el umbral de su propia conciencia: como si temieran que se derrumbara, en su interior y alrededor de ellos, todo lo que habían construido con sus manos cuidadosa y obstinadamente. No le pude decir al ingeniero de puentes de Moscú que la cultura es siempre más fuerte que los tiranos y que la tiranía, y que el hombre creador, intelectual o espiritual, es siempre independiente, en su terreno, de la tiranía política, ideológica o de la comercial actual, y que prosigue invariablemente con su obra, incluso en las catacumbas o en prisión. De todos modos, el ingeniero de puentes de Moscú no lo habría comprendido, de la misma manera que son incapaces de comprenderlo los aliados aprovechados y diletantes de los comunistas... Así que en vez de responder, me limitaba a preguntar, y noté que él estaba muy contento de poder responderme.

Le dije, entre dos jugadas de ajedrez, que había decidido contemplar a los rusos y el sistema soviético con imparcialidad y que estaba seguro de que durante las últimas décadas muchas cosas relacionadas con la Unión Soviética habían sido falseadas, así que me alegraría de que él pudiera aclararme algunos detalles. Le pregunté cómo era el sistema fiscal soviético. Me explicó que del salario de los obreros se retenía el doce por ciento como impuesto y un dos por ciento como contribución al seguro de enfermedad; el resto era para ellos, lo podían guardar en el banco e incluso recibían el tres por ciento de intereses... Le pregunté sobre ese resto que recibía el hombre soviético. Le pregunté si los salarios reales eran suficientemente altos, y quise saber cuántas horas tenía que trabajar el hombre soviético para ganar lo que —además de lo indispensable para cubrir las necesidades de la vida diaria— precisaba para comprarse ropa, libros, para viajar, o sea, para lo «demás»... Esa pregunta hizo que se sintiera algo incómodo y empezó a hablar de otra cosa. Me dijo que la situación actual era excepcional, porque había guerra, y que todo se distribuía por un sistema de cupones de racionamiento; también que los campesinos habían acumulado mucho dinero que en realidad no necesitaban, pero que en cuanto la guerra terminara, habría otra vez suficiente dinero para que los obreros se aseguraran lo «demás»...

Me explicó que en la Unión Soviética había religiosos pagados por el Estado, y que todos los que querían podían ir a la iglesia. En cierto momento, me contó algo que seguramente no había querido decir. Le pregunté en qué consistía el *chervonez* que había mencionado... Respondió con los ojos brillantes:

—El *chervonez* es un bono que vale oro. Si tú eres extranjero y tienes un trabajo especial, puedes solicitar que se te pague en oro. Cada primero de mes te dan un bono de *chervonez*, o sea, un bono en oro, que puedes llevar al Banco Nacional Soviético, donde se presenta para que te lo cambien en oro... Eso es posible, pero no recomendable —añadió, como arrepintiéndose de haberlo mencionado. Y cambió de tema.

Yo apuntaba muchas de las cosas que me explicaba mientras jugábamos al ajedrez, aunque no lo creyera del todo. Los detalles que me revelaba parecían auténticos, pero yo sabía por experiencia que todo lo que un ruso cuenta —sobre todo si se lo cuenta a un extranjero— hay que oírlo con cierta prevención, porque pocas veces dicen la verdad. Engañarnos, burlar a los burgueses occidentales es un juego, casi un pasatiempo para ellos. Nuestras conversaciones se desarrollaban en medio de un ruido ensordecedor: además del estrépito de las máquinas bélicas que se encontraban en el jardín y de las que se utilizaban para el cerco de Budapest, que estaba a punto de terminar, además de las del taller que funcionaba en casa, estaba el del gramófono que habían robado en el camino y que funcionaba sin parar. Tenían un solo disco, de un coro infantil ucraniano, con canciones que parecían maullidos o chillidos: aquello era más bien ruido que música. Lo ponían día y noche, Sedlachek despertaba a sus operarios con ese disco, y durante el día, e incluso la noche, cualquiera que pasaba cerca del gramófono le daba cuerda. Al principio me molestaba ese sonido, pero acabé acostumbrándome a él, como a todo lo demás.

Una tarde estaba jugando al ajedrez con el comunista moscovita, cuando, entre gritos espantosos, entró un hombre envuelto en llamas; se tiró al suelo, levantó las piernas en alto y no dejó de gritar. El aire de la habitación se llenó de un humo acre y de olor a carne quemada y piel chamuscada. Era uno de los soldadores del taller, y se había prendido fuego con una lámpara de petróleo que le había estallado entre las manos. Aquel bulto de carne quemada y ardiente no dejaba de gritar de dolor, mientras sus compañeros se reunían a su alrededor, se sentaban y se quedaban mirándolo, a la espera de que llegara el practicante, sin moverse ni decir palabra. El gramófono seguía sonando con la música del coro infantil ucraniano. La mezcla del silencio de quienes contemplaban el dolor del quemado, de los gritos del accidentado y de la música estridente fue algo muy singular. Otra vez se manifestaba de forma palpable, en su ser y su comportamiento, esa diferencia que nosotros, los no eslavos, no somos capaces de entender ni de apreciar con el sentimiento o la razón.

13

En aquella época y en aquel pueblo se cometieron dos agresiones contra mujeres. Uno de los culpables fue castigado, del otro no sé nada. Del pueblo de al lado sólo llegaron algunas noticias de violaciones, pero hubo bastantes más casos en la pequeña ciudad cercana, donde las muchachas y las mujeres tenían que esconderse —en grupos— por las noches en el sótano del hospital local. La mayoría de los alojados en los pueblos eran oficiales de alta graduación, y también los soldados estaban más a la vista que en las ciudades y temían más el castigo. Un año después, cuando las tropas soviéticas ya se habían retirado de la región, una tarde se detuvo un camión delante de una casa de las afueras del pueblo, bajaron unos soldados rusos, entraron, comenzaron a forcejear con la mujer que vivía allí, y cuando el marido acudió a socorrerla, lo mataron y se fueron. Menciono esto porque vi el cadáver con mis propios ojos, aunque también me contaron muchos otros casos, todavía más horrorosos. Nadie volvió a saber nada de los agresores. Sin embargo, al principio, durante los primeros meses de la guerra y de la ocupación, en el pueblo y sus alrededores se dieron pocas agresiones sexuales. En otros sitios no pasó lo mismo: las noticias de los horrores se propagaban poco a poco, pero de manera insistente.

Por supuesto, en nuestro pueblo también los rusos iban constantemente detrás de las mujeres. Nuestra situación tampoco estaba exenta de peligro en aquella casa bastante aislada: al fin y al cabo yo conviví, durante varias semanas, con dos mujeres, y me encontraba completamente solo entre soldados kirguises, chuvaches y otros hombres salvajes. Sin embargo, en cuanto atisbaban en alguien cierto grado de disposición cortés, aunque limitada, y un tono educado pero decidido de negativa rotunda y firme resistencia interior, a veces se tornaban pacíficos. En ocasiones me pedían cosas imposibles. Una tarde llegó a la cocina —donde se encontraban mi esposa, la joven que convivía con nosotros y media docena de mujeres del pueblo, obligadas a pelar patatas para los rusos día y noche— un georgiano llamado Anatol, uno de los mecánicos del grupo del *mastiorskaia*. Era un joven pacífico que sufría de furunculosis, por lo que cada mañana me enseñaba el cuello lleno de abscesos y me pedía que lo curara con yodo.

Aquella tarde el tal Anatol llegó corriendo fuera de sí, presa de la excitación sexual, y en cuanto me vio, empezó a rogarme que le consiguiera una mujer... Le respondí que yo no me ocupaba de esos asuntos, y que él mismo podía acercarse a las muchachas del pueblo y hacerles la corte, y que así seguramente encontraría alguna compañera comprensiva. Anatol estaba frenético. Nos aseguraba, a gritos, que él se encontraba sano y dispuesto a pasar un examen médico para probarlo.

—¡Tengo dinero! ¡Mira! —exclamó sacando del bolsillo la cartera llena, y enseñándome su reloj me dijo que me lo entregaba todo si le conseguía una mujer.

Seguía gritando y gesticulando, y entonces se echó a llorar. Lloraba desconsolado y afligido, como el que sufre por una acuciante necesidad física, pasa hambre o sed, y además acaban de negarle un trozo de pan o un vaso de agua. Las mujeres acurrucadas en la cocina miraban con seriedad e interés al ruso que lloraba mendigando amor. La escena explicaba algo sobre los personajes, hasta cierto punto incomprensibles, de las grandes novelas rusas, las de Tolstoi, Gorki o Dostoievski, en las que los condes Vronski, los Artamónov o los Mitia Karamazov estallaban a causa de la pasión sexual y actuaban de una manera irracional e insondable. Acompañé hasta la puerta al ruso, que no dejaba de sollozar. Se fue muy afligido, desconsolado y angustiado. Regresé a la cocina y encontré a las mujeres emocionadas y perplejas. No parecían considerar en absoluto que el arrebato sexual del ruso, sobreexcitado y típico de un adolescente, hubiese sido ridículo. Seguían pelando patatas en silencio, tratando de comprender lo que acababan de ver.

Algunos días después, durante la noche, tuve otro encuentro, menos jovial, con un ruso con pretensiones de galantería. Se trataba de un joven jorobado que cuidaba de su aspecto con la vanidad que tiene la mayoría de las personas con algún defecto físico y que hacía venir al barbero del pueblo —¡también jorobado!— para que le arreglara con esmero la cabellera. Una tarde, los soldados consiguieron algo de vino y después del trabajo, pasada la medianoche, cuando nosotros ya estábamos acostados en la habitación asignada, el jorobado —borracho en medio de la incesante música del disco ucraniano— llamó a la puerta y exigió que saliera Ilonka...

No era muy difícil imaginar lo que pretendía. Ilonka era la intérprete, y todos nos habíamos dado cuenta de que el jorobado la miraba con los ojos desorbitados y la rondaba con una sonrisa grotesca. Me puse la bata y pasé a la habitación contigua, donde estaban los rusos, que seguían bebiendo y canturreando. Me sentía como el domador de fieras obligado a entrar en la jaula de los leones alborotados. Cerré detrás de mí la puerta de nuestra habitación y me apoyé contra la hoja. Me mantuve en esa postura, delante del ruso, de brazos cruzados, inmóvil, sin decir palabra. El jorobado sonreía, ligeramente inclinado hacia delante, como si se dispusiera a saltar, mirándome de arriba abajo, y repetía, gruñendo pero sonriendo:

—¡Que salga Ilonka!

Apoyados contra las paredes, sentados en el suelo y los bancos, estaba el resto de los rusos borrachos, esperando a ver qué pasaba. Sus rostros bebidos y estúpidos reflejaban la curiosidad del público del circo que se pregunta cómo va a calmar el domador a la fiera rebelde. Yo era absolutamente consciente de que el desenlace dependía de mi comportamiento, de mi tono de voz; lo sentía con todo mi cuerpo; sabía que si me mostraba débil o atemorizado y empezaba a rogarle al jorobado borracho, podía provocar una desgracia tremenda. Así que no me moví y me mantuve firme ante la puerta, mirándolo a los ojos.

Se acercó a mí muy lentamente. Cuando se puso justo delante, extendí la mano, le toqué el hombro y le dije algo. Hablaba rápido, en voz baja, en húngaro... Serio y severo le expliqué que lo que pretendía era inhumano. Le puse la mano en el hombro. El instante siguiente me resultó muy largo. El jorobado se dio la vuelta de repente, se acercó hasta la puerta de entrada gruñendo, salió y la cerró tras de sí. Los demás aplaudieron, como el público que felicita al domador por un número exitoso. Más tarde tampoco ocurriría nada grave; aquella noche y las siguientes las mujeres no corrieron ningún peligro.

Con los niños casi todos se mostraban tiernos y humanos. En cierta manera, conservaban en ese terreno, en sus sentimientos por los niños, la propia disposición anímica hacia el humanitarismo. En mi casa vivía un chaval de ocho años que había llegado huyendo de los alemanes y los cruces flechadas. El pequeño pasaba sus días muy contento en medio de aquel caos histórico, andando de acá para allá entre las máquinas y la mugre, entre desconocidos, feliz de no tener que ir a la escuela y no tener que bañarse; y también participaba, muy aplicado, en el robo generalizado que asolaba el pueblo como una epidemia. Era absolutamente inútil tratar de educarlo o regañarlo, seguía robándoles a los rusos los instrumentos, los clavos, los objetos que no tenían valor alguno, y llenaba con ellos la cueva de pirata particular que se había construido en el desván. Los rusos descubrían a veces sus robos, pero nunca le hicieron daño. Un gesto de reprobación, un empellón en la espalda, un tirón de orejas y a continuación le regalaban una manzana o un pedazo de pan.

También entre los soldados había un menor: un muchacho de unos doce años, guapo de rostro y de mirada inteligente. Llevaba un uniforme reglamentario y tenía hasta una condecoración: se mostraba muy orgulloso de ambos... Aquel muchacho debía de ser un *besprizornik*, es decir, un hijo de nadie, de los cientos de miles que vagaban, agrupados en bandas, por Rusia en la época de la revolución, poniendo en peligro la seguridad ciudadana, sin respetar en lo más mínimo las normas sociales o humanas. Cuando el muchacho pasaba cerca de mí y yo lo miraba con simpatía o le decía algo gracioso, levantaba el puño y chasqueaba la fusta, indicando que me mantuviera alejado de él: me miraba de reojo, sus ojos brillaban con odio y me daba a entender, con un ademán decidido, que me alejara... Para él yo era el prototipo del enemigo, con quien confraternizar no estaba nada bien.

Yo quería saber si también para los rusos adultos representaba el prototipo del enemigo. Al fin y al cabo era un burgués. El jefe de cocina, un joven de Leningrado parlanchín y muy aficionado a las mujeres —según lo que me había contado, en tiempos de paz había sido gerente de un balneario en Crimea—, solía llamarme así, diciéndole a alguna de las mujeres que estaban pelando patatas sin cesar:

—Vete a lo del burgués y trae dos kilos de cebollas.

Yo era un burgués a sus ojos aunque no vivía de mi patrimonio, ni del trabajo de otros; era un burgués porque ocultaba algo en el fondo de mi alma (más tarde me acordaría varias veces de esa definición. El régimen soviético —como descubrí muy pronto— quería arrebatarme exactamente lo que ocultaba en el fondo de mi alma). Intentaba averiguar si esos soldados me odiaban o no. Al fin y al cabo, a sus ojos, yo pertenecía al enemigo, a los húngaros, a los burgueses... Quería saber si esos rusos eran comunistas de verdad y averiguar cómo me veía un comunista a mí, al extranjero, al extraño, al no comunista... A veces me acordaba de una frase del viejo Freud, quien consignó entre suspiros, en uno de sus últimos libros, que los comunistas le habían arrebatado la propiedad privada al ser humano porque pensaban que la posesión está en el origen de la agresión, pero que la sociedad bolchevique seguía siendo agresiva sin la posesión de la propiedad privada. Algo que, ahora soy capaz de verlo, era rotundamente cierto.

Además, todas esas personas se aferraban de manera infantil a sus miserables pertenencias privadas. Y también era verdad —aunque resultaba sorprendente— que en general respetaban más a los hombres bien vestidos y de modales exquisitos, o sea, a los hombres diferentes. Los buenos modales, el aspecto aseado, las manos suaves, les impresionaban; algunos profetas habían augurado a los burgueses, antes de la llegada de los rusos, que sería aconsejable tener en las manos algún objeto rugoso, un tornillo o algo así, y darle vueltas constantemente, durante semanas enteras, ya que los rusos aniquilarían a todos los que no tuvieran las manos estropeadas; pero en realidad había entre ellos un montón de esnobs que buscaban de manera ostentosa la compañía de tales seres distintos, de modales exquisitos y aspecto elegante.

En uno de los estantes de nuestra habitación los rusos encontraron un ejemplar desgastado de la revista americana *Esquire*, un ejemplar antiguo, de antes de la guerra. Lo tenían constantemente al alcance de la mano y lo hojeaban sin parar en su tiempo libre, incluso llegaban rusos alojados en otras casas y se lo arrebataban a los nuestros. Miraban con avidez el texto y las imágenes de la revista impresa en papel grueso y satinado. Por supuesto, no leían los relatos que contenía —no sabían ni una palabra de inglés—, ni siquiera se fijaban en las divertidas ilustraciones. Se apasionaban con las imágenes de la publicidad. Las imágenes que reproducían neveras eléctricas, zapatos de caballero de ante, raquetas de tenis último modelo, cinturones de gamuza, joyas extravagantes, todos esos objetos superfluos de la «civilización afrodisíaca» (según el término de Bergson). Con la ayuda de aquella ajada revista americana podían experimentar la sensación de abundancia y calidad.

El régimen soviético, que les había arrebatado todo tras el cataclismo de la revolución, les regalaba —aparte de proporcionarles los «órganos de Stalin» y las turbinas necesarias para las centrales eléctricas construidas sobre el río Dnieper—, poco a poco y con reticencias, bicicletas, botas para la lluvia, gramófonos y otros objetos no forzosamente indispensables. Ellos lo contaban con orgullo... Al contemplar en la revista americana lo posible más allá de lo indispensable, se quedaban pensativos. Esos comunistas pensativos siguieron pensando sobre lo que habían visto tras volver a la Unión Soviética desde Occidente, y entonces Stalin ofreció a varios millones de esos hombres pensativos la posibilidad de digerir sus impresiones detrás de los alambres de espino. Quisiera insistir en que yo no me hice, ni entonces ni más tarde, mayores ilusiones acerca de tales pensamientos o reflexiones.

¿Acaso me odiaban por ser diferente, por ser un asqueroso burgués? Cuando hablaban de odio, obviamente recitaban un texto aprendido, una lección, la materia de los cursillos, de manera dócil y obediente. ¿Acaso eran comunistas? ¿Qué quiere decir ser comunista? Durante esas semanas yo sólo conocí seres humanos atemorizados, esclavizados, barbarizados, atrofiados en su alma y en sus sentimientos. La mugre que cubrió la casa mientras estuvieron allí era indiscutiblemente asiática, en proporciones exageradas a causa de los ri-

103

gores de la guerra. Se trataba de la *barbarie puante*. Cuando tenía ocasión de estar solo, intentaba descansar de mis impresiones y experiencias del día. Y a veces me daba cuenta con sorpresa de que —junto al rechazo que su ser y su comportamiento despertaban invariablemente en mí— sentía lástima por ellos.

14

Estar solo era el mayor lujo, el único en tal situación, y sin embargo, en medio del salvaje ajetreo mecánico y bélico que se había formado en nuestra casa y alrededor de ella, conseguí establecer una rutina diaria que me proporcionaba algunas horas de retiro en nuestra habitación, para tomar notas e incluso leer un poco. En la habitación de al lado seguía chillando y maullando el coro infantil ucraniano, y los kirguises y los chuvaches armaban mucho ruido con sus gritos, sus portazos y sus máquinas, pero al otro lado de la pared, en mi madriguera, yo lograba estar un rato a solas todos los días.

Leía a Spengler. No había escogido tal lectura, simplemente era el único libro digno de interés que encontré. Su gran obra pesimista resultaba una lectura muy particular en aquella situación vital. La había ojeado una década antes y no guardaba ningún recuerdo convincente. En ese momento los nazis habían iniciado su ataque, y Rosenberg había formulado y propagado sus sospechosas ideas sobre el «nuevo mito», mientras que Nietzsche, en segundo plano, le respondía en un tono más bajo, desde las profundidades oscuras del alma alemana, y Fichte se unía a ellos, entonando en voz baja sus peligrosas palabras... Diez años antes, el libro de Spengler también había servido a los propósitos nazis. Lo que Spengler llama el «alma fáustica» es un alma con un contenido sospechoso y alarmante porque ya están fermentando en ella todos los elementos que —más adelante, «de manera plebeya» según la interpretación de los nazis— movilizaron a los alemanes de forma fatídica. Llegué a la conclusión de que el estoicismo y el budismo, dos actitudes orientales, no son tan despreciables como Spengler, el hombre de alma fáustica, considera, ya que ambas permiten la creación artística, es decir, la evolución. Precisamente Goethe, el creador de *Fausto*, es el mejor ejemplo de que un alma apolínea puede ser un creador pleno, tan pleno como un alma fáustica, refugiada invariablemente en la acción...

Los nazis —a esa conclusión llegué allí, en compañía de mis huéspedes kirguises— le debían unas cuantas cosas a Spengler. Sin embargo, en medio de mis lecturas y mis sospechas, algunas de sus declaraciones en el famoso libro volvieron a sorprenderme. Lo que Spengler dice acerca de la diferencia entre «acción» y «trabajo» —la «acción» es un ideal humano, mientras que el «trabajo» es tan sólo una obligación social— me parecía absolutamente acertado en aquella segunda lectura y en aquella situación en que, en el dormitorio de al lado y por todas partes en aquel mundo alborotado por los rusos, desfilaban los personajes de una sociedad basada en un mecánico trabajo de robots, institucionalizado y constante. No era la primera vez, ni sería la última, que sentía que en las situaciones de crisis vital la mano invisible del destino nos proporciona las lecturas necesarias; lecturas que de alguna manera, aunque no siempre directa, nos dan las respuestas adecuadas a los problemas del momento. Eso mismo ocurrió durante las extrañas semanas en que releí el gran libro pesimista de Spengler.

Los representantes de una sociedad educada para el trabajo (en el idioma ruso, trabajo significa trabajo mecánico de robot) se preparaban, en la habitación de al lado y con mucho ruido, para una empresa enorme que no se limitaba a la ocupación de Budapest, sino que también incluía la aparición de un nuevo Régimen en el mundo, y que corroboraba la fatídica tesis de Spengler sobre la desaparición simultánea de las grandes culturas y sus expresiones formales... Lo que ese filósofo alemán de la Historia decía sobre la agonía de las culturas congeladas y rígidas que se fijan y paralizan en civilizaciones, sobre las megalópolis, sobre los «ciclos de las guerras imperialistas», se estaba produciendo ante mis ojos, mientras leía su libro. Habría sido difícil negar esa angustiosa verdad, puesto que el «segundo capítulo del ciclo de las guerras imperialistas» estaba convirtiéndose en una realidad palpable y sangrienta, en una viva ilustración de lo que yo estaba leyendo. Tampoco hacía falta mucha imaginación para ver, detrás de la catástrofe moderna, la tercera etapa del «ciclo», la «etapa invernal», ya presente en su cruda realidad. Durante aquellas semanas no estuvimos muy lejos del «estado primitivo»...

De todas maneras, en medio de aquella mezcla de lectura y experiencia vital paralela se perfilaba una pregunta. Yo me preguntaba, y seguí haciéndolo más adelante, si esas personas y el régimen que las había educado significaban tan sólo el final de algo —el final de la civilización cristiana y humanista— o bien eran el principio de otra cosa, en medio de un ruido terrible, espantoso y ensordecedor... Los chuvaches, los kirguises, los rusos, toda aquella caravana oriental había partido desde la Unión Soviética para —con la ayuda de los anglosajones— aniquilar la maquinaria bélica del imperialismo alemán y defender su patria. También era tarea de su gigantesco ejército asegurar el futuro de la Unión Soviética, conseguir rehenes y botín suficiente bajo la bandera del Ejército Rojo, y propagar, en la medida de lo posible, el régimen soviético por el mundo. Ése era el profundo significado político de todo lo que ocurrió ante nuestros ojos durante aquellas semanas. Faltaba saber si la Unión Soviética tenía algún significado adicional.

Spengler, acompañado por la cacofonía del coro infantil ucraniano, brindaba pruebas fehacientes de que la cultura del

Imperio Occidental, la cultura cristiana y humanista, se encontraba en la fase de agonía y desaparición. Faltaba saber si los hombres orientales que estaban en la habitación de al lado, además de aniquilar con los gestos primarios y bárbaros de una nueva actitud ante la vida, también aportaban algo... El proceso de agonía de una cultura determinada ha sido descrito de forma excelente por varios autores, y Spengler fue solamente uno de los que cantaron la plegaria fúnebre de nuestra época y nuestra cultura. Sin embargo, hasta ahora nadie ha descrito cómo empieza una cultura. ¿Acaso puede que esas hordas bárbaras no sólo pretendieran aniquilar y saquear, sino que también se propusieran infundir algo de Oriente a Occidente? Ésta parecía la pregunta que había traído aquel joven soldado ruso, en la brumosa tarde del día después de Navidad, para mí y para todos los que vivíamos la crisis de la civilización occidental... Ésos eran mis pensamientos mientras —durante los días más sangrientos del cerco de Budapest—, a falta de una mejor lectura, leía a Spengler y oía el ruido ensordecedor que armaban mis huéspedes.

Los años siguientes parecieron responder a esa pregunta. Naturalmente, no trajeron la respuesta definitiva, final: para encontrar ese tipo de respuestas hace falta mucho tiempo, siglos enteros. Sólo dieron una respuesta momentánea, y a mí se me antojaba que la respuesta era que Oriente no puede significar un aliciente para la cultura occidental. La mayor fuerza de esas personas, de los orientales, es que habitan otras dimensiones. El régimen soviético es el único régimen totalitario que puede replegarse si ha llegado demasiado lejos, puesto que tiene dónde hacerlo... El espacio ruso, la miseria rusa —donde cabe todavía más sufrimiento— y finalmente la flexible concepción del tiempo de los orientales delimitan las dimensiones en que un dictador oriental puede moverse con plena libertad, incluso cuando realiza maniobras de repliegue. Hitler y los demás dictadores occidentales estaban siempre obligados a moverse hacia delante; para ellos, el repliegue o la paralización, incluso momentáneos, significaban obviamente la aniquilación. Sin embargo, los rusos, los chinos y los orientales en general poseen unas dimensiones interiores en las cuales resulta difícil seguirlos. Ésa es su fuerza, pero también su debilidad. Las personas que conocí durante aquellas semanas, y que vería más adelante en muchas otras formas, parecían, en una primera impresión, iguales a los occidentales, pero su conciencia y su personalidad no eran las mismas que las de un occidental.

Los Piotr, Fedor y Anatol mostraban su personalidad con orgullo y satisfacción, pero había en ella algo de dejadez, algo indeterminado, algo menos definitivo que en la personalidad de los occidentales. Eran individuos con una personalidad propia, pero en menor medida que el molinero suabo del pueblo vecino o el jardinero, totalmente húngaro, es decir, procedente de Oriente, pero que llevaba viviendo en Hungría mil años y por tanto poseía una conciencia y una personalidad mucho más definidas y seguras que las de los rusos. El hombre oriental siempre tiene algo impersonal, una dimensión donde refugiarse, donde replegarse, al igual que el espacio, el tiempo y la miseria también orientales. Yo contemplaba a esas personas y me acordaba de todo lo que, en mis momentos de ocio, había leído sobre las enseñanzas y las prácticas de los místicos budistas, los maestros yoguis y *munis*, místicos orientales que despreciaban los milagros y las curaciones porque no veían nada de especial en el hecho de que alguien, con la ayuda de los ejercicios propios de un faquir, entrase en relación directa con sus órganos internos y diera órdenes a su circulación sanguínea o transmitiera mensajes a su sistema endocrino... Esos maestros consideraban como objetivo final la disolución de la personalidad, el instante en que un individuo es capaz de traspasar los límites de su individualidad y se integra en el ritmo del universo. Para mí, para cualquier occidental, semejante visión del mundo suena a chino o a hindú, porque si renuncio a mi personalidad —esa peculiar obsesión—, también renuncio al sentido de los lazos que me mantienen atado a la vida.

El hombre oriental no siente así. En las semanas en que vi y experimenté la conciencia diferente de los rusos, la dimensión más laxa y menos definida de su individualidad y su personalidad, me pareció entender que el grandioso experimento social colectivo que intentaba despojar al individuo de la conciencia siempre autocrítica y trasladarlo así al terreno de la conciencia de la comunidad, de la personalidad social, sólo podía ser llevado a cabo en Oriente. Mezclarse y diluirse en una masa y renunciar a la personalidad propia puede ser una experiencia eufórica también para el hombre occidental, pero ese experimento no puede convertirse en un objetivo vital. Eso es lo que advertí y experimenté mientras vivía entre los rusos.

Creo que durante todos los años en que viví bajo el sistema y en la comunidad dirigidos por hombres orientales, ésa fue mi única observación real. Mi *j'ai vécu* era insignificante en aquellos días y también lo sería más adelante, y no merece ser recordado aquí. Sin embargo, la brecha que observé —el abismo entre la conciencia del hombre oriental y el occidental— supuso una experiencia verdaderamente interesante.

Durante aquellos días intercambié algunas palabras con un hombre que se había refugiado en el mismo pueblo que nosotros mientras duraba la emergencia bélica; había trabajado como redactor jefe de un diario católico. Tenía un defecto físico bastante grave: era sordo casi por completo, así que durante nuestros encuentros por las tardes a orillas del Danubio, en medio del ruido ensordecedor de la maquinaria bélica y los cañones rusos, teníamos que gritar para contarnos nuestros «secretos bélicos», las noticias que habíamos oído en la radio... Ese hombre —que sería condenado, cuatro años más tarde, a diez de prisión en el juicio al cardenal Mindszenty— fue detenido por la policía húngara en las semanas posteriores al cerco de Budapest. En ese momento no había contra él ninguna acusación concreta, pero como era redactor jefe de un diario católico, se le consideraba sospechoso desde un punto de vista democrático-popular, así que lo mantuvieron en prisión durante unos meses. Pasó unas semanas en el siniestro edificio del número 60 de la avenida Andrássy, en los sótanos de la Policía de Seguridad del Estado, hasta que una mañana los rusos le ordenaron subir a un camión y lo trasladaron a los calabozos de la policía política rusa, situados en una lujosa casa. Allí pasó unas semanas más y lo interrogaron en varias ocasiones, pero no pudieron encontrar ninguna prueba ni indicio criminal contra él, así que al final lo soltaron. Vivió unos años en una miseria extrema, aunque en libertad, hasta que desapareció en los bajos fondos del juicio al cardenal Mindszenty.

Ese hombre, compañero mío de profesión, me contó que mientras se encontraba en manos de la autoridad húngara, en los sótanos de la maldita prisión, el tono en que le hablaban era brutal, la comida que le daban era de pésima calidad, y los calabozos estaban atestados, mugrientos y asfixiantes, pero él, como individuo, sentía todo el tiempo que hasta en aquellas circunstancias lamentables seguía existiendo. Estaba seguro de que había en algún lugar un expediente con un número y que dicho número representaba su persona en el mundo. Desde el momento en que pasó a manos de los rusos, su destino cambió por completo: en la prisión rusa no lo trataban mal, el guardia le regalaba de vez en cuando un pitillo y todo lo que le rodeaba respondía a una rutina indiferente. Sin embargo, mientras estuvo prisionero de los rusos, nunca, ni por un solo instante, pudo librarse del miedo de que en el sistema soviético él, como individuo, había sido aniquilado, había desaparecido, convertido en una simple mota de polvo en medio de una nube gris arrastrada por los vientos del Este hasta las estepas infinitas... Otras personas que estuvieron en campos rusos y que volvieron me contaron lo mismo.

Así vivíamos, observándonos los unos a los otros, los rusos y el resto de las naciones, en aquellos tiempos.

15

Desaparecieron igual que habían aparecido, de un día para otro. Los cañones y las bombas ya no eran tan ensordecedores. Una noche, Sedlachek guardó el reloj de péndulo y todos empezaron a recoger sus pertenencias, envolviendo sus miserables botines en trapos y metiéndolo todo en sus sucias y pobres mochilas, parecidas a alforjas de mendigo, y al alba se fueron.

Por la noche Hassan había preparado un guiso para todos, con una cabeza de buey y unas cuantas gallinas, que les sirvió como desayuno. Se lo comieron todo y se marcharon sin despedirse, dejando tras de sí las plumas de las gallinas que cubrían el mugriento suelo como si se hubiese celebrado un diabólico baile de máscaras en que los danzantes se hubieran despojado de sus trajes de ave. Nosotros nos quedamos mirando cómo se iban, sorprendidos: al fin y al cabo habíamos convivido durante semanas, habíamos compartido con ellos algunas situaciones penosas, incluso intercambiado algunas palabras como seres humanos... Sin embargo, a ninguno se le ocurrió despedirse ni con un leve movimiento de la cabeza.

Estábamos en medio de la habitación vacía, iluminados apenas por una lamparita de aceite, cuando de repente entró, con paso prudente, uno de nuestros huéspedes. Era el ucraniano que siempre nos había hablado con educación y una vez nos había dicho : «¡Vosotros no conocéis todavía a los rusos!»... El vehículo en que se iba ya estaba a punto de arrancar en el jardín, pero el hombre regresó con nosotros por un instante. Pensamos que aquel ucraniano simpático, calvo, de unos cuarenta años, quería despedirse... Se detuvo en el centro de la habitación, mirando alrededor con cautela, para ver si los demás se habían marchado ya y si estábamos a solas. A continuación le dedicó un gesto a la intérprete y le susurró de manera confidencial:

—Dile —y me señaló a mí— que si yo hablara algún idioma no volvería a Rusia. Me quedaría aquí, en Occidente.

La intérprete tradujo en voz baja.

—¿Por qué no volverías? —le pregunté.

—Porque en mi país no se está bien.

Sus palabras despertaron mi interés. Le pedí a la intérprete que le preguntara por qué no se estaba bien.

El ucraniano respondió con claridad:

—Porque hay que trabajar muchísimo y uno no recibe el dinero que vale su trabajo. Además, no hay libertad. No nos enseñan idiomas porque no quieren que podamos leer libros extranjeros. Sólo debemos leer lo que nos ponen en las manos. Los libros son mi vida —dijo de repente—, y no puedo leer lo que yo quiero. Y eso no está bien —añadió, serio y severo. Se quedó callado, y luego pronunció una última frase—: Mi padre era socialdemócrata, pero lo mataron. Quiero que lo sepas —añadió, señalándome de nuevo.

Se quedó otro momento más —un momento muy largo—, sin decir palabra, contemplándonos y parpadeando a la luz del alba. Sus ojos reflejaban cansancio y tristeza. Se inclinó para saludarnos y con un movimiento cínico y burlón me entregó un retrato de Stalin en un marco dorado, de los que los soldados llevaban consigo en sus campañas bélicas. Con un movimiento medio irónico, medio devoto —como si me entregara la imagen de un santo o un icono—, se santiguó en broma. Se fue de inmediato.

Tras la partida de los soldados, la casa y el jardín parecían una extraña mezcla de campo de batalla, matadero y fábrica de maquinaria arruinada. En un rincón se veía un motor diesel desvencijado, en el otro una cabeza de buey... Hacia el mediodía oímos que los alemanes habían entregado Budapest. Por la noche metimos nuestras pertenencias en unos sacos y al alba nos pusimos en camino, mi esposa y yo, para recorrer andando los veinte kilómetros que nos separaban de la capital, y para buscar en algún sótano a mi madre, a mis hermanos, a mis amigos, a lo que quedara de la vida anterior. A medida que nos aproximábamos al barrio de Buda en que habíamos vivido, el paisaje iba cambiando en cada esquina: los edificios conocidos estaban transformados en ruinas apenas reconocibles. Era como si camináramos entre restos arqueológicos... Avanzábamos siguiendo la estela rusa, tratando de identificar detalles de las casas de antaño entre los escombros. El camino estaba libre. Aunque no sabíamos adónde llevaba.

16

De nuestra casa sólo quedaban las paredes principales. Durante el cerco, el edificio había sufrido tres bombardeos y más de treinta ataques con granadas.

Escalando un montón de basura —compuesto de escombros, piedras, escalones, restos de muebles— que se encontraba donde antes estaba la escalera, conseguí llegar a nuestro piso, y encima del montículo de ruinas descubrí mi sombrero de copa y un candelabro de porcelana francés.

También había fotografías, entre ellas la que —mucho tiempo atrás, antes del cerco— colgaba encima de mi escritorio; representaba a Tolstoi y Gorki en el jardín de Iasnaia Poliana. Guardé aquella foto en el bolsillo y miré alrededor para ver qué más podía llevarme como recuerdo.

Por entre los escombros llegué a la habitación en que mis libros llenaban las estanterías. Me hubiese gustado encontrar el volumen bilingüe de Marco Aurelio, las *Conversaciones con Goethe* de Eckermann y la antigua edición de la Biblia en húngaro. Pero en medio de aquel desorden era muy difícil encontrar nada. La mayoría de los volúmenes habían quedado destrozados a causa de los ataques aéreos. Al lado de mi sombrero de copa había uno intacto.

Lo cogí para ver el título: *El libro del cuidado de los perros en el hogar burgués*. Me lo guardé en el bolsillo y bajé con cautela por el montón de escombros hasta la planta baja. En aquel momento —me acordaría de ello en muchas ocasiones— sentí un curioso e inmenso alivio.

SEGUNDA PARTE

Lo que quedó de la oruga comió la langosta,
y lo que quedó de la langosta comió el pulgón;
y el convólvulo comió lo que del pulgón había quedado.

Joel 1:4

1

No comprendí de inmediato el porqué de aquel alivio. La verdad es que tampoco me sobraba tiempo para tratar de comprenderlo. Tenía cosas mucho más urgentes que hacer que ponerme a analizar unos sentimientos confusos. Tenía que encontrar un techo, una cama y una mesa. Como Robinson tras ser arrojado por las olas a una isla desierta, yo también eché mano de una balsa —en forma de carretilla— para regresar al buque hundido y salvar lo indispensable. Todo el mundo estaba ocupado en la misma tarea: los habitantes de la capital buscaban y rebuscaban entre las ruinas, día y noche. Parecían estar retirando basura y escombros sin parar, y a la vez estar conquistando una patria bastante desfigurada. La gente comentaba con verdadero orgullo haber descubierto, en medio del montón de despojos que había sido su hogar, su reloj de pared o su bañera. Otros descubrían alfombras persas, no siempre las suyas y no siempre en su casa. Los meses que siguieron al final del sitio de la ciudad fueron propios de una aventura.

Encontré alojamiento provisional en una casa de emergencia adonde trasladé algunos muebles rotos y desvencijados, y en la cual me instalé con mi familia. Durante tres años —desde marzo de 1945 hasta agosto de 1948, fecha en la que abandoné el país—, aquel piso fue mi hogar: allí viví, aparta-

121

do pero no del todo insatisfecho. Goethe dijo que cuando alguien empezaba a hablar de la muerte de la nación, él se ponía a bostezar de aburrimiento porque sabía que lo que estaban contándole sólo era una serie de frases rimbombantes. Sin embargo, si se enteraba de que la casa de al lado había ardido en un incendio, entonces dormía mal y lleno de preocupaciones, porque eso sí lo consideraba una auténtica tragedia. Yo pensaba más o menos lo mismo durante aquellos años. Se hablaba mucho sobre el futuro de la nación, y se decía que todo iba a cambiar completamente. Sin embargo, lo único que yo veía es que nadie se preocupaba de la nación, y sí de procurarse la vacuna contra la fiebre tifoidea o de conseguir un cristal para arreglar la ventana rota. En medio de aquella actividad febril, en aquel ir y venir constante, había algo alentador: la gente sentía que arreglar las ventanas rotas era bueno también para la nación. Se había vuelto opaco todo lo que con una palabra altisonante denominamos Historia. Y al mismo tiempo, las noticias cotidianas —dónde encontrar pan, un par de zapatos o atención médica— se convertían en Historia. Así vivíamos en la Budapest destrozada por las bombas.

El carpintero de la esquina reparó los muebles desvencijados pegándolos con cola. Los artesanos, que trabajaban como buenamente podían —pioneros de los que se llamarían después trabajadores por cuenta propia—, eran los héroes conquistadores de la patria. La mayoría trabajaba simplemente por pundonor, a cambio de una paga inflacionista, es decir, casi de forma gratuita, puesto que los billetes que ganaban se devaluaban en cuestión de horas, como si al papel moneda lo afectase la lepra. A pesar de eso, no era difícil encontrar un carpintero que pudiera hacer, con las tablas recuperadas de entre los escombros, una cama, una mesa o un armario; o un cristalero que recompusiera una ventana rota; o bien un electricista capaz de devolver la luz a los pisos a oscuras de la ciudad en ruinas. Esos conquistadores ocasionales de la patria, cruzados de su oficio, eran todos obreros chapados a la antigua, de ideas socialdemócratas, que habían aprendido —en una Hungría arrogante con códigos de honor vigentes sólo en los casinos— que también existía un código distinto al del honor: el más valorado y más humano de todos, el honor del trabajo. Algunos meses después del cerco de Budapest, esos artesanos lograron reconstruir, entre las ruinas, una ciudad donde vivir de nuevo. Por las calles patrullaban soldados rusos armados con bayonetas. Por las noches, junto a los delincuentes comunes, les quitaban todo a los escasos transeúntes, despojándolos incluso de sus vestidos. Al mismo tiempo, en pisos destartalados y ocultos detrás de puertas cerradas —como en la Edad Media y a principios de la Edad Moderna, en la época de las guerras religiosas—, los vecinos empezaban a llevar otra vez una vida humana.

Al regresar a Budapest, mi primera tarea fue encontrar y acondicionar un hogar. De vez en cuando íbamos a ver nuestra antigua casa en ruinas, pero esas visitas nos hartaron muy pronto. Ponernos delante de los escombros y llorar por el hogar perdido, como hacen los judíos delante del Muro de las Lamentaciones, no tenía ningún sentido. Era de mal gusto. Tras hallar los objetos de primera necesidad entre los cascotes, suspendimos aquellas visitas fantasmagóricas. He de reconocer que me costaba aceptar la idea de abandonar mis libros medio cubiertos de moho. Fue un alivio dar con un librero del barrio que aceptó el encargo de repescar los ejemplares menos dañados del montón de basura. El trato consistió en repartirnos los libros a medias, y fue provechoso, puesto que el librero salvó para mí unos cuantos cientos de ejemplares húngaros y extranjeros que yo apreciaba mucho, y se llevó el resto para venderlo como pudiera. Por suerte, se quedó muchos volúmenes de los que yo me deshice muy a gusto, por ejemplo, los libros de moda que las editoriales me habían estado enviando durante años. Eso también me alivió... Afortunadamente, en el reparto me tocaron las obras completas de János Arany. Asimismo, casi todas las novelas de Jókai. Además de enciclopedias, libros en francés y alemán... Al colocarlos en los estantes del piso provisional en que vivíamos, me pareció tener otra vez un estudio donde poder continuar la extraña y sospechosa profesión que Robert Musil había denominado como *gutgehende Schriftstellerei*, es decir, la de «escritor de éxito». El «estimado maestro» podía sentarse de nuevo en su escritorio para escribir, si así lo quería... La única pregunta era: ¿para quién? Otra pregunta era, según me di cuenta más adelante: ¿para qué?

No obstante, intentaba consolarme repitiéndome que tenía motivos para estar contento: vivía otra vez en una habitación con las paredes cubiertas por estantes llenos de libros. El país estaba muerto y en ruinas, como decían, pero eso eran sólo palabras. En realidad el país no estaba muerto, sino que renacía y empezaba a vivir con renovadas fuerzas. Algunos se lamentaban por haber perdido su piso, su casa, sus valiosos muebles, sus cuentas bancarias, sus títulos nobiliarios, su sitio en un escalafón social totalmente artificial, su lugar entre los valores rococós de los señoritos. Entretanto, otros esperaban que los americanos echaran del país a los rusos bolcheviques, obligándolos a retirarse a la Unión Soviética, para devolver luego todo a sus antiguos propietarios: la casa a su dueño, las tierras al terrateniente, el éxito fácil al escritor de pluma ágil y palabra dinámica. Todos esperaban que otros los ayudasen... Los campesinos anhelaban el reparto de tierras, y al mismo tiempo no dejaban de desconfiar porque sabían, por experiencia milenaria, que lo que se daba de forma gratuita siempre podía ser reclamado de nuevo. Su desconfianza era fundada... Por lo general, todo el mundo deseaba que aquella situación de tránsito finalizara y que en Hungría se instalase de nuevo —de manera ingenuamente magiar— la buena vida de antes, la misma de siempre.

Los comunistas, al menos durante los primeros tiempos, se mantuvieron alerta, urdiendo sus tácticas con cuidado.

En el terreno de la política mundial, perseveraron en ese juego estratégico cuidadoso y atento: de repente daban un paso adelante, y a continuación miraban alrededor para ver los efectos causados. Cuando sospechaban que había una oposición seria, retrocedían un paso y después, a la siguiente oportunidad, avanzaban dos. Ocurrió así durante dos años, hasta la primavera de 1947. En ese momento la táctica se aceleró: en el Kremlin se dispuso que el Tratado de Yalta se podía poner en práctica y que la Unión Soviética podía apoderarse de los estados occidentales limítrofes. Una vez decidido el Kremlin, los comunistas húngaros enviados al hogar desde Moscú empezaron a trabajar en serio.

En mi casa ya era posible vivir y, con cierta autodisciplina, podía incluso escribir. Durante el año siguiente al cerco de Budapest publiqué dos novelas que había escrito durante la guerra pero no se habían podido editar, así como algunas notas de mis diarios en un periódico liberal. Intentaba engañarme a mí mismo asegurándome que sólo habían cambiado las circunstancias y que yo seguía viviendo y trabajando como antes. Mis antiguos amigos aparecieron de nuevo, saliendo en fila india de debajo de los escombros. Sin embargo, algo había cambiado por completo en mi vida.

Un día comprendí por qué había sentido alivio al ver, nada más acabar el cerco de Budapest, mi antigua casa en ruinas, la casa donde había vivido durante tres lustros y donde se había destruido todo lo que para mí significaba algo personal: mis recuerdos y todo mi ambiente. Lo contaré como pueda... Pero antes quiero relatar otra cosa.

2

No sé si a otras personas les ocurre lo mismo: yo, al pensar en una ciudad —húngara o extranjera, lo mismo da—, no veo imágenes, sino que oigo unos cuantos compases musicales. Nueva York, París, Kolozsvár o Berlín: si una idea o una asociación libre y fortuita me traen a la mente el nombre de una ciudad, oigo música. Como si una melodía, unas notas musicales concretas, representaran para mí la esencia de esa ciudad. Por ejemplo, si alguien pronuncia ante mí el nombre de Nueva York, no se me aparece la vista de Manhattan desde la planta número cien del Empire State Building, sino que oigo, por unos instantes, la *Rhapsody in blue* de Gershwin, algún fragmento de esa música chirriante, dolorosa y lujuriosa, neurótica. No sé cuál es la razón de esa manera mía, tan melódica, de recordar las ciudades, puesto que en ningún caso suelo evocar personas o paisajes relacionándolos con música. Entre los fenómenos de la conciencia, el mecanismo de la memoria es, para mí, el milagro más temible y misterioso, y esa coincidencia momentánea —entre el nombre de determinada ciudad y una frase musical o una melodía— en mi mente es algo tan incomprensible para mí como, en general, el enigma de almacenar y recobrar recuerdos. Es como si la melodía representara el emblema de la ciudad, porque no soy capaz de controlar la duración de ese interludio melódico, ya

126

que en la cadena de los recuerdos aparecen, casi de inmediato, las imágenes, ya sin acompañamiento musical. Esos recuerdos visuales surgen siempre en blanco y negro, no en colores, de la misma forma que tampoco sueño en colores, sino en blanco y negro.

Budapest es la única ciudad cuyo recuerdo no evoca ninguna melodía en mi mente, sino versos de poemas. En ocasiones se me aparece, de manera automática, un verso desesperado de Babits, cuando clama al cielo: «¿Qué tengo yo que ver con los crímenes del mundo?» Es Jonás quien grita esa frase en el maravilloso poema de Babits, en el momento en que comprende que no existe la Providencia, que sólo existen los hechos. Ese verso traspasa a veces mi conciencia como un rayo cuando pienso en Budapest, como si las palabras estuvieran grabadas en una cinta magnetofónica que se pone en marcha por sí sola una y otra vez.

En esa cinta hay grabados otros versos que también me hablan automáticamente, evocados por el nombre de Budapest, y entre ellos se cuentan algunos que escribí yo mismo en tiempos pasados, cuando todavía me dedicaba a ello. Mientras duró el cerco de la capital compuse algunos poemas con ritmo y rima, aunque no soy poeta, puesto que mi sistema nervioso y mi conciencia no contienen la energía condensadora que llamamos poesía, una fuerza capaz de catalizar —de una manera mágica, a veces demoníaca— en una sola palabra los elementos de la pasión y la razón, del mismo modo que se reúnen en el núcleo del átomo los protones y los neutrones... El hecho es que yo escribí algunas líneas rítmicas que acababan en ocasiones con el tintineo de esa joya bárbara que es la rima. Hubo algunos que llegaron a parecerse a poemas, pero siempre carecían de esa fuerza condensada y explosiva que caracteriza a la verdadera poesía. Porque la poesía auténtica siempre necesita de tal fuerza.

Sin embargo, esos versos caseros me venían a la mente en ocasiones al recordar Budapest. E inmediatamente después veía imágenes fijas que surgían del fondo de mi memoria: una esquina, una calle, un rostro humano. Era como si los versos acompañaran a las imágenes en el álbum de los recuerdos. Porque Budapest y todo lo relacionado con esta ciudad permanece en mi cabeza en forma de imágenes fijas y en miniatura: una serie de minúsculas fotografías de un álbum diminuto que me pongo a hojear de vez en cuando. Las imágenes no muestran ninguna acción, no constituyen una película: son fijas e invariables. Y de la misma forma que en las miniaturas de los maestros flamencos cabía perfectamente toda una ciudad medieval —pintada con trazos bien definidos, con sus baluartes, su iglesia, su patíbulo, sus casas de tejados inclinados y sus vecinos parlanchines reunidos en la plaza—, en mi mente se encuentra en forma de imágenes fijas, precisas y rodeadas por una fina línea, todo lo que viví en Budapest durante aquellos tres años, desde el final del cerco hasta el momento del exilio voluntario. Esas imágenes no se mueven: la Historia es siempre una imagen fija porque lo que ya ha ocurrido ya está muerto de manera irreversible. Yo contemplo mis recuerdos de Budapest como si estuviera mirando, en un álbum familiar, los rostros un tanto ridículos, un tanto inquietantes, de mirada fija y ojos vidriosos, de mis parientes o conocidos muertos.

Han pasado veinticinco años, apenas el tiempo de una generación, desde la última vez que vi Budapest. Durante estos veinticinco años ha habido muy pocos días en los que no haya abierto ese particular álbum de recuerdos y no haya pensado en ella. Y cada vez que esa ciudad de belleza tan singular invadía mi mente, mi conciencia se llenaba invariablemente de un sentimiento de solidaridad. Sin embargo, en este cuarto de siglo no ha habido ni un solo día en el que haya pensado en Budapest con nostalgia. Todas las veces que he soñado con la ciudad —todas las veces que he soñado que me encontraba de nuevo en Budapest— se trataba de pesadillas angustiosas. Despertar suponía un alivio porque significaba que sólo se había tratado de un sueño. Durante un cuarto de siglo, en el extranjero, sufriendo en ocasiones una terrible indiferencia y un desinterés del tamaño de un océano, siempre me ha tranquilizado saber que tuve el valor de salir y que así evité vivir allí los acontecimientos de los últimos veinticinco años. En ciertas ocasiones pensaba que la tranquilidad que me invadía al despertar de mis pesadillas era simplemente cobardía, que estaba contento porque había tenido el valor de salir a tiempo de una zona peligrosa, y que no me había visto obligado a convertirme —sin pretenderlo, sin quererlo, simplemente por el hecho de haberme quedado— en cómplice de todo lo que allí ocurría. Sin embargo, ésa era una explicación barata, un pretexto. La realidad era otra. En el fondo de todos mis pensamientos, sentimientos y sueños relacionados con Budapest se encuentra el recuerdo del instante en que comprendí, repentina y vertiginosamente, por qué había experimentado alivio al hallar un montón de escombros en el lugar donde antes había estado mi casa tras volver a la capital desde el pueblo. Me he acordado de ese instante muchas veces. Nunca he mirado con simpatía a los forofos de las ruinas, ni comprendí a Gandhi cuando, una noche, bajo el resplandor de la luna, al ver los suntuosos palacios de Nueva Delhi susurró muy emocionado: «En qué ruinas más hermosas se convertirán...»

Porque lo que yo había visto no era hermoso en absoluto.

3

... ten cuidado, que pisas sangre, dejado y lleno
de barro está el Bastión; alzan la vista al cielo
los cadáveres, cielo al que el humo ya anuncia
que abajo está en llamas el barrio de Krisztina;
el gitano del Balta, de música quejosa,
ha desaparecido, quedan hedor y sombra,
y en el Castillo, en su iglesia, yacen juntos
caballos muertos y príncipes difuntos...

4

No se trata de ninguna exageración poética: una fría y brillante mañana de marzo —en la parte occidental del país, en el Transdanubio, todavía sonaban los cañones y las tropas del mariscal soviético Tolbujin perseguían a los alemanes y los fascistas húngaros en su retirada hacia Viena— vi con mis propios ojos dos caballos muertos tirados en la iglesia de Matías de Buda, delante de la tumba de los príncipes.

Eso ocurría en la primavera de 1945, es decir, un año después de la famosa celebración de mi onomástica, cuando la familia se había reunido por última vez. Desde el elevado baluarte del paseo del Bastión podía apreciar perfectamente el panorama de la ciudad que se extendía a mis pies: el cambio producido durante aquel año. Aquella mañana de marzo había subido al barrio del Castillo buscando a alguien. No lo encontré porque había muerto. En aquel tiempo los teléfonos todavía no funcionaban, así que existía una sola manera segura de averiguar algo sobre los vivos y los muertos: ir a verlos a pie. La casa de la persona a quien yo buscaba no existía ya. De los seis mil vecinos del barrio del Castillo permanecían en sus casas unos seiscientos; los demás habían muerto o huido.

Seguí paseando por las estrechas calles del barrio, entre los desechos de los humildes palacios, un tanto grotescos, del «Faubourg Saint Germain húngaro». Aquel paseo me hizo recordar el momento en que Ulises contempla las profundidades del Hades. Al final del paseo del Bastión se encontraban intactos media docena de cañones antiguos: eran de bronce, de la época de los turcos, y pertenecían al Museo de Historia Militar. A su lado, una placa rezaba: «Por favor, no tocar los cañones.» Esa preocupación por parte de los responsables del museo siempre me había sorprendido cuando pasaba por allí casi a diario durante mis paseos: habría sido lógico que la dirección del museo intentara proteger a los civiles de los cañones, pero yo nunca había visto, en ningún país del mundo, que se protegiera a los cañones de los civiles. Seguí caminando a lo largo del paseo del Bastión, me detuve a la altura de la Escalinata de Granito, y desde el baluarte miré las profundidades.

Los cronistas de la propaganda comunista oficial designaron aquella época —el final de la Segunda Guerra Mundial— como «el momento de la Liberación». Hablaban de ese período como del comienzo de una nueva era, como de a. C. y d. C. Consideraban que el pueblo húngaro se había liberado del terror nazi y ya estaba preparado para soportar el terror comunista. Muchos habían sufrido persecución por su origen o sus ideas: para ellos, la llegada del ejército soviético significaba obviamente una liberación, por lo menos hasta que se enteraron de que en adelante tendrían el derecho a pudrirse en las prisiones del imperio ruso. Otros, la inmensa mayoría de los habitantes del país, no consideraban una liberación lo que había ocurrido. El idioma húngaro es muy conciso, aunque también es propenso, por su espíritu, a la retórica rimbombante; se podría decir que es retórico de manera concisa, así que la situación establecida tras la llegada de las tropas soviéticas se definió como «después del cerco de Budapest», oponiéndola al tiempo de «antes del cerco de Budapest».

Yo, personalmente, no experimenté ningún tipo de liberación. No me sentía capaz de mostrar mis heridas: otros habían sufrido y perdido mucho más que yo. Allí, acodado en el baluarte, al contemplar las ruinas del lugar donde había vivido, comprendí que en medio de aquel montón de escombros, miseria y descomposición, en aquel vertedero de la Historia, no solamente se había perdido mi hogar, sino que también se había aniquilado una caricatura. La «liberación» no se apreciaba por ningún sitio —ni dentro de mí ni a mi alrededor—, aunque sí había cierto eco de ella, porque por fin me había liberado de mi propia caricatura.

Por lo menos en aquel momento lo creía así. Todavía no sabía que la ley de la conservación de la energía es válida no sólo en el terreno de la física, sino también en el marco del destino personal: nunca se destruirá por completo el fenómeno que construye y constituye la personalidad más allá de la mera realidad orgánica. El ser humano no solamente actúa, habla, piensa y sueña a lo largo de su vida, sino que también calla: durante toda nuestra vida callamos sobre quiénes somos, sobre ese ser que sólo nosotros conocemos y que no podemos revelar a nadie. Sin embargo, sabemos que el ser sobre quien callamos representa la verdad: ese ser somos nosotros mismos, y callamos sobre nosotros mismos.

Pero ¿por qué callamos tan ansiosos y tan rígidos? Malraux escribe en uno de sus libros —publicado en la época en que ya no era el «escritor favorito en la corte de De Gaulle, Su Majestad *parvenu*»— que el ser humano se muestra propenso a pensar, durante toda su vida, que guarda en su interior algún «gran secreto». Sin embargo, ésta es una gran equivocación: el ser humano no es «el Polo Norte, lo Secreto, lo Extraño», como afirmaba Ady, lamentándose, sino un puñado sucio o un montón miserable de secretos insignificantes. El ser humano intenta, durante toda su vida, salvaguardar y mantener en su interior esos secretos insignificantes, con un sentimiento de devoción fervorosa, crispada y demente, sin que ello tenga sentido alguno, puesto que acabará por descubrirse —en el momento de la muerte o incluso

133

antes— que no había ningún gran secreto. Tan sólo teníamos secretos insignificantes, unos residuos que hubiésemos podido mostrar a los demás y que no valía la pena esconder. Los secretos de nuestro papel. Los secretos de la ambición, de la envidia, de la familia. Los secretos de la sexualidad... en su «forma proteica», como dirían los psicoanalistas, esos talmudistas del bajo vientre. ¿Valía la pena mantener todo eso en secreto?

Yo creía que, en medio de la Historia con mayúscula, había quedado aniquilada la caricatura deforme que yo había sido. Ese ser deforme que yo había tenido que asumir, puesto que en realidad mi propia caricatura también había sido yo mismo. La caricatura escondía a la persona que no podía o no se atrevía a mostrarse, puesto que uno no solamente es aquel que es, sino también su propia caricatura, invariablemente. La caricatura no es divertida ni serena, sino amarga, cruel y vengativa. Yo creía que se había aniquilado en mí el escritor burgués, el escritor urbano o el dandy... No podía negar que era además la persona que la caricatura representaba. No me sentía capaz de demostrar que detrás de la imagen distorsionada existía otra que no tenía nada que ver con el dandy o con el escritor burgués, con el neurótico cazador de experiencias, con el vividor que escribe libros, obras de teatro, artículos de prensa como si participara en una competición, con el vagabundo maniático... Deseaba actuar como los niños que juegan al escondite y de repente gritan «ya no vale, ya no sigo jugando»... Pero no podía, porque era «esto» y «también lo otro»... Por un momento (claro, por un momento denominado histórico) creí que había sido aniquilado ese malentendido personal, esa caricatura. Y que por fin podía ser quien era.

Eso creí por un momento. Fue un momento bellísimo, inolvidable... Como cualquier momento en el que uno miente con un alivio total y con absoluta sinceridad, a sí mismo o a otra persona. Entonces aún no sabía que uno nunca se libra totalmente del malentendido que se forma acerca de su persona, que no puede librarse de ello porque el malentendido también contiene elementos de verdad, y la caricatura que el mundo le pone como espejo es, a un tiempo, él y el otro que ha estado tratando de disimular durante toda su vida. Así que desde la altura del baluarte del paseo del Bastión no se me ocurrió romper en lamentos, ni utilizar un tono bíblico, digno de Ezequiel, sino simplemente contemplar el paisaje que se extendía a mis pies, un cementerio revuelto donde se descomponía todo lo que había sido mi vida hasta aquel momento. Al contrario, pensé que había costado mucho, pero que por fin había ocurrido...

En las profundidades, entre las ruinas (así me lo imaginaba), se descomponía, lleno de moho, el burgués que yo había sido. En los sótanos de las casas en ruinas, debajo de los tejados agujereados, se desplazaban con pena y dificultad unas personas que pertenecían a la burguesía. Aquel hueco iluminado por el sol, allí, en las profundidades, había sido mi hogar, donde había llevado una vida de burgués. No se trataba de un piso de gran señor, sino de un piso de escritor burgués, un piso que nos pertenecía, como un traje de buen corte pero ligeramente desgastado por el tiempo, un traje que uno se pone a menudo porque se siente a gusto en él, independientemente de los cambios de la edad y la moda. Habíamos vivido tres lustros en aquel hueco, tras volver a Hungría desde París, después de seis años pasados en la capital gala (ahora se me ocurre, como tantas otras veces, la explosiva idea de que quizá fue una equivocación volver, y a continuación acude a mí la respuesta de que no fue una equivocación, porque el único idioma que soy capaz de utilizar para escribir es el húngaro). En aquel hueco vacío —en el piso que ya no existía— había escrito cuatro docenas de libros, miles y miles de artículos, viñetas, nimiedades coloreadas... Allí había aprendido mi profesión (*lege artis*) más o menos, y allí la había puesto en práctica. Tenía motivos para lamentarme, porque se había destrozado todo lo que, desde fuera, mantenía unido y salvaguardaba lo que yo era.

Al mismo tiempo (otra vez el instante vertiginoso), no me sentía capaz de llorar con la debida sinceridad o convicción por lo que se había aniquilado allí, en las profundidades. No me sentía capaz de quejarme, como el profeta en el desierto, por lo que se había destrozado, porque había algo en las profundidades que no me gustaba. Claro, había muchos valores, mucha belleza, muchas ilusiones nobles... Pero nada había sido lo que parecía ser, ni lo que yo había creído que era. Y nada había estado en su lugar.

Yo había sido y seguía siendo un burgués (aunque bajo la forma de una caricatura), y todavía lo soy, un burgués viejo en una patria que me resulta extraña. Ser burgués nunca ha sido para mí una categoría social; siempre he considerado que se trata de una vocación. La figura del burgués representa para mí el mejor fenómeno humano creado por la cultura occidental moderna, justamente porque el burgués es quien ha creado la cultura occidental moderna: tras ser aniquilada la envejecida estructura social basada en la jerarquía feudal y haberse desmoronado en el mundo un orden social caduco, el burgués estableció un nuevo equilibrio. La raza humana es incapaz, desde un punto de vista social, de vivir sin un *pathos*: si le arrebatan el sentimiento de la nación y la raza, necesita el *pathos* de la clase social o cualquier otro... No puede vivir sin él. Lenin no creía en la conciencia de clase del proletariado, sabía que el proletario no tenía conciencia de clase, y que por lo tanto era necesario suplantar la ausencia del mito de clase del proletariado por el mito del Partido. Sin embargo, el Partido no era un escuadrón de proletarios con conciencia de clase, sino más bien un conglomerado de gente plebeya, de personas que propugnaban el final de una burguesía que había estado manteniendo en su poder los bienes y los medios de producción (y eso era verdad); pero acallaban el nuevo papel que habría de tener esa burguesía constructora de ciudades, de cultura, de todo un continente llamado Europa: el papel de elevar a la masa informe a su propia altura. Porque eso es lo que ha ocurrido en todo Occidente... En los folletos que en la época llamaban «prensa» en Hungría, se hablaba, aunque en voz baja, del nuevo papel progresista de la burguesía. Los comunistas sabían que no podían hacer nada sin los intelectuales, así que éstos empezaron a tocar mandolinas y entonar coplillas sobre una burguesía progresista y liberal que comenzaba a desempeñar su verdadero papel histórico tras haber desalojado a la burguesía reaccionaria. Ese chiste de mal gusto que corría por Budapest y que afirmaba que no solamente podía convertirse en ilustrado alguien cuyo abuelo había sido un desharrapado, se basaba en la sospecha de que esos trovadores pretendían reemplazar su propia incompetencia intentando convencer a los burgueses de que se afiliaran al Partido. Había algunos intelectuales que intuían que los burgueses no necesitaban tanto de trovadores como de algún Savonarola que los despertara de su asustado aturdimiento... Sin embargo, en ninguna parte encontraron un Savonarola burgués al que recurrir.

Yo había estado constantemente en contienda con esa burguesía. Nacido en una familia burguesa de las Tierras Altas, nunca me sentí en mi casa en Budapest, en el piso burgués de la parte de Buda, convertido en escombros en medio de las ruinas, y tampoco me identifiqué con el papel designado para mí. Me faltaba algo... ¿Qué me faltaba?

La atmósfera. El ambiente aglutinador y vivo de la burguesía que había conocido en mi tierra (en Kassa, mi ciudad natal, nunca me había faltado; tampoco entre los vecinos de Kolozsvár había sentido esa asfixiante falta de atmósfera). En Budapest, por el contrario, me resultaba extraño todo lo que me rodeaba —el señor consejero superior del gobierno, su honorable excelencia, la gran señora atormentadora de criadas, el plutócrata del barrio obrero de Lipót, quizá el mejor en ese museo de cera de la falsa burguesía de la capital—

porque esa ciudad no representaba para mí el ambiente vivo y aglutinador de la burguesía: tan sólo era una caricatura de los recuerdos de Kassa que yo guardaba con fidelidad. Una caricatura como lo era yo mismo. Me di cuenta de que en ese ambiente, en el marco de mi condición de escritor de éxito, nunca me había sentido cómodo. Siempre había buscado algo, algo que me faltaba... ¿Y qué buscaba? Buscaba respirar un aire que me fuera propio, un aire que perteneciera a mi propio mundo. Eso era lo que me faltaba, y quizá por eso había viajado tanto y había salido de mi país todas las veces que me había sido posible durante las últimas décadas.

—Bueno, ahora he vuelto. —Así concluí mis reflexiones, sin dejar de contemplar, con mucha atención, el hueco vacío en que se había convertido todo.

5

... Ya puedes descansar sentado en el bordillo,
donde la Escalinata de Granito da al vacío:
se mecía el follaje de los verdes castaños,
feliz, en las mañanas del fúlgido verano,
detrás de la ventana novelas escribías,
y el cielo en los momentos de vértigo se abrió;
aquí fuiste poeta, lloraste, de rodillas.
Mira a tu alrededor. Era la calle Mikó...

6

Y había allí muchas cosas dignas de interés. Cerca de los metros cúbicos de aire que habían constituido mi hogar, en su vecindad más próxima, se elevaba el montón de escombros que había sido la casa de Kosztolányi. Era una casa de un solo piso, probablemente de cuatro habitaciones. Al lado de la puerta de entrada, en el ala derecha, se encontraba el estudio del poeta. Todas las paredes del estudio estaban cubiertas de estantes llenos de libros, y presentaban un aspecto exactamente igual al que esperaría el estimado lector, aunque el poeta que allí vivía no utilizaba los libros como decorado, sino que muy probablemente los había leído todos. Yo creo que de todos los escritores europeos, los húngaros eran los lectores más aplicados. En Hungría, la lectura era una tarea muy importante para los escritores, más importante incluso que la propia escritura, porque el idioma húngaro no se hallaba todavía tan anclado en las distintas capas de la conciencia literaria como el alemán, el italiano o el francés. Estas lenguas europeas se nutrían de su periferia idiomática teutónica, latina, eslava... El idioma húngaro no había sido almacenado en ningún lugar: hubo que reunir sus palabras durante un milenio entero, echando mano de vocablos prestados que en ocasiones eran extraños y no tenían nada que ver con el espíritu del idioma. El poeta húngaro, al cavar en las capas más profundas de su conciencia, no siempre encontraba palabras o términos apropiados para describir un fenómeno nuevo: era como si la lengua se hubiese quedado adormilada, somnolienta, en algún lugar lejano del siglo pasado.

Los escritores húngaros leían, incluso en el siglo XX, con la avidez, la curiosidad y la avaricia de alguien que tiene una tarea importante y urgente que resolver: la de compensar las carencias de mil años de soledad, silencio y sofoco asmático; porque disponían de pocas palabras para contarse a sí mismos los descubrimientos sobre el gran secreto, sobre lo húngaro y lo cultural... Los términos relativos a lo cultural eran, para otros pueblos y otras lenguas más importantes, términos contemporáneos que fluían, se mezclaban y se concentraban en unos procesos conjuntos y mutuos. El idioma húngaro seguía careciendo de palabras. Se dice que Shakespeare utilizaba treinta mil palabras... ¿Cuántas habrán utilizado Balassa, Pázmány o Zrínyi? Por lo tanto, los escritores de todas las épocas —tanto los que eran al mismo tiempo guardias reales como los que escribían sus poemas en los cafés de Budapest, bien en medio del humo asfixiante de su pipa, como Csokonai, o del humo amargo de sus cigarrillos, como Zoltán Somlyó— importaban, de contrabando, palabras nutritivas al idioma húngaro, raquítico y anémico, intentando maquillar la palabra advenediza para que no se reconociera o para que sonara mejor... Todo resultaba insuficiente. Porque no solamente había que proteger, limpiar y pulir el precioso idioma húngaro, tan solitario, sino que había que rellenarlo, por medio de la lectura, con motivos de otros idiomas (el único pariente del húngaro en el mundo entero es el finlandés, pero nadie, aparte de los lingüistas especializados en la familia finoúgria, entiende ese parentesco). Había que darle al idioma húngaro una buena dosis de vitaminas porque, después de mil años de presencia en Europa, seguía necesitando el alimento que recibía de otras lenguas. Un escritor checo que en medio del proceso de escritura descubría que necesitaba urgentemente alguna expresión, recurría a las lenguas vecinas, al idioma ruso, al polaco o a algún dialecto eslavo, y encontraba de inmediato todo lo que precisaba. Pero el húngaro ¿a quién podía pedir prestado? Los escritores húngaros intentaban nutrir ese débil metabolismo espiritual leyendo. Allí, a la derecha, leía y escribía Kosztolányi. Echemos un vistazo a su estudio. Se puede apreciar lo que ha quedado de él. Las tribus que habían traído consigo las raíces del idioma al partir desde los cenagales de Lebedia, atravesar los Cárpatos y bajar poco a poco al territorio que se extiende entre el Danubio y el Tisza, trajeron consigo pocas palabras y no leían absolutamente nada. En la época en que las tribus húngaras emprendían su viaje, abriéndose camino entre los salvajes bosques tupidos, otros pueblos —los griegos, los chinos o los indios— habían leído tanto que infinidad de palabras habían calado ya en su conciencia. Sin embargo, los húngaros estaban —según la terminología lingüística— en el estado de «salvajismo superior». No tenían palabras suficientes para contar en Europa todo lo que pensaban, todo lo que habían experimentado. No eran capaces de hacerse comprender por los que ya tenían muchas palabras —algunas incluso ya desgastadas, arrugadas—, no eran capaces de intercambiar ideas. Una idea necesita de palabras: sin palabras no puede haber intercambio, sólo puede haber un cosquilleo en la conciencia, parecido a un hormigueo en la piel. Tampoco tenían más números que los dedos de una mano, sólo tenían cuatro o cinco. No se apresuraron en fabricar vocablos, como tampoco en conquistar la patria: no tenían mapas ni meta alguna en su migración. No buscaban una patria, sino pastos para sus animales.

Fueron precisamente los poetas los que terminaron transformando los pastos en patria. Siempre son los poetas los que transforman los pastos en patria. Tenía razón Ezra Pound cuando decía que todo lo que los pueblos desean se justifica con la poesía. Es el caso de Benedek Virág, por ejemplo, quien «garabateaba sus poemas de amor con pluma de oca» (según lo describe Kosztolányi) no muy lejos de donde yo me hallaba, en algún hueco húmedo del barrio de Vizi. Kosztolányi cuenta, en un poema, una hipotética visita al Viejo Sabio: una visita fuera del tiempo y el espacio, ya que éstos no existen para el espíritu, de la misma forma que tampoco existen para los astronautas en el cosmos. Partiendo del barrio de Krisztina llega al barrio de Vizi, a la casa del poeta. Hace una lectura de algunos de sus poemas, y el anciano escritor «alaba el poder de la Poesía / entregando, a cambio, una manzana». De todas maneras, los poetas húngaros apenas recibían nada más a cambio de sus poemas que alguna que otra manzana de algún compañero.

Kosztolányi —como Benedek Virág, como todos los poetas húngaros— sabía que al estar en medio de eslavos y germanos sólo disponía de una patria: el idioma húngaro. Todo lo demás era, en cualquier época, oscuro, borroso y fluctuante: las fronteras, los pueblos, todo. El idioma era lo único constante, cada vez más cristalino, como un diamante. Había que pulirlo sin cesar para que brillara cada vez con más luz propia. Eso es lo que hacía Kosztolányi. Por eso leía con sus gafas día y noche, en su estudio, transformado después en un montón de escombros.

Mientras leía, ese escritor urbano, ese *homo esteticus* —como un ladrón vestido con frac en una sociedad elegante donde se hubiera colado sin ser invitado, la sociedad de la literatura universal— robaba siempre algo para el idioma húngaro. Los húngaros habían atravesado los altos montes de los Cárpatos a caballo o tirando de sus carros. Más adelante se ufanaron de que el húngaro era un pueblo ecuestre. Quizá lo fuera en la época de Benedek Virág. En la de Kosztolányi ya no lo era, por más que dijeran que montaban a caballo por diversión o criaban caballos de raza para las competiciones; en esa época reducida a ruinas el pueblo ya no montaba a caballo. La nación ecuestre había dividido el papel en dos: los que montaban a caballo y los que se lo comían. Estos últimos eran más. Sin embargo, había que terminar la conquista de la patria, había que crear un idioma, un idioma cuya claridad y fuerza expresiva fueran capaces de dar un sentido a los paisajes, a las bestias y a los seres humanos: así que los poetas leyeron y leyeron por los siglos de los siglos (las runas de los húngaros primitivos no se pueden considerar una verdadera escritura, como tampoco los signos de nudos de cuerda de los toltecas, los aztecas o los mayas fueron apropiados para escribir poemas o novelas. Igual que tampoco existe la literatura egipcia, porque los signos y los símbolos son fijos, no móviles como las letras; con símbolos no se puede escribir algo como «vuela lentamente y canta largamente»). Era necesario rellenar ese hueco —la falta de letras para componer palabras— con la mayor rapidez, porque hasta que eso se produjera, nada tendría sentido para los húngaros, y ellos mismos carecerían de un sentido para el mundo: seguirían siendo unos simples nómadas de espíritu balbuceante, unos vagabundos parecidos a bestias.

Así que era urgente escribir, lo antes posible, con letras. Por eso escribieron Berzsenyi el «bigotudo»; Kazinczy, que recordaba tan entrañablemente la figura de Don Quijote, o Arany, ese «revolucionario disfrazado». O Jenő Heltai, barrigudo y encantador, que fumaba en pipa sin cesar. O Babits, genial y febril, de respiración difícil. O Ernő Szép, que balbuceaba como un bebé. O Attila József, que se refugiaba en un universo decorado a lo Gauguin. O Lőrincz Szabó, ese maravilloso viejo adolescente de respiración salvaje. No solamente escribían por placer, sino que también leían, a veces a duras penas. Leyeron en todas las épocas y en todos los idiomas accesibles. Hacían traducciones de poemas persas desde su versión alemana, de poemas chinos desde su versión inglesa... Leían de todo porque era necesario rellenar los huecos del idioma húngaro, para que, además de las palabras necesarias, tuviera también otras no tan indispensables. Sabían que la Literatura comienza con las palabras innecesarias. Y que la nación comienza con la Literatura. Kosztolányi, como todos los escritores húngaros —allí abajo, en medio del montón de escombros que quedaba de su hogar—, nutría y desinfectaba el idioma húngaro como el médico cuida al enfermo grave en medio de una epidemia infecciosa.

En esa época —especialmente durante el año siguiente al final de la Segunda Guerra Mundial— aparecieron en Occidente un montón de libros sobre la necesidad de que los escritores se comprometieran con alguna causa. La mayoría de esos libros examinaba, desde un punto de vista marxista, las tareas de la literatura y de los escritores en los tiempos de la lucha de clases. Uno de esos libros llegó a Budapest, el de Sartre. Al leerlo, me enteré de que yo no era libre porque la sociedad sin clases aún no se había convertido en una realidad.

El libro fue una lectura interesante en aquella época. Los comunistas se apresuraron a declarar en Hungría que la mayoría de las obras literarias que el público —es decir, la burguesía que había poseído el monopolio del poder— había leído durante el siglo en curso, era literatura dañina. Sartre no decía eso. Él reconocía que los siglos de la burguesía —los siglos XIX y XX— habían oído las voces de grandes escritores, pero tales escritores (según él) no eran libres porque su público exigía que en sus obras realistas, naturalistas o incluso románticas mostraran las ilusiones del orden mundial burgués. «¿Para quién escribían esos escritores?», preguntaba Sartre, altisonante y despectivo. Esa pregunta resonó como una fatídica amenaza en la conciencia de una generación de intelectuales desengañados.

La pregunta me parecía muy apropiada allí, sobre las ruinas de la casa de Kosztolányi: durante este siglo, más exactamente entre las dos guerras, en la Hungría de Trianón, ¿para quién escribían los escritores húngaros? ¿Quién era su público? Por ejemplo, ¿para quién escribía Kosztolányi?

Hasta finales del siglo XVII, los escritores no tenían público —así lo afirmaba Sartre—, puesto que, hasta la desaparición del orden feudal, el escritor, como fenómeno social, escribía para su mecenas, o sea, para el príncipe, para el obispo o para algunos bibliófilos. En aquella época el escritor era clásico, es decir, que en su proceso creativo se veía obligado a respetar unas reglas rígidas y severas de tipo jerárquico. En los siglos XVIII y XIX, sin embargo, los escritores ya tenían público: la burguesía que Sartre y los intelectuales marxistas retrataban de manera obstinada como un grupo de monstruos obsesionados con la dominación y el poder, como únicos propietarios de los instrumentos de producción, crueles y con la idea fija de conseguir los máximos beneficios. Los escritores —así lo afirmaban ellos— ya sólo podían escribir si servían a los intereses e ideales de sus nuevos dueños, los burgueses... Seguramente hubo escritores de este tipo en todas las épocas. Lo que olvidaban mencionar es que los escritores liberados de la camisa de fuerza del clasicismo feudal fueron tan libres en la jerarquía burguesa que pudieron crear las ideas ilustradas de la Revolución Francesa. Su público, es decir, la burguesía, no solamente los alentaba a ello, sino que les exigía tales palabras liberadoras.

Dicho razonamiento cojeaba también por otro lado. Los escritores habían tenido público incluso antes de la invención de la imprenta: en las representaciones de los dramas griegos y latinos aplaudían no sólo los privilegiados, sino también el público anónimo en general. Precisamente éste era el que llenaba los teatros; Shakespeare entusiasmaba a los bibliófilos cultos, quienes ya conocían *Hamlet* en su edición en papel, pero también al *misera plebs*, el público de los gallineros, un público analfabeto. Los escritores tuvieron un público por encima de cualquier clase social desde el momento en que se inventó la imprenta y los libros dejaron de ser objetos de arte o de culto secreto. Cien años después de Gutenberg, la novela de Cervantes era ya un *best seller*. Erasmo editó su sátira de la locura, y el libro fue comprado y leído por una auténtica multitud para la época. En todas las partes del mundo donde la burguesía había tomado el relevo, los libros empezaron a desempeñar su papel. Los marxistas reconocían el cometido que la burguesía tenía en ese relevo, pero le negaban su legitimidad. Toda una generación de intelectuales del siglo XX definía y situaba el futuro del escritor liberado en una sociedad sin clases. Sólo había unos cuantos que sospechaban que en una sociedad sin clases (algo que no existe, ni existió, ni puede existir, puesto que sin clases sólo hay masas y no puede haber sociedad) los escritores terminarían pronto en el basurero, puesto que las masas no los necesitarían para nada en absoluto.

Pero ¿para quién escribía Kosztolányi? ¿Y Babits? ¿Y Ady o Móricz?... En ningún caso para el aristócrata provinciano, ni para el campesino rico. Los buenos escritores que concebían la literatura como una misión evangélica escribían muchas veces sin ningún eco, siempre en condiciones humildes y a veces miserables... Pero ¿para quién? Al lado de la lista de los libros más vendidos, fáciles de leer y cómodos para los gustos pequeñoburgueses, existía una literatura húngara de alto nivel: ¿quién la leía?

Los campesinos no leían. La élite de la clase obrera, de formación socialdemócrata, sí leía, pero ¿qué? ¿Era más alto su nivel de formación literaria que el de los pequeños burgueses? Leían a Jókai y acertaban: hasta hoy en día no se puede leer, en lengua húngara, nada más verdadero, más bello, nada mejor. También leían, gracias a ediciones baratas y folletos divulgativos —a veces publicados por el Partido—, los libros que los representantes progresistas de la burguesía les ponían entre las manos: las obras de la literatura occidental creadas por los escritores deseosos de un destino mejor para los trabajadores, como Zola o Wells. Sin embargo, no tenían la suficiente preparación para leer las obras que exigían un esfuerzo intelectual mayor.

Para el escritor, un velo de bruma ocultaba al lector que comprendía a Kosztolányi y a sus exigentes contemporáneos. En general, las mujeres leían más y con más sensibilidad que los hombres de su misma clase. No solamente las jovencitas, las cultas y entusiastas de la literatura, sino las mujeres como clase, como si desearan que el escritor fuera capaz de decir lo que el lector pensaba. Leían los jóvenes universitarios: en aquella época los jóvenes no se entusiasmaban tanto como hoy por las carreras científicas; todavía existía cierto interés por las humanidades, aunque ya era menor que cuando yo estaba en la escuela secundaria, a principios de siglo, cuando —mucho más allá de la lista de las lecturas obligatorias— lo leíamos todo, como si de una competición se tratase, absolutamente todo lo que nos llegaba de la literatura universal, la mayoría de las veces en traducciones imperfectas y defectuosas.

En las Tierras Altas y en Transilvania —la parte húngara de Eslovaquia y Rumanía, territorios que fueron arrebatados a Hungría a raíz del Tratado de Trianón—, durante las décadas posteriores, en la vida de las minorías un buen libro húngaro se convirtió en una necesidad vital (en esas décadas, los judíos húngaros de esos territorios gastaron más en libros húngaros que toda la clase pudiente de terratenientes que había entre los ríos Danubio y Tisza). También existía en Hungría una capa de intelectuales, miembros de la antigua aristocracia venida a menos, transformados en funcionarios, personas que vivían en casas destartaladas o en pisos de tercera, deseosos de salvaguardar los valores literarios. No eran muchos, pero tenían una función motivadora. El lector medio era prácticamente invisible. Los biombos oficiales del Instituto Nacional de la Seguridad Social ocultaban las condiciones sociales reales del país. A partir de 1867, la nobleza ya no desempeñó el papel de protectora de la cultura, y la mayoría de sus representantes se comportaron como si el país entero fuera su coto de caza. El nivel literario de los miembros de la nobleza venida a menos y de los campesinos ávidos de poder era miserablemente bajo. Sin embargo, en la biblioteca del hogar de mi padre, en Kassa, los libros húngaros y extranjeros que se encontraban en las vitrinas no eran mero decorado, y en las ciudades de provincias había más bibliotecas de ese tipo que en la misma capital. Ciertamente, en alguna parte existían los lectores... Pero el escritor húngaro no podía ver su rostro.

Los escritores necesitan conocer el rostro de sus lectores. No en el circo de las veladas literarias, sino en otro lugar y de otra forma. Como los espiritistas ven el aura de la persona evocada en el plasma materializado. Una obra literaria no es solamente lo que el escritor (y el libro) cuentan, ni tampoco su manera de relatar, sino sobre todo la atmósfera que la rodea. En esa atmósfera el libro cobra vida, y sin ella se resume en un astro frío, en un cuerpo celeste que brilla pero no tiene alma. Esa atmósfera no desaparece con la muerte del escritor. De la misma manera que en la vida real, en la literatura también existen personas que desaparecen muy poco a poco y que dejan su huella después de morir, que dejan algo de su ser, algo que sigue creciendo a partir de la atmósfera de su obra, como siguen creciendo el cabello y las uñas de los muertos. Así de viva sigue la persona de Tolstoi o la de Proust... Kosztolányi escribía para el momento, producía atmósferas, y después de su muerte, los textos insignificantes que él había descartado se convirtieron en una obra maestra en miniatura.

Para que un libro permanezca vivo, el escritor debe saber que en algún lugar del presente o el futuro existe un ser extraño, su lector, un fenómeno dialéctico que es su aliado y al mismo tiempo su enemigo. Alguien que lo invoca y al mismo tiempo lo rechaza. Hay algo sensual en ese fenómeno, algo invocador y algo amenazador. Él es la pareja, como la mujer en el amor. ¿Y el editor, esa matrona y alcahueta, dónde se sitúa? Durante los años creativos de Kosztolányi aún existía una relación oscura y personal entre escritor, editor y lector. Hoy ya no existe: la civilización comercializada e industrializada exige, en Occidente, un producto de masas que satisfaga sus gustos, mientras que en el Este de Europa sólo se aceptan las obras politizadas, patentadas y medidas según la ideología reinante. Kosztolányi no llegó a conocer la época en que las editoriales consideraban las bellas letras un apéndice de sus publicaciones, algo que añadir a los *best sellers kitsch* y a los libros pseudocientíficos, como hace el carnicero al colocar un trozo de grasa junto a la carne. Una época en que la obra literaria que encontraba editor se convertía en sospechosa, porque el lector adivinaba, y con toda razón, que no era el libro el que había encontrado editor, sino el escritor, con artes de mafioso. Una época en que becarios diletantes escribían, uno detrás de otro, libros sobre la vida y obra de los creadores, y a continuación aparecían ante la opinión pública graznando orgullosos como la pata al poner sus huevos. Una época en que se escribían más libros sobre libros que libros de bellas letras. Él ya no llegó a conocer esa época porque tuvo la suerte de morir de cáncer de garganta una década antes, allí, en la ladera de esa colina de enfrente, en el Hospital de San Juan.

Él no llegó a ver la desaparición, en la fosa abisal del tiempo, de la literatura: algo más, y algo diferente, que la suma de libros y escritores, de la misma forma que la religión es algo más, y algo diferente, que la suma de ritos eclesiásticos y sacerdotes. Kosztolányi y sus contemporáneos entendían otra cosa por literatura, distinta de la que entienden los escritores de hoy. Para los primeros, la literatura era, al mismo tiempo, juego y liturgia, conspiración y vocación, rito de Eleusis y pacto de sangre lleno de complicidad. Él ya no veía con nitidez el rostro del lector, pero aún creía en su existencia. En Budapest hay una estatua en honor al escritor sin nombre, Anónimo... Sin embargo, el lector sin nombre todavía no tiene su estatua. Se la merecería... Pero es imposible discutir en la oscuridad. Hace cien años, Flaubert y Maupassant sabían exactamente quién era su lector, para quién escribían sus obras maestras. Escribían para la burguesía francesa. Medio siglo más tarde, Mauriac y Proust seguían escribiendo para la burguesía. El escritor húngaro, en la Hungría de Trianón, ya no veía los ojos de su lector, no veía la mirada interrogante o de rechazo de ese coautor misterioso y lejano, pero obviamente presente... Quizá porque en la Hungría de Trianón ya no había una burguesía similar a la de las Tierras Altas o Transilvania. El espíritu del lector no tenía visado para cruzar las fronteras y mirar al escritor cara a cara: los dos sabían del otro, pero se enviaban mensajes desde lejos, a través de la frecuencia de onda corta. Estaban lejos y eran extraños el uno para el otro.

Kosztolányi no sabía exactamente para quién escribía. Sin embargo, cuando terminaba con la lectura cotidiana, una tarea todavía más importante que la de la escritura, escribía siempre algo, con tinta verde, con rapidez. Todos los días producía un artículo interesante, una crítica teatral, una estrofa de un poema, una página de una novela. O bien traducía. Todos los escritores húngaros que hablaban algún idioma occidental sentían como una obligación traducir (Jókai, Mikszáth y Krúdy no tradujeron porque no hablaban ningún idioma extranjero). La generación de Arany, Vörösmarty y Petőfi traducía con el mismo empeño que los poetas de la generación de la revista *Nyugat*, porque sabía que la traducción es un deber, y también era consciente de que traducir no se resumía en trasladar las palabras de un idioma a otro. Sabía que traducir es como descifrar un mensaje criptográfico, un *code*, porque en cada idioma no es solamente el escritor el que escribe, sino también el idioma mismo, que introduce sus opiniones y sus muecas en el texto del escritor. En la base de todas las lenguas hay un *code* de ese tipo, casi imposible de traducir. El extranjero —sea escritor, sea peregrino— convive con el idioma extraño y a veces piensa que ya conoce sus secretos y que puede decir algo con toda tranquilidad, por ejemplo: «Esta mañana me he desplazado al centro de la ciudad.» Sin embargo, su vecino autóctono a lo mejor lo interpreta así: «Al alba fui a la fortaleza.» Así que asiente con la cabeza, muy cortés, sonriendo con desconcierto. La traducción siempre implica una distorsión. Sin embargo, todos traducían, incluso Kosztolányi, aunque sabía seguramente que sólo era posible traducir el sentido de un texto, nunca todas las alusiones o los guiños. Los escritores franceses o ingleses conocían a su público, escribían en una jerga, hablaban con sus lectores desde la complicidad nivelada de la cultura de su clase, conscientes de que éstos los entendían incluso con medias palabras, o que por lo menos no los malinterpretaban... Los escritores húngaros no sabían con certeza qué se entendía del contenido secreto de sus textos, de esa parte que los críticos llaman el mensaje oculto (hacia la mitad del siglo se recomendó entrecomillar cualquier alusión irónica, llamar la atención del lector sobre el hecho de que el escritor no estaba hablando en serio, sino que estaba jugando con una idea).

Kosztolányi sabía eso. Que sólo es posible escribir en trance, pero que al mismo tiempo es necesario ser absolutamente consciente del proceso y tener la lógica del matemático cuando resuelve una ecuación de segundo grado. Decía que, al dar vida a una obra maestra, es necesario actuar como cuando se comete un delito. Él cometía delitos —importantes o insignificantes— a diario. Los cometía con rapidez porque no solamente estaba salvando la nación, sino que también vivía con inmediatez, día a día, de lo que ganaba con su escritura, para mantener a su familia y ayudar a sus amigos y a sus amantes. Al mismo tiempo era consciente de que la profesión que practicaba es una empresa similar a la de alguien que transmite sus ideas con la ayuda de frecuencias, de ondas, en lugar de con palabras. Sabía que al publicar en un periódico tenía que escribir de distintas maneras a la vez, como había afirmado san Pablo en su Epístola a los Corintios: «Cantaré con el espíritu pero también con la mente.» Cuando alguien «canta con el espíritu», es poesía; cuando alguien «canta con la mente», es prosa, con la fuerza de atracción de un imán muy poderoso. Él cantaba al mismo tiempo con el espíritu y con la mente. Y cantaba *allegro vivace* porque le urgían los honorarios.

Ha habido pocos escritores en la literatura occidental que fueran capaces de ganarse realmente la vida escribiendo artículos de costumbres o folletines en los periódicos. Théophile Gautier —quien hace cien años llevaba una melena larga, al estilo del autorretrato de Durero o del Moisés de Miguel Ángel, o al estilo de los *hippies*— se mantuvo escribiendo folletines. Pero eso era algo muy raro. Gautier gastaba mucho y disponía de una carroza de ruedas rojas tirada por ponis blancos, y ganaba el dinero necesario para permitírselo escribiendo folletines y relatos de viajes en revistas y periódicos franceses. Durante varios años escribió casi un capítulo al día. Sus contemporáneos no comprendían cómo era posible —al lado de un desgaste de trabajo así— escribir también libros nobles y buenos. Parece que sí es posible.

Kosztolányi fue el ejemplo húngaro de que sí es posible. Él no tenía carroza alguna y vivía de manera humilde, pero también escribió una colaboración casi a diario durante treinta años en algún periódico. Al contemplar las ruinas de su casa —lo único palpable que había quedado de sus esfuerzos— me resultó más obvio el gran engaño —engaño hacia ellos mismos y hacia el mundo— que los escritores húngaros utilizaban para disimular pudorosos los secretos de cómo se mantenían. Kosztolányi escribía una pequeña obra maestra a diario porque tenía que mantenerse. Su esfuerzo no le brindaba mayores lujos, pero era suficiente para ganarse el pan de cada día («¡Bollos, desgraciado, también quiero bollos!», decía, acusándose con ironía grotesca, al exigirse a sí mismo y al mundo, en uno de sus escritos, mayores medios económicos para los escritores). Todo lo que escribía así, de paso, con rapidez, era invariablemente perfecto; no sólo lo obligaba a ser perfecto un impulso grandioso, también la competición diaria que le impedía mostrar cansancio o debilidad. Puede que lo que escribía así también fuera perfecto porque no disponía del tiempo necesario para pulirlo. Sabía que los linotipistas estaban esperando su artículo. Y, aún más importante, también deseaba que lo esperaran los lectores. Los lectores que no tenían rostro pero que existían, los lectores de calidad que respondían bien si se les dirigía la palabra bien. Sólo los escritores de pacotilla piensan que el secreto del éxito reside en rebajarse al nivel de sus lectores. Kosztolányi, como todos los buenos escritores, intentaba elevarse al nivel de sus buenos lectores. *Allegro vivace* para poder pagar sus facturas.

En Hungría nadie se preocupaba por saber de qué vivía un escritor. Esa despreocupación era generalizada. Un escritor que conseguía comprarse un piso o una casita humilde en algún barrio de Buda, era algo tan raro como si de un fraile franciscano que sobrevive mendigando se descubriese que en secreto juega a la bolsa y que a veces incluso obtiene beneficios. En los cafés literarios de Budapest, los escritores pálidos e inquietos intentaban averiguar de qué vivían sus compañeros. Si alguno de ellos podía permitirse un viaje al extranjero, se convertía en sospechoso, y unas vacaciones en Abbazia o en los montes del Tatra constituían un pretexto para una acusación por delito de sangre. «¡Querido amigo, seguramente acabas de comer porque tienes sangre en los dientes!», au-

155

llaban los lobos hambrientos en el Café Central si por la puerta giratoria entraba algún escritor o poeta vestido con un traje nuevo. Todos sabían exactamente «con qué otra cosa» los demás podían permitirse el lujo de escribir... Attila József nunca tuvo ni doscientos al mes. Babits trabajaba como profesor, al igual que Mallarmé, es decir, que era pobre y lo aceptaba. Dezső Szabó también era profesor, y cuando se jubiló, como no tenía dinero, debió pelearse con el Estado y con las editoriales y exigir dinero a quienes había criticado en sus escritos. Krúdy malvivía con lo que ganaba colaborando en los periódicos. Cuando Kosztolányi, en su calidad de presidente de la sección húngara del Pen Club, trajo desde Londres el obsequio legendario de lord Rothermere —una donación de mil libras—, en los cafés literarios se desató una revolución. Al final, Kosztolányi optó, con un gesto resignado y salomónico, por dividir el premio en dos, dándole una mitad a Móricz y la otra a Krúdy. Y luego se vio obligado a renunciar a su cargo de presidente por la furia que estalló entre los demás escritores hambrientos. Lo hizo con serenidad, puesto que recibía cartas de lectores de provincias —sobre todo de lectoras— que lo consolaban y se lamentaban de que en pleno invierno hubiese perdido su puesto de presidente.

Era difícil vivir de lo que se ganaba con los libros. Cualquier escritor que lograba sobrevivir sin publicar en los periódicos era sospechoso. Zsigmond Móricz tenía una pequeña finca cerca de Leányfalu, con una huerta, y eso resultaba sumamente sospechoso. ¿Con qué dinero la había conseguido? En las profundidades de mi barrio se veía la casa de Kosztolányi reducida a ruinas: lo máximo a lo que podía aspirar un escritor húngaro trabajando honradamente. Y eso tampoco existía ya. El sol brillaba, era primavera, y las ruinas resplandecían a la luz de aquella mañana de marzo como un montón de estiércol bañado por el sol.

En Ruán, Flaubert disponía de tiempo. En París, en su habitación recubierta de corcho, Proust llevaba una vida

156

ociosa que le permitía perseguir el tiempo perdido porque disponía de una fortuna. Valéry disponía de tiempo: no tenía fortuna, pero trabajaba como empleado en la agencia Havas. Gide poseía una finca en Cuverville... Los enterados de los cafés literarios de Budapest citaban esos ejemplos con resignación. Pocos sabían que las circunstancias vitales de los escritores occidentales tampoco eran, por lo general, más ventajosas que las de sus compañeros húngaros. Sin embargo, el escritor húngaro —como el aristócrata venido a menos— siempre sentía vergüenza al hablar de su pobreza. En Occidente los escritores mostraban con mayor valentía sus estrecheces económicas.

Al fin y al cabo, el escritor debe vivir de algo. Al escribir sus dramas, Shakespeare probablemente no sentía vergüenza por ir escaso de dinero, puesto que tenía que pagar todos los sábados a los actores y a los ayudantes del Globe. Si no bastaba con lo que habían ganado con las representaciones de *Hamlet* durante la semana, lo hacían papilla. Así que él también escribía *allegro vivace*, puesto que no le sobraba el tiempo, e introducía episodios circunstanciales en sus obras maestras, como la escena del sepulturero y la de los actores en su *Hamlet*, porque debía atraer a sus representaciones al pueblo y los soldados. Los escritores occidentales han admitido sin problemas que querían ganar dinero con su escritura, en cualquier época, desde Cervantes hasta Hemingway. En Hungría no se hablaba de la pobreza de los escritores: callaban los representantes de la autoridad, callaban los editores —estos últimos tenían sus razones para hacerlo— y callaban los escritores. Hubo una época, en la segunda mitad del siglo pasado, en que el editor fue un verdadero socio para el escritor, alguien que no solamente servía de intermediario entre el escritor y su público, sino que ayudaba en la creación y participaba de manera directa en tal proceso. En la época de Kosztolányi esa relación ya era menos obvia.

Ningún escritor húngaro era capaz de vivir solamente de lo que le daban sus libros. Jókai era un verdadero soberano de la vida literaria; vivía ajeno a todo, ya que el éxito de sus libros le otorgaba la condición de monumento nacional. Sin embargo, llevaba una vida humilde... Ni siquiera él fue capaz de vivir sólo de su obra, que abarcaba más de cien títulos, así que tuvo que convertirse en propietario de un periódico, en diputado, en director gerente... Kosztolányi no fue diputado ni director gerente. Por eso escribía en los periódicos a diario. En Hungría ningún escritor era capaz de vivir sin colaborar en los periódicos.

Cuando terminaba su artículo diario, Kosztolányi se ponía su sombrero *knickerbocker* de ala estrecha, su bufanda suave, cogía la cartera llena de páginas manuscritas, revistas, libros prestados o para prestar, y se escapaba de casa. Era un hombre alto y delgado, andaba rápido y llamaba la atención por donde pasaba. No miraba a nadie, ladeaba ligeramente la cabeza y por debajo del ala de su sombrero le asomaba sobre la frente el mechón de cabello típico de los poetas. Siempre llevaba corbatas muy finas y estrechas, de colores vivos, y caminaba muy rápido por las calles adoquinadas de Buda. Así aparecía ante el mundo, como un actor cuando se levanta el telón y se encienden las luces que iluminan el escenario. Tenía los ojos entre grisáceos y verdosos, y si era necesario se hacía el bizco y el gangoso para darse aire aristocrático, sobre todo cuando negociaba con los editores. Es decir, que era un escritor de los pies a la cabeza y actuaba como un actor que representara el papel de Kosztolányi (luego, cuando estaba solo, o sea, entre bastidores, se reía de sí mismo y de la gente para quien actuaba, pues sabía que cualquier rasgo de carácter distinguido es ridículo, y que una persona solamente puede ser verdaderamente distinguida si es capaz de reírse de sí misma, y si la ironía brilla por encima de la máscara que lleva). Cuando descendía los escalones de la calle Mikó, por debajo de los castaños, avanzaba con el paso vacilante y teatral de un *bon vivant*.

A veces entraba en una casa cercana, la mía. No venía a verme a mí, pues a los escritores no les gusta visitarse. Sólo los amables lectores o los escritores primerizos se imaginan que a los escritores les gusta pasar el tiempo en compañía de otros escritores. Nadie hay tan celoso y tan desesperadamente curioso por conocer la vida, la esencia y el comportamiento de sus compañeros de profesión como un escritor; pero no les gusta reunirse, porque saben que el otro es exactamente igual de curioso. Así que recelan de que se descubra algo sobre su propia vida. Por ejemplo, que no tienen éxito aunque posean talento, o que para conseguirlo han de jurar las banderas ajenas que les prometen reconocimiento. O bien que no creen en su propio talento y que intentan disimular esa duda torturadora mediante su comportamiento. Kosztolányi tenía éxito y talento, pero a él tampoco le gustaba visitar a otros escritores. Ni a mí. Nos visitábamos en pocas ocasiones, nos reuníamos en su casa o en la mía para comer o para cenar. En tales encuentros nos sentábamos a la mesa cubierta con un mantel blanco, rígidos y educados, pero no hablábamos de literatura. Eran ocasiones raras y siempre forzadas. En una de ellas leyó un poema que había dedicado a mi esposa. El poema decía así: «Me gustaría enamorarme de Lola, / pero me temo que acabaría sola.» No se trataba de un poema especialmente largo, ni tampoco del más importante de Kosztolányi. Otro poema suyo, titulado *Embriaguez al alba* —en el que vaticinaba que un día todo lo que teníamos a nuestro alrededor, casas y edificios, todo, se convertiría en ruina y carroña—, causaba más impacto (mi esposa le agradeció el breve poema y lo guardó como recuerdo).

Cuando Kosztolányi pasaba por delante de nuestra casa, entraba en el piso del portero. Se sentaba allí con el sombrero puesto, la bufanda alrededor del cuello y la cartera llena de libros y papeles debajo del brazo. Así se quedaba, a veces durante horas enteras. Todos los vecinos lo sabían.

El portero vivía con su esposa en una habitación con olor a cebolla. El portero era también cerrajero. Ella, alta y delgada, era de un pueblo del Transdanubio. El portero padecía de histeria, era de origen aristócrata, de una familia venida a menos y convertida en campesina, de un pueblo que estaba a orillas del río Tisza. No había sido capaz de aprobar el examen para entrar en el gremio de los fontaneros y conseguir el permiso para trabajar como tal. Ésa era la mayor tristeza de aquella pareja sin hijos, y su mayor frustración. Kosztolányi intentaba consolarlos. A veces iba a ver a los miembros del tribunal y les regalaba su libro más reciente con una dedicatoria calurosa para conseguir así su apoyo. Sin embargo, el portero suspendía el examen continuamente. «Le ruego —me dijo en una ocasión, con los ojos anegados en lágrimas—, señor mío, le ruego que haga algo. Le prometo que si logro pasar el examen colgaré un inodoro blanco en la esquina de la casa, justo debajo de las ventanas del señor, para que pueda verlo todo el mundo.» Al decir eso, una luz peligrosa brillaba en sus ojos: parecía obsesionado, hablaba como los profetas del desarrollo, totalmente fuera de sí. Sin embargo, no pude hacer nada. Y Kosztolányi tampoco. Su sueño no se hizo realidad y el portero perdió toda esperanza, y cuando Kosztolányi murió, él se marchó, junto con su esposa, a vivir en su pueblo. Nunca más supe de él.

Su mujer también desapareció sin dejar rastro. Ella fue el modelo para la figura de Anna Édes. La casa donde se desarrolla la trama de esa novela era la nuestra. Kosztolányi casi nunca pasaba por delante de la casa sin entrar a ver al portero y a su mujer. Se sentaban los tres alrededor de la mesa y ni comían ni bebían, sólo conversaban. ¿Qué soledad, qué abandono interior lo obligaban a refugiarse en la casa del portero? Era un escritor, un estilista, o, como más adelante llamarían a los escritores que sólo eran escritores, un formalista. Era ya la época en que se empezaba a despreciar el estilo. Todos aquellos aficionados que temían enfrentarse al resultado de sus esfuerzos, todos aquellos escribanos de escasa cultura que pululaban en los terrenos de las bellas letras, del teatro y la prensa, todos aquellos incapaces de comprender que no existían los nuevos pensamientos, sino las nuevas expresiones —nuevas expresiones que, avivadas por la fuerza del estilo de la personalidad, hacen posible que los viejos pensamientos se recubran con una fuerza nueva—, en fin, todos aquellos aprendices de la pluma se cebaban con el estilista. Le exigían que se comprometiese. Kosztolányi se encogía de hombros porque él sabía que la única manera de comprometerse en el terreno de la literatura es hacer el esfuerzo necesario para que la palabra se haga carne y la carne se haga palabra, de la misma forma que se recrean el verbo y el cuerpo, el universo y el espíritu. ¿Hablaba de esas cuestiones en la casa del portero, con él y con su esposa, el modelo para Anna Édes? De tales conversaciones nacería, más adelante, su novela *Anna Édes*, la única novela social húngara que hizo patente la lucha de clases de la única forma posible: no mediante el realismo socialista, sino plasmando su desastrosa realidad humana.

Allí había vivido Kosztolányi. Desde allí salía, todas las tardes, a la ciudad, pero antes se refugiaba en la casa del portero. ¿Qué impulso, qué curiosidad llevaba a ese escritor que tan sólo era escritor, a ese *homo esteticus*, al piso del sótano? Fue un poeta que escribió poemas de amor al idioma húngaro y a Hungría. Todos los días le regalaba a Hungría una expresión sabrosa, un matiz nuevo, irónico o deslumbrante. No era miembro de ningún partido. Cuando escribía, no necesitaba ninguna sociedad sin clases que algún día lo comprendiera... No creía en el pueblo. Sólo escribía. Y únicamente en la casa del portero se sentía a gusto de verdad.

8

Aquel piso —y toda la planta baja y el sótano— quedó intacto tras los bombardeos. Durante la guerra era otro portero quien vivía allí con su esposa; él se llamaba Lajos Balázs y había sido cajista en una imprenta estatal. Era una persona excelente, tanto en el sentido humano como en el social, de las mejores que he conocido en Hungría. Durante el cerco de Budapest bajó al sótano, sin que nadie se lo pidiera, las pertenencias de los vecinos que no estaban en sus pisos, entre otras cosas nuestra ropa y la de cama, y estuvo cuidando todos aquellos bultos de escaso valor hasta el último día de guerra en Budapest. Guardaba aquellas pertenencias con tanta fidelidad y tanta devoción como cuida el soldado, en una fortaleza sitiada, una bandera desgarrada y agujereada por las balas. Ése fue el último edificio de Buda en que los alemanes estuvieron luchando —en el sótano y a su alrededor— hasta febrero de 1945. Cuando los rusos lograron echarlos de allí, en Budapest terminó la guerra.

Balázs, el portero, cayó el último día, al salir de la casa corriendo para socorrer a una mujer que se encontraba herida en un extremo del parque de Vérmező. Murió allí mismo, en la esquina de nuestra calle con el parque; una de las últimas balas disparadas en Budapest lo alcanzó en el pecho. No había ningún médico cerca, y Balázs se desangró en plena calle.

Su mujer lo enterró en el parque de la misma forma que se enterraba a la gente en aquellos tiempos: veinte centímetros de tierra y barro cubrieron el cadáver. El día en que por primera vez subí al barrio del Castillo para buscar a un conocido que también resultó estar muerto, la viuda del portero me pidió que fuéramos a ver el sitio en el parque de Vérmező donde tan deprisa habían enterrado a su marido (antes me había enseñado, muy concienzuda, el bulto con nuestras pertenencias, guardado por su marido en un rincón del sótano). Hablaba de las circunstancias de la muerte de su marido sin lágrimas y sin lamentarse en absoluto. No era capaz de llorar, como mucha gente olvida el llanto cuando se da cuenta de que la vida no tiene ningún sentido. La gente sólo llora y se lamenta mientras cree que la vida tiene sentido. Hay gente que se muere creyéndolo. Son los que alcanzan la salvación: así lo enseña la religión.

La esposa del portero no lloraba. Teseo dice que es absurdo llorar por lo que está predestinado. La esposa del portero no había leído a los autores griegos, pero no entendía por qué había tenido que morir su marido, a quien ella idolatraba (lo decía así, con pudor, casi de paso, hablando para sí); no entendía por qué había tenido que morir así, el último día de la guerra, cuando la muerte ya no era un deber patriótico. Se quedó delante de la tumba improvisada sin articular palabra. Yo tampoco decía nada, me faltaba el *mot juste*, la palabra justa que designa la realidad como si fuera una ilustración, la palabra que desvela todo lo que los escritores de la *image* sueñan. Hay situaciones en las que no existe un término que pueda ofrecer una respuesta. La esposa del portero no esperaba respuesta o explicación alguna. Se quedó de pie, durante largo tiempo, delante de aquella cruz hecha con dos palos. El nombre de su marido estaba escrito en un trozo de papel pardusco de los que se utilizaban para envolver paquetes: Lajos Balázs, cajista, murió a los treinta y ocho años de edad tal día de la Segunda Guerra Mundial. No teníamos nada que decirnos. Así que simplemente nos quedamos un rato delante de la tumba improvisada. No sé qué pensaría la mujer. Yo pensé que aquel hombre a lo mejor había sido un héroe. Me acuerdo de que ese pensamiento me producía mal humor, porque en aquella época —y también más adelante— palabras como patria, héroe o víctima se habían desgastado y se habían vuelto amargas en mi conciencia. Sin embargo, a lo mejor es verdad que Balázs fue un héroe. Hay héroes de todo tipo.

Eurípides, por ejemplo (ese pensamiento no se me ocurrió allí, delante de la tumba de veinte centímetros de profundidad, sino que se me ocurre ahora, veinticinco años más tarde, al escribir sobre aquel héroe), afirma que para los griegos Andrómaca fue una heroína porque permitió que la llevaran al tálamo griego, y que al mismo tiempo los aqueos mataran a su hijo, aplastándolo contra los muros. Claro, es verdad que no pudo hacer otra cosa, pero ¿qué había de heroico en eso? La valoración humana es extraña. Hay una teoría según la cual es héroe quien actúa en concordancia con su carácter.

Allí estaba, por ejemplo, el panadero más cercano, en la esquina de las Escaleras Zerge y la calle Attila. Fiel a su profesión, amasaba y horneaba el pan, en su tienda de la planta baja, para los soldados. No era nazi pero temía a los comunistas, y cuando tuvo que definir su posición, se afilió a un grupo ultranacionalista relacionado con el mito del ciervo mágico. Era consciente de que eso se sabía y de que podía tener problemas a la hora de afrontar el examen de los tribunales de identificación política. Sin embargo, cuando muchos empezaban a abandonar Budapest porque ya habían sido bombardeados los puentes del Danubio y los cañones rusos ya habían llegado hasta el barrio de Újpest, el panadero no se fue, sino que se quedó trabajando en su tienda. A los ayudantes de panadería ya se los habían llevado a filas, y el resto había escapado. ¿Qué puede hacer un panadero, al final de la

Segunda Guerra Mundial, tras comprender que la guerra ha terminado y que él ha perdido? Reflexionó y decidió a la manera de Montaigne: se quedó en su tahona y siguió amasando y horneando pan.

Cuando, ya cerca de Navidad, los rusos se aproximaban al barrio del Castillo y al de Krisztina, el panadero húngaro de origen suabo se quedó, junto a su esposa, en su lugar, amasando y horneando pan. Tenía harina, tenía leña, le quedaban patatas, le quedaba sal. Quinientos metros más allá, en el barrio de Tabán, ya se estaba luchando. El panadero encendía el horno de madrugada, abría el saco de harina, amasaba el pan, con su pala de mango largo colocaba la remesa en el horno caliente y seguía haciendo lo mismo desde el alba hasta el atardecer. Durante la última semana trabajó incluso de noche.

Al atardecer, cuando los aviones Rata dejaban de bombardear durante un par de horas, los vecinos salían con cuidado de los sótanos de sus casas, se acercaban con jarras al patio de uno de los edificios de la calle Attila, donde había un pozo desde tiempos prehistóricos, y se llevaban el agua que podían, puesto que las tuberías ya no funcionaban. A continuación, antes de descender de nuevo a los sótanos, pasaban por la panadería. El panadero les servía a todos, les vendía su pan por unos billetes, al precio oficial, es decir, casi de forma gratuita. ¡Les pedía el cupón del pan a sus clientes, en febrero de 1945, al final de la Segunda Guerra Mundial, en Budapest! Recortaba los cupones de la cartilla y los guardaba con sumo cuidado.

En la última mañana, cuando los alemanes y los húngaros ya se habían retirado, cuando ya habían cedido la parte de Buda, el panadero se quitó el delantal blanco, apagó el fuego, apoyó en la pared la pala de mango largo que le había servido para meter el pan en el horno, se sentó al lado de la amasadera, lió un cigarrillo y lo encendió. Así esperó a los rusos. Llegaron al mediodía y se lo llevaron enseguida porque un vecino fanático lo había denunciado por crímenes de guerra. Ese término puede ser muy amplio, y en los primeros tiempos, al final de la contienda, declararon a mucha gente criminal de guerra simplemente por el hecho de haber sobrevivido. Las consecuencias de la denuncia duraron años, y el panadero pudo reflexionar, en Ekaterimburgo, adonde se lo llevaron, y decidir si de veras era un criminal o no. No es fácil saber cuál es la verdad en el caso del panadero. ¿Y en el caso de los escritores, de los cirujanos, de los zapateros que sobrevivieron a una guerra perdida? A lo mejor todos somos culpables, toda la humanidad. Por eso lo más sensato es vencer, porque los vencedores se merecen estatuas. Los perdedores se merecen ser colgados o llevados a Ekaterimburgo.

Aladár Schöpflin —que también había vivido cerca del montón de escombros que poco antes había sido mi hogar— seguramente no había participado en la guerra. De su piso quedaron más ladrillos que del mío, pero también él y su familia habían huido de la capital, obligados por las tormentas de la guerra. Más adelante, cuando revisaba la lista de los presentes y los ausentes, localicé a Schöpflin en un piso del centro de la ciudad. Había sufrido un ataque de apoplejía y hablaba tartamudeando, pero podía mover una mano. Así que cogía un libro y se ponía a leer. Leía, incluso después de su ataque, como el panadero había estado amasando y horneando hasta el último momento; leía porque ésa era su profesión. Su mente de crítico literario había quedado intacta, y llegó a la conclusión de que, de todos los libros que había leído en su vida, la lectura más hermosa era la de *Don Quijote*. Era comprensible, porque Schöpflin —cuya antigua casa también era visible desde el baluarte— era un Don Quijote transformado en inspector de escuela. Al confesar que Don Quijote era su ideal, sonreía con humildad, de forma extraña, como sonríe la gente que, por algún defecto físico, queda excluida de la sociedad de la gente sana y se hace vanidosa pero también vergonzosa.

Schöpflin era asimismo un burgués, pertenecía a ese mundo burgués de la parte de Buda que acababa de romperse en pedazos. Siempre había tenido la costumbre de caminar con paso firme, a la manera militar, con la espalda muy recta; llevaba un corte de pelo de estilo marcial, se sentaba en el Café Philadelphia como si estuviera sentado en la oficina, y leía y estudiaba actas. Estaba siempre solo, con aire decidido, y bebía una copita de aguardiente de ciruelas. Yo me ponía muy contento al verlo. En el café también leía libros y apenas hablaba, y cuando lo hacía, pronunciaba las frases, desde debajo de su bigote, en voz baja. Sabía que en medio del inmenso caos de la vida no había otra solución que redactar las frases de manera impecable, y que todo lo demás suponía la violación de un juramento o era pura palabrería. Su profesión consistía en escribir críticas de libros en las revistas. Sopesaba religiosamente su opinión y escribía las críticas con una entrega profunda, como un juez de los de antaño que se preparase para dictar su veredicto en un juicio importante. Claro, primero leía los libros que criticaba. Esa actitud y esa práctica han cambiado desde entonces: cualquier escribano puede coger la pluma e hilvanar unas cuantas frases sin responsabilidad alguna sobre una obra completa, con el pretexto de escribir una crítica. A lo mejor Schöpflin también fue un héroe, puesto que respetaba fielmente su profesión y sus convicciones.

El sótano de nuestra casa había quedado intacto, y también el taller del señor Kovács, el carpintero devoto de la Biblia, situado en el lado que daba a la calle Mikó. Él y su familia desaparecieron en el caos del cerco de Budapest y no se volvió a saber nada más de ellos. Quizá sólo hayan sobrevivido en un librito mío, muy divertido, que escribí en mis despreocupados años de juventud, sobre la calle Mikó, el barrio de Krisztina, mi perro mordedor, *Csutora*, y los locos y los extraños que habían vivido en esas casas convertidas más tarde en ruinas, en medio de un mito familiar, roto en pedazos. Aquél había sido mi mundo, mi mito propio, convertido en

167

el tema de mi libro. Proust escribía sobre la aristocracia, la burguesía y los esnobs franceses. Yo escribía sobre el señor Kovács y en ese momento miraba alrededor para ver si me había dejado a alguien fuera.

En dicho libro me había olvidado, por ejemplo, del boticario y su esposa, que tenían la farmacia en la esquina de una de las calles cercanas: quizá fuera por tacto, quizá por cobardía. Kosztolányi, tras leer el libro, y puesto que conocía a sus personajes humanos y caninos, me sugirió, a raíz de su publicación, que sería mejor que me retirara al campo por un tiempo, porque la noticia de la publicación del libro recorría el barrio —los vecinos no lo habían leído, pero hablaban de él— y no era del todo improbable que alguno de los personajes de la novela me esperara, escondido en algún portal, y me clavara una lima punzante en la espalda. A lo mejor no me atreví a escribir nada sobre el boticario porque los vecinos del barrio de Krisztina eran parcos en palabras pero consecuentes, y era de temer que el farmacéutico —si no le gustaba lo que yo había escrito sobre él— clamara venganza y echara una buena dosis de purgantes en los polvos antiespasmos vasculares que a veces le compraba. Como digo, no llegué a escribir nada sobre el boticario, y tras regresar a Budapest comprobé con alegría que la farmacia no había sido destruida en el caos infernal y bestial del cerco a la ciudad. La tienda se encontraba en la esquina de enfrente, en el lado opuesto del parque. Hasta el final de la guerra, en aquella farmacia se podían comprar muchas cosas —por ejemplo, carne de ternera o medias de lana—, pero muy pocos medicamentos, porque los soldados y los contrabandistas habían comprado al por mayor gran parte de las hierbas y cocciones curativas. La boticaria era una maníaca amante de los perros, y hacia el final de la guerra sufrió una dolorosa pérdida: su perro murió de viejo, en su lecho, entre almohadas. Se trataba de un caniche feo y gordo, y la farmacéutica, hundida, guardaba luto riguroso por él. Cuando yo entraba en la tienda para comprar polvos antiespasmódicos, carne de ternera o ropa interior, la mujer —que siempre estaba sentada en la caja— me llamaba invariablemente la atención sobre la fotografía del amado animal muerto, que se encontraba a su lado, enmarcada en plata. «Ya lo sabe usted —me decía, con lágrimas en los ojos—, lo tengo aquí para ver su mirada. Por las noches, cuando me despierto, veo sus ojos y sé que me está mirando desde el otro mundo... Me mira como si estuviera aquí... aunque se haya ido...» Siempre me decía lo mismo, y siempre lloraba. Nunca dijo que el perro hubiera muerto, sólo decía, entre suspiros, que se había ido.

El dolor de la farmacéutica era sincero. Su postura no se podía considerar muy sensible desde el punto de vista del momento histórico; podía parecer incluso inhumana. Estaban desapareciendo imperios enteros, ciudades y culturas, millones de personas sufrían y morían en situaciones horrorosas. Todo el mundo, en todas partes, guardaba luto por sus seres queridos, un marido, un hijo, un padre, un amante. La boticaria del barrio de Krisztina, sin embargo, guardaba luto por su mascota.

Poco después, todos los que habían perdido seres más importantes y valiosos habrían podido exigir allí, delante de la farmacia, o más bien delante de lo que quedaba de ella, es decir, delante del local —porque el matrimonio que la llevaba había desaparecido por completo, al igual que su perro—, habrían podido exigir con todo el derecho y con toda la razón que se apedreara el recuerdo de una persona que había guardado luto por un animal cuando la humanidad entera estaba sufriendo. Sin embargo, es difícil juzgar a la gente con justicia. Más adelante leería que durante los días en que los alemanes ocuparon París —y los vecinos de la ciudad dieron comienzo al éxodo: cientos de miles de personas en larga peregrinación por las carreteras, huyendo del invasor—, Léautaud, el excelente crítico francés, emprendió el camino en compañía de una amiga anciana y dos docenas de perros pa-

169

risinos que quería salvar de los alemanes porque temía que los nazis les hicieran daño... ¿Era inhumano Léautaud? Él vivía entre perros y gatos porque no confiaba en los seres humanos (¿acaso es posible confiar en los seres humanos? ¿Es verdad lo que afirma la *pathei mathos*, según la cual el sufrimiento nos hace más sabios? ¿O sólo el júbilo nos instruye? ¿El dolor sólo nos vuelve locos o nos incita a la crueldad? Yo no lo sé). Léautaud era amante de la literatura y los animales; vivía rodeado de animales en un entorno parecido a un vertedero, pero de aquel entorno ascendían, en ocasiones, unas llamaradas singulares. Así, aquel francés maniático era capaz, en medio de un cataclismo mundial, de interesarse con la misma devoción por la literatura y por los animales. No puede haber energía espiritual sin locura. No se puede amar o guardar luto sin locura. Y casi da lo mismo a quién o qué amamos o por quién o por qué guardamos luto en medio de una guerra mundial.

Es seguro que la farmacéutica había exagerado al guardar luto por su perro. Sin embargo, la gente no escoge con la razón, en la terrible soledad de la vida, a quién amar o a quién odiar. Al mirar hacia abajo desde el baluarte del paseo del Bastión, podía ver, entre las ruinas, a unos seres humanos que no habían aprendido nada de sus sufrimientos. Yo tampoco había aprendido nada, como mucho un poco de prudencia a la hora de juzgar a los demás y a mí mismo.

A los pies de la Escalinata de Granito, justo enfrente de la casa de Kosztolányi, una estatua había quedado intacta: el busto de un poeta húngaro del siglo pasado, de Károly P. Szakmáry. Entre las estatuas de los alrededores —los barrios del Castillo y de Krisztina—, bastante feas casi todas, ésa era la única que permanecía en pie. Entre los vecinos no había nadie que supiera quién era Károly P. Szakmáry, qué había escrito y por qué había merecido una estatua. Yo tampoco lo sabía. Una vez busqué su nombre en una enciclopedia, y ahora recuerdo vagamente que compuso un poema épico titulado *Etelka*, una obra probablemente difícil de encontrar incluso en los polvorientos estantes de las bibliotecas. Sin embargo, dada la situación mundial, la estatua constituía un espectáculo alentador: la promesa de que la literatura es más fuerte que la Historia, aunque ninguna de las dos tenga ningún sentido. La épica sobrevive a todo: *Etelka*, como la *Odisea* o *El Cid*, es inmortal...

Justo al lado de la estatua estaba la casa donde vivía una condesa que publicaba relatos con el pseudónimo de Szikra (Chispa). Yo no había leído sus obras, aunque en el barrio todo el mundo elogiaba su persona, argumentando que era una mujer muy respetable, porque escribía aunque era condesa. Los habitantes de Krisztina hablaban de cosas así con seriedad y respeto: me temo que pocos de ellos leían, aunque muchos escribían, puesto que se trataba de un barrio decididamente literario.

¿Qué más había? Los castaños silvestres que estaban delante de nuestra casa, con unas copas tan altas que llegaban hasta las ventanas del primer piso, habían perecido durante la guerra. Las bombas Rata y los obuses habían destrozado sus ramas, como si una fuerza más poderosa que cualquier tormenta hubiese luchado contra esos árboles de grueso tronco. También eso podía verse desde el baluarte, y quizá fuera el único espectáculo que despertaba alguna emoción en la persona que lo contemplaba todo, es decir, en mí mismo. Habían sido unos árboles hermosos y frondosos que se cubrían de flores blancas y rosadas durante la primavera, mientras que durante el verano sus verdes copas daban sombra en las ventanas de mi estudio. Hubo una década en la que aquella calle, aquel barrio, aquellos vecinos, aquellos exuberantes castaños tuvieron para mí un contenido y un sentido profundos. Había algo importante, algo pleno, algo vivo en aquella calle; un hálito de juventud, de edad madura, de intriga y amor, de ambición, de desengaño y satisfacción que mecía sus tupidas copas. Pero ya no quedaba nada.

Sería conveniente, aquí y ahora, en los últimos párrafos de este capítulo, preparar una escena digna del final. Por ejemplo: el escritor regresa al lugar del crimen (¿qué crimen? El de la vida, el de haber sobrevivido, algo que siempre es, de alguna manera, imperdonable). Regresa y mira para abajo, contempla las ruinas, el escenario donde ha transcurrido una parte de su vida y de su obsesiva y arrogante profesión, la literatura; constata que él, personalmente, sólo ha sido una caricatura en ese digno entorno mendicante y pseudoburgués de la parte de Buda. Regresa y se marcha casi enseguida, se aleja de las ruinas de su hogar hacia un mundo, también lleno de escombros, donde quizá haya ilusiones, pero donde ya tampoco existe un «hogar».

Es posible que la puesta en escena y el decorado —el escritor se despide de su pasado en ruinas— sean lamentablemente románticos. Estas páginas —sobre el regreso y el reencuentro— son indudablemente románticas, pero también reales, puesto que aquel día de marzo existió de verdad, y también el regreso y el reencuentro. Sin embargo, el conjunto es artificial, *mache*, como suele ser «la literatura» cuando el escritor no es capaz de callarse y dice más —aunque sea una sola palabra de más— que los hechos. El escritor —en medio de la muerte y la miseria, situación humana constante en tiempos de paz y de guerra— que intente disculparse y demostrar que siente sinceramente lo que describe, se olvida de las leyes de su oficio, que determinan que no existe literatura sincera. En la literatura, como en la vida misma, sólo callarse es sincero. En el momento en que alguien se pone a hablar en público ya no es sincero, sino que se convierte en escritor, actor, es decir, en una persona que se pavonea.

Porque la escritura, las bellas letras siempre son una payasada; el alma, maquillada con palabras coloreadas en blanco y rojo, recuerda al payaso del circo que cuenta chistes malintencionados haciendo mil muecas... Al final de una guerra mundial —y probablemente al comienzo de una nueva guerra mundial o de cualquier otra— el escritor que escriba algo más aparte de hechos estrictamente estadísticos, no puede ser sincero. Sin embargo, no hay escapatoria, porque el escritor es incapaz de callarse. Tiene que decir algo incluso desde el vertedero mundial, tiene que recitar algo aun desde la fosa común. La esperanza de que un cataclismo más fuerte que cualquier otro anterior conduzca al escritor (y a la humanidad) al día en que puedan ser verdaderamente sinceros, porque ya sólo pondrán sobre el papel y pronunciarán palabras esenciales, es una esperanza infundada. En todo caso, el escritor no puede hacer otra cosa que maquillar su alma y, con hermosa palabra esencial, decirlo todo. El tema del que habla, en cualquier época y en cualquier vertedero, es siempre el mismo: el *Nekyia*, es decir, el viaje al mundo de los muertos, y —después de la aventura, de la *Ilíada*— el *Nostos*, o el regreso al hogar.

Creo que el viaje al mundo de los muertos se ha descrito ya en estas páginas. El regreso al hogar no puede ser descrito porque para mí ya no existe el hogar (hace falta saber si ha existido alguna vez... ¿o lo que ha perecido entre estos livianos bastidores ha sido tan sólo una caricatura?). Pero ¿qué ha ocurrido con el otro hogar, con la patria? Después de esta debacle ¿en qué medida sigue siendo un hogar, una patria para los demás, para los diez millones de hungarohablantes? Además, ¿es posible escribir sobre ello con sinceridad?

No se puede escribir sobre nada con sinceridad. De todas maneras, para cumplir con las reglas de la unidad formal y ambiental, describiré lo que vi en mi camino tras abandonar el escenario del crimen, antes de volver a la ciudad.

173

9

Atravesé la plaza Dísz, tan vacía y desolada como Pompeya en invierno, cuando ya se ha acabado la temporada turística. El Palacio Real no conservaba nada de su pompa, o más bien lo poco que conservaba despertaba malos recuerdos en los transeúntes. El palacio era un edificio corriente y de mal gusto, como la mayoría de los palacios reales de Europa, y ni siquiera así, en ruinas, podría haber gustado a Gandhi, porque sus proporciones, su tamaño y su aspecto en general tenían algo de exagerado, ostentoso y al mismo tiempo totalmente desolado. Resultaba evidente que habían intentado construirlo con un estilo elevado, pero sin entusiasmo. Francisco José, su primer inquilino, estaba grabado en la memoria histórica colectiva como alguien que camina con paso decidido y a continuación pregunta: «¿Cómo ha ido la cosecha?» Según la opinión popular, Horthy, el regente —que había sido ayudante de campo de Francisco José antes de que éste se estableciese en el Palacio Real—, «conversaba amablemente con las visitas durante las audiencias» y luego «llevaba los asuntos de la nación».

Cuando el cerco de Budapest acabó y del palacio no quedaron más que ruinas, se reveló de golpe el carácter —de museo de cera— de aquel reino sin rey. Detrás del portón de hierro forjado se divisaba el fantasma del regente, vestido con

174

su uniforme de almirante y montado en un caballo blanco. También los espectros de los altos cargos eclesiásticos, los portaestandartes y los gobernadores embutidos en sus galas magiares, seguidos por los funcionarios de la jerarquía estatal en sus distintos niveles, la mayoría de ellos ataviados con su mejor uniforme, y también los de los ministros, los jefes de negociado, los capitanes de bomberos y, para terminar, los de los jefes de estación ferroviaria. ¿Por qué, pensé, delante del portón de hierro forjado del Palacio Real en ruinas, por qué entre las dos guerras, durante las dos décadas que pasé viajando de un país a otro, al tener que llamar a la puerta de alguna embajada húngara para arreglar cualquier asunto oficial, me invadía invariablemente un sentimiento de rechazo y malhumor? ¿Por qué? La verdad es que siempre era recibido con amabilidad y cortesía. Y siempre arreglaban —«claro, para usted, caballero, con carácter de urgencia»— lo que necesitaba. Claro, lo arreglaban... pero la falsa amabilidad condescendiente con que me recibían —como si desde el portero, pasando por el secretario, hasta su excelencia el embajador estuvieran convencidos de que cualquier mangote funcionarial formara parte del manto real de san Esteban— me provocaba náuseas; me alegraba marcharme de allí lo antes posible... ¿Por qué?

El regente residía en el palacio: no vivía, sino que residía, porque la etiqueta barroquizante de los gentilhombres —que había sucedido a la etiqueta imperial a la española de Francisco José— exigía diferencias de matiz de ese tipo. También llevaba los asuntos de la nación desde el palacio; no gobernaba, sino que llevaba los asuntos de la nación. Por lo demás, siempre se mostraba afable. Por debajo y cerca de él, en el escaparate de los despachos ministeriales, andaban los grandes personajes exigiendo con su actitud respeto, reconocimiento y devoción, como si fueran los santos locales, tallados en madera policromada, que en las fiestas de Máriapócs los feligreses admiraban boquiabiertos. Detrás del regente, de los portaestandartes, de los guardianes de la corona, de los eclesiásticos, de los ministros y los jefes de negociado, se divisaban las figuras de segunda fila de un orden social caduco, construido sobre los restos del sistema semifeudal sustentado en los grandes latifundios: funcionarios de la autoridad provincial, notarios, guardias rurales, jefes de estación, guardabarreras, todos aquellos que esperaban que los terratenientes locales les proporcionaran lo que necesitaban: melaza para el engorde de los cerdos, vagones para transportar los melones o el maíz en la época de cosecha, leña para calentar sus casitas en invierno... Esas relaciones de dependencia y necesidad, toda esa complicada, intransigente y mezquina red de intereses, toda esa maraña, envolvía la sociedad entera. Y ésa era la verdadera estructura de poder en todo el país. No solamente el campesino o el jornalero miraban con miedo al terrateniente dueño de quinientas hectáreas porque su existencia diaria dependía de él o de la buena voluntad del intendente o el regidor, sino también el notario local, que deseaba que el intendente del terrateniente lo ayudase a conseguir una beca para su hijo —a veces idiota y a veces genial, pero siempre pobre y miserable— en la escuela secundaria de la ciudad cercana. El guardia rural que esperaba unos cuantos carros llenos de salvado para el engorde de su ganado, como regalo desde la finca, demostraba ante todos que su suerte y su bienestar personal y familiar, su completo interés vital, dependían por entero tanto del terrateniente como del poder estatal.

Cuando los grandes terratenientes llegaban desde su finca a la capital —para curar sus dolencias, participar en política o hacer vida social— gustaban de establecerse en las calles del barrio del Castillo. Esas casas, reducidas tras el cerco a su esqueleto, me resultaban muy conocidas. En la mayoría de ellas vivían amigos, conocidos cercanos o lejanos, también algunos aristócratas que en esa época ya sentían como una obligación invitar a sus salones y sus cenas a algunos escritores o artistas. Vivían allí además, en las casas de estilo barroco austríaco, los funcionarios de rango superior, las personas llamadas decentes, amantes del retiro, de las casas antiguas y los muebles de antaño. En la época de entreguerras, aquel barrio tan cerrado sentía como una obligación invitar, de cuando en cuando, a intelectuales y «hombres de espíritu».

Aunque entonces ya quedaban pocos aristócratas de verdad en Hungría; las escasas familias que —a saber según qué criterios de clasificación o selección— se creían aristócratas iban abriendo sus salones a los más destacados representantes de la burguesía. Esa sociedad no era la peor de Hungría; era, en todo caso, mejor que la de los palurdos enriquecidos y *parvenus*, o que la de la oligarquía funcionarial de la constante «confraternización obligada». Después del desmoronamiento de la monarquía, tras la Primera Guerra Mundial, esa sociedad creó rápida y distorsionadamente su propia jerarquía y etiqueta; pero en esa pseudojerarquía y pseudoetiqueta faltaba no sólo el sentido elegante y proporcionado de la antigua etiqueta a la española, rígida, negra y dorada, sino también el tacto, la moderación, el sentido de la obligación moral y el gusto que impregnaban, en la época de Francisco José, en menor o mayor medida, cualquier salón, despacho, institución oficial o simplemente a cualquier ciudadano. La etiqueta había quedado reducida a una pseudoetiqueta, una etiqueta *ersatz*, una etiqueta mínima, una etiqueta artificial y, por lo tanto, lamentable y ridícula. Haría falta saber si se puede juzgar con justicia a una sociedad desgarrada y desmembrada durante siglos por imperios extraños. Los turcos, los austríacos, los teutones nazis de ayer, los eslavos imperialistas de hoy... El país invariablemente ocupado por tropas extranjeras, la vida pública siempre dominada por voluntades ajenas, la obligación constante de llegar a un acuerdo con ellas y, en consecuencia, la corrupción obligatoria. Y Tratado de Trianón mediante, los millones de seres humanos desgarrados del cuerpo de la nación... La tragedia social húngara no se puede explicar sólo por defectos internos y congénitos. Se trata de un destino profundamente trágico, y hubo muy pocas épocas en las que la nación se quedara verdaderamente a solas con su destino, con su idiosincrasia, consigo misma, y en las que pudiera intentar curarse con sus propios recursos morales. Así reflexionaba yo, con cierto disgusto, no aquel día en la plaza Dísz, sino después y en más de una ocasión.

Aquel día estuve andando sin rumbo fijo, por allí, por el paseo del Bastión. Echemos una mirada adelante y otra atrás... Allí había vivido, allí y en algunas casas antiguas del centro, la clase dominante (en realidad ya no dominaba, tan sólo domaba). Por allí pasearon a mediodía durante décadas y décadas, bajo los arbolitos del paseo antiguo, sus excelencias los secretarios de Estado y los ministros, además de los generales vestidos con pantalones de acordeón con una raya roja a cada lado. Todos se mostraban afables, todos sonreían. Todos ellos, sus excelencias y los militares, se saludaban entre sí. Por lo que respecta a los generales, había más de los estrictamente necesarios, porque en el imperio de Francisco José no abundaban los tenientes generales, pero en el ejército de Horthy, los dignatarios de esa alta graduación se contaban por docenas. Entre los transeúntes había también una duquesa vieja y gorda, vestida con ropa de montar demasiado apretada, a quien todos saludaban con profunda reverencia, incluso los que no la conocían personalmente. El hecho es que todos los que se reunían allí al mediodía, bien para tomar el aire o recibir baños de sol, se conocían y se consideraban miembros de una misma gran familia, de una misma sociedad de intereses basada en el recíproco contrato de sangre del «le ruego que me haga el favor».

Esas calles —las de los alrededores del Palacio Real, de la sede del primer ministro y los principales ministerios— constituían el *piano nobile* del entramado social de Hungría. Tras el cerco, cuando ya no quedaba nada de él, de toda aquella noble arquitectura, me acordé al pasar por allí de algunos nombres y algunos rostros. Por las ventanas rotas de los palacetes del barrio del Castillo podía asomarme al interior de los salones donde —en tiempos prehistóricos— habían vivido los favorecidos de la sociedad húngara. De esos salones salía un fuerte aire de esnobismo, como de los armarios poco aireados sale un fuerte olor a moho. Sin embargo, aquel esnobismo de salón —aquí vivía el duque que poseía cien mil hectáreas; ahí vivía la condesa que coleccionaba, por pura afición, elefantes de jade; allí vivía el barón que quería convertirse en escritor a toda costa y que no comprendía por qué un empeño de tan noble propósito no tenía éxito— también representaba un nivel de exigencia, cierto fermento. Yo caminaba, bajo aquel sol de marzo, por el paseo del Bastión echando un vistazo a algunos de los conocidos salones, y llegué a la conclusión de que esa capa de la más alta sociedad húngara no era peor que la casta de los favorecidos de cualquier otro país. No era peor que las capas más altas del siglo XX en la sociedad francesa o inglesa, sólo más distraída: se olvidaban de pagar impuestos.

10

De alguna manera, por eso mismo, todo había tomado un rumbo determinado. Los habitantes del barrio del Castillo y otros ricos que vivían en provincias, todos esos caballeros y damas cultos y de gustos refinados olvidaban pagar sus impuestos; bueno, sí pagaban algo, pero no todo lo que debían, no pagaban como los ricos en Occidente: pagaban poco y a regañadientes. Durante un tiempo se defendieron diciendo que sus antepasados —muchos años atrás, en la época en que todavía no existía el servicio militar obligatorio— habían pagado ya su tributo de sangre defendiendo el país. Eso fue así hasta 1526, el año de la batalla de Mohács contra los turcos. Sin embargo, en 1848 —con algunas excepciones, claro está— ya no era la nobleza la que se desangraba, sino el pueblo llano. La nobleza quedó intacta después de esa gran sacudida, y por pura distracción se olvidó de lo que las clases pudientes francesas, inglesas y norteamericanas ya no pudieron eludir ni siquiera en aquel siglo, por más que les costara aceptarlo: los nobles húngaros no pagaban ni los impuestos progresivos por herencia (si los hubiesen pagado, se habrían arruinado los herederos y habrían perdido sus tierras en la segunda generación), ni los impuestos progresivos por beneficios (si los hubiesen pagado, se habría equilibrado, por lo menos en teoría, la diferencia abismal entre ricos y pobres), ni, sobre todo, los salarios debidos. Al alba, el pastorcillo sacaba el rebaño a pastar y el dueño de las vacas escuchaba, muy satisfecho, al pastorcillo de voz agradable y cantarina: «Mi paga es de tres monedas miserables, / con eso basta para mis necesidades.» Pero la verdad es que no le bastaba y debía emigrar a América y trabajar en las minas. En Hungría todo seguía como antes, como si las capas sociales pudientes que dominaban el país entero por la gracia de Dios tuvieran el derecho de olvidar su obligación de pagar impuestos, aunque tal obligación ya estaba generalizada no solamente en los lejanos países de Occidente, sino también en los vecinos, como Austria y Checoslovaquia. Desde luego, no pagaban la cantidad total de impuestos que los ricos de todas las naciones occidentales —siempre a regañadientes, a veces obedeciendo las leyes de la evolución pacífica, otras obligados por alguna que otra revolución— ya estaban pagando. Los grandes señores húngaros no pagaban esa carga impositiva, obligatoria y filantrópica, y quienes vivían en las casas del barrio del Castillo prefirieron aguardar primero a los cruces flechadas y después a la redistribución comunista, pero nunca pagaron sus impuestos.

No querían aceptar su obligación de pagar porque no querían comprender que existía una vía intermedia: la alternativa estaba entre pagar los impuestos debidos o rendirse a la anarquía y el bolchevismo. En una de esas mansiones ya en ruinas había vivido, por ejemplo, un hombre con un apellido nobiliario histórico, muy culto y educado, que coleccionaba cuadros de pintores impresionistas franceses y cuernos de rinocerontes centroafricanos; él sabía perfectamente que «debía hacerse algo», y con un valioso cuerno de rinoceronte en la mano exponía sus ideales progresistas ante sus visitantes de otras clases sociales. Pero al final tampoco pagaba, porque los demás miembros de su clase social, los otros pudientes, los plutócratas ricos y los representantes del poder y la autoridad lo habrían encerrado en el manicomio si hubiese empezado a pagar su deuda por iniciativa propia. Aquel hombre sabía también que se había agotado su milenario papel histórico, y cuando aparecieron las tropas rusas en Hungría no intentó hacerse amigo de los comunistas ni sellar pactos con ellos, porque había leído a Chateaubriand —recuerdo su nutrida biblioteca, repleta de clásicos franceses— y aprendido que «el poder que se degrada y empieza a regatear con sus enemigos nunca obtendrá clemencia». Los más destacados representantes de esa clase histórica intentaron perder con elegancia, o al menos no se pusieron a mendigar con la gorra en la mano para ver si les daban una limosna quienes acababan de arrebatarles todo.

Habían vivido en ese barrio y se extinguieron con nobleza y cortesía, como dignos representantes de su clase; o por lo menos demostraron un mayor sentido de su condición que los palurdos que empezaban a atisbar la posibilidad de desempeñar un papel de importancia en el nuevo sistema que reclamaba la obligación de acabar con la burguesía y el papel que ésta desempeñaba. Los aristócratas subieron al cadalso de mala gana; claro que la mayoría de las veces sólo en sentido figurado, porque no sólo los condes sino también los comunistas son propensos al esnobismo, así que permitieron —con una indiferencia sorprendente— que los aristócratas que no pidieron limosna en la redistribución se extinguieran por sí solos. Hubo pocos entre ellos que se fueran a Occidente, y todavía menos que rogaran un puesto a quienes acababan de arrancarles su posición. En los tiempos de la Revolución Francesa, en la época del Terror —cuando Sanson el verdugo decapitaba a condes y marqueses por docenas en la Place de Grève—, se obligaba a los condenados a que se sentaran en la parte más elevada del cadalso, con las manos atadas a la espalda, y a que esperaran así la llegada de su turno. Es un hecho anotado por los historiadores que la chusma que se agolpaba al lado del cadalso, sobre todo las arpías sedientas de sangre, animaban a las aristócratas a que les lanzaran los zapatos que ya no necesitarían para nada, y éstas —puesto que no podían quitárselos, al tener las manos atadas— se los arrojaban a la cabeza con unos movimientos hábiles y graciosos, ayudándose para ello con la punta de los pies. También así se podía perder. No tiene demasiado sentido, pero resulta más elegante que aceptar premios literarios otorgados por quienes acaban de decapitar al escritor condecorado, despojándole de la única razón y la única condición de su arte: la expresión libre de su pensamiento, la escritura sin ningún condicionamiento previo.

En uno de esos edificios había vivido una condesa, esposa de un millonario joyero francés. No quedaba mucho del edificio, pues sólo seguía en pie la fachada. Después de la Segunda Guerra Mundial, los pesimistas de imaginación viva compararon Europa con una casa de tales características, en ruinas pero con la fachada intacta. Dijeron que Europa entera era así, que estaba desmoronada por dentro pero que su fachada seguía siendo hermosa: quien entra por la puerta no encuentra más que un montón de escombros y basura, tanto en el sentido espiritual como en el moral.

Del palacio de la condesa, situado en la plaza Dísz, tampoco quedaba mucho más que la fachada. Entre las ruinas podían verse los restos de la pared del comedor, la *boiserie* de Versalles, y también una espineta cubierta por los escombros, con las cuerdas rotas debido a la onda expansiva de los bombardeos. En 1942 la condesa se había marchado a América diciendo que allí la calefacción era mejor (y tenía toda la razón; en 1942 la calefacción era mucho mejor en América que en Budapest); se llevó sus palos de golf y también a su criada, una muchacha nacida en un pueblo de la llanura: esas dos decisiones fueron muy sensatas, fruto de una reflexión histórica, porque no se puede jugar bien al golf sin los palos habituales, y porque la criada ya conocía las costumbres íntimas de la condesa en el terreno del aseo y el vestir, y hubiera sido una lástima cambiarla por una muchacha negra americana.

Así que subió al avión llevando los palos de golf en la mano. En una obra suya esa Colette anciana y sabia escribió hacia el final de su vida: «O bien el amor o bien la convivencia.» Es bastante difícil convivir con una persona, y mucho más difícil convivir con un país. ¿Estaba la condesa enamorada de Hungría y por eso temía la convivencia? ¿Se iría por ese motivo? No se sabe; ella no tuvo tiempo de confesarlo, puesto que moriría poco después, en América.

Una amiga suya, también condesa, no se marchó. Había un pintor perdidamente enamorado de ella —y que también vivía por allí, al otro lado del parque de Vérmező, aunque una montaña de estiércol, restos de maquinaria y animales en descomposición cubría ahora las ventanas de su taller— que no hacía sino anhelar sus favores, la admiraba con la devoción de san Francisco o san Juan Bautista, pero acabó tan desesperado que enfermó de cáncer de pulmón. Cuando los análisis médicos ya habían confirmado el mal, una tarde la condesa —*noblesse oblige*— fue a ver al moribundo enamorado a su taller. Anoto todo esto porque las personas involucradas en ese melodrama ya han muerto: primero murió la condesa, e inmediatamente después de la visita el pintor, porque era un caballero y no le gustaba recibir atenciones y no corresponderlas cuanto antes.

11

... Era el puente. Aquí andabas bajo la luna llena
—a mitad de camino frenaba una calesa—,
lo construyó Adam Clark, durante su reforma
entre los grandes arcos volaban las gaviotas,
sobre la barandilla suicidas se inclinaban;
yacen ya en el agua, con ellos la balaustrada,
y por el Túnel sopla un viento suave y fresco
que acaricia el cabello de todos los hombres muertos...

12

Antes de bajar otra vez por la Escalinata de Granito hacia el mundo inferior, lleno de ruinas, vi de repente con claridad una imagen ante mis ojos, el reflejo nítido de un recuerdo. Miré alrededor y me sorprendió el hecho de haber olvidado esa imagen fija, una miniatura ya no tan minúscula, sino más bien un espacio muy reducido, el mínimo detalle de un microfilm que podía abarcar edificios enteros, visiones completas: un rincón minúsculo de la memoria que podía albergar toda Hungría.

Para empezar, vi el despacho de una redacción en un piso de un edificio de Budapest. Era la redacción de un periódico liberal para el cual yo solía escribir artículos.

Aquella tarde —una tarde de marzo de 1938— yo me disponía a escribir una nimiedad de las mías, cuando abrió la puerta una persona que trabajaba en el despacho de al lado, un señor mayor, que se quedó parado en el umbral. Era calvo y carraspeaba sin cesar debido a una laringitis crónica. Era un húngaro de verdad, un incondicional de la idea de la Confederación Danubiana de Kossuth, y en la redacción lo apodaban Krákóczy.[1] Carraspeó y me dijo:

---

1. Apodo formado en húngaro por la palabra «carraspear» y el apellido de un patriota del siglo XVIII. *(N. de la T.)*

—No se celebrará el plebiscito.[2]

Con el cigarrillo en la boca y el mechero en la mano miré al hombre con aire de incredulidad. Las vueltas que da la Historia pocas veces encuentran a los contemporáneos en una situación de «disposición histórica»: a veces nos encontramos en pijama o afeitándonos cuando nos enteramos —últimamente por la radio— de que algo se ha acabado para siempre. Aquel señor calvo y bajito estaba pálido, blanco como la tiza.

—El canciller Schuschnigg ha presentado la dimisión —añadió carraspeando.

Se quedó de pie en el umbral durante unos minutos, confuso, como si sintiera vergüenza por algo. Miraba al suelo, a sus zapatos, desconcertado. A continuación se encogió de hombros y se fue, cerrando cuidadosamente la puerta tras de sí. Me quedé solo y yo también experimenté una extraña e indefinida sensación de vergüenza sin saber por qué. Más tarde pensaría en ello en varias ocasiones. Claro, uno siempre siente vergüenza al enterarse de que no es un héroe sino un bobo: el bobo de la Historia.

Ese día llegué tarde a mi casa. Era una noche cálida y estrellada de principios de primavera. El Puente de las Cadenas estaba todavía intacto: al atravesarlo con mi coche, hacia las dos de la madrugada, vi que en lo alto de la colina brillaban las ventanas del palacio del primer ministro, iluminado y resplandeciente. Por lo general, el hermoso edificio sólo se iluminaba los días de fiesta oficial. Desde el puente parecía que aquél fuera también un día extraordinario de fiesta. Cuando llegué al garaje donde guardaba mi coche, encontré tres vehículos llenos de polvo, con matrícula austríaca, que acababan de llegar y esperaban para entrar en fila india. Unas mujeres con unos niños se estaban bajando de los automóvi-

---

2. Se refiere al plebiscito previsto para el 13 de marzo de 1938 acerca de la unificación de Austria con Alemania. Fue postergado por exigencias de Hitler y definitivamente descartado tras la entrada en Austria de las tropas alemanas el 12 de marzo. *(N. de la T.)*

les. Uno de los hombres daba instrucciones al guardia del garaje:

—No hace falta que lave los coches —decía con voz ronca—. Continuaremos nuestro viaje por la mañana.

Probablemente «continúan su viaje» todavía. Esperé hasta que los austríacos fugados aparcaron sus vehículos y entré detrás de ellos. Entonces aún no sabía que yo también me había puesto en esa fila india encabezada por aquellos austríacos. Tuvieron que pasar diez años para que me diera cuenta de ello con todas las consecuencias.

Me fui a mi casa y me acosté. Dormí profundamente. Mientras dormía ocurrieron muchas cosas. Diez años más tarde leería, en las memorias de Churchill, que esa misma noche Chamberlain, el primer ministro inglés, y su esposa tuvieron como invitados, en su residencia del número 10 de Downing Street de Londres, a Ribbentrop, ministro de Exteriores alemán, y a su mujer. Después de la cena —durante la cual Ribbentrop se había mostrado especialmente risueño y conversó de manera distendida—, Chamberlain recibió un telegrama. Así se enteró de que las tropas alemanas acababan de cruzar la frontera austríaca.

A la mañana siguiente leí los periódicos, que anunciaban con grandes titulares que Schuschnigg había presentado la renuncia y el plebiscito no se iba a celebrar. La radio de Viena no emitía; las demás emisoras, locales y extranjeras, carraspeaban sin poder contar más detalles, bastante asustadas. Más adelante la radio de Viena empezó a ofrecer música, alternando marchas militares con alegres piezas de Schubert. Fui al garaje —los austríacos ya habían «continuado su viaje», pero había más vehículos llenos de polvo con matrículas de Viena y Graz delante de la entrada—, saqué mi coche, me acerqué a la biblioteca de la universidad para pedir prestado un libro que no había podido encontrar en ningún otro sitio y me fui a la isla Margarita a jugar al tenis. El entrenador era un hombre mayor al que no le gustaba correr, así que servía la pelota con sumo cuidado, como si el objetivo más importante del juego fuera que los jugadores no se cansaran innecesariamente. «No corra usted —me gritaba desde el otro lado de la red, desde la esquina de la cancha—, le serviré la pelota de tal manera que no tenga que correr.» Aquel partido de tenis curativo duró una hora. A continuación me fui a la piscina, donde tomé una ducha caliente y recibí un masaje de Emil (su compañero me había aclarado que ése era sólo su «nombre artístico», y que en realidad se llamaba Károly). Nadé unos cuantos cientos de metros y luego me dirigí —con el alma ligera y el cuerpo despejado— a mi casa, donde me aguardaba el trabajo, es decir, el rito cotidiano de «escribir con éxito» (porque vivíamos así de bien; porque vivía así de bien). Todo eso queda en la penumbra del pasado histórico, así que sería conveniente que echara ceniza sobre mi cabeza y me diera golpes en el pecho por no haberme mostrado lo bastante «comprometido» en las barricadas sociales de la época, por no haber llevado ropa desteñida y remendada, por no haber pasado hambre, por haber jugado al tenis y por haber vivido paganamente bien. Sin embargo, me siento incapaz de acusarme así, golpeándome el pecho. Sólo lamento no haber vivido todavía mejor, de manera aún más cómoda, mientras me lo pude permitir. Al mismo tiempo, esa vida era despreocupada sólo a primera vista, tanto la mía como la de la burguesía húngara de entonces. En realidad no hubo ni un mes en mi vida en que no tuviera que enfrentarme a situaciones de falta de dinero, aunque fuese para pagar la letra del coche o para ayudar ocasionalmente a una lectora entusiasmada... Porque todo eso también formaba parte de mi condición de «escritor de éxito», que en realidad no tenía tanto éxito.

Me disponía a volver a casa, pero antes, todavía en el vestíbulo de la piscina, me detuve a escuchar las últimas noticias radiofónicas. Una profunda voz masculina informaba al mundo —con el tono rápido y excitado de la retransmi-

sión de una competición deportiva— de que las tropas alemanas habían entrado en Viena y que el Führer estaba en camino hacia su país de origen. Después de la noticia, la radio
siguió emitiendo música. Esa musical forma de hablar de la
Historia —acompañando las noticias con valses ligeros o
marchas militares, tras anunciar que un país acababa de perder momentáneamente su condición histórica, que acababa
de caer una ciudad de cientos de miles de personas que com-
parten un fatídico destino común— llegaría a hacerse ruti-
naria durante las siguientes décadas. Probablemente cuando
cayó Cartago o cuando Belisario marchó sobre Roma todavía no había música en aquellas ciudades. Pero en Viena sí la
había, la radio transmitía música militar alemana, las emisoras de la Historia anunciaban con ese acompañamiento rít-
mico el hecho de que Adolf Hitler estaba entrando en la capital de los Habsburgo, al frente de sus tropas, de pie sobre su
vehículo, saludando con la mano con gesto deforme, como
un césar grotesco.

Antes de irme a casa para cumplir con mis obligaciones
de escribir mi dosis diaria de novela o de artículo periodístico, subí en mi coche al barrio del Castillo y recorrí el paseo del
Bastión. Como de costumbre, aquel mediodía estaba también concurrido de su público asiduo, de los mismos transeúntes nobles y aristócratas de siempre. Flanqueados por
castaños silvestres y plátanos, los paseantes parecían ejecutar
los movimientos mecánicos y rituales de las figuras de un reloj. Aquella mañana de principios de primavera había flore-
cido un almendro. Durante mi paseo me fijé en ese árbol y lo
miré con la misma atención que merecen los grandes acontecimientos históricos, porque éstos no solamente aparecen en
las noticias de la radio. Por lo demás, respecto al día anterior
nada había cambiado en el paseo del Bastión. Los conocidos
se saludaban con los mismos gestos educados y serios, los perros de los condes y los barones correteaban con alegría bajo
los frondosos castaños... Por las ventanas abiertas de los pala-

cetes se veían los muebles antiguos y bien cuidados que brillaban bajo la espléndida luz primaveral.

Manos conocidas me saludaban. Jubilados, secretarios
de Estado, ministros y generales en uniforme de gala de los
barrios de Buda —el de Krisztina, el de Vízi, el de Naphegy—
tomaban el aire y el sol con la misma tranquilidad de cualquier
día normal. Si no personalmente, por lo menos de vista se
conocían todos. Un hombre bajito con gafas —vestido con
un abrigo de piel de estilo polonés y con un sombrero típico
de cazador— se aproximaba, devolviendo los saludos de forma distraída: se veía que estaba preocupado y que pensaba en
algo importante. En su mirada, en su aspecto había algo de
una aparente severidad molesta y ensimismada, y en su manera de andar, en sus modales de profesor serio se notaba
cierto aire de timidez. Era geógrafo, político, un *scout* entusiasta, primer ministro, descendiente de una antigua familia de
Transilvania. Caminaba con las manos cogidas a la espalda
por el paseo del Bastión, con paso corto y rápido. Probablemente pensaba, de camino a su despacho, en la noticia de la
llegada de Hitler a Viena, que estaba a unos cientos de kilómetros de allí, más allá de los montes de Buda. Y como no
sólo era primer ministro, sino también cartógrafo y geógrafo,
probablemente estaba pensando en que tendrían que cam-
biarse los mapas, no solamente el de Austria, sino algunos
más. Así que miraba al frente con gesto de preocupación, y
devolvía los saludos sin detenerse. Y como la gente ve el destino no sólo mental, sino también visceralmente, quizá intuía,
de una manera poco definida y muy severa, que no estaba lejos
el día en que él —el geógrafo, *scout* y primer ministro—, tres
años más tarde, en una hermosa noche de primavera y a raíz
de lo que acababa de ocurrir, se suicidaría en su casa de primer ministro porque las tropas de Hitler iban a violar la soberanía húngara en su recorrido hacia Yugoslavia. Sin embargo, dicha noche todavía quedaba lejos. Las personas que
se cruzaban con aquel hombre bajito, con gafas, en el paseo

del Bastión, lo saludaban con educación pero con indiferencia, como si todo estuviera igual que el día anterior, el año anterior o las décadas anteriores.

En el Palacio Real, a la hora acostumbrada, como cualquier otro día, el regente recibía en audiencia y «llevaba los asuntos del país». Y el país, ¿qué hacía aquel día? La caricatura que yo era (y la otra, la que me rodeaba, la que éramos todos) ¿qué sabía de lo que estaba ocurriendo aquel día? ¿Qué sabía el país de su destino? Porque más allá del baluarte del paseo del Bastión, limpio y cuidado, y más allá del panorama del monte János, cubierto por la bruma, había un país. Existía una realidad que no era ninguna caricatura... Y esa realidad acababa de sufrir, aquel día de marzo de 1938, un cambio tan fuerte como cuando un movimiento tectónico sacude la estructura interna de un paisaje. Esa sacudida apenas puede apreciarse en un primer momento, se mueve una lámpara, se cae un vaso de la mesa, alguien sospecha algo, mira alrededor y se da cuenta de que está ocurriendo algo que él es incapaz de comprender, algo que no se ve, algo que no tiene ni color, ni ruido, ni olor, algo que tan sólo está ocurriendo... Esa mañana había ocurrido algo, y no solamente a quienes se encontraban en el paseo del Bastión. También en los despachos y en el Palacio Real había ocurrido algo, también allí abajo, en la ciudad, en todo el país, que estaba unido a la capital por unas venas muy finas pero reales. Por todas partes estaba ocurriendo lo mismo: un temblor invisible, inaudible, incoloro e inodoro contra el cual no existía manera de defenderse, el temblor que los geólogos llaman movimiento tectónico y los historiadores Historia. No solamente en la estructura, en las entrañas y los ganglios del país estaba ocurriendo algo, sino también más allá, en los estados fronterizos. Por todo Occidente, por toda Europa. París, Roma y Varsovia permanecían en su lugar, tanto en el mapa como en su situación geográfica real, pero el continente, en su totalidad, no estaba ya tan cohesionado ni tan unido como al final de la Primera Guerra Mundial, cuando se despedazó y unió de nuevo lo que antes se había llamado Europa. Ya no era el mismo, porque Adolf Hitler había entrado en Viena. Hungría permanecía, de momento, en su sitio, en el mapa y también en la realidad, pero en ese instante ya no se veía de forma tan clara el país. De repente todo se había llenado de bruma, como cuando alguien empieza a mentir.

Miré alrededor y me di cuenta de que era verdad lo que había aprendido en el colegio, porque en los momentos de peligro, cuando uno está enfermo y febril, lleva a cabo asociaciones muy leves y aleatorias. Había un país ocupado hace mil años por unas tribus orientales pertenecientes a la familia lingüística uralo-altaica, parientes de las subtribus finoúgrias y de las tártaro-turcas, que procedían de la región de los Urales y de Lebedia. Ese país fue bautizado, amueblado y transformado en un Estado, y la sociedad de los húngaros fue completada, a través de los siglos, por suabos, eslavos y judíos. El país —construido por jefes militares, religiosos, políticos, poetas y cientos de miles de personas anónimas— seguía siendo una realidad: podía divisarse desde un avión o en el alma de un poeta... Era un país hermoso y continuaba siéndolo incluso después de su mutilación, sin los Cárpatos, sin Transilvania, sin las Tierras Altas y las Tierras Bajas, sin Fiume. Tenía trigo, petróleo, carbón, tenía de todo para alimentarse... Y tenía poetas. En los cafés de Budapest, ese mismo día, había algunos sentados en las mesas de mármol con algún libro de Apollinaire o de Rilke que estaban traduciendo... con ruido de fondo de discusiones y recelos.

De repente, para mi mayor sorpresa, tuve la sensación de que me faltaba algo. Como un asmático que de pronto se queda sin aire, sentí una carencia: faltaba la verdad. Porque ese día (y también durante los años venideros, muy breves) se reveló que todo lo que me rodeaba —la independencia de un pueblo pequeño, el derecho a la autodeterminación de un pequeño país— era una ilusión y una quimera. Más tarde leería que Bujarin, Rosa Luxemburgo y Radek declaraban que el derecho de autodeterminación era fruto del idealismo burgués. (Aquel momento de iluminación en el paseo del Bastión fue como el que experimenta alguien que, tras haber vivido durante una vida entera con determinada persona, se da cuenta de que no sabe, en realidad, quién es ella y cómo es esa persona con la que ha convivido durante tantos años. Y súbitamente desearía, para satisfacer su insaciable curiosidad, que la otra persona se declarara tal cual es, incluso en el último instante, y que se manifestara en toda su realidad tras haber estado callando sobre «aquello»... ¿Sobre qué? ¿Sobre la «verdad»? Sobre su propia verdad.) Me habría gustado enterarme, de una vez por todas, de cómo era Hungría en realidad.

Porque —en el momento del despertar de la conciencia— acababa de reparar en algo que experimentaría más adelante, viviendo ya en la más terrible de las extrañezas: acababa de darme cuenta de que no lo sabía. En ese estado de ignorancia había y sigue habiendo algo de fantasmagórico.

Léon Blum —quien, a la cabeza de su Frente Popular, había votado en el Parlamento francés durante años en contra de los presupuestos militares— protestó aquel día enérgicamente. Chamberlain calló, porque Inglaterra no estaba preparada y «había que retirar el viento de las velas». Mussolini «montaba guardia, al lado de los Alpes, con el fusil preparado», o sea, sin moverse. Roosevelt también calló y además se encontraba lejos. Stalin seguramente pensaría algo esa madrugada, pero él era famoso ya en la época por saber callar mejor que nadie. Y como todo el mundo callaba, y sólo hablaba la radio de Viena, Hungría también callaba.

Esa mañana todavía estaba en pie el edificio donde se encontraba mi piso. Era tiempo de regresar —como todos

194

los días— y ocupar unas horas escribiendo un artículo o unas páginas de alguna novela, en la creencia errónea de que aquello tenía algún sentido. Como si la palabra —la palabra hermosa o la palabra fea, lo mismo da— pudiera cambiar algo de lo que estaba ocurriendo en el mundo. Sin embargo, yo seguiría escribiendo, esperando cosechar cierto éxito, anhelándolo, aun consciente de que ese sentimiento cálido y reconfortante llamado éxito sólo es, en realidad, un malentendido o más a menudo un vil engaño. De todas formas, yo escribiría algo también aquel día simplemente por ser escritor, en Hungría, en el año 1938. Sabía con bastante certeza y precisión lo que quería decir, lo que pensaba al escribir. Pero ¿qué quería y en qué pensaba el país?

¿Qué más se veía desde allí? Se veía, en las profundidades, la iglesia donde el «mayor de los húngaros», István Széchenyi, había jurado fidelidad eterna a su esposa, Crescence Seilern, aunque en el barrio de Krisztina, donde se chismorreaba bastante, se rumoreaba que su matrimonio no había sido muy feliz. Yo podía verlo todo aquella mañana. La diminuta imagen de un mundo se mostraba totalmente nítida y clara ante mí: se trataba de la imagen de la realidad. No sabía, no podía prever lo que ocurriría, pero con la ayuda de un micrófono interno escuchaba una voz que me decía que todo lo que estaba viendo había empezado, exactamente ese día, a diluirse, a deshacerse, a deformarse —como dicen los científicos—, porque sobre la materia sólida comenzaban a hacer efecto unas fuerzas que su cohesión ya no era capaz de resistir. Todo lo que yo veía desaparecería en poco tiempo, nadie se quedaría en su sitio: ni las personas más importantes, ni el regente en el Palacio, ni el primer ministro en su despacho, ni los demás, ni los aristócratas, ni los burgueses, ni las personas anónimas; todos abandonaríamos nuestra forma y manera de vivir, sí, incluso la mayoría de los edificios y las casas se convertirían en polvo. Todo —y todos los que esa mañana aún permanecían en su sitio— desaparecería en la nada o empezaría a dar brincos, como el payaso, el cazador y el soldado en la barraca de tiro de una feria, cuando un falso campeón acierta, por casualidad, en el blanco y todas las figuras empiezan a moverse al unísono, con sacudidas mecánicas y grotescas. Nada de todo eso sabía aquella mañana en la que deambulaba por el paseo del Bastión, aunque probablemente intuía algo, porque si no el microfilm no habría guardado la imagen con tanta fidelidad.

El día en que por primera vez subí al barrio del Castillo después del cerco de Budapest fue también el último, mi última visita al barrio antiguo: jamás he vuelto allí. Era ya mediodía, hora de regresar a casa, de volver al piso provisional: a partir de entonces nunca volvería a tener un hogar, en ninguno de los sitios del mundo donde alquilaría unos cuantos metros cuadrados de aire envueltos en cemento. Descendí por la Escalinata de Granito con el cuidado de los alpinistas, evitando las avalanchas de peligrosos escombros que poco antes habían sido muros y paredes de hogares. Iba tan rápido como podía porque Lola ya estaba preparando el plato diario de «potaje de guerra» (tras el cerco de Budapest, comíamos platos de nombres siniestros y sabores horribles porque no había nada más). Era hora de volver a casa, porque ya había visto el paseo del Bastión, que lamentablemente se había derrumbado; la estatua de Károly P. Szakmáry, que lamentablemente no se había derrumbado, y el Palacio Real, donde ya no se llevaba asunto alguno de la nación. Había visto asimismo el *piano nobile*, los palacetes donde ya no vivía nadie porque el tiempo había resuelto de manera práctica el problema del pago de los impuestos progresivos: ya no había por qué pagarlos, pues la gente no tenía ninguna base imponible para calcularlos, dado que todo le había sido arrebatado a todo el mundo. Así que, por fin, en nuestro país se había solucionado el dichoso problema de los impuestos de una forma más radical que en Occidente: también pensé en eso, pero brevemente. Comprendí que no sólo yo había sido una caricatura en aquel ambiente, entre las dos guerras, sino que también había habido algo de caricaturesco en la vida húngara, en las instituciones, en la mentalidad de la gente, en todo. Eso me tranquilizó. Siempre es bueno saber que uno no está solo.

13

Un experto que había estudiado las costumbres y los comportamientos de las personas que viven en zonas donde son
frecuentes los terremotos —Nápoles y sus alrededores, Sici-
lia, Japón, Persia, las islas Aleutianas— contaba que no les
gusta permanecer sentadas mucho tiempo. Se sientan pero se
levantan casi de inmediato y se ponen a dar pasos de un lado
a otro. El terror —el terror a los terremotos, un estado de in-
defensión total y de desesperada vulnerabilidad— se transforma en reflejos condicionados y sigue ejerciendo su influencia en el sistema nervioso. Son personas que no se atreven a
permanecer tranquilamente sentadas durante mucho rato
porque temen tener que levantarse de un salto y salir al exte-
rior para evitar que el techo se derrumbe sobre sus cabezas y
que la tierra se abra bajo sus pies.

Fenómenos así, de ir y venir, de hacer y deshacer, eran
perfectamente observables en Budapest después de la guerra.
El terremoto que había sacudido por encima de las cabezas
y bajo los pies de los habitantes de la capital la idea del mundo que éstos tenían, no se explicaba sólo por la inseguridad
social y vital producida después de la guerra perdida. Los vecinos —consciente o inconscientemente, aunque creo que la
mayoría conscientemente— pensaban que la seguridad en
que sus padres, ellos mismos y sus hijos habían basado sus vi-

das, sus labores, sus deseos y sus esperanzas había quedado aniquilada.

Así que miraban alrededor para ver qué tenían que hacer con mayor urgencia. La ocupación militar, la presencia de los comunistas, severa pero por el momento discreta, provocó —después del primer susto— una actividad frenética en los ciudadanos. Todavía no se apreciaba la apatía, el estado de ánimo con que la gente responde al peligro constante y agudo con una total indeferencia: la indiferencia es una forma de valentía en las situaciones límite. Ese estado de apatía sólo se produjo más tarde, cuando la población comprendió que había sido abandonada y que no tenía nada más que aguardar. Entonces la apatía se presentó bajo su forma máxima, casi revolucionaria; pero durante los dos primeros años no se observaban todavía las señales de esos cambios, similares a las de un ataque de nervios, en el comportamiento de la gente. La vida cotidiana era entonces más importante que las preocupaciones por el futuro.

Muchas personas empezaban su jornada como si fueran peritos intentando valorar lo que se había quemado en un terrible incendio. El Palacio Real está *kaput* —decían, utilizando una palabra entonces muy de moda—, pero el Parlamento ha quedado intacto. La mayoría de las casas del barrio de Krisztina se han derrumbado, pero en el primer piso del edificio de un banco del centro ya funciona, en algunos pocos despachos, una especie de sede del gobierno adornada con letreros escritos a mano que ponen «Primer Ministro» o «Secretario de Estado». Los preciosos puentes del Danubio, de arquitectura secular, yacen derruidos en medio de las aguas, pero dicen que han construido uno de madera que une Pest con Buda. El piso familiar ha quedado reducido a escombros, pero el tío regresa vivo del campo de trabajo. La firma donde se trabajó durante treinta años ha quebrado, pero la abuela estaba en un sótano del barrio de Pesterzsébet en un estado bastante satisfactorio. Las persianas de madera se han roto por las explosiones de los bombardeos, pero el antiguo redactor jefe de un antiguo periódico liberal va a conseguir unas persianas nuevas a cambio de unos dólares. El teatro Víg está en ruinas, pero en el Nacional están representando *Bánk Bán*, algo muy apropiado —por su intriga histórica y por su tono patriótico— para el momento; cuando la nación se harte de esa obra pondrán en cartel alguna otra. Ya se podía comprar pan, aunque solamente en el mercado negro. Aun así, por las calles circulaban coches de lujo recién traídos de América, y en el otoño de 1945 un periódico publicó un artículo sobre la necesidad de volver a organizar en Budapest una exposición de automóviles.

Hubo también ciertas personas que descubrieron que entre las ruinas tenían más posibilidades de medrar que en el pasado, cuando todo estaba todavía en su lugar. El periodista de tercera que nunca había llegado más que a reportero en algún diario se afiliaba rápidamente a algún partido y descubría con sorpresa y placer que podía convertirse, en un futuro cercano, hasta en secretario de Estado. La falta de honradez se propagaba con la rapidez de la peste bubónica. No existían ni el derecho ni la justicia, pero ya funcionaban los tribunales populares, y los ajustes de cuentas políticos proporcionaban una fuente de diversión diaria a la chusma sin trabajo, como en los tiempos de Calígula en Roma. El barrio de Tabán se había derrumbado, pero los viejos borrachos empedernidos emprendían un camino de peregrinaje lleno de nostalgia porque habían oído que las tabernas del barrio de Óbuda seguían en pie. El poeta que se había salvado del campo de trabajo ocupaba, por iniciativa propia y sin pizca de remordimiento, una casa abandonada en una ladera de la parte de Buda, cuyo propietario había muerto de hambre en un campo nazi (era un burgués, así que no merecía lástima alguna) o bien había huido a Occidente (era un fascista, así que tampoco merecía lástima alguna)... Las leyes escritas y no escritas de lo tuyo y lo mío se convertían en un mero y grotesco juego de palabras.

Sin embargo, el comerciante que había regresado del campo de trabajo o que había salido del sótano volvía a abrir su tienda a primera hora de la mañana y se ponía a vender la mercancía que era capaz de conseguir. La empresa privada, condenada a muerte por los comunistas, seguía siendo, incluso en sus formas más primarias, una fuerza productiva y distribuidora que el régimen necesitaba. Los médicos y los abogados colgaron otra vez las placas con su nombre en la puerta de sus consultas y despachos. Los hambrientos obreros consiguieron, con arduo afán, restablecer la red eléctrica de Budapest. En medio de esa febril actividad humana la deshonra ocultaba sus verdaderas intenciones tras eufemismos misteriosos. Los «grupos de aprovisionamiento», las «comisiones gubernamentales de bienes abandonados» y otras enigmáticas formaciones de ese calibre saqueaban allí donde podían con aplicación y sin escrúpulos. Los efectos secundarios de la «justicia» administrada en nombre de la «redistribución» aparecían bajo la forma de actividades humanas monstruosas. El poeta de tendencia popular, entusiasmado con la idea de la «redistribución», se paseaba por el país entero haciendo sonar la trompeta como si estuviera desempeñando el papel de ángel de la guarda de la nación, de querubín de la patria, hasta que se descubría que sólo era el cronista de una tropa de saqueo y que se llevaba la mitad de los beneficios.

El teléfono no funcionaba todavía, así que se renovaron extrañas posibilidades, más propias de siglos pasados, de contacto social: como en los siglos XVII y XVIII, cuando una vida social llena de ceremonias complicadas ya no era privilegio de los nobles, sino también de la burguesía —la clase de Colbert, alentada por el Rey Sol, asustado ante la rebelión de aquéllos—, que imitaba la costumbre aristocrática de las visitas constantes; durante el año siguiente al cerco de Budapest, la gente llegaba a casa de sus conocidos sin invitación ni aviso previo. Esa confianza era comprensible cuando se trataba de parientes, amigos o conocidos íntimos, pero era algo sorprendente cuando llegaban desconocidos alegando que pasaban por allí o diciendo que acababan de enterarse de que los dueños de la casa habían sobrevivido y querían comprobarlo. Los visitantes rechazaban la suposición de que la visita es una costumbre que debe desarrollarse en el marco de una determinada convención social, porque opinaban que habían llegado los tiempos en que «todo sería diferente de como había sido» y que habían desaparecido las rígidas formas de la etiqueta y la buena educación entre los seres humanos. Eran cosa del pasado las normas sociales que establecían una diferencia entre «visitas sentadas» (las que habían sido invitadas) y «visitas de pie» (las que habían llegado sin ser invitadas y a quienes por tanto no se les ofrecía asiento). Por lo menos la gente que se presentaba sin ser invitada lo consideraba así.

Durante los primeros meses de nuestro regreso a la capital recibimos unas cuantas visitas de semejante guisa. Llegaban a casa personas completamente desconocidas, a primera hora de la mañana o a avanzada hora de la noche, sin invitación ni aviso, y demostraban el interés del zoólogo ocasional que acude al zoo después del cerco de una ciudad para comprobar si todavía siguen vivos el puma o el tapir. En ese comportamiento sustentado en el exceso de confianza —y en una falta total de tacto— había algo del estilo ruso y también algo humano. Naturalmente, recibíamos a todos con amabilidad, y si por timidez u olvido no los invitábamos a sentarse, no teníamos por qué devanarnos los sesos ni preguntarnos qué debíamos hacer: ellos se sentaban por sí solos, alegres y campechanos, y a veces se quedaban mucho más tiempo de lo que al principio pensábamos. Intentamos consolarnos diciendo que había algo bueno en todo aquello, repitiéndonos que los distintos niveles sociales empezaban a desaparecer y que la promesa de la sociedad sin clases no era tan sólo una promesa vacía. Sin embargo, tras las primeras sorpresas, nos dimos cuenta de que los visitantes inesperados no venían a llamar a la puerta de un piso desconocido motivados por el interés ni por la buena voluntad; escuchando con atención aquellas deshilvanadas conversaciones se descubría la verdadera fuerza motriz de la visita: el odio.

Más adelante, cuando la miseria compartida y el terror —en medio de la falsa solidaridad del miedo— aproximaron más a la gente, esa psicosis de odio se disipó. Pero durante los años posteriores al cerco de Budapest el odio aparecía, con su aliento ardiente y hediondo, en medio de cualquier conversación, en la boca de la gente, derramándose sobre los demás, como cuando se abre por descuido la puerta de la hirviente caldera del infierno. ¿Por qué odio? Porque el otro había sobrevivido. Porque no había sufrido tanto ni de la misma manera... Porque él, que había sufrido más, no había recibido inmediatamente una reparación. Odio porque nada es nunca suficiente y no basta con ningún castigo ni con ninguna reparación. Porque el castigo que merece el mundo no puede ser suficientemente cruel. Porque la reparación que espera alguien no puede ser suficientemente copiosa o abundante. Porque otros habían recibido más, o porque habían robado más. También odio porque ni entre las ruinas —y tampoco más tarde, cuando retiraron los escombros— habían encontrado a la persona o la cosa que buscaban. ¿A quién buscaban, qué buscaban en realidad? Los visitantes lo decían a veces, con palabras rápidas y balbuceantes. Lo decían quienes habían recuperado su piso y quienes se habían convertido en secretarios de Estado, quienes habían abierto de nuevo su tienda y quienes habían encontrado a sus parientes. Decían que el odio —al igual que el deseo del adicto al opio— ni desaparece ni puede satisfacerse. Porque todos esperaban a alguien, y ése al que esperaban no llegaba. Esperaban a la persona que más les importaba, a la única que les importaba. La persona que esperaban era más importante que el piso, el éxito, el puesto, el placer, la fortuna o la venganza; era más importante que cualquier otra cosa. Como si todo el mundo tuviera en la vida a alguien, un compañero o una compañera, una pareja —no forzosamente el padre o la madre, el esposo o la esposa, el amante o la amante, el amigo o la amiga, sino la única persona a quien los cromosomas reconocen y a quien responden con energía bioquímica—, y como si de repente debieran comprender que esa persona —quizá el hijo o la hija, el amante o la amante, el esposo o la esposa— ya no existía. Y ya no existía aunque se hubiese salvado de los distintos infiernos, aunque hubiera regresado, piojosa y envuelta en trapos y harapos. Incluso aunque hubiese vuelto con un profundo sentimiento de culpa (por haberse salvado) y se hubiese arrastrado por el suelo para expresar así su gratitud. No había nadie a quien esperar, porque la única persona a quien recordaban incluso ante las puertas del infierno, la única cuyo regreso del purgatorio esperaban ansiosos, no podía volver porque había perecido en los laberintos del infierno... Había perecido aunque su cuerpo se hubiera salvado. Porque la persona que había sobrevivido al infierno y regresaba ya no era la misma que habían estado esperando.

El que sufre un desengaño profundo se llena de odio. Entre madre e hijo, después del primer llanto y el primer abrazo, llegaba el instante en que se miraban a los ojos con sorpresa y empezaban a hablar de otra cosa. Los esposos, los amantes y los amigos —la más misteriosa de todas las relaciones humanas— se encontraban y se aproximaban con los brazos abiertos. Muchas veces, los brazos abiertos volvían a cerrarse muy pronto, porque los dos miembros de la misma familia, los dos amantes o los dos amigos comenzaban a sospechar con asombro, con indignación o incluso con pánico que la otra persona no odiaba suficientemente lo que ellos odiaban. En los momentos cruciales de la vida privada y social siempre surge la misma y decisiva pregunta: «¿Odias lo mismo que yo odio, o bien eres indiferente y tolerante?» Quien no logra odiar bastante acabará siendo odiado.

Era como si alguien hubiese desaparecido para todo el mundo. El que regresaba había adelgazado —a veces hasta quedarse en los huesos— o engordado, se había vuelto bondadoso o vengativo. O bien estaba mortalmente cansado y se mostraba indiferente. Algo le había ocurrido, algo le había ocurrido a todo el mundo, y la sociedad parecía comprender que había estado aguardando en vano (no sólo se había estado aguardando a una persona, sino también a una sociedad diferente, cambiada, más humana, que, se pensaba, podría hacerse realidad). Esa espera es el contenido más secreto y verdadero de la vida. Aunque la genial pantomima de Beckett todavía no existía, después de la guerra todo el mundo estaba esperando a Godot. Y Godot no llegaba. ¿Dónde había perecido? ¿En un campo de trabajo, en un frente de batalla o en un sótano bombardeado? ¿O bien en las casamatas de la traición y en los calabozos hediondos de la cobardía? La gente comprendió que no valía la pena esperar a nadie ni a nada. Así que empezó a odiar.

Sobre las ascuas del odio —como un montón de virutas de madera echadas sobre el fuego que se extingue— fue arrojada la materia incendiaria de la inflación. Al principio se presentó sin ruido, con disimulo, como la hemofilia. Los campesinos, los contrabandistas y los parásitos del Partido se hacían cada vez más gordos y más ricos, pero, aparte de ellos, todo el mundo perdía sangre. Los intelectuales, los obreros y los ancianos de la burguesía se volvían cada vez más anémicos, se hacían más y más enjutos, se debilitaban cada vez más. Durante un tiempo se pudo echar mano de algunos objetos de relativo valor que se podían vender: un reloj antiguo, una pulsera, un diente de oro del abuelo, unas alianzas... La gente pensaba que se podría sobrevivir a la plaga de los billetes con vituallas sintéticas de ese tipo. Sin embargo, pronto se dieron cuenta de que con la inflación estaban perdiendo peso —aun sin experimentar ningún dolor físico— y también la poca fuerza vital que les quedaba.

Los campesinos sabían que había llegado su oportunidad. No podían retrasar más el momento de aprovechar sus posibilidades. Al mismo tiempo que se hacían cada vez más ricos —porque en el mercado de la capital intercambiaban sus cerdos hinchados con agua por un piano o unas cuantas monedas de oro de la época de Napoleón—, los intelectuales, los obreros y los oficinistas se preguntaban —cada día más pálidos, más hambrientos y más desesperados— qué malabarismo grotesco tendrían que realizar al día siguiente para que su dinero no se devaluara. Los trozos de papel que entonces llamaban dinero perdían su valor en pocas horas, añadiendo varios ceros a unos precios que llegaban a alcanzar cifras astronómicas de billones. Las amas de casa se iban por la mañana a ver al usurero o al cambista de turno, vendían unos gramos de la alianza que habían dejado empeñada, y con el papel que recibían a cambio corrían al mercado, donde se vendían los alimentos hasta las doce del mediodía por letras de cambio: las doce del mediodía, la hora de cierre de los valores en la bolsa, era la barrera mágica que determinaba el momento en que las letras perdían su valor diario, porque el dólar o el oro se valoraban en ese instante con un cambio más elevado —algunos miles de millones o billones más— que a la hora de apertura. Nadie manejaba ya esas cifras tan elevadas; los comerciantes del mercado decían simplemente: «Deme dos papeles azules, además del amarillo, y entonces se podrá llevar el pollo.» Y el ama de casa replicaba, regateando desesperada: «No le puedo dar ninguno azul, pero sí uno verde.» La gente sentía de nuevo que en el fondo de toda empresa humana hay algo antiintelectual, algo más fuerte que la razón.

Durante los meses de inflación, la mayoría de los habitantes de Budapest adelgazaron hasta quedarse en los huesos, llegaron a presentar formas esqueléticas, sin un gramo de carne o grasa, como si fueran ilustraciones de un libro de anatomía. En esos meses, masas enteras de seres humanos pasaron más hambre y penurias que durante el cerco de la capital, cuando todo el mundo tenía provisiones de alimentos y la solidaridad forzosa del peligro común obligaba incluso a los precavidos y los egoístas a compartir con los demás lo poco que poseyeran. Durante la miserable época de la inflación tal solidaridad ya no funcionaba. Entonces ya no era la vida a secas lo que había que salvar, sino el dinero, los bienes, lo material; así que la gente respondía en esa situación de carencia con un egoísmo mucho más feroz que durante la peligrosa época del cerco.

Esa pálida hemofilia, la inflación, avivó las ascuas de la psicosis del odio. Fue una etapa en que se dirimía el gran juicio final, no entre los obreros y los burgueses, sino entre los campesinos y las demás capas de la sociedad. Un mito reavivado con disimulo intentaba hacer creer a la opinión pública húngara que los campesinos no solamente constituían una clase social, sino que eran una fuerza vital secreta, y que suponían una reserva legendaria y ancestral de conciencia, el cimiento de la existencia de la patria. Sin embargo, la mayoría de la sociedad no veía en los campesinos más que a ciudadanos húngaros ocupados en las labores agrícolas. Sus derechos y deberes no se podían separar de los derechos y deberes de las demás capas sociales (la Comisión de Derechos Humanos ya se había constituido, pero nadie hablaba de ninguna Comisión de Deberes Humanos). Los comunistas, con irónica generosidad, ofrecieron la redistribución de la tierra a los campesinos, aguardando con una sonrisa maliciosa el momento de poder echarlos a patadas de lo redistribuido, de la misma manera que ya habían echado a los terratenientes. El gran juicio se estaba convirtiendo en un juego guiado por tácticas políticas, cínicas y grotescas. Aquel juicio milenario —el juicio sobre el destino de los campesinos, o sea, los jornaleros paupérrimos que nunca habían ganado más que unas monedas miserables— debía resolverse también en Hungría, como se había resuelto en Occidente. Entretanto, los comunistas se frotaban las manos —mientras desempeñaban el generoso papel de Santa Claus— porque sabían que la «redistribución» no iba a ser el final de algo, sino el comienzo, el principio de una nueva era de servidumbre feudal, más escandalosa e inhumana que cualquier otra.

Los campesinos sospechaban algo. Aceptaron las tierras redistribuidas —aunque no siempre con la disposición o la avidez que los redistribuidores esperaban—, pero se mantuvieron a la expectativa para ver en qué acabaría ese fabuloso reparto de regalos. En cualquier caso, comprendieron que la época de inflación les ofrecía un período pasajero en el que hacer sentir la fuerza de su posición con una firmeza despiadada. Había llegado para ellos el momento en que podían exigir de los consumidores no sólo el justo precio de sus productos, sino también el piano de cola, el reloj de bolsillo, las joyas familiares, cualquier objeto brillante que encontraran en el borde del camino o en el vertedero de la sociedad. Hungría era, en esa época, como una persona con una pierna amputada y que, en consecuencia, pierde sangre: la Unión Soviética le había arrebatado los productos de su industria pesada con el pretexto de la indemnización, y en cuanto al resto, los alimentos y los productos de la industria ligera, todo desaparecía por los canales de la inflación.

El odio que la miseria llevada a su extremo había despertado era una fuerza con «objetivos propios» y con «actividad propia»: dos términos técnicos espeluznantes que empezaban a utilizarse entonces para describir algunos fenómenos. La gente ya no buscaba pretextos para el odio, sino que odiaba por odiar, de forma irracional. Con la tripa vacía no se puede cantar el himno nacional, como había dicho Dezső Szabó, un panfletista tísico; la gente comprendió también que tampoco la *Internacional* se puede cantar con la tripa vacía, y que no se puede perorar sobre justicia social sin tener ni un bocado que llevarse a la boca. Se publicaban libros que analizaban el fenómeno de la «moral del odio». No se trataba de un fenómeno exclusivamente húngaro. La psicosis de odio, envenenada por la cuestión racial y levantada sobre las ruinas de la pseudomoral liberal y humanista del siglo XIX, ganaba terreno por todas partes. La gente de color odiaba a los blancos, con independencia del país en que viviesen, a todos los blancos del mundo entero. Los proletarios odiaban a los capitalistas, los campesinos se rebelaban —en China, en México, en muchos países de América del Sur— contra los terratenientes, y los intelectuales odiaban a los economistas y los sociólogos —esos pensadores con gafas de montura de concha que veían a los seres y los productos humanos como pura materia prima estadística— porque no creían en los seres humanos ni en la vida, sino en sus propios métodos y en los resultados financieros. En Hungría el reflejo rojizo de la inflación iluminaba la realidad, artificialmente oscurecida, de las relaciones que había entre los campesinos y el resto de la sociedad. Los comunistas hicieron todo lo necesario para que, un poco más tarde, también los campesinos se vieran obligados a pasarse al bando de los perdedores. Sólo quedaban en escena los contrabandistas que se enriquecían como podían, parásitos del Partido, además de los intelectuales bien educados que habían firmado un pacto con los comunistas.

En los tiempos de la inflación todo el mundo odiaba a todo el mundo. No solamente se odiaba a los campesinos. Los obreros y los intelectuales veían que en los escaparates de la calle Váci se vendían botellas de champán y frascos de perfume franceses, *foie* de Estrasburgo, libros ingleses o máquinas fotográficas americanas. Los consejeros de gobierno

regresaban a sus casas abandonadas del barrio de Rózsadomb, las reformaban y discutían —en medio del caos de la
inflación, ese fáustico número de magia— con el tapicero el
color suave que cubriría las paredes del vestidor de la señora.
En los jardines de las casas del barrio de Pasarét, a primera
hora de la mañana, podía verse a los propietarios de dichas
viviendas —que habían vuelto desde las casas del gueto judío
o desde sus residencias provisionales en el campo— ocupados, siguiendo el consejo de Voltaire, en cultivar su terreno
con una serenidad afable, paseando con la regadera entre sus
fucsias. Los hambrientos que pasaban por delante de esas viviendas sabían que no estaban regando las fucsias, sino las
monedas de oro de la época de Napoleón que habían escondido bajo tierra en el jardín familiar, antes de la llegada de los
cruces flechadas. Gente malvada por todos conocida visitaba, a menudo, el cementerio de Farkasrét para «rendir honores» ante las tumbas de sus amigos donde habían escondido
las joyas familiares. Otras personas, asiduos jugadores de bolsa, descubrían en sí mismas un profundo interés por las labores domésticas, especialmente por guardar sus dólares en frascos de mermelada envueltos en papel de cera sellado con
lacre. Incluso había otros que a veces olvidaban en qué parte
del jardín habían escondido sus tesoros, así que se ponían a
cavar, con mucha aplicación, durante la noche; los vecinos,
también muy entendidos en la materia, continuaban durante
la noche siguiente con la misma abnegada tarea allí donde
había huellas recientes de pala. Las exigencias morales de la
sociedad estaban aniquiladas. Y todo el mundo odiaba a todo
el mundo.

La arruinada capital, llena de heridas y llagas, no rompía
en lamentos como Job sentado sobre el fango, sino que her-
vía de odio. Lo que denominamos la trama de la vida —esa
película, esa secuencia rápida de imágenes— se quebró para
mí el día en que comprendí que no tenía a nadie a quien seguir esperando. Sólo me quedaba un libro con ilustraciones

que hojeo en ocasiones. Sus imágenes —como en una *Biblia pauperum* pagana— son instantáneas de la memoria, dibujos, miniaturas torpemente coloreadas. Ni siquiera es necesario que cierre los ojos para visualizar las páginas de ese libro: veo sus imágenes con total nitidez, aun desde la distancia de mares, de continentes, del océano de la senectud.

14

El odio producía derivados sorprendentes. Como el policía judío que una noche de diciembre de 1945 entró en el Café Emke de los bulevares.

Aquel café era, en ese momento de cambios históricos, como la visión nostálgica que tiene un enfermo que tirita de frío, castañetea los dientes y delira de fiebre: en una ciudad helada como Budapest, sin calefacción, cuyos bulevares mostraban las tripas de numerosos edificios, en cuya oscuridad vagaban merodeadores rusos junto a maleantes locales y patrullas soviéticas que aparentaban mantener el orden, tan sólo unos meses después del cerco reabrió un café típico de la ciudad en tiempos de paz, con toda su falsa elegancia de cartón piedra. En la cálida sala brillaban guirnaldas de luces y unas palmeras artificiales evocaban lujosos ambientes orientales; en el bufet reinaba, entre espejos plateados, la esposa del dueño; los camareros iban y venían, patizambos, entre las mesas cubiertas con mantelería de damasco y puestas con cubiertos de plata falsa y vajilla de porcelana barata, ataviados todos ellos con uniformes negros un tanto ajados y una servilleta bajo el brazo. En los jarrones que descansaban sobre las mesas había flores de plástico polvorientas, y en un rincón se encontraba, aguardando el momento de su actuación, una orquesta de músicos gitanos: el primer violín, la viola, el contrabajo, el xilófono y el piccolo. Tanto los camareros como los músicos esperaban, como antaño, a unos clientes con ganas de pasárselo bien que pidiesen a los gitanos canciones tristes para reflexionar o alegres para bailar. Debido a un caprichoso azar, el edificio había permanecido intacto y se había salvado todo el mobiliario del café: no faltaba nada, todo estaba en su sitio, como en los tiempos de paz. El dueño se movía entre las mesas preguntando a los estimados clientes qué deseaban. La puerta de vaivén que conducía a la cocina no dejaba de moverse, los camareros desaparecían y volvían a aparecer con fuentes de latón rebosantes de los alimentos detallados en las lujosas cartas. En medio de una ciudad que pasaba hambre, en el Café Emke había de todo, todo lo que la gente recordaba entre susurros: todo tipo de carnes, sabrosas salsas, botellas de vino de crianza enfriadas en sus cubiteras plateadas... Así era el Café Emke de Budapest en diciembre de 1945.

Junto a las mesas, en la calidez del olor a comida, estaban sentados los últimos mohicanos que habían frecuentado los cafés de los bulevares, clientes que habían sobrevivido a los horrores, que se habían salvado y que habían vuelto de los campos o de su escondrijo: comerciantes, abogados, médicos, los así llamados intelectuales de los bulevares. Cenaban allí con sus familias: sus esposas habían descubierto que en el centro de la ciudad funcionaban ya algunas peluquerías, y que algunas costureras habían empezado a trabajar para facilitarles la tarea de ponerse guapas para la ocasión. Los músicos tocaban con mesura y los platos de porcelana y los cubiertos sonaban como antaño, como en tiempos de paz. Los camareros utilizaban los términos técnicos de siempre al precisar los detalles de las comandas de los clientes («¡Encurtidos! ¡Sí, señor! ¡La carne muy hecha! ¡Sí, señora!»), el sumiller, la vendedora de puros, la repartidora del pan zigzagueaban entre las mesas donde, junto a los clientes de siempre, reaparecidos con rapidez y en un estado sorprendentemente intacto, también se encontraban soldados kirguises y chuvaches vestidos con abrigos acolchados chinos y gorros de piel: truhanes del ejército de ocupación acompañados de damas que acababan de conocer en la fría esquina de alguna calle próxima. Los componentes de ese público mixto —los clientes de antaño y los recién llegados— se miraban con recelo. Fue el espectacular cambio de guardia, los vientos de la Historia, lo que había reunido a esos parroquianos. Era una mezcla extraña, pero los viejos camareros servían con la misma indiferencia y con la misma apatía somnolienta a los soldados y a sus damas y a los dueños de las zapaterías cercanas, como en tiempos de paz habían servido a los consejeros de gobierno de una sociedad ávida de títulos nobiliarios.

Al entrar en el café, el oficial de policía judío se encontró de lleno en esa situación mitad histórica, mitad coyuntural. Yo lo conocía de pasada: había sido empleado de banca e iba al local todas las tardes para tomar café, junto con otros judíos pequeñoburgueses, antes de que llegaran los tiempos de Hitler y los cruces flechadas. Yo sabía que su familia había perecido en el Holocausto: su madre y su hermana menor en Auschwitz y su hermano pequeño nunca regresó de un campo de trabajo. Al entrar me reconoció y se llevó la mano a la gorra para saludarme militarmente. Se detuvo en la puerta giratoria de la entrada mientras la encargada del guardarropa lo ayudaba a quitarse el flamante abrigo de cuero y se lo llevaba junto con los guantes y la fusta de montar. Todo lo que llevaba puesto era flamante: el uniforme hecho a medida, las botas de cuero, el chaquetón adornado con los galones dorados de coronel... El empleado de banca había desaparecido en el revuelo del baile de máscaras, y en su lugar había aparecido el todopoderoso agente del orden. El dueño y los camareros se apresuraron a buscarle un buen sitio y el oficial se paseó entre las mesas con una calma y un aire muy dignos. Se sentó con movimientos relajados, sin prisa alguna. Todo el mundo se estaba fijando en él. Y él sabía que en aquel momento él era la persona más importante del local.

En aquella situación y aquella época, ese oficial de policía podía disponer sobre la vida y la muerte. Con un simple gesto de la mano podía ordenar que los agentes de las recién organizadas fuerzas de seguridad se llevaran a los temidos calabozos a la persona que él designara. Podía hacer lo que quisiera. En ese momento sólo deseaba cenar. Con las cejas fruncidas examinaba la carta y escogía los mejores platos mostrando la aplicación y el entendimiento de un verdadero *gourmet*: perca del lago Balaton y lomo asado con guarnición variada. Tras una larga consulta, el sumiller abrió para él una botella cubierta de telarañas. Los camareros se animaron —al igual que los miembros de una orquesta cuando los dirige la batuta de un gran director— al verse al servicio de un cliente tan destacado. Colocaron la cubitera con el vino cerca de la mesa, junto a una botella de agua mineral de Parád. El primer violín de la orquesta gitana tocaba antiguas melodías de opereta con un aire transfigurado, y toda la escena se asemejaba a las que se producen en los momentos de relevo social, cuando una clase recién llegada se apresura a presenciar una representación en la ópera para ver, por fin, *La traviata*, *Cavalleria rusticana* o cualquier otra obra que antes no podía ver ni siquiera desde el gallinero. Aquel oficial de policía estaba montando para su propia distracción la gran escena de la falsa pompa de los bulevares de Budapest en tiempos de paz. En el café él era «el César»: así se denominaba en la jerga de la farándula al cliente ocasional, o sea, al encargado de alguna finca de la llanura que había ganado el suficiente dinero engordando cerdos como para ir una vez al año a Budapest y representar el papel de conde en el teatro de variedades.

Incluso los soldados chuvaches y kirguises permanecían atentos; tenían las metralletas encima de la mesa, al lado de las copas de vino. En la escena había algo digno de un capítulo de Dostoievski, del ambiente vulgar de las grandes comilonas de los hermanos Karamazov, o del comportamiento imprevisible de los Artamonov de Gorki. Porque ese cálido café de falsa elegancia de Budapest, con sus clientes, y especialmente con el oficial de policía judío, constituía una mezcla explosiva de efectos incalculables. También las damas que acompañaban a los caballeros llegados hasta allí desde las lejanas estepas rusas observaban con devoción y con preocupación la presencia del representante del poder. Los clientes sentados a las mesas vecinas fingían conversar despreocupadamente, pero en realidad todos miraban alrededor con inquietud porque todos escondían algo: un quintal de mantequilla rancia destinada al mercado negro, una caja de puros llena de oro fino, o bien algún crimen. Nadie sabía si aquel oficial llevaba o no en la agenda una denuncia anónima o un documento comprometedor sobre determinado estado de cuentas nuevo o antiguo, fruto de algún intento de venganza. Sin embargo, el poderoso cliente no se preocupaba, al menos de momento, por los demás. Los devotos y atentos camareros servían con la aplicación de los acólitos al gran señor que celebraba la cena como si fuera un cura oficiando misa: comía y bebía como si todo estuviera dispuesto en un orden natural.

Al final del festín, el camarero le sirvió un aromático café con nata, y la vendedora de puros se esmeró para escoger el mejor cigarro de su selección robada de la fábrica de tabaco de Óbuda; se lo entregó y le ofreció fuego, y el oficial se puso a fumar, plenamente satisfecho tras haberse llenado la tripa. Al igual que el resto de los parroquianos, los camareros también observaron con alivio la expresión del peligroso cliente. Todos se sintieron aliviados: el comportamiento amistoso y educado del policía había disipado la sospecha de que pudiera estar preparándose para hacer algo malo. En efecto, aquel hombre poderoso se encontraba a gusto, según apuntaban todos los indicios: había cenado bien, seguía fumando con serenidad y digería la cena de una manera cómoda y agradable. Se mostraba amistoso con todo el mundo: sonrió levantando su copa para saludar a una bella dama sentada a la mesa contigua en compañía de unos clientes habituales, sin pretender molestar a nadie, simplemente por educación, con el ademán típico de un caballero, y a continuación, con un gesto de la mano en que humeaba el puro, hizo una señal al primer violín para que se acercara.

El músico —con el pañuelo al cuello y el violín y el arco en la mano, con paso lento y aire de humildad, campechanía y amabilidad sonrientes, intuyendo que el cliente se había calentado ya lo suficiente para pedir una canción tras otra y ponerse a cantar— se inclinó hacia él con confianza para escuchar su petición. Asintió con la cabeza con entusiasmo, volvió con los demás músicos, les dijo algo en su propia lengua y, dirigiéndose al viola y al contrabajo, dispuso el violín y levantó el arco con un movimiento ágil y cargado de sentimiento. En el café reinaba un silencio devoto. En medio de aquella expectación de iglesia, de un ambiente de espera impaciente, se materializaba el recuerdo de una ritual fiesta tribal, imposible y olvidada: así se divertía, en tiempos de paz, un gran señor húngaro; la escena parecía recordar la frase «así era nuestra vida en Odesa»... Los clientes aguardaban con curiosidad e inquietud que la orquesta empezara a tocar. ¿Qué canción habría pedido el policía judío? ¿La *Internacional* o una canción de opereta del judío Béla Zerkovitz?

El primer violín se inclinó sobre su instrumento y pulsó una cuerda; los demás músicos lo siguieron *pianissimo*. En medio del silencio eclesial del Café Emke de Budapest, en diciembre de 1945, comenzó a sonar, por petición de un oficial de policía judío, la canción irredentista «¡Eres bella, eres maravillosa, Hungría mía. / Eres más bella que la tierra entera!», una canción que ya en el período de entreguerras se consideraba cursi en nuestro país, y que en aquel momento y aquel lugar resultaba tan falsa, tan mentirosa y tan absurda que provocaba aversión entre los presentes. Aun así, el primer violín tocaba con entrega. Los clientes lo observaron con aprensión, fingiéndose embobados. Los camareros se detuvieron. El oficial dejó su puro humeante en el cenicero, cruzó los brazos, se reclinó y cerró los ojos.

Aquel hombre tenía todas las razones para sentir odio. Sentir odio hacia una Hungría que quizá fuese más bella que la tierra entera, pero que había asesinado a su madre y a sus hermanos y lo había humillado a él en su condición de ciudadano húngaro, nacido en Hungría. ¿Qué pretendía al pedir aquella canción ultranacionalista, allí, en una situación completamente transformada? ¿Acaso se trataba de un sarcasmo? Todos los que nos encontrábamos en aquel café de espejos plateados contemplábamos en silencio al oficial de ojos cerrados. Los chuvaches tenían cara de idiotas, no entendían nada de la escena. Sin embargo, todos sentíamos que algo estaba ocurriendo más allá de esa confusa situación: que aquel hombre quería comunicarnos algo, pagar por algo, responder a algo... La escena era vulgar, burda e informe, pero todos los presentes intuían que algo estaba ocurriendo más allá de la música; un hombre estaba realizando algo que quizá había deseado toda su vida sin haber tenido ocasión, sin haber podido hacerlo con todas sus consecuencias.

Muchas cosas tenían que haber sucedido para que un hombre como ése cambiara de disfraz y de papel y pidiera que tocaran una canción ultranacionalista, comercial hasta la provocación, de contenido torpemente sentimental, en un café de Budapest. Habían tenido que existir Hitler y Auschwitz. Habían tenido que perecer millones de jóvenes americanos, ingleses y rusos en los frentes europeos, africanos y asiáticos. Había tenido que desgarrarse en pedazos una enorme potencia, el Reich alemán, y en Hungría, en ese pequeño país, había tenido que desaparecer el orden social existente y la filosofía que lo acompañaba. Había sido necesario todo eso para que aquel hombre pudiese por fin pedir al gitano del

Café Emke que le tocara una canción cursi, falsa e irredentista.

Porque si ese mismo hombre hubiese entrado una noche en el Café Emke unos años atrás, en su etapa de empleado de banca, y hubiese pedido la misma canción, alguno de los cristianos presentes probablemente habría pensado: «¿Cómo es que este judío se muestra tan patriota?» A lo mejor incluso algún cliente judío se habría preguntado: «¿Por qué se muestra tan patriota si es judío?» Sin embargo, él no quiso mostrarse patriota, sino que —por una vez en su vida— quiso pedir, en el Café Emke, que los gitanos le tocasen la canción que constituía una prueba de que él también era húngaro, de que Hungría era para él también su patria —ya que había nacido allí y su idioma materno era el húngaro—, aunque hubieran matado a sus seres más queridos, aunque lo hubieran humillado y obligado a huir, aunque hubiesen intentado excluirlo de aquella sociedad. Esa noche había llegado el momento de pedir esa canción sin que a nadie en el local se le ocurriese sonreír con ironía y preguntar: «¿Qué pretende ese judío?»

Y eso fue lo que sucedió. Se notaba que quienes escuchaban la canción no entendían exactamente lo que estaba pasando. Sin embargo, se limitaban a escuchar, y no sonreían, ni con ironía ni de ninguna otra manera. El policía escuchaba la música sin moverse, con la indiferencia de un Buda en plena digestión, con los ojos cerrados. Cuando terminó aquella obscenamente cursi y lacrimógena melodía, los presentes se quedaron inmóviles y en silencio. El cliente pidió la cuenta con un gesto de la mano. Los camareros se apresuraron a llevarle la sustanciosa nota en un platillo, y el oficial de policía sacó un fajo de billetes del bolsillo y dejó unos cuantos sin siquiera contarlos. Repartió sus bendiciones a todos: los camareros, los músicos, la vendedora de cigarros y la encargada del guardarropa se llevaron sus buenas propinas. Todos hicieron reverencias. El cliente se puso el abrigo de cuero, se

219

ajustó el cinturón reglamentario, se colocó la gorra, cogió los guantes y la fusta y se acercó despacio a la puerta, rodeado del silencio más absoluto. Antes de salir se detuvo y miró alrededor. Todo el mundo lo observaba para comprobar si decía algo como despedida. Él los contempló con aire serio, pero no dijo nada. Simplemente se llevó dos dedos a la gorra. A continuación salió por la puerta giratoria sin articular palabra. Ya había pagado.

15

... No calles, corazón, no olvides, no disuelvas
la acusación en las aguas claras del «yo excuso»,
no toleres que tibia apatía y miseria
hagan agua bendita del ácido sulfúrico;
arde como una torre de petróleo, con llama
frenética que nunca apaga el vivo viento,
chisporrotea, brasa candente sigue siendo:
señal feroz, ardiente, jamás apaciguada...

16

El empleado de banca enmascarado de oficial de policía no era un caso tan aislado. Durante el invierno de 1945, en las calles de Budapest y de las ciudades de provincia comenzó a aparecer de manera inesperada un fenómeno ya conocido pero sorprendentemente transformado: el Hombre de Uniforme. Durante el año siguiente al cerco de la capital pocos uniformados húngaros, fueran soldados o policías, se dejaron ver por las calles de Budapest y de los demás pueblos y ciudades. Y los pocos que sí lo hacían llevaban todavía los uniformes antiguos. En aquel primer momento, los oficiales militares procuraban abstenerse de usar el uniforme. El reino sin rey se había transformado en una república (Giraudoux solía decir, encogiéndose de hombros, que cuando un Estado cambia de régimen es como cuando una persona cambia de sexo: un chico se opera para convertirse en chica, o viceversa, pero en realidad en la mayoría de los casos sólo se convierten en hermafroditas).

Los encargados de mantener el orden en la república se vistieron con el nuevo uniforme y de repente la ciudad entera se llenó de soldados y policías ataviados con flamantes atuendos, gorras y cinturones. La manía por los uniformes no se limitaba a los representantes de los cuerpos del orden. Un día —en la primavera de 1946— recibí una invitación al Parlamento, donde se iba a celebrar una reunión del Consejo de Reconciliación Social con el fin de examinar cómo sería posible cauterizar las horribles heridas sufridas por los judíos húngaros. En la reunión participaban escritores, políticos, sociólogos... También había dos religiosos: el principal rabino de la congregación israelita reformada de Budapest y un obispo católico castrense. El rabino iba vestido con uniforme de general, con gorra militar y galones dorados, y el obispo católico con el uniforme de los curas castrenses, incluidas todas las distinciones de su graduación.

En la reunión los judíos presentes polemizaron con vehemencia hasta la disputa. Un miembro de la congregación israelita ortodoxa llegó a gritar, muy alterado, que la única posibilidad práctica de reconciliación social sería colgar a todos los antisemitas. El rabino de la congregación reformada vestido con su uniforme de general discrepó de tal propuesta, argumentando que el hecho de colgar a todos los antisemitas no aseguraría la reconciliación social, puesto que los familiares de los antisemitas colgados probablemente buscarían venganza, lo que impediría la verdadera paz en nuestro país. El grupo de oposición amenazó al rabino afirmando que con esas palabras estaba traicionando la causa de la reconciliación, y uno de los judíos más ortodoxos con aspecto de patriarca honrado y barba blanca levantó el puño y le gritó: «¡Ya veremos lo que ocurre en las elecciones!» La reunión terminó en un ambiente tenso. No guardo más recuerdo de aquella tentativa que la imagen del rabino uniformado y el obispo con galones.

Avanzado el invierno, aparecieron unos carteles que invitaban a los jóvenes a alistarse en el ejército. Nadie podía comprenderlo, puesto que la guerra había terminado y el ejército había sido disuelto, y no se entendía para qué era necesario alistar a los muchachos húngaros. Durante uno de los reclutamientos improvisados, algunos jóvenes ignorantes se presentaron en el edificio del cuartel militar donde antaño se realizaban esas ceremonias; se quitaron la ropa y esperaron, tiritando de frío, a que terminara aquel incomprensible trámite. En una sala sin calefacción había un viejo sargento, todavía en servicio, pero los oficiales encargados del reclutamiento no acudieron. Al cabo de unos minutos, uno de los jóvenes medio desnudos dijo: «Señor conserje encargado del vestuario, aquí hace mucho frío, así que nos vamos a casa.» Los demás lo secundaron y, mientras les castañeteaban los dientes, empezaron a vestirse muy enfadados. El viejo sargento replicó, excusándose: «Pues sí, señores, tienen ustedes toda la razón. No sé por qué no llega el general, seguramente le ha fallado el tranvía. Váyanse, pues, a casa.» El soldado que *malgré lui* me relató la escena me dijo que había tardado en comprender los cambios tan profundos que se estaban produciendo ese año en la vida pública húngara. Un año antes de ese suceso habría sido inimaginable que un joven llamado a alistarse bromeara con el sargento y le llamara «señor conserje encargado del vestuario»... Sin embargo, en esa época ya era posible, porque no sólo los jóvenes temían el reclutamiento, sino también el sargento y el general.

En esa época todavía no había comenzado el fenómeno del «pánico al timbre», porque en la mayoría de las casas no había ni timbre. Pero algunas personas empezaban a desaparecer: unas reaparecían semanas después, otras más tarde, otras nunca. El Terror había avisado con un gruñido y luego se agazapó como el tigre en la jungla para husmear la dirección del viento. Por el momento sólo unas pocas voces acusaban a individuos aislados en primer término y a la participación húngara en la guerra después. La gente prestaba atención. ¿Cuál es y a qué grado llega la responsabilidad individual si el Estado comete actos ilegales e inmorales? ¿El individuo se hace responsable en nombre de su Estado únicamente si apoya con sus acciones esos actos? El deber principal de todos los ciudadanos es salvarse y salvar a los miembros de su familia, pero no a costa de cumplir las órdenes que su conciencia no reconoce como legítimas, sino muy al contrario, intentando mimetizarse con su entorno; ha de salvar su vida sin colaborar en crímenes cuando el poder lo ordena, sin compartir negocios con el poder cuando éste atenta contra sus ciudadanos, y sin aceptar beneficios cuando éstos se distribuyen a cambio de convertir a los beneficiados en cómplices. La gente empezaba a despertar y comprender que el principio de la responsabilidad colectiva es un malabarismo inmoral porque siempre se puede diferenciar claramente entre los que son culpables y los que sólo están presentes cuando los culpables cometen los crímenes: y están presentes porque no pueden hacer otra cosa.

Aún no existía el pánico al timbre, pero a veces llamaban a la puerta de algunas casas durante la noche y también durante el día. En uno de sus ensayos —*Los golpes a la puerta de Macbeth*—, De Quincey afirma que nunca ha sido capaz de entender por qué el ruido de los golpes en una puerta provoca un efecto tan horrible y terrorífico en él. Quizá sea —se responde a sí mismo— porque después de un crimen cometido con todas sus consecuencias, el testigo ocular se identifica no solamente con la víctima, sino también con el asesino (algo parecido dice el viejo monje ortodoxo en *Los hermanos Karamazov*... La palabra inglesa *sympathy* no solamente significa «empatía», sino también «comprensión». Debió de ser una época muy romántica esa en la que alguien tenía todavía la posibilidad de mirar con comprensión a quien llamaba a su puerta en plena noche). ¿Puede ser humana la crueldad? La idea suena absurda. Sin embargo, la crueldad cometida personalmente por un individuo contra otro sigue siendo una crueldad humana, contiene elementos de sorpresa y horror y también implica la posibilidad de la catarsis. La inclinación del ser humano hacia la crueldad no ha variado en absoluto con los cambios de época o cultura: no existe una diferencia apreciable entre la crueldad asiática y la europea, entre la clásica y la moderna... Sólo existen momentos en los que la inhibición —Dios sabe por qué— es más fuerte que la inclinación a la crueldad (los asirios crearon, hace miles de años, una cultura importante y se encontraban en el primer plano de la escena mundial, con todos los focos fijos en ellos, mientras los demás pueblos los admiraban y aplaudían. Su sistema legal era superior en profundidad y sofisticación al romano, que vino después; sus manifestaciones artísticas, arrolladoras, estaban centradas más bien en la arquitectura y por lo tanto eran de carácter épico, ya que no se preocupaban en exceso por los detalles, por retratar al individuo; sus jugadas de ajedrez en el tablero de la política del mundo conocido, su sistema social, su visión de la divinidad eran propios de una empresa absolutamente moderna, y reflejaban una amplia visión del momento y el porvenir, de lo humano y lo sobrehumano... Al mismo tiempo, los asirios —como los chinos y los romanos, y más adelante los franceses, los ingleses, los alemanes y los rusos— fueron crueles y salvajes). La crueldad no se puede contemplar como un fenómeno ligado a determinada época: es un fenómeno atemporal, situado fuera de la Historia. Los grandes monarcas de los asirios, los Teglatfalasar, Asurnasirpal y Salmanasar, fueron excelentes constructores de canales y templos, notables escultores de imágenes de sus divinidades e importantes mecenas; pero todos se mostraban de acuerdo en que sacar los ojos al enemigo vencido, arrancarle la lengua y cortarle las manos era una empresa humana absolutamente natural. Asurnasirpal II ordenó que se grabara en mármol negro el testimonio escrito del acto «victorioso y sabio» según el cual, en Nínive, había mandado despellejar vivo a Ahijababa, príncipe de los arameos, ensartar en estacas a sus parientes, «decapitar a todos los miembros de su séquito, construir una pirámide con sus cabezas y quemar a las muchachas y los muchachos». De la misma forma que en Auschwitz miles de años después. Como en las fosas de Katyn. Como... sí, como en Budapest, en el siniestro número 60 de la avenida Andrássy.

¿Cuál es la auténtica razón de la crueldad? ¿La represión psicológica? La materia prima de la vida orgánica se compone de proteínas y distintos ácidos nucleicos. Hacen falta miles de millones de años para que en un planeta dado, donde existe una biosfera determinada, una molécula se coloque en la fila india de la evolución y se convierta en un organismo complejo. La molécula no es cruel. Pero esa misma molécula, en su variante humana, evolucionada, ya lo es... ¿Por qué? Ningún otro organismo distinto del humano es propenso a la crueldad. ¿Acaso la razón de la crueldad es el pánico causado por la conciencia de nuestra muerte? No sabemos nada, todos los seres vivos estamos condenados a morir, somos unos condenados a muerte que vagamos en un universo indiferente y oscuro, llamados a la vida por una casualidad ciega. Un mundo superpoblado y masificado ha inventado, para completar la crueldad individual, sofisticada y humana, nuevos géneros de tortura: la tortura de la autoridad y la tortura por decreto, la constante molestia oficial en la vida privada y la limitación, mediante norma legal, de los derechos humanos naturales. Esta crueldad institucionalizada no es más suave que la crueldad individual, la tiránica o la personal: la crueldad institucionalizada, mecánica e impersonal humilla a la gente, la personal se contenta con hacerla sufrir. En aquella época apareció otra vez en Budapest —vestida de uniforme— la crueldad.

Los uniformados que desfilaban con sus flamantes atuendos eran iguales a los que poco antes, en la época nazi, habían desfilado con las camisas verdes o pardas; sólo había cambiado el color de los uniformes. Y los que llevaban los uniformes eran iguales porque hacían lo mismo: ejecutar el Terror con eficacia.

De la misma manera que se extiende el hedor por las calles y las casas de una ciudad cuando se rompe una tubería, se propagó la noticia de que en la capital había empezado a funcionar de nuevo el Terror. En un primer momento, su maquinaria funcionaba con discreción. Los que la manejaban sabían que la persecución, incluida la policial, o la tortura no eran capaces de aniquilar los movimientos de oposición: al igual que el cristianismo había recobrado fuerza con las persecuciones, y los movimientos clandestinos del socialismo y el comunismo, después permitidos, no habían podido ser eliminados por la persecución policial, política y social, en Budapest se reforzaba la resistencia invisible con la noticia de que otra vez estaba funcionando en la ciudad el Monstruo del Terror. No se trataba de una contrarrevolución organizada, sino más bien de un ambiente, de una atmósfera, de un comportamiento instintivo... La gente comprendió, asqueada, que de nuevo se empezaba a perseguir, en nombre de la Única Idea Salvadora, a todo aquel que no creyera en ella; entretanto, los perseguidos y las personas que se encontraban en zonas de peligro potencial —intelectuales, campesinos, obreros concienciados— se aglutinaron en un frente de resistencia pasiva que no buscaba el martirio, pero que tampoco se refugiaba en una ratonera cobarde.

La maquinaria del Terror sabía que todo terror llega a una cúspide, a un Termidor, en el que cae no sólo la cabeza de Robespierre, sino también la de los verdugos y sus ayudantes. Pero la crueldad es un opio que no puede abandonar quien lo ha probado. Y resulta necesario aumentar la dosis para obtener la misma satisfacción, igual que ocurre con las dosis de morfina o heroína. El Hombre de Uniforme había aparecido en las calles y los despachos de las ciudades húngaras. Esos elegantes uniformados, con la gorra, el abrigo y el cinturón reglamentarios de la democracia popular, eran parecidos a los soldados de las repúblicas suramericanas que daban golpes de Estado de opereta bajo las órdenes del dictador de turno. Había algo exótico, grotesco y ridículo, y al mismo tiempo temible, en ese desfile de uniformados.

Una tarde —probablemente durante la primavera de 1946— caminaba yo por la avenida Andrássy cuando me fijé en uno de los balcones del siniestro edificio del número 60, donde se encontraban algunos recién uniformados pertenecientes al cuerpo de la denominada Policía de Seguridad del Estado. Se encontraban, probablemente, al final de una dura jornada de trabajo, o bien a la mitad, porque tenían las manos en las caderas y miraban con sonrisas malévolas a la gente que transitaba, cansada y preocupada, por las aceras. Se burlaban de todos, muy erguidos y muy seguros de sí mismos, sabiendo que poseían todo el poder, conscientes de que podían invitar, con un solo silbido, a cualquier transeúnte a entrar en el siniestro edificio y hacer con él, en las celdas de tortura, lo que les apeteciera sin tener que rendir cuentas a nadie ni tener que responder —al menos de momento— por las crueldades cometidas. Incluso sus rostros me resultaban sorprendentemente familiares: eran las mismas caras que había en el mismo balcón un año antes, en la época de los cruces flechadas. Sólo habían cambiado los nombres: el camarada Szappanos se había transformado en el camarada Dögei o similar.

Se reían con la boca abierta y los brazos en jarras, con aire de superioridad. Todo lo que la crueldad humana puede imaginar se había llevado a cabo en aquel edificio: en los sótanos, en las celdas de interrogatorios con barrotes en las ventanas. Allí habían «obtenido confesiones» y allí habían asesinado a los cruces flechadas. Allí mismo había tomado posesión de su despacho, vestido con su uniforme de corte impecable, el oficial de la Seguridad del Estado. Allí se organizaba el Terror, como única posibilidad de que durante un tiempo —se ignoraba cuánto— la gente se viese obligada a aceptar aquella atrocidad inhumana, aquel engaño a que se sometía a los ciudadanos mediante violencia y fraude, llamado comunismo aunque disfrazado de socialismo.

El Terror había reaparecido en la ciudad como reaparecen los monstruos en las pesadillas. Era como si el aire y la vida se hubiesen contaminado con un gas hediondo, nocivo para la salud. ¿Qué esperanza quedaba si tipos similares a los anteriores podían surgir de nuevo, uniformados, en los balcones de la casa de torturas? El pirómano no puede ser reconvertido en bombero, ni el ladrón en policía, ni el asesino en cirujano o matarife... La experiencia me había enseñado que cualquier intento de reeducación está abocado al fracaso, y que no se puede disimular por mucho tiempo la inclinación natural de las personas hacia, por ejemplo, la crueldad. Una persona con inclinación a asesinar seguirá siendo un asesino aunque lleve el uniforme de tal o cual tendencia política. Los expertos de uniforme miraban hacia abajo desde los balcones del desolladero situado en el número 60 de la avenida Andrássy y observaban a los transeúntes, muy contentos y sonrientes por haber conseguido la mayor satisfacción que personas como ellos puedan imaginar: el derecho a actuar con crueldad y a la tranquilidad de conciencia de no ser responsables de ningún horror, puesto que hacían lo que hacían «en beneficio del pueblo». Ellos representaban la realidad última, y eran el pilar y la columna vertebral del sistema, del régimen (había poetas húngaros que los animaban con versos pomposos y chirriantes a «cumplir con su deber». Tal vez De Quincey se refiriera a eso mismo: a que uno se ve obligado a sentir compasión por un individuo cuya condición humana está tan desfigurada que ya no le importa encargarse de una labor así).

¿Quiénes eran, qué clase de persona era la que acababa de ponerse el uniforme? Era el lumpen sádico, no los proletarios miembros de las clases humilladas y despojadas de todos sus bienes, sino unos seres marginales, despiadados... Se habían puesto el uniforme y se habían aferrado a sus látigos, convirtiéndose así en espectros de novela en la misma medida en que formaban parte de la realidad más aterradora. Esa clase de personas, que no sienten ni reflexionan, y tampoco dudan, es capaz de ejercer su profesión con la indiferencia de un experto incluso en las situaciones más extremas, de la

230

misma manera que un verdugo ajusta la soga al cuello del condenado a muerte con imparcialidad profesional. Los agentes de la Seguridad del Estado que se hallaban en el balcón del desolladero eran lumpen de uniforme: no hay otra definición sociográfica posible para describirlos.

No hay un enemigo más vulgar y más humillante que el lumpen. El criminal que perpetra sus crímenes de forma solitaria suele asumir personalmente su propia responsabilidad. El lumpen nunca lo hace. Solamente aparece en el escenario de la Historia cuando puede actuar sin responsabilidad alguna, bajo órdenes superiores. En esos casos se pone su flamante uniforme, se humedece los labios, se remanga la camisa y se pone a trabajar satisfecho, a pleno rendimiento. Así había aparecido, un año antes, en los balcones del mismo edificio, vestido con su camisa verde. Y así continuaba, en el mismo balcón, con su flamante uniforme gris. Miraba hacia abajo y contemplaba a los transeúntes con íntima satisfacción y con seguridad en sí mismo, como un profesional que por fin hubiese encontrado el empleo apropiado para su carácter y su capacidad, y pudiera exclamar, dichoso: «¡Dios bendiga esta profesión tan honrada!»

17

Entre la multitud que a esa hora tardía de la radiante primavera desfilaba bajo el balcón, había probablemente alguna que
otra alma errante sensible, intelectual y progresista. Éstas, al
pasar bajo el balcón, no miraban hacia arriba; se limitaban a
carraspear y a cambiar de tema de conversación. Fingían ignorar que no puede existir el comunismo sin el Terror, porque un sistema cuyas dimensiones no son humanas sólo puede ser aceptado por la fuerza, con métodos inhumanos. Los
intelectuales progresistas reconocían que existían ciertos
errores iniciales, pero de inmediato abordaban otro tema de
conversación.

Entre los intelectuales progresistas había muy pocos que
fueran comunistas. Solían ser personas que habían leído
mucho, gente bien informada y muy culta que sabía que el
comunismo sólo era una posibilidad de promoción personal.
Entre ellos había pocos arribistas cínicos que se afiliaran al
Partido. Los que actuaron así fueron los de menor calado: el
escritor, por ejemplo, de escaso talento y carácter poco fiable,
que comunicaba con un tono de voz nasal a la dirección del
Partido que su intención era afiliarse y que solicitaba, lleno
de seguridad en sí mismo y con un sentimiento de superioridad, que examinaran su pasado para determinar —con la objetividad y la fidelidad debidas a los principios— si era digno

de ello. La dirección del Partido intentaba satisfacer tal solicitud con irónica cortesía: recibían con los brazos abiertos a todos los que pudieran serles útiles en la fase inicial. El escritor de escaso talento y carácter poco fiable obtenía un cargo en el Partido y tenía así la posibilidad de figurar, la ocasión de desfilar con amable condescendencia y deleitarse con la cálida idea de haberse convertido en el nuevo Soberano de los Escritores, al igual que le sucedía al enano de circo Zoli cuando, caracterizado de payaso, se ponía la chistera para hacer de gigante.

Los comunistas más entrenados —los que habían regresado de Moscú— observaban con serenidad y satisfacción el afán de afiliación de los neófitos. Los progresistas fingían ignorar lo que era el comunismo. Como si no hubiesen leído ni los libros —por ejemplo, las memorias de Gide tras su regreso de Rusia— ni los innumerables documentos que las desilusionadas almas sensibles occidentales habían publicado, durante las últimas décadas, sobre sus experiencias en la Unión Soviética. Los comunistas, los auténticos —que conocían la realidad porque habían pasado varias décadas miserables en la Unión Soviética, bajo un peligro mortal constante—, los invitaban a afiliarse mientras se frotaban las manos con sorna.

Junto a los arribistas más cínicos, y también entre ellos, había escritores, artistas e intelectuales más viejos, que treinta o más años antes habían tenido la convicción de que el comunismo era el punto culminante del ideal socialista. Uno de ellos —un escritor excelente que publicaba relatos y viñetas irónicas y retrataba las contradicciones de la vida de Budapest, el ambiente de sus calles, de sus cafés, toda su repugnante atmósfera pequeñoburguesa con la clarividencia propia de los grabados de Goya— se cruzó en mi camino por uno de los bulevares una mañana de otoño de 1946. Era un hombre neurótico que estaba calvo. Nunca había podido vivir de su escritura, su humor amargo repelía a los lectores en vez de atraerlos. Ya mayor, había abierto una librería en uno de los bulevares y malvivía con lo que ese negocio le aportaba. En tales circunstancias parecía que también para él había llegado el momento de la reparación y la recompensa. Así que me sorprendió cuando me dijo en tono severo:

—Las cosas no van bien.

No éramos amigos, pero yo lo apreciaba porque era un hombre honrado que siempre decía lo que pensaba. Le pregunté qué cosas no iban bien. Miró a su alrededor, muy preocupado, y con su voz ronca me susurró al oído:

—Ha vuelto el jefe. Han empezado a pasar revista. Están preguntando qué hacíamos mientras ellos, el jefe y sus ayudantes, los húngaros de Moscú, estaban lejos. ¿Sabe? —me dijo con confianza y amarga sinceridad—, usted no tiene ningún problema. Usted es un burgués. Si usted quiere, lo pondrán en un escaparate, como si fuera una obra de arte del pasado. Sin embargo, yo he sido comunista. Y pasé veinticinco años sin hacer nada en absoluto... Me sentaba en el Café Bucsinszky, en los bulevares, y a veces, en compañía de gente de confianza, decía en voz baja: «¡Esto no está bien así!» Y ahora tengo que rendir cuentas. ¡Es muy peligroso ser comunista!... —concluyó, muy inquieto, entre suspiros.

Le pregunté por qué pensaba que en ese momento, cuando ya habían vuelto los comunistas, podía resultar peligroso serlo, y entonces me respondió con seriedad:

—¿No ha leído usted el periódico? Los comunistas han declarado que ha llegado el momento de la cooperación social. ¿No lo entiende? Los comunistas van a cooperar y a encarcelar a todos los que no les caen bien desde un punto de vista social. En eso se resume la cooperación social. A mí, desde luego, no me gusta —añadió, y suspiró de nuevo.

No todos los intelectuales progresistas eran tan precavidos. Muchos intentaban colocarse en el sitio oportuno, puesto que ya no existían obstáculos para hacer carrera: sólo había que esperar a que los rusos se fueran, y entonces ellos, los progresistas, asumirían el papel de dirigentes del país. Se convertirían en ministros, secretarios de Estado, embajadores, redactores jefe, escritores de renombre, conseguirían un chalet, un automóvil... «El leal aduanero» —a quien ya dedicaban sus poemas— se encargaría de protegerlos de los posibles ataques de Occidente: por supuesto, era bueno que se quedaran en la frontera algunos destacamentos militares soviéticos de confianza, y que con una señal desde la puerta giratoria se pudieran traer al país los tanques rusos, por si aparecían signos de algún problema pasajero. Pero, por otra parte, ellos, los progresistas —después de que las «fuerzas reaccionarias» fueran liquidadas y de que los comunistas se hubieran retirado—, recibirían el país como regalo.

Aunque había entre ellos algunos que no veían con buenos ojos tal perspectiva porque no confiaban en los rusos. Aun así, después de un período inicial de duda e indecisión, la mayoría se presentó en un ministerio solicitando un puesto, ya que sabía mejor que los antiguos funcionarios lo que había que hacer y cómo hacerlo. Algunos se presentaron en las universidades, en las distintas cátedras, para empezar a educar al atrasado país según los principios de la ideología marxista, la única progresista. Otros se personaron en el Banco Nacional para conseguir que una parte sustanciosa de las pocas divisas existentes se destinara a pagar las dietas de los que viajaban al extranjero para hacer propaganda literaria. Otros cuantos se acercaron al Teatro Nacional para representar, a la luz de poderosas antorchas, alguna obra suya, barata e insignificante, envuelta en el papel de plata de lo popular, cuyo subtítulo presumía que se trataba de un drama. Eran los tiempos de la velada danza de los arribistas, del baile de máscaras popular, del aquelarre denominado por ellos socialismo; unos tiempos de transformaciones fantasmagóricas, de constantes cambios de chaqueta.

Me resulta imposible recordar cuándo oí por primera vez la tajante definición conceptual que sigue: «Esta gente...» Lo único que sé es que fue antes de lo del «pánico al timbre». Corrían todavía los tiempos de la coalición, y aún se publicaban los periódicos de la oposición. Todavía existía el comercio libre, en la calle Váci relucían los lujosos escaparates, y en los restaurantes de Buda y Pest los clientes adinerados comían lo mismo que en los tiempos de paz. Había varios partidos, entre ellos varias filiales de los comunistas, algunas con el sello de independientes, y otros más que ostentaban banderas adornadas con las palabras «nacional» o «agrario». El líder de uno de esos partidos ocasionales recién organizados era un campesino de la llanura, un hombre que años atrás había ido a verme en varias ocasiones a la redacción del periódico liberal donde yo trabajaba con el propósito de explicarme largamente su filosofía política. Entonces me caía simpático porque había pasado muchas necesidades, porque era muy inteligente y quería ayudar de verdad a los pobres sin tierra que malvivían como jornaleros. Escribía artículos y libros y tenía talento para ello. Sin embargo, era demasiado parlanchín, tanto escribiendo como hablando, en privado y en público: hilvanaba sus maratonianas frases con la monotonía de quien reza un rosario, durante horas enteras, y lograba que su público acabara dispersándose. A ese hombre le habían otorgado entonces un papel: se había convertido en el mameluco todopoderoso de la «redistribución», y los comunistas lo llevaban en palmitas porque les servía con el mismo empeño a ellos que a las tropas rusas de ocupación. Lo volví a ver por última vez a finales de 1946. No lo reconocí de inmediato porque su aspecto físico había cambiado considerablemente; había engordado en medio de la miseria generalizada y tenía otro aspecto: llevaba traje de pana, capa corta y botas ribeteadas, y parecía un aldeano rico de los que interpretaba Kálmán Rózsahegyi cuando hacía de supuesto campesino en la función vespertina del domingo en el Teatro

Nacional. Con una vestimenta así se encargó de desempeñar el papel de ministro de Defensa, y su breve actuación dejó sorprendidos incluso a los más progresistas. Más adelante, cuando las cosas ya no iban sobre ruedas, se volvió más retraído, y al final de su vida, en uno de sus largos discursos, acabó reconociendo —con el tono nostálgico de quien se ha enterado de algo demasiado tarde— que para la creación literaria «es necesario poseer alma y talento».

El convencimiento de que «esta gente» era más peligrosa que los que se afiliaban al Partido y se ponían la insignia en la solapa prendió en la conciencia de todo el mundo y se propagó como el fuego. ¿Qué motivó la actitud de esos arribistas? Un escritor francés, Raymond Aron, llamó al marxismo «el opio de los intelectuales». De la misma manera que los comunistas decían que «la religión era el opio del pueblo», para los intelectuales todo lo que se designaba con la palabra «marxismo» tenía un componente similar al opio. El comunismo era un hecho, los comunistas eran la realidad... Pero ¿y «esta gente»? Algunos se bajaron de la carroza del cuento de hadas, se marcharon a Occidente y explicaron desde allí lo que los comunistas habían hecho y seguían haciendo mal. La mayoría, sin embargo, se quedó en casa y se adaptó a las circunstancias... Y todo el mundo notaba que los comunistas consideraban a «esta gente» ayudantes bien pagados: se empezó a hablar con ironía y con desprecio de los ayudantes del Gran Cambio. Claro, entre «esta gente» también había algunos de buena fe: personas que habían sufrido mucho y habían perdido casi todo. Y no se le puede negar a nadie el derecho a una reparación cuando los tiempos están cambiando y aparece la posibilidad. En Hungría toda caricatura estaba madura para la crítica; pero en un país vencido y ocupado, donde los agentes de un poder extranjero estaban intentando, en beneficio del poder extranjero, recoger todo el botín que pudiera interesar a Moscú, la prontitud con que los neófitos se prestaron a ayudarlos resultaba más antipática que el grado de aplicación oficial de los mismos comunistas. Las personas que poco antes habían sido perseguidas por su origen, que en los tiempos de los fascistas y los cruces flechadas habían sufrido el infierno de las peores torturas y habían sobrevivido, las personas que habían resultado afectadas por el estúpido y repugnante torbellino de dos décadas de luchas entre derecha e izquierda, buscaban su sitio en la sociedad y su comportamiento entraba dentro de lo humano. Los que se comportaban así no siempre pertenecían a «esta gente». Todo el mundo sabía distinguir la diferencia entre unos y otros con buen olfato y clarividencia. Yo hablé con muchas personas durante los dos primeros años, durante los años del cambio, entre cuatro paredes, en situación de intimidad y confianza. Me sorprendía que la mayoría de las personas a quienes yo preguntaba —entre ellas compañeros míos de profesión que por su origen habían sufrido persecución, que habían pasado por los campos de concentración nazis y se habían salvado, aunque sus familiares más próximos hubiesen perecido en el genocidio más cruel y más inhumano que se pueda imaginar— sabían perfectamente que la realidad había sido por una parte como «esta gente» la denunciaba en sus alegatos, pero que, por otra, también había sido distinta. La realidad era terrible e imperdonable, pero al lado del terror y el horror existía siempre algo más: humanismo y solidaridad. Quienes habían regresado del infierno sabían comportarse con mayor humildad y juzgar con mayor ecuanimidad que «esta gente» que, en la mayoría de los casos, había permanecido al margen de la tormenta y se había salvado con mucha más facilidad.

Gorki escribió sobre ellos: «Entre nuestros intelectuales hay muchos que exhiben su enfado como si fuera el emblema de su negocio... Se pasean con el semblante de alguien a quien la humanidad le debiera un rublo y cincuenta kopeks y no quisiera devolvérselos.» Lo escribió en Sorrento, donde vivió entre 1921 y 1930, desterrado voluntariamente porque había conocido el carácter y el contenido antihumanos del bolchevismo. Más adelante regresaría a Rusia porque era un escritor ruso y no soportaba la vida en el extranjero. Murió en 1936, en la Unión Soviética; sus contemporáneos tenían motivos para pensar que fue Stalin quien se libró de él, porque le resultaba incómodo tener a un testigo ocular tan genial. Si alguien lee con atención los relatos que Gorki escribió en los años de exilio, reparará en que no es ningún disparate. La iconografía soviética oficial sitúa a Gorki entre sus santos coronados con aureola roja, calificándolo de gran maestro del realismo socialista. Sin embargo, ese revolucionario había huido a Sorrento para evitar las consecuencias de la revolución. La fuga de Gorki no se debió al pánico del intelectual disgustado y atemorizado, un pánico causado por el hecho de que la realidad es diferente a como él la había imaginado. Gorki era, en efecto, realista, no se hacía ilusiones acerca de la esencia de la revolución o el socialismo; ni al principio, cuando contribuyó a materializarlos, ni más tarde, cuando ya estaban materializados.

Él conocía los límites de su talento: no tenía tanta imaginación como Dostoievski, ni la fuerza épica de Tolstoi, no poseía el oído irónico de Chejov, pero era perfectamente capaz de describir la realidad con fidelidad y sin autoengañarse. Conocía a sus compatriotas, a los rusos. En uno de sus relatos cita a Turgueniev cuando decía: «El ruso siempre tiene el cerebro echado a un lado.» (Se refería a echado a un lado como el sombrero en la cabeza del borracho.) En otro, titulado *Karamora* y escrito entre 1922 y 1924 en Sorrento, Gorki nos presenta a un revolucionario que conoce el verdadero rostro de los románticos intelectuales que estaban al servicio de los revolucionarios y que termina haciéndose espía de la policía del zar, no para vengarse o ganar dinero, ni por cobardía, sino simplemente porque esa policía le permite comprender que «el ser humano también puede ser vil». Estalla la revolución,

239

sus antiguos compañeros encierran al traidor en la cárcel y lo condenan a muerte; él anota sus pensamientos antes de la ejecución. Por ejemplo, escribe esto: «He conocido a muchos socialistas para quienes el socialismo ha sido siempre algo ajeno. Esas personas se parecen a las máquinas calculadoras, a las que les dan igual los números con que calculan: el resultado siempre será exacto... Mientras el asunto tenga ventajas para mí, soporto su compañía. Cuando ya no las tenga, me desligo de ellos y les digo: "¡Que se diviertan, camaradas!"»

Otro camarada, empujado por el protagonista de uno de los relatos de Gorki al suicidio —puesto que el Partido ya no confía en él—, le dice a su verdugo justo antes de quitarse la vida: «Allá donde se libra una batalla hay héroes en los dos bandos.» Más tarde, Gorki escribe en Sorrento: «Quizá haya llegado el momento en que se pueda cometer cualquier tipo de maldad y de crueldad para que la gente se harte y le dé la espalda, aterrorizada y asqueada, al malvado; quizá así se acabe todo lo malo de una vez para siempre...» Quien escribió cosas así y regresó después a la Unión Soviética de Stalin, veía con claridad y sabía perfectamente qué le esperaba, pero afrontó su destino como el héroe de su relato había afrontado el suicidio forzoso.

No es posible llegar a conocer o comprender las intenciones ni las motivaciones sentimentales de los seres humanos, puesto que la mayoría —y en la mayoría de los casos— ignora asimismo por qué actúa como actúa... Jules Renard escribió: «La mayor equivocación de los jueces consiste en suponer que los acusados han actuado guiados por la lógica.» Probablemente entre «esta gente» también había algunos que —más allá de las posibilidades del arribismo momentáneo— distinguían alguna meta y alguna razón para explicar lo que estaba ocurriendo en un país ocupado que seguía desangrándose. En 1946 y en los años siguientes, en la Unión Soviética, Stalin y sus colaboradores —Beria, Kruschev y los demás— habían dado comienzo ya a una nueva ronda de purgas: encerraron en campos disciplinarios, de trabajos forzados y en cárceles a una enorme cantidad de soldados que habían luchado en la guerra en defensa de la patria, es decir, a soldados que habían pasado por Occidente, que habían visto algo distinto y presumiblemente sintieron cierto descontento al llegar a casa y comparar la situación de su país con la de otras culturas y otros regímenes. Ni las condecoraciones, ni los excelentes informes militares, ni las heridas de guerra podían salvar a los soldados rusos que volvían a casa de convertirse en víctimas de las nuevas purgas... ¿Sabía «esta gente», esos escritores —que se paseaban con cara amable y serena por los países ocupados, convertidos en bolcheviques gracias a la técnica del salami u otras—, lo que estaba ocurriendo en la Unión Soviética? En Checoslovaquia —el único país europeo que había optado por el comunismo en unas elecciones democráticas y secretas— los escritores checos y eslovacos necesitaron veinte años para poder redactar el *Manifiesto de las 2.000 palabras* y reconocer que el régimen llamado comunista no sirve para los intereses ni para la defensa de los trabajadores, los intelectuales, los obreros o los campesinos, sino simplemente para los del Partido, sus favorecidos y sus mantenidos. Los Iván Denisovich ya estaban sufriendo por millones —aguantando penas de diez, veinte o veinticinco años de cárcel— mientras en la Unión Soviética y en sus colonias, la húngara, la checa y las demás, los cínicos intelectuales favorecidos de los países del Este de Europa —o sea, «esta gente»— escribían en tono inocente odas y novelas alabando a la Unión Soviética y pronunciaban discursos entusiasmados en la radio y en actos multitudinarios bien organizados, intentando convencer al pueblo, con la voz ronca por el empeño, de que la producción social conducía al bienestar... Quizá «esta gente» no había leído los relatos de Gorki escritos durante el exilio, pero seguramente conocía la realidad, el carácter inhumano del comunismo, puesto que lo tenía ante los ojos, en su vertiente palpable y cotidiana. Sin embargo, no querían saber de nada más que del instante que podía proporcionarles beneficios. Repetían sin cesar sus discursos sobre «la administración de justicia»; parece que tampoco habían leído a Nietzsche, que había confesado, haciendo balance consigo mismo de manera dolorosa, que quien busca justicia con demasiado empeño y dedicación, en realidad no busca justicia sino venganza.

Sin embargo, los «ingenieros de almas» creían que la Unión Soviética —dejando a un lado los errores iniciales— les había conferido un papel que el pueblo reconocería con gratitud. Los escritores son populares en la Unión Soviética —así lo afirmaba la propaganda de los intelectuales—, los soviéticos leen mucho y sienten gratitud hacia los escritores, al igual que el régimen, porque ellos «dicen lo que el pueblo piensa», como me había informado uno de mis visitantes rusos durante los días del cerco de Budapest. Y en efecto era así, porque en medio de la miseria de la vida en la Unión Soviética, los seres humanos esperaban una respuesta por parte de los «ingenieros de almas», una respuesta a los dolorosos problemas de su existencia. Sin embargo, esa espera pronto dio lugar al desengaño. Veinte años más tarde, en 1966, un deportado ruso, un tal Marchenko (que no era escritor, e incluso el nombre puede ser un pseudónimo), que había sido liberado tras seis años de estancia en un campo y dos en una cárcel, escribió un libro en el que contó las experiencias vividas en los campos disciplinarios después de la muerte de Stalin, en la etapa «liberal» y «humanitaria» de Kruschev. El libro es digno de interés porque no es obra de un escritor profesional: parece una declaración realizada ante un tribunal de justicia y recogida taquigráficamente. Cuenta lo que ocurre cuando un sistema tan «liberal» se muestra cruel. Los campos nazis, los campos comunistas, tanto los anteriores como los posteriores a la guerra, eran empresas dedicadas a exterminar personas de una manera sistemática e institucionalizada. ¿Acaso los escritores que se dedicaban a alabar el régimen de manera inocente, a veces inconsciente y a veces entusiasta, escribiendo odas a Stalin que rebosaban de un fervor casi sexual, alabando la gracia del sistema entre jadeos... acaso no sabían nada de esas instituciones inhumanas?

El automóvil, la dacha, los viajes al extranjero, los exquisitos regalos que recibían en su condición de favorecidos, el puesto que el Partido les había ofrecido, ¿acaso eran suficientes para velar en su conciencia lo que estaba ocurriendo en la Unión Soviética? Marchenko relata que en 1966, es decir, trece años después de la muerte de Stalin —y un par de años después de la caída de Kruschev—, llega al campo donde él se encuentra preso desde hace seis años un escritor ruso llamado Yuri Daniel, condenado por los tribunales soviéticos junto a su compañero Siniavski a cinco años de trabajos forzados acusado de difamar el sistema soviético. La noticia de que un escritor ha llegado al campo despierta interés entre los deportados, muchos de los cuales son presos políticos —personas valientes que se habían atrevido a alzar la voz para criticar a la Unión Soviética—, otros son opositores nacionalistas, ucranianos o ciudadanos de los países bálticos; eso sin contar a los simples criminales. Los deportados de procedencia y de convicciones diferentes reaccionan con cierta agresividad ante la llegada de un escritor de verdad. «Los habitantes del campo odiaban a los escritores», dice textualmente Marchenko. Los odiaban porque esos «ingenieros de almas» —con muy pocas excepciones— habían ocultado durante el medio siglo de poder comunista todos los horrores que caracterizaban el orden interno de la vida soviética. No solamente callaban los Ehrenburg, esto es, los propagandistas oficiales bien pagados, sino también los demás, los que después de la muerte de Stalin, en la etapa del «deshielo», empezaron a criticar —alentados por el poder— de forma incierta, taimada y prudente, carraspeando y meneando la cabeza, todo lo que habían alabado: lo criticaban, pero sabían que lo ocurrido no se podía cambiar con un simple *mea culpa*.

Fingían ignorar que un régimen que sólo puede sobrevivir si les arrebata a los seres humanos su libertad —la del derecho a la propiedad privada, de empresa, del derecho al trabajo, de expresión, la de escribir y de afirmar sus convicciones políticas— no puede renunciar a la tiranía porque ésa es la única posibilidad de salvaguardar el poder. Los «ingenieros de almas», cuando se mencionaban tales asuntos, carraspeaban, sonreían confusos y se ponían a hablar de otra cosa.

Así que los internos de los campos, según cuenta Marchenko, odiaban y despreciaban a tales escritores. Con odio y recelo recibieron también a Daniel. Este escritor y su compañero, Siniavski, habían declarado en 1966 en un juicio público y habían protestado contra las acusaciones de las que eran objeto: por razones de propaganda, Breznev y sus ayudantes decidieron que era mejor no juzgarlos a puerta cerrada, sino organizar la comedia de un juicio público. Sin embargo, los internos de los campos no creían en cosas así. Argumentaban que en la Unión Soviética no existían los juicios públicos porque todos los juicios estaban amañados desde el principio: se preparaba convenientemente a los acusados y se los condenaba ante un público previamente seleccionado. Más adelante Daniel les contó a sus compañeros de destino que su juicio también había sido un montaje a lo Potemkin, puesto que sólo se había permitido la entrada a un grupo escogido de periodistas, a algunos parientes y unos pocos conocidos. Daniel era judío y en el campo existía un antisemitismo muy fuerte; así que todos esperaban con odio exacerbado que entre ellos apareciese alguien perteneciente a «esta gente», que apareciese como víctimas de un régimen que «esta gente» había contribuido a levantar con su pluma alada y su palabra retórica... Pero apareció Daniel, y su comportamiento fue tan honrado, tan sincero y tan humano que la antipatía se desvaneció casi de inmediato trocada en simpatía. Lo protegieron tanto los presos políticos más antiguos como los delincuentes más probados, y lo ayudaron a defenderse de las cr0ueldades y las maldades de un régimen que carece de piedad. Y a partir de ese momento Daniel ya no fue un judío, sino uno más que experimentaba la solidaridad de todos.

Sin embargo, personas como Daniel hay pocas. En 1946 en Budapest «esta gente» se comportaba como si no supiera lo que ocurría en la Unión Soviética. Más adelante, por miedo, se despertaron a medias y empezaron a criticar con cierta prudencia no al comunismo en sí, es decir, al origen de todo, no a la idea, sino a las personas y los métodos que la habían puesto en marcha. Y todo el mundo observaba, se miraba, se encogía de hombros y decía: «Esta gente...»

18

Entre los intelectuales comunistas que regresaron de Moscú había uno, un hombre mayor, un poeta con quien una vez tuve ocasión de intercambiar unas palabras sinceras. Era un escritor con talento, es decir, un «caballero» en el sentido pascaliano de la palabra, porque (según afirmaba Pascal) un caballero ni se encarga ni se ocupa de nada que no sepa hacer. Aquel viejo poeta sabía escribir, pero en los largos años de exilio en Moscú ya no escribió nada notable. Es sorprendente la escasa cantidad de obras literarias significativas que salieron de los cajones de los escritores en el momento en que éstos ya no tenían que esconder sus textos y pudieron mostrar al mundo lo que habían pensado y escrito durante los años de silencio, represión y destierro. Los escritores húngaros que regresaron del exilio en Moscú no trajeron ninguna obra importante en su bagaje espiritual. El viejo poeta en cuestión tampoco traía nada valioso. Aunque, por supuesto, traía su inteligencia y seguía conservando su capacidad crítica. La larga y única conversación que mantuve con él se quedó grabada en mi memoria como un regalo.

Al principio de nuestra charla él también se limitaba a repetir como un loro —sin convencimiento, muy aburrido— las frases que había aprendido en Moscú. El vocabulario comunista es tan pobre que provoca bostezos. Del mismo modo en que un misionero ocasional repite los textos sagrados acondicionados para sus fines, también él insistía en que las obras literarias, las obras de arte en general, no eran más que «reflejos de las condiciones sociales». Le pregunté cómo explicaba la creación de las obras maestras clásicas o modernas que habían nacido independientemente de la ideología y los gustos de la época, en contra de la censura social y oficial, y ajenas a las condiciones sociales de su tiempo. Los artistas sabían ser, en todas las épocas, más firmes y tenaces que la situación social en que vivían... El escritor comunista lo negaba. «El creador sólo sabe responder con una obra de arte ante la motivación que le llega desde las fuerzas sociales», repetía con terquedad. No dijo, como me había dicho aquel militar soviético constructor de puentes, que la revolución era una empresa tan grandiosa que ante ella el escritor puede renunciar a su libertad espiritual; sólo repetía los monótonos y manidos dogmas de los Textos Sagrados de forma mecánica y resignada. Así empezó nuestra conversación.

Sin embargo, hay charlas que empiezan de manera convencional hasta que el asunto en discusión acaba dejando de lado los lugares comunes. Al cabo de un rato ambos nos percatamos de que ya no estábamos conversando, sino echando cuentas sobre algo. Los dos sentimos la urgente necesidad de hacer balance: él, el escritor vuelto del exilio, «el vencedor», y yo, que había vivido en casa durante todos los años que él pasó en el destierro. Así que empezamos a hablar de cosas importantes, alegrándonos de tener por fin un compañero con el que hacer balance.

Concluimos que el exilio es, para el escritor, algo más que un riesgo, y que también puede constituir —en épocas y situaciones en que se niegan la libertad y la verdad— una posibilidad. En épocas así hay que elegir voluntariamente el destierro porque sólo de ese modo es posible decir la verdad, y la escritura no tiene sentido si no es para decir la verdad. El viejo escritor se mostraba de acuerdo, los dos afirmábamos que el exilio es una gran prueba pero también una fuente de energía. Citábamos ejemplos. Lenin en Suiza, en una situación miserable, con una fuerza de voluntad y unas convicciones inquebrantables. Victor Hugo, durante veinte años, en la isla de Jersey, Marx en Londres, Voltaire durante treinta años en Londres, Potsdam y Ferney... Le recordé que Voltaire había escrito en Ferney, adonde había emigrado desde París, que un escritor sólo puede vivir en un país libre si no quiere convertirse en un esclavo atemorizado, sospechoso y en peligro de ser delatado ante el tirano por los demás esclavos, celosos y envidiosos... Se mostró de acuerdo, y declaramos al unísono que sin libertad no existe literatura, y el exiliado recién regresado intentó demostrarme con seriedad que una prueba de ello era que él había emigrado, muchos años atrás, a la Unión Soviética porque los comunistas sólo allí podían expresar libremente sus opiniones... Esa declaración tan rotunda me sorprendió, porque acerca de la libertad de los escritores y la forma soviética de interpretarla ya se sabía algo incluso en el extranjero. Sin embargo, yo no quería ofender a mi interlocutor, así que no repliqué a esa observación expresada en tono tan serio. Se produjo un breve silencio. A continuación le dije que la libertad soviética podía ser una realidad para él, un comunista, pero que la libertad sólo puede ser incondicional e indivisible, es decir, que sólo será verdadera libertad si es válida también para los no comunistas. Por ejemplo, algo que es verdad para él no lo es para mí. Esa parte de la conversación se quedó grabada en mi memoria porque los dos pensábamos igual, pero hablábamos desde las orillas opuestas del mismo río.

Estábamos de acuerdo en que ya pueden andarse con subterfugios los portavoces de los distintos regímenes violentos y decir lo que les apetezca, que los que no quieren pagar el enorme precio de la libertad y permanecen bajo la tiranía —donde sólo se les permite una pseudolibertad, tácticamente limitada— se convertirán en mutilados. Él afirmó, en voz baja pero con la fuerza de la palabra justa, haber pagado ese enorme precio. Como yo en aquel momento todavía no lo había pagado, callé.

No obstante, se empeñaba en volver al tema de la libertad. ¿Acaso porque le intrigaba? ¿Quizá porque sabía que el enorme precio que había pagado —el de abandonar el entorno y el ambiente de su lengua materna, es decir, el mayor precio que un escritor puede pagar— había sido vano, porque no había encontrado la libertad en el destierro? Al fin y al cabo, ese poeta húngaro que acababa de volver del exilio había vivido casi treinta años fuera del país y había conocido de primera mano la realidad soviética, así como la libertad que el régimen comunista le permitía. Lo que conocía no era el comunismo de los libros, al contrario que la mayoría de las almas sensibles húngaras que no habían salido del país y que en los tiempos de ruptura de los diques políticos tras el cerco de la capital intentaban, entre resoplidos —olvidando las pedagógicas lecturas informativas realizadas en época de paz—, empujar el carro de los comunistas. Ese hombre había vivido las purgas, había visto desaparecer a sus compañeros exiliados en los campos y en ejecuciones. Sin embargo, en el calor de la discusión seguía tratando de demostrar que para el escritor la libertad sólo existía bajo el comunismo; no solamente porque podía alabar libremente la Idea o criticar libremente a los que se equivocaban en las variantes tácticas de los métodos de aplicación de la Idea, sino que también afirmaba que era libre porque el comunismo liberaba al ser humano de la esclavitud de las diferencias sociales, y que al final, cuando se realizara, desaparecería incluso el Estado y tan sólo quedaría la sociedad, libre y sin clases.

La charla me resultó muy interesante porque aquel hombre era poeta. Al asumir las miserias del exilio no pretendía hacer carrera, sino tan sólo seguir siendo poeta y poder expresar libremente su individualidad y su carácter poéticos (Lenin, después de leer el volumen de poemas de Maiakovski tras el suicidio de éste, se encogió de hombros y le dijo en voz baja a Trotski: «Prefiero a Pushkin»). Aquel poeta húngaro desterrado había vivido el terror férreo que asfixiaba a los creadores en la Unión Soviética. ¿Qué le ocurría a esa persona venida del «otro lado»? ¿No se atrevía a reconocer que en la Unión Soviética no había libertad para el artista creador? ¿Por qué se empeñaba en repetir continuamente las enseñanzas recibidas en los cursillos de formación política? En ese momento en que, por primera y última vez, estaba charlando con alguien venido del otro lado, y además —por lo menos así parecía— de manera sincera, me habría gustado saber qué temía tanto como para responder de esa mesurada forma, propia de un colegial, sin salirse un ápice de la línea ideológica marcada por el Partido. Él se mostraba obviamente interesado en la conversación y yo notaba su alegría por haberse topado —después de haber pasado por tantas *yeshivas* ideológicas— con un compañero de discusión digno que preguntaba y respondía con sinceridad. Era ya viejo, la vida le había quitado todas las ilusiones (murió a los tres años de aquella conversación), pero ¿acaso tenía miedo de que la curiosidad y la indiscreción soviéticas, invisibles pero omnipresentes, le pidiesen cuentas algún día incluso por nuestra charla?

¿Hablábamos acaso de literatura? ¿Qué es la literatura? ¿«El latido del pulso místico», como afirmaba Novalis? ¿La «armonía» goethiana donde todo está unido en una feliz alquimia, la materia y el espíritu? ¿La «tensión», esa pasión que se ennoblece con el trabajo y la expresión? Él afirmaba que había pasado el tiempo, también para el escritor, de poder oponerse —con astucia, lógica o picardía— a los cambios sociales de su época. Yo repuse algo así como que en un mundo masificado quizá fuera verdaderamente necesario nacionalizar el sector energético y quizá incluso estatalizar los organismos que distribuyen los bienes producidos por las manos obreras. Pero lo que no se puede consentir es la nacionalización del ser humano. Lo que no se puede tolerar es la estatalización del espíritu. E insistía en que la visión poética y literaria también afecta a la materia y a la sociedad, e influye sobre el tema de la obra y sobre las experiencias en que ésta se basa; no existe la experiencia primero y luego la visión, sino que es al revés, la visión es la que afecta a la vida y le da forma. Él afirmó —aunque su voz sonaba insegura— que se trataba de una suposición romántica, presocialista. Cuando cité a Renan, «sólo la verdad puede ser revolucionaria», prestó mucha atención. Durante unos instantes me miró el escritor de antes, el poeta de antaño. Todos los poetas son místicos; si no, no son poetas, sólo escribanos que riman. Sin embargo, hay algunos místicos, como Valéry, que no conocen a Dios. Y sienten una nostalgia eterna hacia una deidad que le daría sentido al universo.

La luz que brilló en sus ojos al oír la palabra «verdad» se apagó pronto. De nuevo comenzó a hablar el hombre disciplinado y dialéctico que aseguraba que el comunismo era una verdad social absoluta y que el resto de las verdades parciales procedían de allí. Le pregunté si no pensaba que, tras el advenimiento de esa nueva etapa en que la Unión Soviética se había situado en el mundo como una gran potencia con la certeza de su victoria, había llegado para los escritores y los artistas de aquel país el momento mencionado por Huizinga: ése en que, en «el otoño de la Edad Media», el artista quiere ver por fin, en vez de visiones escolásticas, la verdad, la realidad multicolor del universo (nuestra conversación tuvo lugar a finales de 1945, es decir, cuando en la Unión Soviética «el otoño de la Edad Media» apenas se vislumbraba: aún hacía estragos el terror de la escolástica estaliniana y zhdanoviana). Él no respondió a mi pregunta y se puso a hablar de otra cosa. El comunismo es una revolución —repetía—, y las revoluciones tienen sus equivocaciones, sus etapas victoriosas y sus etapas difíciles. Sin embargo, la revolución comunista no desaparecería mientras el mundo no aceptase el hecho real de la «revolución consolidada» proclamada por Lenin.

Le pregunté si en la Unión Soviética había alguna posibilidad de que alguien pudiera callar. Al fin y al cabo, allí donde hay libertad, callar constituye uno de los derechos y libertades. Él me miró con recelo y contestó con cautela. Dijo que en la Unión Soviética no era necesario callar, y que de todas maneras no importaba por qué callaba alguien, sino sobre qué. Esquivó otra vez la pregunta, con cortesía y tacto pero con frialdad y severidad. Cuando inquirí si creía en la posibilidad de humanizar la revolución, me respondió que eso no era tarea de la revolución, ya que esa humanización tan sólo constituye una etapa transitoria dentro de la propia revolución consolidada y en permanente renovación, como hace el océano, por más cosas que se arrojen a él... No pudimos llegar más allá, pues la conversación empezaba a estancarse en las ciénagas de los lugares comunes dialécticos.

Comencé a sospechar que en aquel hombre había muerto el poeta. Sólo quedaba el revolucionario jubilado, el *sansculotte en retraite*, el veterano fuera de servicio que había regresado a casa después de muchas penurias y que quería pasar tranquilo y en paz el tiempo que le quedaba. Eso es algo humano y comprensible, pero el poeta no puede renunciar, a cambio de unos cuantos billetes que cubran su jubilación, a las inquietudes que dan sentido a su vida y su obra, a la necesidad imperiosa de proporcionarle una forma artística a la verdad. Al poco rato nos despedimos, pues la discusión ya no tenía sentido. Sin embargo, el recuerdo de nuestro encuentro me perseguía, porque ese viejo poeta comunista era el único entre los que habían regresado que no se podía calificar simplemente de «exiliado». Más adelante, dos décadas después, cuando la gran crisis religiosa prendía hogueras en Occidente y no solamente en las portadas a todo color de las revistas sensacionalistas se proclamaba «Dios ha muerto», aparecería en contadas ocasiones, en medio de una procesión de sectarios, herejes y renegados, un fenómeno humano muy curioso y atrayente: el del sacerdote ateo.

El sacerdote que no cuelga los hábitos, que no abandona la congregación a la que ha jurado fidelidad, que no predica la negación de Dios. Sigue siendo sacerdote, cumple con sus obligaciones de forma correcta, escucha la confesión y celebra la misa, guarda el secreto de confesión y predica la palabra de Dios. Vive su vida así, conservando su condición de sacerdote —sin ninguna señal externa de conflicto—, recibe la extremaunción y llega a la tumba con la bendición de su Iglesia. ¿Por qué? Porque una vez se comprometió con un juramento. Más adelante, cuando se enteró de que Dios, ante quien había pronunciado su juramento, no existe, no pudo renegar de su palabra y continuó siendo sacerdote.

Se produce el mismo fenómeno dentro del sistema religioso inmanente de los comunistas. Hay comunistas creyentes que un día se enteran de que la deidad a quien han jurado fidelidad no existe. La respuesta que dan a ese sorprendente descubrimiento varía según los casos. Algunos de ellos interpretan el melodrama que empieza por «¡Escúpeme en la cara, compañero!», y se confiesan siguiendo la pauta de las novelas rusas. Otros se convierten en «ex», rentabilizan su desengaño como un reaseguro existencial, se pasan al otro lado y se ponen a instruir, con empeño y diligencia, a los que nunca fueron comunistas, explicándoles las equivocaciones que ellos mismos cometieron en su época de tales. Los «ex» nunca entienden al comunista ateo, al que no cree en nada pero permanece en su lugar, aun sabiendo que erró al hacer su juramento (porque hay personas que a lo largo de la vida hacen un único juramento). Los comunistas ateos siguen siendo miembros del Partido, cumplen con su deber, no denuncian los métodos ni a las personas, al volverse ateos no desacreditan a nadie; como mucho, se acusan a sí mismos porque no pueden perdonarse no haber tenido fuerza suficiente para crear al Dios que —ya lo saben— no existe. Siempre ha habido personas que se creían destinadas a crear a Dios y luego —sorprendidas u horrorizadas— han comprendido que carecían de la fuerza necesaria para ello. Se dan cuenta de que el comunismo no puede realizarse sino evocando y manteniendo una idea de Dios inmanente y falsa. De la misma forma que las religiones, al identificarse con los sistemas de poder de su momento histórico, hicieron todo lo posible para limitar y cercenar los peligrosos estímulos de la libertad de expresión, también los sistemas económicos, políticos y de poder de esta época masificada —sea el comunismo o la sociedad de consumo posindustrial— son enemigos de la libertad de pensamiento y hacen todo lo posible —bien con la ayuda del Terror o mediante la civilización tecnificada, que consigue el mismo efecto— para mantener a las masas humanas en un estado anímico infantil. Siempre hubo fundadores de religiones que hicieron creer a los seres humanos que Dios los había creado a su imagen y semejanza y que no querían confesar que en realidad fueron los seres humanos quienes crearon a Dios a su imagen y semejanza. Hay sacerdotes ateos así. Y también hay comunistas así. Puede que haya más de unos cuantos... Yo conocí a uno de ellos.

19

Los comunistas húngaros, debidamente instruidos, llegados en la parte trasera de los carros militares de los rusos —ninguno «ateo», todos eran fieles al Partido y habían sido cuidadosamente seleccionados— empezaron a realizar su trabajo de manera afable y cortés, aunque irónica. Esas personas habían aprendido en la Unión Soviética que la política bolchevique no se rige por pasiones de tipo ideológico, sino por un colosal proyecto frío y calculado, sujeto a movimientos tectónicos.

En alguna parte del Kremlin, entre sus innumerables departamentos, había un despacho húngaro, como también había despacho búlgaro, rumano, yugoslavo, finlandés, alemán y, naturalmente, un despacho coreano, indochino, hindú y chino, y —en rincones más apartados— despacho italiano, francés, noruego y suramericano. En ellos se sentaban unos funcionarios excelentemente formados, serenos, *chinovniks* soviéticos, que llegaban a su trabajo por la mañana, abrían algún cajón de su escritorio entre bostezos, sacaban los expedientes, cogían la pluma y ponían manos a la obra. Un día, por ejemplo, los sumarios pendientes eran los de la «conspiración búlgara», y cuando el empleado los marcaba —con lápiz rojo o azul—, los documentos empezaban a cobrar vida en el mundo y Petkov era ahorcado una semana o un año después.

Uno de esos sumarios correspondía al asunto de la «redistribución de tierras» en Hungría, o a la nacionalización de la industria, la banca o el comercio: el funcionario del Kremlin preparaba el expediente, lo mandaba al registro donde le ponían el sello de salida y, llegado el momento, se enviaba a Budapest, donde otro funcionario lo recibía y lo entregaba a su vez —junto con órdenes muy precisas para su ejecución— a unos comunistas de «avanzadilla» cuyo idioma materno era el húngaro, que estaban encargados del caso y que —en el instante apropiado— comenzaban a ejecutar el plan. Así pues, el ciudadano húngaro que aguardaba con serenidad y esperanza el final del «período de transición», se enteraba un día por el periódico de que por «decreto ministerial» ya no eran suyas las tierras que habían estado labrando sus antepasados, ni le pertenecía la empresa que habían fundado sus abuelos, ni era propietario del piso en que había estado viviendo, ni tenía derecho al puesto de trabajo obtenido gracias a su título, talento y aplicación, y de que ni siquiera era suya su opinión porque ya no era suya su alma.

Cuando se enteró de esto último —el funcionario del Kremlin había sacado al final el expediente relativo a la nacionalización del alma—, el ciudadano húngaro, toda la sociedad húngara, se escandalizó, porque no es posible vivir en un régimen que anula la conciencia humana. El funcionario del Kremlin asintió con la cabeza al oír la noticia —puesto que tal posibilidad figuraba en sus documentos como cualquier otra posibilidad que un ser humano pueda imaginar—, sacó el expediente oportuno de sus cajones secretos y anotó encima la palabra «Urgente». A continuación lo envió a Budapest y —según las previsiones exactas de las órdenes de ejecución— los funcionarios correspondientes «arreglaron» el asunto.

Las personas enviadas desde Moscú se comportaban —al principio afables, más adelante cínicas, siempre consecuentes— como misioneros que trabajan en un lugar especialmente salvaje: habían sido enviados aquí para que obligaran a un pueblo pagano a abrazar la fe de la única religión válida, redentora y victoriosa: el comunismo. Cuentan los historiadores que hace mil años más o menos, cuando se propagó la noticia de que los húngaros habían sido bautizados, enseguida llegaron a Hungría bandadas de misioneros llamados oficialmente y también de no llamados, incluso en mayor cantidad. Muchos procedían de la ciudad de Maguncia, donde, en el siglo IX, un diácono llamado Benedictus Levita organizaba las tropas irregulares de la *propaganda fide* que pasaron de contrabando a las tierras de su misión no sólo las disposiciones religiosas del catecismo, sino también las laicas del Imperio Franco. No traían nada más, puesto que la mayoría eran aventureros y vagabundos; entre los misioneros había algunos sacerdotes verdaderamente entregados a la fe y a su oficio, pero casi todos eran gentuza que veía en la empresa de las misiones una excelente oportunidad para la aventura, la mendicidad y el robo. Mil años más tarde se repetía la misma empresa en su versión pagana, con la diferencia de que a los tardíos misioneros comunistas llegados desde Moscú nadie los había llamado a Hungría. Llegaban detrás del Ejército Ruso, andrajosos, apoyados en su bastón de peregrino. Su único equipaje era un pequeño hatillo.

Para empezar, ofrecieron la mano. «Ya hemos llegado», decían con una amplia sonrisa, y saludaban en ruso. Venían hambrientos y vestidos con harapos, pero muy pronto vestían mejor, comían masticando ruidosamente y conducían sus flamantes automóviles con orgullo. Unos meses después de su llegada vivían ya con una ostentación que nunca se hubiesen atrevido a imaginar durante las décadas de miseria comunista. Se instalaron en los pisos abandonados por sus antiguos propietarios burgueses y ocuparon los puestos clave. Algunos cumplían su misión intentando convencer a los obreros socialistas de que se unificaran con los comunistas, otros se ocupaban de los campesinos, engañándoles con la zanahoria de la reforma agraria. Estos misioneros —como los agentes ocasionales de mil años atrás habían hecho con las disposiciones del *Collectio Capitularium*, totalmente ajenas a la realidad húngara de entonces— introducían en la opinión pública las promesas de unas ilusiones cargadas de mentiras. Sabían perfectamente lo que había significado en la realidad soviética la reforma agraria —puesto que habían sido testigos oculares de lo ocurrido cuando las tropas, por órdenes del Kremlin, reclamaron las tierras y asesinaron a los colonos alemanes que vivían a orillas del Volga o a los *kulaks*, los campesinos ricos, en cualquier otra parte de su enorme imperio—, y también conocían por experiencia propia, por haberla visto con sus propios ojos, la tragedia de la conversión forzosa de los campesinos. Otros tantos trataban de convertir a los jóvenes universitarios: se presentaban en las cátedras sin haber sido llamados y comenzaban a explicar que la filosofía y la literatura, la estética, todo lo que el espíritu humano había creado en Occidente durante los últimos dos mil años, sólo se podía comprender a través de la ideología marxista. Sabían lo que Víktor Chernov —uno de los colaboradores de Lenin durante la revolución— pondría más tarde por escrito: que «Lenin amaba al proletariado, pero con un amor tan despótico y tan despiadado como, siglos antes, Torquemada, el Gran Inquisidor, había amado a los cristianos a quienes mandaba a la hoguera para salvar sus almas». Intentaban convertir también —y no sin resultados— a los escritores y los periodistas. Aseguraban la reorientación de los trabajadores de los periódicos socialistas para convertirlos en trabajadores de periódicos de ideología comunista. Los viejos periodistas socialistas participaban, aplicados, en esos cursillos, escuchando las teorías que les explicaban cómo el marxismo se había transformado en leninismo. No asistir a una clase estaba considerado falta grave y había que presentar un certificado médico para justificar el motivo. Al principio tales ejercicios espirituales escandalizaron a los viejos periodistas socialistas, pero acabaron cediendo pronto porque comprendieron que la Doctrina tenía prevista su rebeldía y que ellos no podían hacer nada. Ante la pregunta de quiénes eran los conferenciantes, uno de los maduros estudiantes respondió con tristeza: «Son *boher* estándar...» (de la misma manera que había zapatos estándar y comida estándar).

No debió pasar mucho tiempo para que la sociedad húngara se diera cuenta de que los misioneros recién llegados y falsos hasta la médula que iban pregonando la buena nueva por ahí eran, en realidad, la avanzadilla de los colonizadores: como ya había sucedido muchas veces en la historia de las colonizaciones, el poder —decidido a adueñarse por la fuerza y el engaño de determinado territorio— primero enviaba a unos misioneros que mostraban la cruz por doquier y prometían la gracia. Y más tarde, sin la menor transición, detrás de esos misioneros aparecían los colonizadores armados que iniciaban sin piedad un saqueo ilimitado. En aquel momento y aquel lugar el poder colonizador del Este se valió de los mismos métodos.

La sociedad se dio cuenta efectivamente de que el Estado se había transformado en una fuerza enemiga contra la cual había que defenderse de cualquier manera. Ese «Estado» —que los comunistas habían fabricado con aplicación y rapidez obstinadas— no era en realidad un verdadero Estado porque no cumplía con la función de aglutinar y cohesionar a la sociedad: todo parecía viscoso y gelatinoso, y nada estaba vertebrado, ni la esfera de poder de la autoridad ni la autoridad misma. Carecían de auténtica validez las leyes y las disposiciones reglamentarias, puesto que la ley sólo puede ser válida cuando también significa protección y no sólo agresión. Sin embargo, los ciudadanos veían que la ley ya no les brindaba protección alguna, sino que se limitaba a dar órdenes y les arrebataba lo que era suyo. Así que todos empezaron a vivir en un constante estado de alerta: trataban de defenderse del Estado como podían, porque estaba claro que en la sociedad el bandidaje se había institucionalizado.

La gente también veía que los libros considerados indeseables por el Régimen se requisaban y se amontonaban en sótanos: lógicamente, se preveía que también encerrarían en sótanos a los autores que los habían escrito. Y que más adelante les tocaría el turno a los lectores que los leían, y así sucesivamente, por pura deducción.

Sin embargo, los misioneros fueron precavidos durante los dos primeros años porque sabían que la colonización concebida como misión y su fructuosa labor sólo eran posibles mientras el Ejército Rojo cuidara de ellos. De todas formas, imitaron a toda prisa todo lo que resultaba antipático del régimen anterior, que se había basado en la jerarquía social. Por ejemplo, se aficionaron a la caza; la caza es una ocupación ancestral, muy viril, pero la noticia —publicada en los periódicos— de que los comunistas llegados desde Moscú organizaban grandes cacerías en los montes Bakony y Mátra, llamó la atención del lector húngaro porque esas cacerías rimbombantes y llamativas eran una señal de que la nueva clase estaba conquistando su patria. La nueva clase imitaba los privilegios de la vieja con parsimonia y aires de importancia. Por ejemplo, con el tuteo. El tuteo en Hungría había sido una excentricidad especialmente monstruosa del mundo anterior. Los campesinos no se tuteaban —sólo los viejos se dirigían de tú a los jóvenes—, y los obreros tampoco. Se tuteaban los caballeros, sí, pues se consideraba una ofensa que un caballero no tuteara a otro, aunque fuera un perfecto desconocido. Por supuesto, los cristianos de clase media sólo se tuteaban entre ellos, lo mismo que los judíos; pero a veces ocurría que un judío, jefe de negociado de un ministerio, que vivía en el mismo edificio que otros jefes de negociado cristianos, por la mañana, de camino al trabajo, permanecía muy atento en el ascensor para comprobar si —estando entre dos pisos— también lo tuteaban a él, aunque fuera por casualidad, y así, una vez llegado al despacho, poder contar: «Le expuse a mi amigo, el honorable Fulanito, mi plan sobre la electrificación de la región de Veszprém, ¿y sabéis lo que me respondió?... Me dijo: "Muy bien, amigo Menganito, le haré notar a Su Excelencia tu interesante plan."» El sentido último del tuteo era que el tuteador y el tuteado pertenecían a la Clase de los Elegidos. Por tanto, al portero —que en ocasiones era por lo menos tan excelente, como persona y como húngaro, como un jefe de negociado— nadie lo tuteaba. ¿Para qué? Él no pertenecía a la misma clase que ellos.

Los misioneros de la Nueva Clase se tuteaban y se llamaban por sus apodos, incluso en público, con mucho entusiasmo. Unas cien mil personas —que veinte años más tarde los intelectuales checos señalarían, en un famoso memorándum, como los aliados de los comunistas— se apresuraron a hacerse amigos de los varios centenares llegados desde Moscú con la tarea —entre otras— de organizar un grupo de gente de confianza. (A lo mejor la cifra no es del todo exacta, pero su número se situaba cerca. Siempre —incluso en sociedades con mayor número de habitantes ronda los cien mil el número de personas que no son en absoluto comunistas, pero se alían con ellos por dinero, privilegios, ganas de protagonismo, vanidad, codicia o afán de venganza. Siempre y en todas partes delatan y traicionan a todo y a todos en los que alguna vez creyeron, si a cambio se les permite servirse su ración de pastel.) ¿Quiénes eran esos proselitistas? Se podían distinguir tres tipos característicos. En primer lugar, el Progresista Creyente que tenía fe en la Idea. Ni siquiera el ejemplo de las décadas de Historia soviética transcurridas podían convencerlo de que la Idea estaba obsoleta, que era inhumana y que en el mundo se habían puesto en práctica unos sistemas de producción, distribución y propiedad completamente nuevos que podían ayudar a las masas trabajadoras con más rapidez, eficacia y justicia que la centenaria Idea. Ellos tenían fe en la Idea con la testarudez y la obstinación miope de quienes sólo han leído un libro; no les valían discusiones ni argumentos, se daban la vuelta cuando alguien les mostraba la realidad: la prueba de que la ideología comunista —que respondía al fenómeno del capitalismo monopolista del siglo anterior— era algo completamente desfasado, superado y carente de sentido en ese momento de masificación y revolución tecnológica. No querían saber nada de lo que se había realizado con una velocidad vertiginosa durante el siglo XX, porque necesitaban seguir creyendo en el Texto Sagrado de los envejecidos pergaminos venerados desde el siglo XIX, en la Idea Única. Esos pobres de espíritu que creían firmemente que el Reino de los Cielos les pertenecía no eran muchos, pero siempre habrá idiotas en todas partes, y si se alían con el poder pueden resultar incluso peligrosos.

En segundo lugar estaban los compañeros de viaje cínicos y agresivos, que no eran en absoluto idiotas cuando confesaban: «Ya sé yo en qué consiste esta bellaquería, ya sé que arrebatarle a la gente el derecho a la propiedad privada y a la libre empresa, además de las libertades políticas y espirituales, no redunda en beneficio de la masa trabajadora, sino que se trata simplemente de un pretexto para llevar a cabo sus diabólicas empresas y permitir que una minoría cínica y violenta viva bien sin tener ni la condición ni el talento para merecerlo. Quizá todo acabe mal porque la empresa es inhumana, pero a mí me va a venir bien. Así que... venga, adelante, yo me voy con ellos.» Éstos eran más numerosos que los idiotas, aunque tampoco constituían la mayoría. La mayoría de los cien mil aliados de los comunistas estaba constituida —no solamente en los países que los comunistas habían conquistado con las armas o mediante prácticas violentas, sino también en otros lugares, por todo el Occidente llamado libre— por ese tipo de intelectual neurótico que teme más que nada el peligro de quedarse a solas con su neurosis en medio de la tormenta de un gran cambio. Se trata del neurótico que se refugia en el Partido porque no puede, no sabe o no se atreve a quedarse solo, ya que tiene que pertenecer a algún lugar, y sólo se tranquiliza cuando puede protegerse con el trozo de una capa mágica o ponerse el uniforme de la ideología social del momento. Se parece al psicópata que se calma de inmediato al vestir la bata blanca de enfermero, el uniforme de soldado o el hábito de monje, al psicópata que se tranquiliza desde el mismo instante en que le protege un atuendo civil, militar o clerical, ya que así no tiene que enfrentarse solo a la aterradora responsabilidad de su individualidad. Así era el intelectual neurótico que gimiendo se apresuraba a unirse a los demás, porque pertenecer a algo suponía para él la única posibilidad de tranquilidad... Neuróticos así constituían la inmensa mayoría de esa tropa de cien mil colaboradores. Los comunistas antiguos, ortodoxos y bien formados eran conscientes de ello, de modo que reclutaban y alentaban con afabilidad a los acólitos, llamándolos de tú. Más adelante, en medio de las batallas que surgieron entre las distintas facciones, se cortó el cuello a más de uno, porque los regímenes violentos no confían en nadie y con nadie son tan intransigentes y crueles como con sus propios compañeros de viaje, que en este caso no habían hecho la reserva a su debido tiempo y sólo se incorporaron con posterioridad buscando obtener dinero y reputación. La unificación que los comunistas exigían —es decir, la primera etapa en la aniquilación de los intelectuales y dirigentes socialdemócratas del pasado— fue una trampa, consecuencia lógica de ese odio despiadado. La clase obrera vio con estupor cómo el atemorizado o especialmente ávido de protagonismo grupo de los socialdemócratas consintió la castración de los sindicatos, únicos organismos capaces de defender a los obreros.

La Nueva Clase unificada empezaba a mostrarse en sociedad: sus miembros organizaban bailes, iban a la ópera y se sentaban en los palcos sobre el escenario para que todo el mundo pudiera verlos. El Casino Nacional, un baluarte de la antigua aristocracia húngara que despertaba malos recuerdos, había sido completamente destruido por las bombas, pero pronto se abrió el nuevo Círculo Social, cuyos socios eran los doscientos más selectos de entre los cien mil, representantes de la elite comunista y de los socialistas «unificados», además de los escritores, periodistas y artistas que no se atrevieron a rechazar la invitación o que se agolpaban en la puerta para que los dejaran entrar en las nuevas salas, repletas de lo mejor y equipadas con todas las comodidades.

Muy pronto, al cabo de unos meses, un nuevo y monstruoso fenómeno ocupó el lugar de la antigua caricatura social basada en la jerarquía: en sustitución del Casino Nacional apareció el Círculo Social del Partido Único, y en lugar de los condes holgazanes y los vagos truhanes plutócratas aparecieron los arribistas perezosos, los secretarios de Estado de bolsillo y los potentados minúsculos. Ady ridiculizó a los privilegiados de la antigua Hungría llamándolos «hombrecitos del minuto», pero estos nuevos personajes importantes se apresuraban a salir a escena para llenarse los bolsillos y la panza porque ya sólo eran hombrecitos del segundo y creían conveniente medir con cronómetro el intervalo que aún podían aprovechar. Sabían que en cualquier instante podía llegar para ellos la Cuaresma del carnaval rojo: no temían a sus adversarios del pasado destruido, sino a sus nuevos patronos, los comunistas. El compañero de viaje que mantiene sus convicciones pero se alía con una mafia es siempre el primero a quien los mafiosos quitan de en medio cuando ya no lo necesitan. Y las peleas de la mafia son, muchas veces, más sangrientas y crueles que cualquier batalla.

Una mañana yo estaba conversando con un compañero de viaje de los comunistas cuando —era la primavera de 1948— la radio roja de Budapest empezó a vociferar contra los «perros rabiosos adiestrados por Tito». Había venido a verme a mi casa y se puso pálido. «Es la mayor desgracia que le podía ocurrir al socialismo», balbuceó. La gran secesión, el gran cisma del mundo comunista se hacía público en aquellos momentos: Stalin había dado la orden de desatar una guerra despiadada para acabar con Tito y con cualquier otro dirigente que pretendiera liberarse e independizarse de la supremacía absoluta de Moscú, de su autocracia... Mi visitante se había comportado de manera ejemplar durante la época nazi, cuando —debido a su origen y sus convicciones— compartió el destino de los perseguidos: había salvado con gran valentía a víctimas inocentes, y ahora, en los tiempos que corrían, seguía ayudando con valor y humanidad a todos los necesitados en la zona de peligro del terror rojo. Era socialdemócrata y le habían encargado la dirección de un periódico socialista. Cuando los comunistas lanzaron la idea de la unificación, no tuvo más remedio que salir a escena, con náuseas y los dientes apretados, a «abogar por la unificación». Sabía perfectamente que esa empresa era una variante del suicidio moral, pero no pudo defenderse de ello. Empezó a tartamudear. «Es una tragedia», repetía.

Lo acompañé a la calle. En la esquina había un estropeado cartel con la imagen de Tito, el general de los Balcanes, en su uniforme de gala, con el pecho hinchado y lleno de condecoraciones; unas semanas antes había estado en Budapest, donde fue recibido con grandes honores. Los dos nos paramos a mirarlo. Le pregunté a mi acompañante qué opinaba sobre los comunistas llegados de Moscú, si había entre ellos algún caballero. Como era un hombre inteligente, supo de inmediato a qué me refería. El verdadero caballero es un fenómeno muy raro en cualquier sociedad: no se trata de ningún socio del casino con monóculo y escudo familiar que habla de manera afectada y actúa como si fuera el dueño del mundo, sino de un hombre que —independientemente de su estatus social— sabe que el lema del escudo del príncipe de Gales es: «*Ich dien.*» Y que también ha oído que una de las reglas de los samuráis es: «Debes mantener tu palabra incluso si se la has dado a un perro» (ese verdadero caballero es siempre algo muy raro, pero en Hungría había unos cuantos). Mi acompañante reflexionó. Al cabo de unos momentos me respondió, muy serio:

—¿Caballeros? ¿Entre éstos? No hay ni uno.

Lo dijo con tanta decisión como Mencken, el ensayista norteamericano, cuando constató con amargura en uno de sus escritos de los años treinta: «No es posible colaborar con los comunistas porque no hay entre ellos ni un solo *gentleman*.» Le pregunté por qué estaba colaborando con ellos entonces.

—Porque soy un político —me contestó—, y porque es imposible hacer política con verdaderos caballeros.

Se fue muy pálido y regresó a la redacción del periódico socialista para seguir abogando por la unificación. Poco tiempo después, durante el proceso a Rajk, fue detenido y condenado por un tribunal comunista a siete años de prisión.

20

... Como de madrugada, con dedos amarillos,
el jugador de cartas tantea en el bolsillo
de su frac la pistola, y una voz le dice: «Aún no»,
detente y mira el mundo que te rodea.
¿Qué queda todavía? La luna, China, fiordos...
San Francisco desnudo y muerto era dichoso...
Levántate y saluda, que has perdido. La vista
clavarás nuevamente en la estrella, allá arriba...

21

Pero ¿dónde estaba aquella estrella? Yo no veía ninguna señal que me indicara el camino a seguir, ni en el cielo ni en la tierra. Todos los días ocurrían muchas cosas... Y un día me di cuenta con gran sorpresa de que algo me estaba ocurriendo a mí también: me di cuenta de que estaba apático. La apatía constituye un peligro muy grande. Es inmoral y atenta contra la vida. Yo nunca la había sentido. Había vivido y experimentado unas cuantas cosas, a mi manera. Pero desconocía por completo la apatía. Miré dentro de mí, luego miré alrededor y me pregunté, muy sorprendido: «¿Qué ha ocurrido?»

Sólo más tarde llegué a comprenderlo: estaba apático porque me aburrían la maldad constante y generalizada y la inmoralidad idiota y testaruda. No hay nada más aburrido que el crimen. «*Satan est pur*», decía Maritain. Sí. Satanás es puro porque no miente: no desea más que el Crimen. Pero el Crimen es estúpido y aburrido.

TERCERA PARTE

Toda separación significativa genera un átomo de demencia.

GOETHE

1

A finales de 1946, una invitación al extranjero me brindó la oportunidad de viajar a Suiza, Italia y París. Se trataba de una invitación en grupo —en aquellos tiempos, para un simple mortal era prácticamente imposible viajar de otra forma—, pero la acepté porque necesitaba con urgencia cambiar de aires. Viajábamos seis personas, una menos que los siete malvados de la leyenda húngara: mis compañeros eran dos pintores, un escultor, un poeta de tendencia folclórica y un profesor de escuela superior, muy culto y amante de la literatura. El grupo se separó en Suiza, todos partimos a buscar nuestra propia Europa personal.

Para mí ese viaje fue una carrera de locos escalofriante. Europa, en el segundo año después de la guerra, era un continente poseído por un sentimiento de culpa llevado al extremo de la furia latente. El viajero que se atrevía a salir de las ruinas de la Europa del Este sentía ganas de vomitar al contemplar el bienestar suizo. El aduanero de ese país examinó los pasaportes húngaros con sospechosa animadversión, como si todos los viajeros que llegaban de allí fueran espías, contrabandistas de divisas, agentes comunistas o traficantes de droga (o bien simplemente portadores de algún virus, y en esta última suposición repleta de suspicacia había quizá algo de verdad). De todas formas, allí estaba de nuevo Suiza, la palpable abundancia de la mesa que se llena de manjares como por arte de magia, las calles bien iluminadas, los magníficos relojes en los escaparates, las bicicletas despreocupadamente aparcadas sin encadenar en las aceras... Y el viajero recién llegado del otro lado del telón de acero no tenía más remedio que pensar en qué no daría un ruso por ver esa exposición tan abundante de oportunidades para el saqueo... Allí estaba la Suiza neutral que incluso en medio de los mayores peligros y las más viles tentaciones había permanecido íntegra y honrada, y el viajero que había llegado del otro lado escuchaba incrédulo los relatos confidenciales de los suizos que afirmaban que tampoco allí todos habían sido tan honrados y tan honestos como se creía en el extranjero, pues también había gente que había hecho tratos con los nazis... Sin embargo, ¿qué importaba todo aquello cuando ese pequeño país había mantenido su postura, con entereza y valentía, y de manera consecuente había permanecido fiel a sus principios de neutralidad y soberanía nacional? Yo andaba por las calles de Zúrich y Ginebra y de vez en cuando miraba alrededor con respeto: ahí estaba el ejemplo de una pequeña nación que sabe mantenerse firme en su lugar incluso en una situación geopolítica muy grave...

Además, había algo irreal y maravilloso en aquella excursión: ¡me encontraba de nuevo en Europa Occidental! Había sobrevivido a la guerra, había salido del agujero, de la infamia... ¡y me hallaba otra vez en Europa Occidental! Estaba viajando de nuevo, como antes, como siempre que había podido, y por un instante me acordé de la época en que yo afirmaba —con demasiado orgullo— que el verdadero sentido del viaje no era llegar, sino viajar (en ese viaje, tras el arresto domiciliario que me había impuesto la Historia, hubo algunos momentos en que sentí que lo importante no era ni desplazarse ni llegar, no era saber cuándo salía el tren y adónde llegaba, sino tan sólo averiguar qué ocurría dentro de nosotros durante el viaje... Al mismo tiempo, durante todo el trayecto me acompañaron —sin abandonarme ni por un instante— una inseguridad y una desagradable falta de orientación debidas a que me cuestionaba continuamente si había valido la pena salir de nuevo de viaje, removiendo y alterando la peculiar falta de interés y la larga tranquilidad letárgica que se habían mantenido durante años, que habían permitido que todo se hundiera en ellas, todo lo que antes me había parecido importante).

De la misma forma que el agua de un charco responde con minúsculas ondas a los cambios de viento, yo me estremecía y se me ponía carne de gallina a causa del rechazo que a veces me provocaban las calles suizas, tan hermosas, tan limpias, tan llenas de todo lo deseable, tan intactas. Resultó muy grato reencontrarme con el comerciante, y levanté mi sombrero para saludarlo, puesto que echaba de menos ese fenómeno que ya no existía en mi país. Todo sistema social, incluido el así llamado socialista, es ineficaz sin el comerciante, y la mayor equivocación del socialismo del Este es haber librado una batalla despiadada contra el «comerciante ávido de beneficios», dejando fuera de la sociedad al comerciante independiente, al enlace, y haber pretendido sustituirlo por empleados estatales, es decir, por unos burócratas, vagos y muchas veces corruptos, siempre lentos e impotentes, incapaces de despertar en el comprador un sentido de la exigencia —y sin exigencia no existe desarrollo social—: el comerciante estándar que le vende, por la fuerza, un producto estándar a un cliente estándar no es un comerciante, es tan sólo un servidor. En Suiza tenía por fin ante mis ojos al comerciante sonriente y educado que no pretendía convencer a un cliente mal informado de que comprara cualquier producto estándar, sino que ofrecía calidad y variedad. Y yo podía escoger entre los distintos productos que se me presentaban a montones, y de paso, pero con respeto, pensar en los antepasados del comerciante, en el mercader de Venecia, que había iniciado, con grandes riesgos y por lo tanto con grandes beneficios, la cadena moderna del trueque; en el comerciante de Lübeck que había inventado las letras de cambio y que ya no tenía que viajar personalmente a la feria de Novgorod. Tras la crispada rigidez de la Edad Media escolástica no solamente ayudaron a crear la nueva Europa los humanistas que acabaron en la hoguera, sino también los comerciantes: detrás del trágico rostro desfigurado de Giordano Bruno se divisaba la mirada pícara de Jacques Coeur, el comerciante de Brujas que vigilaba atento en medio de sus quehaceres desde el mostrador... Yo notaba que esa misma mirada, en los comercios de Zúrich y Ginebra, observaba al cliente llegado desde el Este. Respondí, muy agradecido, a sus ofertas entusiasmadas, y compré una maquinilla de afeitar eléctrica.

Sin embargo, no acababa de sentirme bien en Suiza. Al mismo tiempo, de cuando en cuando percibía la señal de que algo me enraizaba a esa Europa tan estéril que olía a cadáver conservado en formol. Dostoievski advirtió a sus compatriotas de que no abrazaran Europa porque, tarde o temprano, se infectarían con el cadáver... «¡Bueno, pues ahora sí que la están abrazando bien!», pensé con amarga satisfacción (un ministro suizo llamado Schumann relató que cuando había ido a Moscú a ver a Stalin, el dictador ruso, mientras conversaba con él, no dejaba de mirar el mapa de Europa y Asia; en un momento dado, puso una mano encima de Europa y dijo, como lamentándose: «¡Qué pequeña es Europa!» Y no lo decía con ironía, sino con seriedad y conocimiento de causa).

¿Qué me atraía, qué me enraizaba en Europa a mí, un europeo de la periferia? (¿se me podía considerar tan europeo como a un suizo, un francés o un alemán? Más allá de los múltiples intentos y esfuerzos de aproximación, llevados a cabo a veces por generaciones enteras y heroicas, ¿acaso no existía también algo de suspicacia y recelo en nuestro anhelo por Europa?). «¿Qué me ata aquí?», me preguntaba al comprar una pluma estilográfica muy moderna, un bolígrafo. ¿Los vestigios y los recuerdos de una cultura que se extingue? Son sólo palabras. Quizá sea el recuerdo de los crímenes cometidos en común: la conciencia de que todos somos culpables, todos los europeos, los del este y los del oeste, porque hemos vivido aquí y toleramos y permitimos que todo llegase a donde llegó. En estas reflexiones había algo de complicidad criminal, más real que cualquier otro sentimiento o idea: somos culpables porque somos europeos y porque hemos consentido que en la conciencia del hombre europeo se haya aniquilado el humanismo.

Porque (así lo sentí entonces y muchas veces después) ése ha sido el mayor regalo de Europa a la humanidad: el humanismo. El término huele a seminario, sabe a biblioteca... Sin embargo, por más que las grandes culturas y las civilizaciones lejanas hayan creado también su visión del mundo moral y metafísica, sólo en Europa el humanismo ha supuesto una exigencia vital y determinante de las vidas humanas, los destinos, las actitudes intelectuales y espirituales y las relaciones sociales. ¿Qué es el humanismo? Una medida humana. La constatación de que el ser humano es la medida de todas las cosas. La constatación de que el ser humano es el sentido último de la evolución, el desarrollo y el progreso (si es que tales conceptos existen, y si es posible que alguna vez el ser humano llegue a dominar los instintos que arrastra desde las cavernas). Una actitud humana que no espera ninguna respuesta mágica o milagrosa al problema de la muerte, ni pretende la solución de los problemas terrenales mediante fuerzas sobrenaturales. El mamífero bípedo y abandonado a su suerte, materializado, en un universo indiferente y hostil, por la voluntad de una casualidad ciega, es decir, el ser humano, es el único ser vivo capaz de orientarse en el mundo con independencia de sus instintos. Faltaba lo humano de una forma dolorosa. Porque eso era lo que había sido aniquilado en Europa (¿dónde había sucumbido? ¿En las cámaras de gas de Auschwitz, en las fosas de Katyn, en el infierno de los campos disciplinarios rusos y alemanes, entre las ruinas de

Dresde o Coventry, o bien entre los matorrales del maquis? Todas estas preguntas son retóricas y huelen a papel). Sin embargo, ese sentimiento de ausencia era real.

Yo caminaba por las calles de las ciudades suizas bien barridas y bien surtidas de lujosos escaparates y me sentía como quien ha sido desvalijado. Me daba la impresión de que debía palpar en mis bolsillos para comprobar si todavía conservaba... ¿el qué? El humanismo, pero no bajo la forma de un simple término técnico de la filosofía clásica o de la Historia de las civilizaciones. Al estar de nuevo en Occidente, me daba cuenta de que eso era lo que echaba de menos en todo: en la realidad, en los libros, en las preguntas y en las respuestas de la gente (el concepto había sido acuñado aquí mismo, cuatrocientos años atrás; y los dos terremotos espirituales, Renacimiento y Reforma, que habían permitido que en Europa una pequeña lengua de tierra asiática se convirtiera en cultura, aparecieron por primera vez en el espíritu de los humanistas). Los rusos nunca han vivido el Renacimiento ni la Reforma porque nunca han sido humanistas; el filántropo ruso nunca ha buscado la medida humana, siempre ha buscado lo exagerado, lo excesivo, lo inhumano: eso también me vino a la mente, de paso, por una asociación fortuita, mientras andaba por las calles de Zúrich. («Se ha extinguido —pensé distraído—, el humanista se ha extinguido en Europa como el bisonte en los bosques polacos. A estas alturas, en Europa resulta sospechoso todo el que crea en el ser humano: pues... ¿qué pretenderá quien dice creer en el hombre?»)

«Lo que los humanistas, Erasmo, Pirckheimer, Tomás Moro y muchos otros, proclamaban, sus enseñanzas, no han surtido efecto.» También pensé eso (los nombres de Pirckheimer y los demás no me vinieron a la mente entonces, en las calles de Zúrich; los incluyo ahora para ser más preciso). Pero ¿qué pretendían, cuatrocientos años más tarde, quienes se declaraban humanistas por ser europeos? ¿Qué pretendían los escritores, los amigos del pueblo y los pocos expertos que buscaban algo más allá de lo «exacto», algo a lo que poder denominar desarrollo? Pretendían que la medida no fuera el Régimen —lo mismo da qué tipo de Régimen, religioso o político, económico o social—, sino el ser humano. «Y no lo han logrado», pensé al mirar alrededor. Sólo veía regímenes por todas partes. En Suiza había un orden perfecto. Los trenes circulaban ya puntuales por toda Europa. Sin embargo, al final de la segunda semana de mi estancia en Zúrich, me encontré preso de una auténtica crisis nerviosa. El hotel tenía buena calefacción, pero a mí nada me caldeaba por dentro. Pensé incluso en interrumpir mi viaje y regresar antes de tiempo a Budapest, esa ciudad helada, ocupada y sumida en la miseria. Sin embargo, me quedé e intenté consolarme con el pensamiento de que para mí Europa ya no significaba tan sólo humanismo, es decir, algo que ya no existía, sino también todo aquello cuyo recuerdo yo había podido atisbar incluso en medio de la parálisis y la agonía de la guerra: la pasión consciente. Alguna vez existió una Europa apasionada en la que la gente no solamente quería saber, sino también apasionarse. ¿Apasionarse por qué? Por las ilusiones, o sea, por Dios. O bien por el amor, porque sentían una energía creadora en el amor. O bien por la armonía erótica de la belleza y la proporción. ¿Qué buscaban? No solamente la verdad, sino una aventura noble y estimulante, caldeada por la pasión; porque querían cultura y sin pasión no hay cultura. Una aventura que convertir en arte o en tragedia. La embriaguez del espíritu y unos pensamientos tan claros y puros como el cristal. Unas ciudades maravillosamente organizadas que habían sabido envejecer con sabiduría y armonía y donde vivía gente que no solamente pretendía habitar en sus casas, sino vivir, gente que no pensaba que el abono sintético fuera tan importante como el contrapunto; unas ciudades donde los genios no cotizaban en bolsa como las reses cuando sube el precio de la carne, sino por el grado de oposición que saben provocar de una manera tan excelente. Lo diré con una sola frase —¡una frase breve pero muy significativa!—: ha habido otra Europa distinta. «Es necesario encontrarla», me dije para animarme. Y me trasladé desde la Suiza neutral y caldeada con calefacción hasta la Italia desordenada y vencida, desprovista de calefacción.

El tren llegó a la frontera italiana pasada la medianoche, y transcurrió un tiempo hasta que los aduaneros lo dejaron pasar. Por aquel entonces todo el mundo levantaba sospechas, todos los trenes, todos los viajeros y todas las maletas. Sin embargo, el aduanero suizo —como si sintiera que «haber quedado fuera» de algo puede ser una hazaña pero también una infamia— se mostró cortésmente superficial al mirar mi compartimiento. «No te avergüences de haberte quedado fuera», pensé cuando cerró la puerta tras de sí. Hay ciertas conmociones y ciertos esfuerzos que ayudan a la gente a llegar más arriba; la Suiza encantadora, encerrada entre altas montañas donde la gente siempre ha vivido en medio de la asfixia histórica y la claustrofobia moral, no ha podido llegar «más arriba», pero ha sobrevivido y ha quedado intacta, tal cual era. Y sobrevivir es, al fin y al cabo, un acto tan heroico como buscar la verdad hasta el agotamiento. Hay ciertas controversias que sólo se pueden ganar en un nivel superior, y esa pequeña isla de Europa se ha aferrado consecuentemente durante el último siglo a la posibilidad de ganar su controversia en un nivel superior. «No te avergüences de haberte quedado fuera —le dije al aduanero suizo, sin pronunciar palabra pero con plena convicción—; basta que me avergüence yo de haber estado "allí" y no haber podido ayudar. No te avergüences de guardar con suspicacia y mala conciencia las fronteras rocosas de un pequeño país cuyo pueblo ha sido lo bastante valiente para decir "no" con todas las consecuencias. Tampoco te avergüences de vivir en el capitalismo, en un sistema que llaman así con una palabra anticuada con olor a lavanda, porque ese sistema funciona de momento sin hacer ruido y de manera visiblemente satisfactoria: por todas partes se ven personas bien remuneradas que cumplen con su trabajo, y a nadie se le ocurre saquear a nadie. No te avergüences de no ser un héroe», pensaba en la oscuridad de la noche. Miré por la ventana porque el tren se había puesto por fin en marcha, pasando de la Suiza neutral a la Italia vencida.

Entonces suspiré aliviado. Todo me resultaba conocido, más humano y más sincero que en Suiza, donde la gente había sacado un sobresaliente en Historia. Por lo menos los italianos no intentaban probar que habían sido inocentes. Naturalmente, todos los que conocí habían estado en la resistencia, pero al mismo tiempo todos se mostraban dispuestos a confesar que durante los veinticinco años previos casi todos habían sido fascistas. Además, eran pobres: la miseria harapienta de la guerra perdida se podía ver claramente en las calles y las casas, y la gente —quizá por eso— se mostraba afable y humana.

Viajé a Roma y de allí a Nápoles. El sol brillaba sobre Posillipo. El recuerdo de esa luz me acompañó durante todo el viaje, incluso hasta Hungría, y permaneció conmigo durante los oscuros tiempos posteriores. De todo mi viaje por Occidente, el brillo del sol sobre Posillipo fue la única realidad que me atrajo y consoló. Más tarde me acordé de esa luz, de esa atracción, y cuando volví a salir de viaje —ya con la intención de no volver nunca más— me dirigí directamente hacia allí. Salté de cabeza a la luz de Posillipo, como el suicida que, tras una larga duda, se libra de su chaleco salvavidas y salta sin ninguna protección a las cataratas del Niágara. Salté a la luz, a la Luz pura, después de tanta oscuridad y tanta tiniebla demencial, de vuelta a una Luz en la que no se puede hacer trampas, en la que no vale la pena mentir, en la que todo brilla —lo verdadero y lo falso—; salté para mirar la Luz cara a cara, una Luz que se había propagado desde allí, en tiempos pasados, hacia la Europa salvaje de las tinieblas. Incluso décadas más tarde, en medio de la noche neoyorquina, bajo la luz gélida de los neones, me acordaba de la viva luz de Posillipo.

Sin embargo, en la Luz uno sólo se puede bañar, como en el océano; no se puede vivir constantemente en ella porque resulta abrumadora. Sólo se puede vivir en la penumbra, vivir, es decir, redactar y luego actuar. Así que cerré los ojos, me desperecé en la cima de la colina italiana, bajo aquella espléndida luz, y a continuación me fui a París. En la frontera francesa casi me detuvieron, porque el aduanero rebuscó entre mis pertenencias un tanto anticuadas para descubrir si intentaba pasar algo de contrabando. ¿El qué? No lo sé. Lo que suelen pasar de contrabando los que viajan de la Luz a la penumbra.

2

El tren llegó a la Ciudad Luz de noche, muy tarde. París estaba helada y a oscuras. Todo el mundo se mostraba terriblemente cortés. Como si todos hablaran constante y constreñidamente de otra cosa. Todos intentaban aportar datos para demostrar que eran inocentes y habían vencido. De la realidad —de que Europa había perdido la guerra en su totalidad, de que no existía ninguna Europa vencedora— nadie quería hablar. Ni siquiera la lógica implacable del idioma francés podía aclarar el caos de los reencuentros forzosos e incómodos, la confusión de los diálogos.

El reencuentro con París se limitó a unos gestos corteses y fríos. Los recuerdos, las imágenes borrosas de los años de vagabundeo juvenil y los encuentros nostálgicos apenas volvieron a aparecer ante mí. Y eso me sorprendió, porque todo lo que era experiencia fundamental y esencial en mi vida lo había vivido allí, en París.

Había vivido allí la juventud, la época cuyo recuerdo se convierte con el tiempo en la visión de una aventura de ladrones, sin que se llegue a saber muy bien quién fue la víctima y quién el ladrón... Yo había sido joven en París, y el recuerdo de la juventud es también como el ensayo general de una singular tragicomedia. Intentaba encontrar de nuevo los bastidores destartalados: busqué la calle Demours para identificar la casa donde había vivido con Lola durante varios años, y comprobé que el edificio, como toda la ciudad, había permanecido en su lugar, intacto aunque sucio. Entré en él, pasé por delante de la puerta de la vivienda del señor Henriquet, el portero, que trabajaba en una funeraria en sus ratos libres y tenía la costumbre de observar a los vecinos con ojos de experto, como quien está seguro de que tarde o temprano los acompañará —vestido con traje negro y sombrero de copa— a su morada definitiva. Fui a la orilla izquierda, al comienzo de la calle Vaugirard, donde —en una esquina del bulevar Saint Michel— seguía en pie el viejo y destartalado hotel en cuya entrada, al lado de la puerta, una placa de esmalte negro anunciaba con letras doradas el dato glorioso de que el gran invento del siglo, la electricidad, se había hecho realidad en sus habitaciones para estudiantes. «*Electricité*», prometía la inscripción, y ese vestigio prehistórico me recordó la iluminación, el ambiente, el perfume de las aguas profundas de la juventud, ese éxtasis desaliñado e impaciente que más adelante calificamos de «tiempos felices» (aunque no lo hayan sido). Me detuve delante de un portal y me acordé de que allí había pensado algo que consideré de vital importancia para mí (aunque no lo fue). Me senté en un café donde una vez me había encontrado con alguien y en otro donde me había despedido de alguien... En realidad, sólo me había encontrado con la juventud, y más tarde me había despedido de ella.

De cualquier forma, París estaba allí de nuevo, con su aire impregnado de intenso olor a pescado frito, a aperitivo, a tabaco negro, en el que revoloteaban los recuerdos del mundo pirata de la juventud. Deambulaba por las calles de la orilla izquierda enfrentándome a los innumerables, malos y agitados recuerdos de la juventud, a sus deseos y desengaños y a sus dudas, siempre presentes en el fondo de todo. Para los jóvenes, París después de la Primera Guerra Mundial no había sido ningún lugar idílico. En aquel momento de mi vida, en mi juventud, había esperado de París lo mismo que esperaba en ese segundo viaje que realizaba ya con el cabello canoso: una respuesta, la respuesta a las dudas existentes en mi país. «En Occidente saben más que aquí porque llevan más tiempo viviendo en una cultura humanista», nos decíamos siempre en Hungría para animarnos, si no con esas mismas palabras, con otras de significado idéntico. Y cuando se regresa a un lugar así después de tanto tiempo y tantas penurias, se espera una respuesta.

Sin embargo, en París no respondía nadie ni nada, ni nadie ni nada había cambiado. La metrópoli parecía haber sobrevivido a la guerra en un estado de rigidez y parálisis.

Daba la impresión de que en París, y en el resto de Occidente, la gente pretendía continuar su vida allí donde la había interrumpido al comienzo de la guerra. Las mismas costumbres anquilosadas, los mismos puntos de vista anticuados, las mismas obsesiones endurecidas amenazaban por todas partes. La mayor desgracia que hasta entonces había sufrido la humanidad, la Segunda Guerra Mundial, una catástrofe de dimensiones y devastación apocalípticas, parecía no haber tocado la conciencia del hombre occidental. No había ni rastro de que se hubiera hecho o se tuviera intención de hacer algún tipo de reflexión moral. Como si se hubiese retrocedido una generación, en París se estaban redactando otra vez tratados de paz —de nuevo con una visión obstinadamente miope—, recortando los mapas con tijeras, dividiendo unidades históricas, comunidades históricas, económicas y culturales a través de estadísticas bizcas y propaganda insolente. Occidente quería otra vez seguridad a toda costa, porque nadie había aprendido nada y nadie quería darse cuenta de que ni con la violencia ni con la tergiversación tendenciosa de los hechos se puede alcanzar una verdadera seguridad. Todo el mundo repetía lo mismo que antes de la guerra. Y nadie hablaba de que las grandes corrientes de la Historia habían pasado ya por las costas de Europa (lo sabía todo el mundo, si no con su razón sí con sus vísceras, pero nadie hablaba de ello).

Los mapas se dibujaron de nuevo, y otra vez prevaleció la venganza en lugar de la justicia. Habían desaparecido algunos políticos occidentales —en los campos de concentración, en el exilio o en el patíbulo—, pero, por otra parte y en general, eran las mismas personas, que se apresuraban y vociferaban por todos lados, repitiendo los mismos lemas del pasado. Se escuchaban rendiciones y peticiones de cuentas, a voz en grito o entre balbuceos, en los parlamentos, en los periódicos, en las asambleas populares y en los cafés; como si Occidente no supiera que la sólida visión del mundo, cuyo centro había sido Europa hasta antes de la Segunda Guerra Mundial, había desaparecido por completo. Hablé con franceses y algunos ingleses y americanos. No hubo entre ellos ninguno que me advirtiera —a mí, el visitante recién llegado del Este— de que se había acabado el período de cuatrocientos años en que el hombre blanco había dominado el mundo, y de que estaba empezando una nueva época que no era posible consolidar mediante tratados artificialmente redactados. Más adelante, estando ya en América, al recordar esos apasionantes encuentros de Suiza, Roma y París, me di cuenta de que había algo espectral en la inocencia con que el Hombre Occidental —entre mis compañeros de diálogo había algunas personas de amplia visión, especialmente cultas— había ignorado, sin querer o queriendo, los importantes cambios producidos en el mundo durante aquellas dos décadas —un tiempo relativamente corto— a un ritmo vertiginoso. Todos habían oído hablar de los nuevos inventos, de las máquinas y los métodos que se estaban ultimando, pero inmediatamente después del final de la guerra había pocas personas bien informadas que sospecharan que en medio de la revolución tecnológica se estaban aniquilando las formas y las posibilidades hasta entonces conocidas de la convivencia humana. La bomba atómica ya había estallado, y la gente había observado con estupor y esperanza esa nube en forma de hongo, un presagio de la aniquilación global, que también contenía la promesa de una energía nueva que podría servir a la convivencia pacífica entre los seres humanos durante mucho tiempo. El radar, la radio y la penicilina ya se habían convertido en lugares comunes, pero nadie se podía imaginar, ni en sueños, que los nuevos inventos —la televisión, los ordenadores, los aviones a propulsión y los antibióticos— y los síntomas de la masificación y el envejecimiento, los accesorios maravillosos y temibles de la civilización posindustrial —la producción y la distribución globales y la difusión de la información en tiempo real— ya no formaban parte de las visiones de los técnicos o los biólogos, sino que, muy por el contrario, eran una realidad manifiesta y verificable. Nadie mencionaba el hecho de que esa nueva civilización, totalmente distinta de todas las anteriores, no se materializaría en un futuro lejano, sino en el presente inmediato. Siempre ha habido cambios, pero tuvieron que pasar siglos, a veces incluso milenios, para que el ser humano se levantara de sus cuatro patas y empezase a andar sobre dos piernas; para que cambiara el caballo por el carro de ruedas, éste por la máquina de vapor y más tarde por el motor de explosión; de modo que la gente tenía tiempo suficiente de adaptarse y acostumbrarse a los cambios. Sin embargo, en ese momento nadie sospechaba que el futuro y el cambio eran inminentes y que caerían sobre el negligente y achacoso presente con la rapidez de un rayo, como un castigo divino.

Sólo lo sabían los expertos, los iniciados de los laboratorios: ellos eran los únicos conscientes de que se estaban materializando, de forma definitiva o transitoria, posibilidades nunca vistas y nunca imaginadas en el terreno del transporte, la información y la superproducción industrial y agraria; pero tampoco ellos decían nada de las consecuencias (incluso hoy en día ¿quién de entre los contemporáneos —los beneficiarios y afectados de esa nueva civilización, culpables de la contaminación de los ríos y los mares y de atentados de todo tipo contra la naturaleza— sabe o intuye algo acerca de un futuro que ya es presente y que se convertirá en realidad para la próxima generación?). Por encima de los océanos volaban unas perezosas aves mecánicas con hélices y los cohetes se mencionaban como simple baratija militar de siniestro recuerdo bélico, pero nadie imaginaba que tales cohetes llevarían, en unos años, al hombre a la luna. Nadie sospechaba que una civilización había terminado y que lo que se había creado desde el final de la guerra no era una variante de la civilización anterior, sino una nueva visión del mundo que la gente aún no había podido asimilar. Así que yo, en febrero de 1947, me limitaba a sentarme en las terrazas de los cafés parisinos con mis amigos y conocidos, y a escuchar sus opiniones acerca de que había llegado el momento de poner definitivamente orden en Europa.

En Hungría, durante la guerra y la ocupación, había persistido una imagen de París según la cual allí la gente vivía más cerca de todo lo moderno y hablaba de todo con mayor rapidez y exactitud. Después de la guerra —eso esperábamos— encontraríamos en París todo lo que en nuestras tierras estaba ya apagándose: una autocrítica valiente y ajustada y una reflexión moral, algo que no sería un balbuceo humillante, fruto del chantaje policial por parte de un régimen dictatorial, sino una confesión voluntaria que llevaría a la purificación y la catarsis... «Quizá en París —había pensado con grandes esperanzas—, quizá en París vuelva a adquirir algo de la sinceridad valiente e ilimitada de la juventud. Un pueblo tan grande como el francés, que ha pasado por una prueba de tal magnitud, no puede responder a una pregunta de esa envergadura más que con la autocrítica consciente. En el futuro quizá se haga más orgulloso que vanidoso, quizá actúe más de lo que habla y quizá se muestre más tolerante con los extranjeros y más crítico consigo mismo.» Yo vagaba por las calles de París y no buscaba tanto el tiempo perdido, el pasado, como el presente. Pero el presente estaba chapado a la antigua, atrasado, era mezquino y obstinado. Y nadie hablaba de que el futuro estaba llamando a la puerta con impaciencia y de que se estaba desfasando todo lo que se pretendía reanimar de las obsesiones del pasado.

«La gente no ha aprendido nada, ¿cuándo lo ha hecho? —pensaba yo—, pero quizá los libros...» ¡El reencuentro con los libros occidentales!... Ése era para mí el verdadero sentido del viaje. En Hungría —durante la guerra y también después— los libros occidentales se consideraban una preciosa mercancía de contrabando. En París, dos años después de que las armas callaran, las imprentas ya estaban funcionando a pleno rendimiento. Yo me detenía delante de los escaparates de las librerías que conocía preso de un sentimiento de devoción y entraba con urgencia. Detrás del mostrador encontraba a los libreros de antaño, auténticos representantes de su gremio, que no sólo vendían, sino que también leían los libros, y hubo algunos que reconocieron al hijo pródigo que volvía a casa y me saludaron con afabilidad y deferencia. Al pedirles consejo e información para saber por dónde retomar el contacto con los libros después de un cortocircuito espiritual que había durado demasiado tiempo, algunos me confesaban, encogiéndose de hombros, que tenían libros en abundancia pero que algo malo les estaba sucediendo. «Hay demasiados libros», me comentaban gruñendo con un deje de insatisfacción profesional.

Cuando empecé a hojearlos para escoger algunos, comprendí aquellas quejas expresadas entre dientes. Mientras pasaba las páginas con gran aplicación, iba creciendo en mí la sospecha de que, efectivamente, algo malo había sucedido con los libros en Occidente. Era obvio que no sólo se trataba de que las editoriales occidentales —liberadas de la camisa de fuerza de la guerra, del aislamiento rígido, de la censura y la falta de materias primas— lanzaban al mercado con prisa, nerviosismo y codicia todo lo que tuvieran entre manos, todo lo que clamaba ser publicado, todo lo que pedía salir a la luz desde la oscuridad, no; le había sucedido algo al libro como forma literaria. Era como si los libros no estuvieran hechos de ideas, nervios, recuerdos y ensueños, sino de sucedáneos: los sustitutos de productos espirituales se apilaban, se amontonaban y se ofrecían en los escaparates. No se trataba de literatura de pacotilla, sino de otra cosa; la literatura de pacotilla siempre había existido, pero asumía su condición con sinceridad y no pretendía velar el verdadero rostro de la literatura. Sin embargo, esa paraliteratura que emergía como una inundación espiritual lo cubría todo, incluso las secciones de crítica de los periódicos y las revistas.

La literatura francesa significa para mí lo mismo que el opio para el adicto: es la ebriedad sobria de la razón. En la época inmediatamente posterior a la guerra, la literatura especializada todavía no asfixiaba las bellas letras —como ocurriría una década después—, todavía existían unas bellas letras que no se avergonzaban de ser bellas... Sin embargo, la sospecha de que la gente ya no esperaba que la literatura diera respuesta a sus problemas se estaba propagando en la atmósfera de las librerías y las bibliotecas. Yo todavía recordaba la emoción esperanzada que había caracterizado a la juventud —la juventud del siglo y mi juventud personal— cuando, unas décadas antes, se propagaba la buena nueva evangélica de que en el estudio de algún escritor importante, en Inglaterra, Rusia, Francia o Alemania se estaba preparando una gran obra, una novela o un drama, de que un escritor estaba trabajando en algo para añadirlo a su obra o para completarla... Se trataba sin duda de una buena noticia, de un mensaje evangélico. Aquella generación aún tenía fe en la literatura y confiaba en que los libros podían ayudar.

Todavía estaban vivos los representantes de la generación de grandes escritores franceses, e inmediatamente después de la guerra corrió el rumor de que se estaban preparando grandes obras literarias. Sin embargo, la lista de autores no me convencía de que se pudiera posponer la fecha de comienzo de la crisis del libro. Los grandes nombres no prometían nada que despertara la esperanza de que los libros aún podían ofrecer respuestas. ¿Quién quedaba después de la Segunda Guerra Mundial? ¿Quién había sobrevivido al cuarto de siglo anterior? Valéry todavía estaba vivo, las chispas de su espíritu mediterráneo aún centelleaban. La sinceridad de Gide —una densa solución espiritual que poseía la fuerza de una mezcla química explosiva— todavía funcionaba. Camus, por entonces autor de un solo libro, *El hombre rebelde*, pedía intervenir, pero no tendría demasiado tiempo para decir lo que quería. Los fuegos artificiales, propios de una feria, de Giraudoux ya se habían apagado, Martin du Gard había entrado en el panteón de los escritores burgueses para ocupar un sitio al lado de Flaubert y Maupassant, donde —como en la inscripción grabada al pie de las estatuas patrióticas— una frase recuerda a los visitantes que está prohibido orinar junto al monumento: *défense d'uriner*. Malraux se rompía la cabeza intentando decidir si continuaba siendo escritor o se convertía en *condottiero* con derecho a jubilación de las tropas de élite de una dictadura paranoica disimulada con una hoja de parra. Montherlant intentaba invariablemente dar prueba de que estaba en pleno vigor masculino, de que era «potente»: eso, por lo menos, tenía su gracia. Entretanto, en el trasfondo crecía, alcanzando dimensiones míticas, la sombra de Proust, y su obra —ese infierno gigantesco, inquietante y maravilloso cuyos vapores sulfurosos llegaban a cubrir incluso los horrores sociales del siglo— se removía, convirtiéndose en la culminación y el cenit de todo lo que en este siglo había creado la gran generación y toda la literatura francesa. Sin embargo, en ese momento parecía que el libro ya no era el «lugar auténtico» que un tiempo antes aún se imponía porque poseía una fuerza determinante. Y en eso había algo temible.

Más adelante me acordaría de ese primer estupor, intentando consolarme con la idea de que mi sorpresa había sido inocente y miope. Sin embargo, las dos décadas siguientes me demostrarían que había intuido el peligro de una manera instintiva: la esencia del libro había cambiado. Los libros se propagaban con la rapidez de una epidemia (como sus lectores y sus autores), y el libro masificado ya no era más que un instrumento auxiliar para el ser humano masificado, como las vitaminas, la radio o el automóvil. Todo el mundo tenía libros, pero muy pocos esperaban una respuesta de ellos: esperaban conocimientos, diversión o sorpresas, escándalos, experiencias emocionantes, pero ya quedaban muy pocos que esperaran una respuesta. No solamente porque dada la coyuntura después de la guerra los negociantes ávidos de beneficios lanzaran al mercado toneladas de papel impreso. También porque había cambiado para la gente la liturgia de la lectura, y no solamente en su contenido, sino también en la forma. La gente se contentaba con otras liturgias más paganas: la civilización de la letra impresa (por lo menos más tarde así explicaron los entendidos el fenómeno) dejó paso a la civilización de la imagen (y a ésta no es necesario comprenderla, sólo hace falta verla, con la boca abierta, sin el menor esfuerzo intelectual o espiritual). Todo eso era verdad, pero no lo más temible. Había cada vez más publicaciones que salían de las fábricas de libros, los escritores escribían a marchas forzadas, producían cada vez más, y también nacían nuevos géneros: florecieron la industria epistolar y la de biografías póstumas. Sin embargo, cada vez menos gente tenía fe en el libro... Y sin fe no puede haber literatura.

Pascal todavía creía que el corazón humano es uno de los órganos más importantes para la capacidad de conocimiento, junto con la razón, la vista, el oído, el tacto y el gusto: el ser humano descubre el sentido de los fenómenos y de las dimensiones no solamente con la razón, sino también con el corazón... Pascal fue un gran poeta además de un gran científico: también pensaba con el corazón al tratar de descubrir las leyes de los números y del infinito.

Ese reencuentro tan esperado con el libro occidental después de la guerra fue como cuando alguien se reúne con un conocido muy querido tras una larga temporada sin verlo, a sabiendas de que el otro ha vivido ese tiempo tormentoso en una relativa seguridad. Y entonces, en el momento del reencuentro, descubre con aversión que ese buen amigo ha sufrido un accidente, que hay algo desconocido, algo extraño en su mirada, en su comportamiento y en su postura. ¿Qué le ha ocurrido? ¿Se ha incubado una enfermedad en su organismo, quizá un proceso cancerígeno que todavía no se ha manifestado en abscesos, pero que ya ha obligado al organismo a dar señales de crisis? ¿Qué me decía aquel reencuentro? Compré algunos libros —más por cortesía que por verdadera necesidad— casi como un acto reflejo, ya que por fin me resultaba posible de nuevo escoger y adquirir libros occidentales libremente.

Sin embargo, la angustia no desaparecía, ni disminuía la preocupación porque la esencia y el carácter del libro —es decir, el género artístico a través del cual Europa siempre había hablado con voz propia— estuvieran cambiando: ya no era un mensaje, sino un medio de comunicación y un producto. Empecé a sospechar que tampoco en Occidente encontraría lo que andaba buscando, y que quizá no fuera tan malo regresar a un país donde la gente aún confiaba en los libros.

3

Después de varias semanas de paseos por el frío París, justo la
noche anterior a mi viaje de vuelta decidí acercarme de nuevo
y por última vez a Montparnasse, el barrio de los artistas
donde un cuarto de siglo antes había pasado esa etapa de la
vida, difícilmente definible en el sentido estricto del calendario, que luego suele denominarse juventud. Los famosos cafés bohemios, el Dôme, el Coupole y el Rotonde permanecían intactos, la estufa circular de hojalata calentaba igual que
antes a los clientes que estaban sentados a las mesas redondas
de la calle invernal, y el camarero servía con la misma cortesía
parisina el *café nationale*, un brebaje marrón grisáceo que en
aquella época se servía en París como café y que despertaba
sospechas en mí —como todo lo que se distingue con la etiqueta de «nacional»— y me hacía pensar que no era lo que su
nombre indicaba, sino algo que simplemente se parecía al
verdadero café. En las terrazas cubiertas de los cafés que ya
formaban parte de la historia de la literatura, en las mesas en
que había varias tazas los clientes seguían tan lánguidos como
antes, pero entre el humo amargo del rancio tabaco *caporale*
no surgía ni un solo rostro conocido.

Todo me resultaba peculiarmente familiar —el sitio, las
circunstancias—, y al mismo tiempo siniestramente extraño:
todo parecía exactamente igual que un cuarto de siglo atrás,

cuando yo era un habitual del Dôme. Durante seis años —y más tarde durante varios intervalos de semanas y de meses— me pasé todas las noches en ese café. Miré alrededor y sentí el escalofrío que se siente ante la visión angustiosa del *déjà vu* bergsoniano: no solamente había «vivido ya en una ocasión» todo aquello, sino que lo estaba «reviviendo» en esos momentos en una realidad donde los dos tiempos concordaban. Un cuarto de siglo antes, justo después de la Primera Guerra Mundial, acampábamos allí a nuestras anchas los representantes de una generación de emigrados y exiliados voluntarios, guardando nuestras diferencias de opinión o de nacionalidad, pero en complicidad tribal: éramos miembros de una jauría salvaje y exótica. Allí, en la mesa de al lado, se sentaba Unamuno, que temía la muerte y odiaba a Primo de Rivera, un general cuyo rostro ha palidecido desde entonces en la pinacoteca de los dictadores españoles. Por allí se paseaba entre las mesas Pascin, el pintor búlgaro, que escogía a sus modelos entre las internas más gordas de los burdeles de los alrededores y que un día se colgó en un sucio taller de una calle lateral. Allí gruñía Tihanyi, el pintor húngaro que era sordomudo en cuatro idiomas. Por allí andaban también Derain y Picasso, cuyos nombres eran entonces poco conocidos incluso entre sus colegas. Allí se sentaba, todas las noches, con la estirada dignidad de un *croupier* o de un sacerdote pagano, el jefe del movimiento dadaísta, Tristan Tzara, con su monóculo. Por allí rondaba, con su barbuda máscara pelirroja de Buffalo Bill, Ezra Pound, descendiente de cuáqueros, el poeta americano que después de la Primera Guerra Mundial había venido a Europa y había declarado que era un humanista porque «la Historia la hacen los seres humanos», y que creó un mito y que más adelante incorporó a él muchas de las cosas que las figuras más eminentes del pensamiento habían ideado, dicho o escrito en cualquier idioma, porque «las utopías humanas florecen juntas en la literatura y en las artes», es decir, al mismo tiempo y sin distinción de épocas. La literatura mundial —así lo creía Pound y así lo proclamó en Montparnasse y en etapas posteriores— es un discurso afianzado que se sitúa por encima del tiempo y el espacio entre personas del más alto talento (también Babits lo creía así). Construyó una epopeya cuya dimensión —como en las de Homero, Virgilio o Dante— era *Nekyia*, esto es, la visita de los vivos al mundo de los muertos, la búsqueda de una respuesta. Un cuarto de siglo antes también Pound había sido cliente habitual en Montparnasse, y yo me acordé de su inolvidable figura. Siempre sonreía, y en su sonrisa envuelta en barba roja había algo propio de un loco o un maníaco. Más adelante los americanos lo encerraron en una jaula —y esto no es una metáfora— porque había pronunciado discursos bélicos de propaganda en la radio de Mussolini en contra de la «usura» que representaba una fuerza «hacedora de la Historia» en el singular combate que se desarrollaba entre los poderes de la luz y las tinieblas... Así que lo llevaron esposado a Washington, lo acusaron de criminal de guerra y lo encerraron durante catorce años en un manicomio donde paseaba y sonreía con su barba roja entre locos y dementes; allí escribió sus *Cantos*, y su esposa, Dorothy Shakespear, lo visitaba a diario. Cuando lo dejaron en libertad, regresó a Italia, a pasear, sonreír y escuchar. Sí, Pound. Allí, en el Dôme, descubrió el secreto de la *image*, el secreto de los símbolos, expresados en clave, de la poesía oriental, sobre todo de la japonesa: no es el poeta el que debe hablar en el poema, sino la imagen que el poeta hace perceptible con palabras, transformándola en algo palpable para el lector, para que así, a través del impacto de la imagen, la poesía se materialice en el lector... Declaró que un antiguo escritor chino había afirmado: «El poeta que no sea capaz de decir en doce versos como máximo lo que quiere decir, no debe escribir.» Él también traducía sin parar (como los húngaros); sus conocimientos idiomáticos eran superficiales y deficientes, pero traducía con obstinación, del hebreo, el chino, el latín, el griego y el provenzal, porque estaba convencido de que la literatura convergía. También estaba convencido de que nuestros tiempos representaban un estímulo y una oportunidad para la literatura, porque era posible establecer contacto con cosas con las que la gente antes sólo soñaba; mencionaba a Disney, quien intuía esa posibilidad de contacto en todo y en todas partes: en los animales, en las profundidades del mar, en cualquier parte. Creía (como Goethe) que la experiencia es el mayor estímulo para la visión poética, y citaba al Alejandro Magno que ordenó a los pescadores que le contaran a Aristóteles todo lo que sabían sobre la vida de los peces. Citaba frecuentemente a Frost *(O God, pay attention to me!)* y decía que así había que rezar, y que también así había que escribir poemas. Odiaba el «terror del lujo», de la misma forma que odiaba el terror de la mayoría democrática. Y allí, en Montparnasse, revisaba un manuscrito de Eliot, *La tierra baldía*. Pound y Gertrude Stein eran las nodrizas de los escritores americanos apátridas de aquella generación, sus matronas, mecenas y enfermeras, en el París de un cuarto de siglo atrás. En ese momento, cuando su figura volvía a aparecer ante mí, me entraban ganas de levantarme de la silla y quitarme el sombrero en señal de reconocimiento.

A lo mejor había entre ellos (entre nosotros) muchos lunáticos. De la misma forma que el Enrique IV de Pirandello se vuelve loco al representar el papel de loco. Es verdad que entre los genios-monstruos de Montparnasse Pound era el más loco. Era un adepto de Frobenius y creía que podía condensar, en su ciclo poético de los *Cantos*, «la cultura ancestral», la cultura de las experiencias innatas de toda la humanidad. Veía el sentido de la poesía en la Palabra, en el Verbo que es simultáneamente Carne y también Palabra. Yo no lo conocí personalmente, pero lo veía todos los días en el Dôme o el Coupole: los que avanzan juntos en el tiempo en una misma dirección, de alguna manera nunca se conocen. Un contemporáneo no tiene rostro histórico.

Allí tomaban coñac barato jóvenes escritores americanos como Fitzgerald, Faulkner, Hemingway con su bigote similar a un cepillo de dientes y muchos otros que habían huido de la aridez pseudopuritana y comercial de América a Montparnasse y que aprendían, en los seminarios que organizaba Gertrude Stein en la orilla izquierda del Sena, que la literatura se compone de palabras que hay que repetir hasta que se conviertan en ritmo, o sea, en energía (¿como el sonido del tambor de los negros? Claro, pero el poeta no solamente toca el tambor, sino que al mismo tiempo también recuerda). En 1923, en Montparnasse, en ese campamento de gitanos, todos los expatriados eran «de izquierdas», pero ninguno sabía cuál era el verdadero motivo de esa postura. Había en ello algo de desengaño y un poco de falta de autoestima (ya nadie confiaba en el *mot juste*, había que encontrar otra palabra, una palabra potencialmente explosiva); había también algo de vanidad, de insatisfacción, de inseguridad en el propio papel y en el propio talento, y también algo más. Después de la Primera Guerra Mundial, todos los escritores y artistas pensaban que a su alrededor había terminado un mundo al que poder dirigirse y en el que poder creer, y la nostalgia inconmensurable de pertenecer a algún lugar se apoderó de ellos. Ser «de izquierdas» representaba la patria utópica a la que se podía *to belong*, «pertenecer» (lo mismo que hoy). Por allí se tambaleaba Joyce, apoyado en su bastón, medio ciego y sin dinero, haciendo estallar las palabras y los conceptos porque no podía hacer estallar ninguna otra cosa.

Todos estaban dolidos porque se había derrumbado un mundo. Los americanos que se habían escapado de su país, cruzado el océano e instalado en París (justo como ahora), eran tan apátridas como nosotros, que habíamos dejado atrás patrias más cercanas. Pero por entonces tampoco nosotros pertenecíamos a ningún lugar. Más adelante nos dispersamos, y Pound regresó a Italia, desde donde escribió a su editora, miss Monroe: «Aquí la pobreza es decente y digna de respeto... no como en América, donde constantemente es ultrajada y despreciada.» Fue allí, en Montparnasse, donde comprendió que en América la pobreza no solamente era una situación social desfavorable, sino también un comportamiento antiamericano: la sociedad castiga a quien es pobre, si no con otra cosa, arrojándole un cheque mensual a la cara, como ayuda social (porque así también se puede castigar la pobreza, de una forma *made in USA*).

Por allí deambulaba T. S. Eliot, el poeta, escurriéndose con rapidez entre las mesas. Él llamaba la atención de una manera distinta a Pound: no llevaba una larga barba roja, sino que iba afeitado, gastaba sombrero y paraguas, se vestía con discreción y miraba alrededor con ojos de miope ocultos detrás de sus gafas, tímido y asustado, como un seminarista episcopaliano que se ha internado en territorio prohibido y teme crearse mala reputación entre los feligreses al ser visto por allí. Él también era pobre, como Pound, pero llevaba la ropa planchada, iba aseado y era cortés; caminaba tan precavido entre los dadaístas parlanchines y de hirsuta cabellera reunidos en torno a Tristan Tzara como el misionero entre los salvajes. Y es que, efectivamente —como se descubrió más tarde—, era un misionero. El manuscrito que guardaba en un bolsillo —algunos poemas, en una primera versión, de *La tierra baldía* y los *Cuatro cuartetos*, de los que Pound tachaba sin la menor piedad la mitad de los versos— convirtió a una generación de poetas a una nueva fe: después de los poemas de Eliot ya no era posible escribir poesía —ni en Montparnasse ni en ningún otro lugar— como en la época de Mallarmé y Valéry. Dante fue su maestro, para recrear —entre guiños de miope— el concepto de *metaphor*; estaba convencido de que Dante era «la mejor escuela» para los poetas: pues se trataba de un poeta que había ascendido a las alturas y descendido a las profundidades con una energía que nadie había igualado, y que sabía contar con el mínimo de adjetivos lo que había visto en el cielo y el infierno. Eliot también era creyente, pero más por su temperamento que por sus convicciones; por eso citaba a Pascal, que era jansenista por cobardía y no tenía la fuerza suficiente para rechazar la suposición de que la gracia —la gracia según san Agustín, más eficaz que la razón o el temperamento— responde a todas las preguntas. También sabía (lo escribió al hablar sobre Dickens) que sin melodrama no existe el drama (de la misma forma que Valéry sabía que era imposible escribir novelas sin frases como ésta: «La marquesa salió de casa a las cinco de la tarde» o algo parecido). En los poemas de Eliot había una lírica llena de gravedad que vibraba detrás de las palabras, y al mismo tiempo había una ligereza y una banalidad casi periodística, como si hubiese intentado poner sobre el papel los primeros poemas pop.

En uno de sus poemas se refiere al *edge*, al instante en que lo intemporal se encuentra con el tiempo (me acordé de aquel poema porque ese instante también era un instante «así», aunque producido veinticinco años más tarde). Ese encuentro constituye una línea divisoria: el momento del nacimiento y de la muerte. En el tiempo toma forma lo que sólo existía, sin forma, en lo intemporal, y todo lo que alguna vez toma forma enseguida inicia el proceso de descomposición, de pérdida de forma. Como todo el mundo —por aquel entonces, en las terrazas de los cafés de Montparnasse, en otros momentos y perpetuamente—, los miembros de aquella generación también esperaban tomar forma. Fitzgerald gustaba de sentarse en compañía de Hemingway. No tuvo tiempo de tomar forma porque bebió hasta morir joven. Pound, Eliot y Joyce vivían de préstamos, de donaciones insignificantes, pero había otra generación de escritores americanos que —como Hemingway y Fitzgerald— ganaban miles de dólares con sus relatos elegantes, aptos para la época, que vendían a las revistas de su país: estos autores derrochaban el dinero con extravagancia y siempre estaban asediados por las deudas (aunque por lo menos aquel grupo tenía talento; hoy los escritores americanos de moda ganan millones con historias que no valen nada).

Allí estaban, sentados en los cafés, los representantes de una generación que esperaba tomar forma. Una americana decía de Pound —el poeta tendría unos cuarenta años en aquel momento— que «es un hombre interesante, pero hay que aguardar a que crezca». Toda una generación esperaba verlo crecer. Pound era una de las figuras inolvidables de ese circo literario de expatriados en París. Él —y muchos otros— pertenecían a la banda de los ave fénix del mito de la juventud. Ésos eran sus tiempos, los tiempos ulteriores a la Primera Guerra Mundial: un período de rebeldía, de huida y protesta para toda una generación. Ésos fueron también mis tiempos.

Aquellos jóvenes se perdieron: algunos sucumbieron al éxito, otros en las trincheras, en las cámaras de gas o en el alcohol. Se perdió toda una generación que dejó tras de sí más una atmósfera que obras maestras. Después de la Segunda Guerra Mundial, cuando todo se repetía de forma absurda y bárbara, cuando todo era igual que un cuarto de siglo antes, miré alrededor en la terraza del Dôme para ver quién o qué había tomado el relevo de aquella generación perdida. La sensación de ausencia y carencia que aquel reencuentro con Occidente me producía era ardiente y opresiva. ¿Qué faltaba en una Europa occidental revuelta y saqueada? ¿El humanismo? Tuve la sospecha de que de esa ilusión se había evaporado la magia, la sospecha de que también se había quemado el contenido, igual que se había quemado todo lo que había quedado cubierto por la nube radiactiva. ¿Acaso faltaba la filantropía? Algunos franceses de gran talla, como Chateaubriand y muchos otros, acusaban a los franceses de falta de disposición para la filantropía. Sin embargo, aquella generación perdida creía en eso que —con una expresión un tanto nebulosa y vaga— se denomina «lo humano». Aquella generación perdida se rebelaba y protestaba contra todo lo que de esclerótico había en la literatura, el arte y la convivencia. ¿Qué tipo de rebeldía respondía en ese momento a la vergüenza y al horror, al rictus burlón e inhumano de la Segunda Guerra Mundial?

Pedí una copa de alcohol porque necesitaba confortar mi corazón. Y le compré un periódico vespertino a un vendedor que pasaba por allí. Me puse a leer los titulares impresos con enormes tipos. A continuación leí la primera página de cabo a rabo y de rabo a cabo.

4

Fue una lectura muy interesante. Hay días en los que todo encaja a la perfección: la historia personal y la historia universal. Días en los que la Historia se convierte en un asunto personal, en una realidad palpable, individual. Aquella edición vespertina de un diario sensacionalista francés anunciaba con grandes titulares que en la mañana de ese día —el 10 de febrero de 1947, exactamente dos años después del Tratado de Yalta— se habían firmado, en uno de los lujosos salones del Ministerio de Asuntos Exteriores francés, los dictados llamados tratados de paz, unos documentos coercitivos para Hungría, Finlandia, Bulgaria, Rumania e Italia. Como a mí me interesaba particularmente el tratado de paz con Hungría, éste fue el que leí primero, palabra por palabra. Otra vez se había impuesto la propaganda pequeñoburguesa, nacionalista, disfrazada de democrática y chovinista, de Benes y los suyos; unos dictados que, con un espíritu similar al de hacía veinticinco años, restablecían las fronteras anteriores a 1938. Mi ciudad natal, la bella y noble Kassa, pasó de nuevo a manos checoslovacas. La población, cien por cien húngara, de las Tierras Altas fue, sin consulta alguna y totalmente en contra de su voluntad, entregada al miniimperialismo checo y eslovaco. En el documento de paz figuraban unas cuantas frases rimbombantes y totalmente falsas sobre el «derecho de autodeterminación de los pueblos», pero sólo se trataba de polvorientas florituras lingüísticas. La realidad —que esos pueblos se habían quedado otra vez sin capacidad para influir en los cambios que afectaban a su destino— se repetía veinticinco años después, y todo volvía a quedar como había quedado después de la Primera Guerra Mundial.

«Los hechos valen más que los sueños», sentenció, en aquellas horas difíciles y entre suspiros, Churchill, el primer ministro inglés. Aquel día se empezó a hablar de los hechos. Transilvania, las Tierras Altas y las Tierras Bajas fueron separadas de la milenaria comunidad de estados (un color añadido en la paleta era el «intercambio de población» que proponía la reubicación recíproca y voluntaria de las respectivas minorías húngara y eslovaca). La indemnización que Hungría tenía que pagar fue establecida en 300 millones de dólares —200 millones para la Unión Soviética, 50 para Checoslovaquia y 50 para Yugoslavia—, de modo que esa cifra se había de sumar al botín de los robos y los expolios, de las expropiaciones y las confiscaciones, y suponía además una cantidad mucho mayor que la simplemente expresada en dólares, puesto que el país no pagaba en divisas, sino en forma de bienes cuyo valor fue subestimado de mala fe. Una única esperanza iluminaba el dictado de paz: la Unión Soviética sólo podría mantener sus fuerzas armadas en Hungría hasta que se firmara el tratado de paz con Austria; después debería retirar las tropas del país. Cuando eso ocurriese, quizá se podría intentar lo que los comunistas habían frustrado en dos ocasiones, en 1919 y 1945: una convivencia social húngara más moderna y más humana.

Esa noche —después de tantos años de divagaciones y experiencias amargas— creí ver con más claridad mi destino: tanto las posibilidades personales como las oportunidades más allá de lo personal, es decir, una realidad situada entre dos extremos oscuros. Ahora, al recordar aquella noche, esa esperanza me parece grotesca; posee las connotaciones de los versos optimistas de Jenő Heltai: «Hoy es un día diferente, hoy es un día de alegre locura / porque se acaba, porque termina la Edad Media triste y oscura.» (Pero ni se acababa ni terminaba nada, más bien empezaba una nueva y tenebrosa era, aunque iluminada por los tubos de neón.) Aquélla fue la noche en que —sin ningún motivo personal que me forzara a elegir, sino más bien teniendo en cuenta una «perspectiva histórica»— me vi obligado a decidir si volvería o no a Budapest (de la misma manera, una generación antes, tras una larga estancia en París, ya me había visto obligado a tomar otra decisión similar en el mismo sentido). La razón, los razonamientos poseen escasa trascendencia en decisiones así. Hay que decidir sobre la vida de uno, sobre una única posibilidad personal e irreversible, el destino individual, no sobre la patria ni sobre qué tenemos en común con la nación. La noche era brumosa. París brillaba con frialdad en la neblina helada.

¿Qué me aguardaba en casa, en Hungría? Un país mutilado que se desangraba. Y la ocupación militar rusa, que quizá terminase un día, pero... ¿y hasta entonces? Una sociedad cuyos cimientos y estructuras habían sido sacudidos e iba a necesitar mucho tiempo hasta que en su seno se formara una nueva jerarquía más humana. Una lengua hablada por diez millones de personas y que nadie más comprende. Tenía bien aprendida la lección y sabía que en Europa se hablan unos setenta idiomas y que el noventa y cinco por ciento de esas lenguas es de origen indoeuropeo. Al cinco por ciento restante pertenecía mi lengua materna, el idioma magiar de origen uralo-altaico...

¿Qué me esperaba allí, en Occidente, si me quedaba? Una Europa que los occidentales interpretaban de manera diferente a nosotros, *là-bas* (como indicaban, con aires de superioridad arrogante, los occidentales). En Occidente yo era un palurdo simplemente por ser húngaro. Mi destino personal podría desarrollarse de manera favorable, pero eso no cambiaría la circunstancia de que seguiría siendo un extranjero tolerado, soportado y aguantado. ¿Qué significaba para mí, desde un punto de vista auténticamente personal, el concepto de Europa? (Como el hereje, tragué saliva con verdadero pánico: ¿se puede preguntar uno tal cosa?) ¿Acaso Europa no lo era todo, no era el sentido de la vida? Si la respuesta era afirmativa (y yo así lo creía y así lo había proclamado siempre, con todo mi ser), ¿por qué sentía escalofríos, por qué dudaba, por qué me resistía? ¿Por qué no me había quedado allí la otra vez? ¿Qué significaba Europa para mí desde un punto de vista verdaderamente personal? ¿Qué quería decir ese concepto para mí, para mí como individuo? ¿Y para mí como húngaro? (Esas cuestiones surgían en mí en aquellos momentos como habían surgido antes y como surgirían después, siempre acompañadas por los versos de Babits: «Que mi boca grite, que mi poema aúlle / lo que decir más duele: / que no somos nada ni nadie...») Como una caja de música con la tapa levantada, mi memoria reproducía sin ningún sentimiento los temas del examen: la cultura clásica, griega y latina, el cristianismo, el humanismo, el siglo de las Luces... Sin embargo, entonces no me apetecía sacar un sobresaliente en el examen sobre Europa. Quería saber qué era, para mí, ese plus, esa realidad europea —sin autoengaños, sin palabras memorizadas, aprendidas o interiorizadas—, ese algo más en forma de realidad y de vida, diferente de todo lo que hubiera que admirar en el museo de una civilización petrificada y rancia. ¿Qué me faltaba a mí, personalmente, en Europa?... ¿La «conciencia de una misión»? La expresión cayó sobre mí como un rayo.

Porque existía algo en Europa —a veces yo mismo lo había dicho o escrito— que se llamaba, quizá con ingenuidad, «la conciencia de una misión»... La expresión resulta rimbombante. Sin embargo, para mí y para mi generación había en ella cierta realidad diluida. La conciencia de una misión significaba la conciencia de que haber nacido en Europa, ser europeo, no es solamente un estado natural o legal, sino también un credo. Pero, lamentablemente, la conciencia de esa misión ya no existía en nada ni en nadie. Algunos viejos y sabios políticos ya estaban diciendo que había que crear una comunidad económica en Europa, en contra y por encima de los intereses nacionalistas; pero una Europa económicamente unida, sin conciencia de su misión, no puede convertirse en una potencia mundial como lo fue durante siglos, cuando sí creía en sí misma y en su tarea.

¡Cuánto se ha mentido sobre todo eso durante el siglo con el que yo nací! Mintieron los nazis, refiriéndose a una «conciencia de la misión europea», cuando iniciaron su bandidaje por Europa. Mintieron los políticos y los hombres de Estado, al erigir sus sistemas de poder, cuando por encima de las barreras fronterizas izaban banderas adornadas con la expresión «conciencia de la misión europea». Se cantaba la gran aria de la «conciencia de la misión europea» en los editoriales de los periódicos, en los parlamentos, en los púlpitos, en cualquier tribuna pública. Pero ¿qué tipo de conciencia me había recibido a mí, al viajero, al peregrino, al palurdo advenedizo, en Occidente después de la guerra? ¿Dónde estaba la Idea, la Buena Nueva Evangélica, algo distinto y superior al simple término publicitario de una civilización erosionada y reseca? Existió una cultura —la europea— concebida como una misión por todos los que vivieron en ella durante milenios. Sin embargo, esa misión se acababa de convertir en una simple mercancía para la exportación, en un producto *made in Europe*... Pero ¿quién quería comprar ese producto? («La civilización europea va perdiendo calidad con cada cambio de época... La verdad es que Miguel Ángel era mejor que Picasso», declaró una década más tarde Malraux, suspirando.) ¿Tenía razón Tocqueville al formular —allí, en París, hacía un siglo— la premonición de que Europa quedaría aniquilada entre dos potentes imanes, Rusia y América? Si la respuesta fuese afirmativa (y los que viajaban en esos tiempos por Europa podían ver claramente que esa pesimista premonición se correspondía con ciertos indicios ofrecidos por la realidad), algún día nacerá una especie de Euramérica y seguirá existiendo Eurasia, pero el resultado, sin su misión, ya no será Europa. El hecho es que en Europa por todas partes se apreciaban los movimientos de unas fuerzas poderosas y contradictorias... pero ¿en qué dirección se movían?

Todos llevamos nuestra particular ciudad de París en el corazón, todos los que fuimos jóvenes en esa ciudad singular y maravillosa. Yo buscaba mi París particular, mas durante toda esa etapa de reencuentro, tanto la gran ciudad como su gran pueblo me resultaron extraños (en Italia, sin embargo, ni por un instante sentí esa extrañeza, pues el lado humano y bondadoso de los italianos no había cambiado ni siquiera en medio de las penurias de la guerra). Los franceses con los que charlaba conservaban su visión y buen juicio, veían con claridad y sin equívocos la situación de su país en el mundo y me aseguraban que estábamos en tiempos de crisis: un gran pueblo, el francés, tenía que encontrar de nuevo su papel en el mundo. El espíritu de ese pueblo había sido el maestro de toda Europa durante siglos; su lógica y su cordura, su capacidad para el análisis, su talento para la creación de las formas enseñaron a pueblos enteros y a una generación detrás de otra a sentir, ver, pensar y crear de una manera europea... Pero ese pueblo, cuyo espíritu seguía brillando con luz propia, el maestro de toda Europa, en ese instante estaba obligado a buscar su papel en el mundo: y ese angustioso pensamiento se formulaba en todas las conversaciones amistosas (¿aunque acaso eran solamente los franceses? ¿No era toda Europa quien buscaba su papel en el mundo?).

Los filósofos de la Historia de signo pesimista gustan de buscar una línea de sombra en el destino de los pueblos, de los imperios y los continentes, una «curva periférica del destino» llegados a la cual los pueblos se acercan a los límites de su existencia, de su papel en la Historia universal; una vez sucedido eso, tales límites se vuelven opacos hasta desaparecer, porque dicho papel se ha cumplido... Más allá de los intentos de crear un mercado común y de conseguir una unificación económica, ¿existía la más mínima señal, en la literatura o las artes, de una conciencia europea? ¿Se había alejado ya de Europa la conciencia de la civilización occidental para atravesar el océano? Pensé en eso por primera vez —de manera personal y con todas sus consecuencias— en París, después de la guerra. Y dicha suposición contenía para mí algunos elementos escalofriantes. ¿Podría ser que incluso América se hubiera hartado ya de esa civilización europea importada y quisiera otra cosa distinta, una civilización nueva, propia, que ya no fuera copia de la europea? ¿Debería seguirse la estela de esa conciencia de la misión europea, como cuando uno hace un viaje nostálgico tratando de encontrar de nuevo las huellas de su infancia o su juventud? ¿Partir bien lejos, cruzar el océano, respirar los aires de una civilización nueva, imbuirse de sus estímulos? ¿Era posible que los americanos —como los rusos— estuvieran empezando algo? Palabras, palabras, palabras. Pedí una copa de coñac.

El coñac francés es excelente. Caldea el cerebro y los nervios, y enciende la conciencia como la chispa enciende el motor de explosión. Aquel armañac también era magnífico... Me lo bebí de un trago y pedí otra copa. El camarero se mantenía de pie al lado de mi mesa, observando los efectos del alcohol con mirada de experto, asintiendo con la cabeza. Tras la explosión de la segunda copa se me iluminaron de repente las dos décadas transcurridas entre una antigua y lánguida noche de reflexión en Montparnasse y aquella otra. Esos veinte años no los viví conectado a una batería (como vivo ahora, cuando escribo esto), sino alimentado por la energía palpitante de una dinamo. La dinamo de la ambición, de las pasiones, de aprender a escribir, de acumular conocimientos (entonces todavía no sabía que hay una época humana aún más plena: la época del olvido). ¿Qué era lo que yo había conocido en aquellos años de entreguerras? Como cuando se abre un cajón antiguo y sale un tufo a humedad, así me llegó la respuesta: la mentira. Ése era el contenido de aquel período en Europa. Siempre ha habido violencia y compasión, heroísmo y cobardía, crueldad y tolerancia... Pero la mentira nunca fue una fuerza tan potente y tan determinante de la Historia como en aquellos años.

En Europa se mentía sin parar, sin pausa y sin descanso: mentían la prensa, la radio, las editoriales, los nuevos medios de comunicación, todo tipo de folletos, la basura con que se llenaba la conciencia del hombre occidental... Todo emanaba mentiras, como los gases tóxicos emanan del montón de estiércol que arde por combustión espontánea. En este siglo Occidente se ha mentido a sí mismo y al mundo. Ha mentido constantemente: ha mentido al decir que era una patria y al tocar con sus trompetas al mismo tiempo un himno nacional cuando tan sólo se trataba de una mentira, porque los distintos grupos de intereses que dominaban los países sólo veían en ellos la oportunidad de crear una sociedad limitada. Ha mentido al hablar de religión, porque la fachada de un conjunto bien organizado de ilusiones desmitificadas ocultaba los escombros dejados por las creencias. Ha mentido al hablar de arte y no exigir una visión al artista, una visión que posea una fuerza influyente en la realidad y una gran energía creadora, exigiéndole en su lugar un producto de masas, una baratija comercial o política que poder comprar y vender. Ha mentido al hablar de derechos humanos y tolerar a la vez que conquistaran el poder absoluto unos regímenes que humillaban y ofendían todo lo humano. Occidente ha mentido con la palabra hablada y con la palabra escrita; ha mentido hasta con la música, al arrebatarle la melodía y la armonía para sustituirlas por unos histéricos maullidos convulsos y epilépticos. Occidente —de quien yo me había acordado, en los socavones de la guerra, como si se tratase del buen samaritano salvador— ha mentido. ¿Qué podíamos esperar entonces, nosotros los húngaros, de ese Occidente infectado por la mentira? Por supuesto, en ningún caso ayuda o solidaridad. No puede haber para nosotros, ni individual ni colectivamente, más ayuda que el tiempo.

Sí, el coñac francés es excelente. Provoca un flujo de sangre caliente en el cerebro, dilata los vasos capilares y, por consiguiente, la sangre lleva el oxígeno —es decir, el alimento de la conciencia— al cerebro con más rapidez. ¿Dónde estaba mi sitio? ¿En un Occidente arrasado que de tanto mentir se había vuelto sordo? ¿O bien debía regresar a Hungría? ¿Y qué me esperaba allí? ¿La «patria»?... No tenía ganas de hacer promesas ni de concebir ilusiones. No creía que la «patria» me estuviera esperando. Pero hay en la vida instantes en que oímos una respuesta o un mensaje pronunciados en voz muy baja. Y aquél fue uno de esos instantes. Y la respuesta (como dos décadas antes, en una situación parecida) se reveló en voz baja. Tenía que regresar a Hungría, donde no se me aguardaba, donde no existían para mí ni tareas ni misiones, pero donde sí había algo que para mí es lo único que tiene sentido en la vida: la lengua húngara.

En ese momento lo comprendí por segunda vez con todas sus consecuencias. Porque a mí, ni de joven ni de mayor, ni siquiera después de haber vivido dos guerras mundiales, nunca me ha interesado nada más —de verdad y con todos sus componentes y detalles— que la lengua húngara y su manifestación más plena y suprema, la literatura húngara. Una lengua que —entre los miles de millones de seres humanos— sólo entienden diez millones. Una literatura que —al estar encerrada en esa lengua— nunca ha podido, por más esfuerzos heroicos que haya hecho, dirigirse al mundo en su auténtica realidad. Sin embargo, para mí esa lengua y esa literatura significan una vida plena, porque sólo en esta lengua puedo decir lo que quiero decir (y sólo en esta lengua puedo callar lo que deseo callar). Porque sólo soy verdaderamente yo mientras pueda traducir mis pensamientos en palabras húngaras. Por ejemplo, la idea —surgida en la noche del 10 de febrero de 1947— de que para mí no hay más patria que la lengua húngara. Así que debía volver inmediatamente a Hungría. Vivir allí, esperar hasta que se pudiera escribir de nuevo libremente (¿escribir? ¿Sobre qué?). Los libros que había comprado durante mi viaje a Occidente decían no —en tonos diferentes pero de manera inequívoca— a todo cuanto existía... Pero ¿dónde estaba el sí? ¿Acaso en una cruzada contra el bolchevismo? Eso es otra vez un no, la negación de algo, la ausencia de algo. ¿Quizá en la democracia cristiana?... La democracia no puede tener religión, ni confesión alguna. ¿O bien en el humanismo socialista? Cuando el socialismo se consolida como régimen ya no puede ser humanista, ni humano, porque todos los regímenes son inhumanos. ¿De qué voy a escribir libremente cuando se pueda escribir otra vez en mi país?

Miré alrededor en la terraza del Dôme —como lo había hecho dos décadas atrás— y golpeé la mesa de hojalata con la copa para llamar al camarero, porque de repente se me antojó urgente pagar y partir. El tren salía a primera hora de la mañana... ¿Hacia dónde? De regreso a la lengua húngara. Tenía prisa por volver al hotel y hacer la maleta para poder ir por la mañana a la Gare de l'Est y coger el tren a tiempo, un tren que me llevaría de regreso a la lengua húngara. Mientras en la noche parisina el taxi me conducía a toda prisa a mi hotel, oía una voz impaciente que me preguntaba (y yo anoté esa pregunta en mi diario de viaje publicado con posterioridad): «¿Cuándo sale, por fin, el tren hacia el Este?»

El tren salió puntualmente. Atravesó Europa —fría y hambrienta— poco a poco, respirando con dificultad. En el camino tuve ocasión de echar cuentas otra vez, intentando saber qué me llevaba, después de aquel viaje a Occidente, de vuelta a mi patria en el Este, a un país donde las torres de las iglesias son de madera. «No, no y no», me decía la literatura occidental, testaruda y obstinada, a izquierda y a derecha. Pero a mí me hubiese gustado llevarme algo más, una respuesta de Occidente para el Este. El tren estaba frío —la calefacción apenas funcionaba—, se detenía muy a menudo y se quedaba estancado en todas las estaciones, la mayoría cubiertas de nieve.

Cerca del puente que cruzaba el Enns, en el límite de la zona de ocupación rusa, entró en el compartimiento un guardia de fronteras soviético y me pidió el pasaporte. Allí, en la línea divisoria que separaba Europa en dos, un soldado rojo, vestido con un uniforme impecable, examinaba a los viajeros con cautela y atención, con seriedad y severidad, pero con cortesía. Miró con detenimiento mi pasaporte, observó la fotografía y me examinó a mí también, comparándome con la imagen. A continuación me devolvió el pasaporte —sin decir nada aunque con educación—, se llevó una mano a la gorra para saludar y se marchó cerrando la puerta tras de sí. Me quedé un rato contemplándolo, pensando que ese soldado era un enemigo. Había cometido muchos horrores en Hungría y posiblemente nos trajera todavía muchas crueldades más. Pero una cosa era segura: ese soldado ruso me podía robar, quizá incluso matar, por ser húngaro, pero por lo menos no me despreciaba (porque en Occidente en los últimos tiempos me había sentido despreciado por todos, despreciado con cortesía pero con insistencia). Para ese soldado, sin embargo, yo era un enemigo occidental a quien él podía aniquilar pero a quien no despreciaba. Eso como regalo adquirido en Occidente no era mucho, mas algo era.

5

... Sólo en húngaro entiendes las palabras «Te amo»,
y cisne y mariposa y estrella y ángel mío
son sólo en esta lengua algo más que concepto,
y el «más» se convirtió en tu mortífero hado;
el mundo brilla y nadie te espera. ¿Por qué
entonces te diriges a casa con letárgicos pasos?
Ha avisado el idioma, y el destino con él:
que tu ama, con los brazos abiertos, no espere en vano...

6

No esperaba en vano: a mi llegada me recibieron con la noticia de la «conspiración».

Fue una llegada muy particular. Cuando un día de febrero de 1947, en una noche terriblemente fría, bajé del tren en una de las estaciones de Budapest —¡estaban acristalando de nuevo el techo del edificio!—, tuve la sensación de que había acertado al volver a casa, supe que mi lugar estaba allí. He de intentar —con los escasos, muy humildes e imperfectos medios de un escritor— traducir en palabras húngaras (para mí mismo), el sí, es decir, encontrar la respuesta a la pregunta de ese momento. ¿Qué podría ser ese sí? Se trataba más de una sensación que de un fenómeno de la conciencia; y pensé que sí, que se trataba de algo que se podría llamar humanismo (sentí una necesidad ridículamente imperiosa de expresarlo). Pero claro, primero quería bañarme y cambiarme de ropa. Cogí un taxi —¡en Budapest ya circulaban los taxis!— y me fui a casa, al barrio de Buda, donde vivía desde el final del cerco de la capital, realojado en un piso provisional junto a otras familias.

Llevaban unos días apresando a personas que después eran conducidas a los calabozos de la policía secreta. Era el momento en que mucha gente comenzaba a despertar de los sueños y fantasías de la «democracia color de rosa». Era la señal de que los comunistas —tras dos años de maniobras de aspecto democrático, de mentiras y preparativos orientadores— habían recibido órdenes de Moscú para acometer sin falta la tarea de bolchevizar total y completamente la sociedad húngara.

Uno de los acusados de la primera «conspiración» (un funcionario muy serio, pobre, de clase media, vecino mío de la calle Mikó, a quien yo veía por las mañanas cuando esperaba el autobús en una esquina para ir a su despacho) sería condenado a muerte después de un juicio sumario celebrado por un tribunal popular. Los diarios de la mañana anunciaron que el «presidente de la República —un pastor protestante— rechazó la petición de clemencia y que el cabecilla intelectual de la conspiración fue ejecutado». Un periodista, con quien yo había trabajado en la redacción de un periódico liberal antes de la guerra, informaba del juicio mencionando que el acusado —ese vecino mío de la calle Mikó— «llevaba un abrigo de piel durante el proceso», y que por lo tanto no podía ser más que un contrarrevolucionario y un conspirador, y que merecía su destino. Ese periodista no era un hombre especialmente sediento de sangre, era un pequeñoburgués que frecuentaba los cafés de Budapest. Sin embargo, esa observación sobre el atuendo bien hubiera podido escribirla Marat o —más adelante— el alemán Streicher, editor de un periódico de sucia propaganda contra los judíos.

Los «conspiradores» fueron ejecutados, y también otras personas —personas de las que yo sabía con certeza que no eran fascistas, sino que simplemente no eran comunistas y que pensaban lo mismo que yo sobre la evolución de la democracia en Hungría— empezaban a desaparecer en los calabozos del régimen. Cerca de mi casa había una piscina donde iba a nadar casi a diario, tanto en verano como en invierno; en sus aguas sulfurosas y refrescantes, todas las mañanas nadaba un grupo de gente formado mucho tiempo atrás.

En esos días, unos cuantos de mis antiguos compañeros de natación comenzaron a faltar. Al principio pensé que habrían cogido un resfriado. Sin embargo, los periódicos anunciaron poco después que habían sido arrestados y acusados de «conspiradores».

La segunda «conspiración» siguió a la primera; la tercera a la segunda, y así sucesivamente. En la primavera de 1947 los comunistas mandaron al exilio al primer ministro del gobierno de coalición democráticamente elegido, y pusieron en su lugar a un errabundo y cínico político que no valía para nada y que llegó a reconocer, con una mezcla de sinceridad y gallardía, en una noche de copas con sus amigos íntimos: «¡Ya os podéis hacer una idea de por dónde va este país si me nombran a mí primer ministro!» En el gobierno ya sólo había lugar para gente dócil y corrupta, ávida de puestos y capaz de servir a los intereses de los comunistas desde el liderazgo de sus filiales políticas. Por supuesto, a los «conspiradores» ni se les ocurría soñar con levantarse contra un régimen defendido por metralletas y tanques en un territorio que los rusos consideraban suyo. No disponían de arsenales, carecían de armas por completo, y ni siquiera los ocasionalmente designados «fiscales populares», muchas veces más sedientos de sangre que cualquier fiscal de profesión, pudieron probar tales acusaciones. Esos acusados no habían cometido más delito que hacer lo que en las democracias occidentales —de donde yo acababa de llegar— todos los ciudadanos exigían abiertamente y en voz alta, en mítines políticos, en la prensa o en el Parlamento: preparar proyectos para saber cómo, con qué espíritu y por qué medios se podía reorganizar la situación política, social y económica del país. Como en otros lugares, en Hungría también había personas que deseaban liberar el país de un régimen que no aprobaban. Y su plan coincidía con la voluntad del noventa por ciento de los ciudadanos: el pueblo húngaro no quería el comunismo, y mientras tuvo la posibilidad de valerse de su derecho a optar

317

por la libre determinación y a celebrar elecciones democráticas, lo rechazó. Lo mismo que en Occidente era un derecho, sí, y un deber cívico —el derecho a la libre elección—, en el Este y bajo la interpretación de los comunistas constituía una conspiración y se castigaba con la pena de muerte.

7

Una revolución puede ser fuente de justicia, de derecho, de legislación. Y no sólo de constituciones escritas en pergaminos y ratificadas con un sello. Las revoluciones clásicas de la Edad Moderna —la inglesa del siglo XVII (que se saldó, según las cuentas oficiales, con la cabeza de un rey, pero que en realidad hizo derramar mucha sangre humana), la francesa y la americana en el siglo XVIII, las luchas que se produjeron en Europa por la independencia y la liberación alrededor de 1848 y la revolución rusa de principios del siglo XX— dieron prueba de que las revoluciones son una fuente de legislación. A finales de la Primera Guerra Mundial, el pueblo ruso acabó con el zarismo a través de una revolución, y los comunistas ligaron a esa revolución popular de fuerza elemental la conquista del poder de una manera arbitraria, violenta e insidiosa: se apropiaron de una rebelión que el pueblo ruso no había llevado a cabo en interés de los comunistas, puesto que el pueblo no sabía lo que era el comunismo; ni tan siquiera la mayoría de los revolucionarios tenía idea de qué era aquello. Es cierto que lo que antes había sido insoportable para la convivencia humana —las injusticias sociales— cambió efectivamente con esas revoluciones. Lo que quedaba del pasado se mezclaba de forma orgánica con lo nuevo, con las exigencias de las revoluciones. Sin embargo, toda rebelión —incluso si tiene un contenido espiritual y moral— es siempre e inevitablemente sangrienta, cruel e injusta. No sólo se desangran en las barricadas los enemigos señalados por la revolución, sino muchas veces también la misma idea revolucionaria. Felices son los pueblos que se han desarrollado socialmente sin necesidad de revoluciones. Son felices los escandinavos, los holandeses... La idílica lista se acaba pronto. Y como una revolución no sólo es sangrienta, sino que también acostumbra ser corrupta, ladrona y mezquina (la revolución húngara de 1956 es la excepción que brilla con luz propia en la historia de las revoluciones, puesto que hay muy pocos ejemplos más de tal limpieza moral), la gente suele defenderse de tales acontecimientos en la medida de lo posible.

En 1945, en Hungría no existía la menor ambición revolucionaria. Nadie puede lamentar que la revuelta no se llevara a cabo en ese momento. Las barricadas sólo aparecieron en las calles diez años después, cuando el pueblo húngaro se rebeló contra el sistema comunista. De 1946 a 1956, durante algunas etapas, en Hungría —y en los países vecinos que compartían un destino similar— la situación social llegó a parecerse al sistema interno del antiguo imperio inca. Como si en el mundo todo se volviese a repetir: las tribus sospechosas, de poca confianza, fueron desplazadas por los soberanos de los incas (de la misma forma que los comunistas desplazaron a gran cantidad de intelectuales durante la época de los confinamientos) a lugares alejados. Las normas de trabajo y las cuotas de producción se fijaban con severidad, y se tenían que cumplir para obtener cierta cantidad de alimentos, ropa y herramientas. Las tierras eran, en su totalidad, propiedad del Estado, es decir, del rey-dios que personificaba el Estado; la gente sólo trabajaba un tercio del año en beneficio propio y de su familia, y el resto del tiempo lo hacía contratada por el Estado y sus organismos superiores, los sacerdotes y los monarcas. Sólo estaba permitido comer con la puerta abierta, y todo el mundo recibía los mismos alimentos, o sea, una comida estándar. Como en la Esparta de Licurgo, como en las cooperativas de Mao. Funcionarios del Estado distribuían entre el pueblo los productos de los alfareros, los tejedores, los herreros y los carpinteros. No existía el derecho de libre circulación: si alguien quería trasladarse al pueblo de al lado, necesitaba un permiso oficial. Todo eso tan inquietante caracterizó la década en que los comunistas acometieron la tarea de quebrantar la esencia social y espiritual del país.

En 1945, en Hungría nadie deseaba una revolución, y ni siquiera la propia Unión Soviética hubiese permitido que un movimiento revolucionario acabara con lo que quedaba del pasado obsoleto. A Stalin no le gustaban los revolucionarios. No por nada ordenó que ejecutaran a los románticos partisanos españoles y a aquellos de sus propios colaboradores que —como Trotski y muchos otros— creían en la energía catártica de la revolución. Stalin prefería a los funcionarios y empleados dóciles, a los hombres robot sordomudos: todos los demás eran sospechosos para él. En 1945, a los mandos militares rusos tampoco les interesaba que se produjera una revolución social en Hungría; éstos —obedeciendo ancestrales principios orientales— no solían proveerse de los suministros necesarios para llevar adelante una guerra y a continuación asegurar la ocupación de un país —con alimentos, petróleo o ganado—, sino que se abastecían de todo en los países ocupados, confiscando lo necesario de manera cruel, astuta y minuciosa; por eso tales mandos no tenían ningún interés en que los bienes que quedaban en Hungría después de la retirada de los alemanes y los cruces flechadas desaparecieran en el caos de una revolución.

Al cabo de un tiempo, los comunistas quisieron hacer creer al pueblo húngaro que habían traído determinados logros revolucionarios prescindiendo de los sanguinarios sacrificios que implica toda revolución. Habían acabado con los grandes latifundios y con la propiedad privada, habían nacionalizado la industria y el comercio, se habían apropiado del poder «en nombre de la clase obrera», habían ocupado por la fuerza las escuelas, la prensa y la vida intelectual y espiritual bajo el lema constante de una «ideología revolucionaria». Se habían apoderado de la propiedad privada, y como el comunismo considera al individuo una propiedad privada, un día empezaron a apoderarse también de los individuos. Cuando la inmensa mayoría de la sociedad húngara rechazó este sistema —en dos elecciones sucesivas, de las cuales la primera fue absolutamente libre y democrática—, los comunistas declararon con disgusto y amargura que la sociedad húngara era incorregiblemente reaccionaria. Y como no sólo los húngaros pudientes, desprovistos ya de sus posesiones y su poder, se mostraban insatisfechos con los cambios, sino también las grandes masas de campesinos y obreros, los comunistas calificaron ese rechazo generalizado como una herencia fascista, y en 1947 comenzaron a aniquilarla con las armas y el terror más espantosos de los que dispone un Estado policial. «Hemos entregado las tierras a los campesinos y las fábricas a los obreros, hemos brindado las posibilidades del éxito socialista a los intelectuales, hemos liberado a todos del yugo de sus dueños y amos ¿y qué recibimos en señal de reconocimiento? Votan contra nosotros en las elecciones, nos sabotean en la vida pública y en la privada, aguardan la llegada del enemigo imperialista, esperan que estalle una nueva guerra para terminar con los comunistas...»: así se quejaban.

Esas quejas se oían a menudo. Y tenían fundamento. Pero los comunistas no decían por qué se mostraba tan ingrata con su régimen la mayor parte de la sociedad húngara. Omitían que la nación había vivido todo lo ocurrido no como una empresa propia, pues no había sucedido en interés del pueblo húngaro, sino como algo únicamente beneficioso para la Unión Soviética y la tropa de sicarios y bandidos que envió a Hungría, es decir, en beneficio del Partido. Una revolución que la sociedad lleva a cabo por voluntad propia puede ser sanguinaria, cruel y corrupta, pero con toda seguridad será una suerte de castigo divino que el pueblo atrae hacia sí por su propio bien. La sociedad húngara rechazaba todo lo planificado por unas personas que actuaban según las órdenes de un poder extranjero, unas personas que cuando tenían que elegir entre los intereses de la nación y los de la Unión Soviética, elegían invariablemente y con total servilismo los intereses soviéticos. Si alguien echaba en cara a los comunistas tales acusaciones —y durante los dos primeros años de la ocupación todavía existía la posibilidad de hacerlo—, éstos se encogían de hombros y respondían que efectivamente era así, pero que, según su convicción, en un plazo máximo de cincuenta años los intereses de los húngaros y los soviéticos encajarían perfectamente.

La gente comenzó a defenderse, aunque no lo hizo mediante «conspiraciones» sino con su comportamiento. La táctica comunista prescribe que a las personas no comunistas que pueden ser útiles para el régimen en algún terreno, hay que comprometerlas, es decir, hay que seducirlas, engañarlas y arrojarles algún hueso —un empleo, un puesto, una condecoración—, y a continuación utilizarlas mientras sean necesarias. O bien hay que atemorizarlas y encarrilarlas hacia el rebaño de los sumisos mamelucos que trabajan sin rechistar (la palabra «mameluco», de origen árabe, significa «perteneciente o relativo a una milicia de esclavos»). Si no se muestran dóciles, esas personas deben ser arrojadas a los calabozos de la aniquilación social y la atrofia existencial. O bien obligadas al exilio voluntario. Por último, a los individuos que no se dejan comprar, atemorizar o exiliar hay que aniquilarlos físicamente. Eso es lo que figura en los manuales prácticos de los comunistas. Sin embargo, durante el primer asalto, muy poca gente estaba preparada para las maniobras estratégicas y logísticas de la guerra de guerrillas comunista.

Yo había regresado a mi país con prisa porque no quería que mi patria me esperase en vano con los brazos abiertos.

Pero, por desgracia, casi de inmediato tuve ocasión de reparar con sorpresa en que no estábamos en absoluto preparados para el atentado criminal que se nos venía encima. Al fin y al cabo, si alguien se ve obligado a viajar a Sumatra y vivir allí, hará bien en leer la historia de ese lugar, en comprarse un mapa y en familiarizarse con su geografía, hidrografía y climatología. De la misma manera, si alguien se ve obligado a vivir en un régimen que amenaza con poner en práctica el comunismo, hará bien en familiarizarse con los conceptos básicos del comunismo y la táctica comunista. Un libro especializado, *Historia del Partido Comunista Bolchevique* (publicado en Moscú por la Editorial Lenguas Extranjeras), me desveló con sinceridad sorprendente lo que los comunistas deseaban en realidad. Me resultaba increíble la poca gente que había leído esa obra en Budapest a pesar de que los comunistas la distribuyesen a un precio módico: según recuerdo, costaba tres forintos. Estaba pensada para personas sencillas y explicaba con claridad y objetividad lo que el comunismo pretendía y cómo lo llevaría a cabo. El libro recordaba un manual práctico de agricultura.

Instruía a sus contemporáneos sobre cómo aniquilar a los «compañeros de viaje» —un término muy elegante acuñado por Lenin—, es decir, a los girondinos, a los intelectuales de corte revolucionario o anarquista o, en su caso, a los narodniks (partidarios del populismo), los mencheviques y los socialdemócratas. Determinaba con total exactitud los plazos en los que había que acabar con el capital y la propiedad privada, y más adelante con las escuelas, los campesinos ricos y los opositores de sentimientos religiosos. El manual narraba, con la simpleza y la objetividad de un almanaque, la prehistoria del movimiento obrero y campesino ruso, la historia de los movimientos insurreccionales de los años 1870 y 1880, y describía el papel desempeñado por los «marxistas legales», los primeros socialistas y los románticos intelectuales burgueses (Lenin había dicho desde el principio que el verdadero enemigo no era el capitalista, sino el socialista que establece acuerdos y compromisos); y una mañana los periódicos anunciaron la desaparición del Partido Socialdemócrata Húngaro, esto es, su unificación con el Partido Comunista. Era sorprendente que el libro diera las instrucciones con un ritmo más lento del que se empleaba en las naciones ocupadas. En las sociedades de esos países, los agentes comunistas inyectaban el virus del comunismo en dosis tan elevadas que parecía que estuvieran experimentando con animales. En Rusia se necesitaron treinta años para conseguir lo que se consiguió en Hungría tan sólo en tres. La inmunología nos enseña que una dosis muy elevada produce anticuerpos con los que el organismo se protege de la exagerada cantidad de sustancia inyectada (los comunistas, utilizando un término político, calificaban esos anticuerpos de «reaccionarios», y en realidad se trataba de una re-acción: la respuesta a una acción). En general, resultaban sospechosas todas aquellas personas cuya conciencia podía haber sido supuestamente infectada por el bacilo de la libertad: por tanto, quienes se habían opuesto a los alemanes eran sospechosos de poder protestar también contra otro régimen totalitario, el comunista.

Así pues, acababan con los medios de vida de todos los sospechosos. O bien los llevaban a la cárcel y allí los aniquilaban. Se apresuraban a administrar la dosis porque el sistema no pretendía ganarse la simpatía de aquellos a quienes decidía arruinar. En Hungría, Polonia, Checoslovaquia, Rumania y Bulgaria —como antes en los estados bálticos— los comunistas no se preocuparon por la posible simpatía de la población. Los planes que determinaban cómo realizar sus violentas empresas se confeccionaban según un mismo procedimiento y reflejaban una uniformidad monótona: el funcionario que preparaba las disposiciones para su ejecución consideraba que lo que valía para el caso de Varsovia sería también válido en Budapest o Sofía. La plural variedad de personas, razas, lenguas, culturas y formas de vida no interesaba en absoluto a quienes confeccionaron los planes de bolchevización de los territorios ocupados. La misma orden se publicaba a veces el mismo día en los periódicos comunistas húngaros, checos, búlgaros y rumanos. El Gran Proyecto que los especialistas del Kremlin confeccionaron a las mil maravillas no disponía de tiempo para entretenerse en matices o detalles.

8

Aquélla fue la época en que aparecieron, en la jerga de la Historia contemporánea, los conceptos de «telón de acero» y «guerra fría». Ambos los inventó Churchill, un fino estilista que sabía lo que decía, ya que había sido él quien, en Moscú, había puesto por escrito y después entregado a Stalin los detalles de la repartición del poder en Europa del Este. El diagnóstico diplomático posterior determinaría que la guerra fría había sido una consecuencia del imperialismo estalinista que pretendía romper el equilibrio de poder de Europa Occidental. El hincha —el ciudadano europeo anónimo que observaba el curso del grandioso partido desde las gradas— ha de reconocer que esa pretensión no carecía de posibilidades en aquella época. Los estalinistas deseaban introducir de contrabando el comunismo en Europa Occidental para controlar —cuando y como pudieran— los recursos industriales y técnicos de esa parte del continente. Stalin pretendió, más adelante, penetrar en Oriente Medio para realizar el secular sueño ruso de establecer posiciones clave en el área del Mediterráneo (Stalin no vivió para verlo, pero ese plan se realizaría, en parte, una década después), a fin de seguir extendiendo su dominio hacia África y Extremo Oriente. Cuando América empezó a exigir que se celebraran elecciones libres en los países del este de Europa, Stalin temió que se perdiera la «zona de seguridad» controlada por Moscú que (según los comunistas) esos países satélites bolchevizados representaban para los soviéticos (ese temor ruso no era del todo infundado, porque a lo largo del siglo habían sido objeto de graves ataques desde Occidente en dos ocasiones). Además, éstos acusaban en sí mismos la fervorosa obsesión mesiánica de propagar el comunismo más allá de las fronteras de la Unión Soviética. Cuando América logró entenderlo, comenzó la defensa política e ideológica denominada en conjunto guerra fría.

Así lo contarían más tarde los sabios... Sin embargo, yo, el contemporáneo —junto con otros cien millones de contemporáneos de la Europa del Este—, no acababa de comprender la táctica de los rusos. Porque cuando el imperialismo comunista de Stalin y los estalinistas provocaba en algunos países la resistencia primero espiritual y moral y después física —por lo menos en países como Polonia, Alemania Oriental y Hungría—, se comportaban de forma incomprensible para sus contemporáneos. Probablemente habrían podido alcanzar mejores resultados con una política no agresiva, comunista aunque disfrazada de socialista —tanto en los países satélites como en Occidente—, que con la táctica de un comunismo impuesto por el terror. Después de la Segunda Guerra Mundial, en todos los rincones de Europa se observaba un desmoronamiento ético y material profundo y primario. La gente percibía —con cinismo o espanto— que esa ilusión, maquillada con una fina capa de humanismo, que se llamaba «civilización cristiana» era, en realidad, el alias de un sádico desenfreno. Ese dramático despertar obligó tanto a los consumidores del opio marxista como a los críticos —por nacimiento, educación o clase— del comunismo a reflexionar. Había en esa época —tanto en la Europa del Este como en la Occidental— personas de buena fe que suponían que el comunismo, pese a sus evidentes carencias y defectos, podría convertirse —después de la fase inicial del purgatorio— en la posibilidad de crear una civilización nueva, más humana. Pero la agresiva política imperialista de Moscú desengañó pronto a los esperanzados, y también a los indiferentes. Sólo persistieron los destacamentos del terror estalinista y su tropa de sicarios aliados, ansiosos por el botín y dispuestos a todo, que se ofrecían solícitos para su servicio, bien golpeándose el pecho o con perversidad. Sobre las purgas estalinistas ya se habían publicado algunos libros esclarecedores en Occidente. Los testigos presenciales de los juicios sumarios y las «autocríticas» (confesiones patológicamente públicas) que lograron escapar al otro lado —entre ellos varios ex comunistas que habían sufrido en carne propia vejaciones inhumanas— escribieron en diversos libros todo lo que sabían; y esas publicaciones tuvieron eco en Occidente. Por supuesto, la propaganda oficial comunista intentaba por todos los medios desacreditar esa literatura testimonial, y declaraba a sus autores herejes estigmatizados, renegados a sueldo, escribanos al servicio del imperialismo. Sin embargo, según iba pasando el tiempo, crecía la sospecha de que los estalinistas —en ese momento y también más adelante— se alegraban en secreto de tales testimonios reveladores, puesto que esos libros no solamente conseguían despertar indignación entre las almas sensibles occidentales, sino también provocar miedo en las masas. Se trataba de testigos oculares que aportaban pruebas convincentes, de personas profundamente heridas que habían confiado en el comunismo y habían acabado por comprender lo que aquel sistema significaba en realidad. Asimismo, evidenciaban que el sistema comunista no tolera ningún tipo de crítica, desviación o revisionismo liberal. Y que no necesita «adeptos idealistas y entusiastas» que se desilusionan con facilidad porque la realidad los desengaña, sino que simplemente castiga, de forma cruel e institucional, a todos los que se plantean la realidad del bolchevismo de una manera distinta a como la exige y ejecuta el Partido ortodoxo. Esos libros tan esclarecedores eran muy útiles para los propios comunistas, que son grandes estrategas y elaboran sus planes con vistas al futuro. Porque daban fe —de una manera harto convincente y creíble para el hombre común— de que la resistencia carece de sentido, y de que a largo plazo no es posible protegerse de los métodos e instrumentos del régimen. Los comunistas sabían que un régimen así sólo puede funcionar en una atmósfera de miedo constante y generalizado, así que criticaban en voz alta los libros que testimoniaban públicamente la realidad del terror y su fuerza irresistible, pero en secreto se frotaban las manos. Ni pretendían ni esperaban que una persona sensata, tras conocer la realidad del comunismo, siguiera sintiendo entusiasmo por él; les bastaba con esos documentos creíbles, con esa amenaza que provocaba miedo en sus víctimas. Los libros anticomunistas, escritos de buena fe, sirvieron a un fin contrario a sus propósitos, y la táctica bolchevique lo sabía. A ellos no les preocupaba que no los quisieran. Sólo les preocupaba que no los temiesen.

La obsesión mesiánica eslava sólo podía explicar en parte la agresiva, implacable y veloz táctica comunista que provocó la guerra fría. En realidad, los comunistas no temían a Occidente, al que consideraban corrupto, lánguido y obsesionado con la seguridad (y en eso tenían mucha razón), ni siquiera temían a los fascistas, con quienes, si hacía falta, se podría llegar siempre a un acuerdo; en realidad temían a su propio régimen, el comunismo. Sabían que un sistema materializado con engaños y violencia sólo se puede mantener con un engaño y una violencia constantes. Y para lograrlo no existe otro método que la incesante amenaza del terror. Temían la propia situación interna rusa, que había cambiado sustancialmente tras la Segunda Guerra Mundial: después de tres décadas de ignorancia y aislamiento completos, había llegado el momento en que volvían de Occidente aquellos soldados que habían visto sistemas y métodos capaces de asegurar unas condiciones humanas dignas y un bienestar más rápido y eficaz que el comunismo. La inquietud de los intelectuales que se manifestaba en ese ambiente de distensión e información carecía de importancia, pues en realidad los comunistas se mostraron capaces de asfixiar, mediante métodos policiales, la insatisfacción de los escritores, los científicos y los artistas, causada por su desengaño del régimen. Lo que en realidad los comunistas temían era que en la propia Unión Soviética se produjera una presión de abajo arriba (como ocurriría en mi país en 1956). Una presión así es tan incontrolable como una catástrofe natural, por ejemplo, un terremoto. Por eso se apresuraban a introducir en todas partes —en Hungría también— el comunismo: sabían que el tiempo sería su aliado sólo mientras pudieran despertar miedo en las masas. Temían que en un momento dado la gente dejara de tener miedo del miedo (en las previsiones del terror ese momento está identificado con toda exactitud) y empezara a protestar.

Eran despiadados y tenían prisa, entre otras cosas porque en la Historia había aparecido la radio de transistores. Hasta ahora no se ha establecido con exactitud el papel desempeñado por la radio en los cambios históricos, pero el transistor —capaz de informar al mismo tiempo a todos los habitantes de territorios muy extensos de lo que está sucediendo en el mundo en ese mismo instante— fue sin duda un elemento determinante de tales cambios. Un aparato de radio de esas características es capaz de poner en evidencia en pocos segundos las mentiras más rancias: por ejemplo, la de que las suposiciones completamente obsoletas y desfasadas de una utopía puesta por escrito cien años atrás puedan materializarse cien años después y en interés de las masas trabajadoras.

Los nazis húngaros fueron llevados a juicio ante tribunales populares constituidos para la ocasión bajo la ley marcial; y quienes se defendían diciendo que sólo habían cumplido órdenes, eran inmediatamente ejecutados o bien —si se necesitaban hombres sin escrúpulos— indultados y destinados a los cuadros de la milicia comunista. Dado que ellos, los comunistas, exigían del «hombre común» lo mismo que habían exigido los nazis —es decir, que cumpliera órdenes sin la más mínima crítica ni resistencia—, recelaban también de quienes habían sido obedientes, porque temían que los prosélitos sospechasen que la servidumbre ciega a un sistema basado en la crueldad pudiera volverse contra ellos en épocas de crisis. Temían a todo el mundo, y el vástago inmundo del temor es siempre el pánico.

El pánico se podía notar en su mirada, en la disciplina oficial con que se habían adiestrado, y en su manera de hablar. Temían más que a nadie a su patrón, al Inquisidor Supremo y a sus ayudantes, porque sabían que el pánico conduce al terror y que el terror alcanza un grado máximo en que la gente pierde el miedo por puro cansancio, hartazgo y apatía; y además sabían que el Inquisidor Supremo necesita, en esos casos, un chivo expiatorio, y que siempre acaba primero con aquellos que han puesto en práctica dócilmente los horrores que él les ha ordenado. Y como eran incapaces de defenderse del temor de otra manera, echaron mano de su única posibilidad de defensa: el terror.

Yo viví durante un año y medio en ese ambiente. Lo describo no por referencias o testimonios literarios, sino por mi propia experiencia cotidiana. Había regresado a casa desde Occidente porque quería escribir libremente en húngaro. Sin embargo, me di cuenta muy pronto de que ya no había ninguna posibilidad para ello. Decidí callar y esperar el tiempo en que... Pero tampoco se podía contar con el tiempo: por más que se retiraran algún día, las tropas rusas se quedarían con sus tanques a pocos kilómetros, en Csap, por ejemplo, desde donde podrían volver en caso de apuro para ayudar a los comunistas, que ya habían recibido la orden de Moscú de colonizar y bolchevizar el país. Había sonado el gong, empezaba la función. Y se sabía que lo que acababa de empezar no era ningún entremés, sino un largo drama. Sin embargo, yo no quería marcharme de Hungría. Seguí viviendo en Budapest durante un año y medio. Esos dieciocho meses constituyeron la época más extraña y enigmática de mi vida: en ese año y medio llegué a conocer mi país.

Porque hasta entonces no conocía bien Hungría (y no tuve más remedio que reparar en ello). Simplemente había nacido y vivido allí. De la misma manera que uno nunca llega a conocer bien a su par predestinado: a la pareja elegida o a los parientes de sangre. Simplemente vive entre ellos, convive con ellos... Y a veces pasa toda una vida sin que la convivencia conduzca a un verdadero conocimiento.

No me siento capaz de explicar cómo empezó todo ni qué era en realidad lo que empezaba. No puedo recordar ni un día determinado ni un acontecimiento concreto en los que me diera cuenta de que había cambiado la relación con mi entorno, con mi país, con sus habitantes. Las ruinas iban desapareciendo, a la gente le entraban prisas y ganas de vivir. Yo no tenía problemas personales. Un escritor, ¿qué es eso? Hubo una época en la que yo creía ser algo y ser alguien. No solamente porque —quizá— supiera decir lo que la gente piensa, sino porque las experiencias dichas o escritas con palabras provocan en los seres humanos un proceso reflexivo que conduce a la acción. Y entonces se modifica la convivencia, se alteran los principios básicos de la vida privada, y por transferencia cambian también las condiciones de vida de la comunidad, de toda una civilización. Así de rimbombante imaginaba yo la tarea del escritor, y tal vez en alguna época lejana los escritores sí influyeran en la gente en ese sentido. Sin embargo, en esa supuesta época lejana, la mentira institucionalizada todavía no asfixiaba a todo y a todos.

Desde el balcón del piso provisional en que vivíamos podía verse la tumba de Gül Baba y los jardines de las casas del barrio de Rózsadomb. Más allá, entre dos hileras de edificios, se distinguía el Danubio. A lo largo de las dos orillas del río se encontraba el país entero; evidentemente, eso ya no se veía desde el balcón, pero se podía sentir, oler, respirar, de la misma manera que se respira el aire del mar aunque no se viva en la propia playa. De repente, todo se me hizo más cercano, más palpable.

Esos cambios no tienen un nombre definido. No puedo decir que fuera como si «de pronto hubiese anochecido». Era más bien como si durante cualquier momento del día, la luz —que hasta entonces iluminaba un paisaje con alegría y vivacidad— se volviese más seria y severa. La gente lo notó y, de la misma forma que la luz y que el paisaje, se volvió más seria y severa. Sin embargo, no acababan de creerse que hubiera llegado el tiempo del cambio. «Ya se arreglará todo», decían... Insistían —a escondidas pero también de forma abierta— en que no era posible que Occidente abandonara al Este y que regalara cien millones de personas a la Unión Soviética. «Se tomará alguna decisión —repetían, esperanzados—, se alcanzará algún acuerdo.» También las emisoras occidentales prometían lo mismo. En esos años todavía se publicaban periódicos de oposición. Las editoriales y los teatros no se habían nacionalizado aún. Los comunistas trabajaban con cautela, con un cronómetro en la mano. Desmembraban el cuerpo de la nación, como hace un profesor de anatomía con las distintas partes de un organismo en una práctica de laboratorio. Por el momento respetaban los órganos vitales, aún no habían sajado los nervios fundamentales, pero ya iban disecando las vísceras con ayuda de tijeras y pinzas.

Nadie sabía hasta dónde llegaría esa disección en vivo. A veces parecía que los comunistas también ignoraban hasta dónde podían penetrar con las tijeras. Habían recibido las órdenes pertinentes de Moscú, probablemente junto con las instrucciones de cómo ponerlas en práctica, pero al mismo tiempo tenían miedo: por muy minuciosas que fueran las disposiciones, la responsabilidad última era de ellos, de los especialistas enviados desde la capital. Si algo salía mal, si el enfermo se desangraba, si gritaba de dolor, los culpables serían ellos. Así que durante año y medio trabajaron como la araña que teje su tela («Como la araña que siente la vibración de su tela», dice Arany en un poema dedicado al príncipe Csaba, describiendo el orden defensivo del imperio de Atila). Así era también el orden defensivo de la Unión Soviética: la Gran Araña tejía en el Kremlin, y cuando sus víctimas se movían, sentía la vibración de la tela.

Daba la impresión de que durante esos años una telaraña cubría la vida entera. Cada día esa tela se iba volviendo más tupida, más pegajosa. Todo eso no se sentía siempre de inmediato. Sin embargo, la Araña secretaba cada día un hilo nuevo. Un día eran los libros de texto y las escuelas. Otro, las disposiciones acerca de las tareas comunitarias obligatorias. A diario, el control cotidiano ejercido por el encargado de la inspección en todos los edificios de pisos, el control sobre la vida privada, sobre las lecturas, sobre el trabajo, sobre la vida familiar, sobre el cubo de basura; la telaraña del control en cada lugar. Un día desaparecía una persona, al día siguiente una antigua institución que funcionaba de maravilla... o bien un concepto. Cada vez que vibraba la telaraña, la Araña Principal y las arañas secundarias miraban alrededor. ¿Estaban haciendo un buen trabajo? ¿Cumplían su misión? ¿Qué grado de resistencia despertarían? Miraban a la vez hacia el Este y hacia el Oeste y se preguntaban si Occidente sería tan sordo y tan lánguido como creían. ¿Intervendría y protestaría exigiendo que se respetaran los acuerdos? Cuando observaban que no ocurría nada, suspiraban aliviados. La telaraña, de manera invisible, se iba haciendo cada vez más tupida, más pegajosa y absorbente. Y la Araña no descansaba nunca, tejía sus hilos sin tregua. Quien no la ha conocido no puede imaginar cómo es la técnica de la telaraña. La Araña, mientras teje esos hilos que acabarán asfixiándolo todo, acaparándolo todo, trabaja en perfecto silencio. Lo que era natural ayer —la existencia de distintos partidos políticos, la libertad de prensa, la vida sin temor, la libertad de expresión individual— seguía existiendo al día siguiente, pero había perdido sangre y vigor. Como cuando los elementos de la realidad diurna sobreviven, borrosos, en medio de una pesadilla nocturna (todavía se podía viajar... pero pocos lo hacían). El pequeño empresario privado, el héroe anónimo de esos años, seguía creyendo obstinado que tenía derecho a permanecer en su lugar, a continuar con su negocio y a cumplir con las obligaciones de su oficio. El abogado acudía a los tribunales, el médico aguardaba en su consulta a los enfermos que estuviesen dispuestos a pagarle, los pacientes de la *aura praxis*... «En nuestro país todo será diferente», decían, con voz afectada y guiñando un ojo, los intelectuales progresistas. Sin embargo, la clase media empezaba a preparar su defensa, como los campesinos la habían preparado durante la guerra escondiendo sus bienes y alimentos bajo la tierra de sus huertos.

Los intelectuales «burgueses» —como se les denominaba con desdén y desprecio— decidieron que había que sobrevivir a las amenazas. No se trataba de que se organizaran desde un punto de vista político o social. Simplemente se trataba de que comenzaba a aflorar entre la gente el mismo instinto vital que había en las antiguas ciudades sajonas, donde los vecinos intentaban sobrevivir con fuerza, astucia y tesón frente a los turcos, los soldados húngaros leales a los Habsburgo o los propios oligarcas. Un instinto que se hallaba también en la pequeña nobleza terrateniente que se enfrentó a la ger-

337

manizadora pretensión centralista de la etapa de Bach. No se trataba de ningún movimiento que tuviera lemas o insignias partidistas, sencillamente los intelectuales húngaros parecían haber decidido, mediante una «consulta popular diaria», no rendirse, sino sobrevivir a las amenazas.

Entre ellos había algunos que lloriqueaban por haber perdido su aparador lleno de cachivaches, desaparecido en los bombardeos o durante el cerco de la capital, tras el paso de los tártaros. Otros llevaban luto por las acciones bursátiles perdidas que ya no poseían ningún valor, por su puesto en un consejo de dirección o por sus privilegios como jefe de negociado. Pero éstos eran pocos. La mayoría de los intelectuales no se había mimetizado en ningún caso, ni por servilismo ni para esconderse: seguían siendo como eran, humildes pero orgullosos. Ya no tenían dinero suficiente para comprarse un traje nuevo, aunque llevaban con plena conciencia de su honestidad e integridad los trajes un tanto usados de los años de guerra. No mostrar el cambio de papel, disimular el hambre, seguir siendo orgullosos incluso llevando un traje usado, sí, seguir siendo «burgueses»: ésa era la tarea que había que cumplir. La mayor parte de sus humildes viviendas se había desvanecido o se encontraba en muy mal estado, así que se vieron obligados a entrar en uno de los más bajos círculos del infierno, que ni siquiera Dante hubiese podido imaginar: los pisos compartidos entre varias familias. Empezaron a llevar una vida que hacia fuera continuaba siendo burguesa, por lo menos hasta cierto punto, pero que hacia dentro era más propia del lumpen (no se quejaban, porque sólo se quejan las «señoras» y el lumpen). Los intelectuales iban a la casa de empeño y vendían sus dientes de oro y sus relojes de plata antiguos para poder comprar pan o medicinas. O bien un libro (porque todavía se seguían vendiendo libros). No eran los obreros ni los campesinos, sino los miembros de la clase media, desprovistos de todo, los que aún compraban libros. Preferían vender sus relojes sin lamentarse de ello antes que deshacerse de sus libros, aunque terminaron viéndose obligados a venderlos en las librerías de segunda mano.

Los ciudadanos de Budapest, de palabra fácil, lengua bromista y carácter chistoso, se volvieron especialmente serios. Cambió todo lo que poco antes había sido una simple caricatura. Cambiaron el comportamiento de la gente y sus relaciones humanas. Nadie creía en la comedia populista de la sociedad sin clases divulgada mediante carteles propagandísticos. Sin embargo, un estrato llegó a comprender que sin sus miembros no podía existir la sociedad. Yo no sabía decir con exactitud cómo había sucedido, ni qué, pero empezaba a sentirme en Budapest como en mi hogar. Como antes me había sentido en Kassa. Como si perteneciera a algún lugar... La alienación profetizada por Marx no llegó a producirse en Hungría justamente a causa del peligro comunista. Los intelectuales húngaros nunca habían estado tan unidos como en los meses iniciales del proceso comunista de toma del poder.

La vida social no existía porque no había casas ni pisos para llevarla a cabo, ni empleo, ni ambientes adecuados. A veces, la vida social se limitaba a un fuerte apretón de manos, a una mirada cómplice en el momento de la despedida. Personas que apenas se conocían se aproximaban sin preguntarse ni explicarse nada, rigiéndose simplemente por ciertas señales. Como en casi todas las comunidades de seres vivos, cuando un peligro amenazaba a la tribu, sus integrantes no se avisaban con palabras o frases retóricas, sino mediante una especie de transmisión de onda corta. Nadie sabía con exactitud hasta qué abismo, hacia qué laberinto oscuro o a qué zanja apestosa podían conducir las sorpresas cotidianas. Pero todo el mundo sabía que era necesario protegerse. Había quienes se protegían afiliándose al Partido porque trataban de llegar a buen puerto. A éstos los condenaba inmediatamente una corte marcial indefinible, anónima y silenciosa. La sentencia era inapelable: el que había errado tenía que sufrir que los demás lo despreciaran y rechazaran sin dirigirle la palabra.

Había otros que se afiliaban al Partido con la cara seria, los dientes apretados y la mirada baja, porque temían por su empleo o por su familia. La gente no prestaba atención a esos cobardes, pero a veces se los perdonaba porque era evidente que no actuaban por interés, sino por necesidad. En medio de un peligro compartido, se permitía cualquier artimaña que pudiese utilizarse en defensa propia, incluso la mimetización y el asentimiento aparentes. Se sabía sin sombra de duda quién fingía al mostrarse de acuerdo con los comunistas, y si eso ocurría debido a circunstancias personales, no se le juzgaba con demasiada severidad. En los momentos de grave peligro los seres humanos son capaces de descubrir, a través de un mensaje oculto, transmitido por radar, las intenciones secretas de los demás. La Araña pensaba que sabía todo sobre aquellos a quienes había conseguido atrapar en su tela, y seguramente sabía muchísimo. Sin embargo, el grado de información de las víctimas también era apreciable. Cuando la gente notaba que alguien estaba obedeciendo a los comunistas apretando los dientes y simulando docilidad, no se lo condenaba, sino que incluso se lo alentaba y ayudaba.

Pero cuando se notaba que alguien apoyaba verdaderamente a los comunistas, esa persona quedaba excomulgada. El puesto de trabajo, el pan de cada día, la escuela de los niños: cuando todo eso estaba realmente en peligro, había que salvar, día a día, lo que se podía. Sin embargo, existía algo más importante que el empleo o el pan. Hay algo que, en una situación de peligro, es más importante para la mayoría de la gente que cualquier otra cosa que se pueda perder en una gran prueba: la autoestima. Después de tanta mentira y de tanta comedia barata, los ciudadanos eran capaces de percibir la realidad: la amenaza de que los querían obligar a aceptar algo en lo que no creían. Querían obligarlos a aceptar con sinceridad algo que ellos despreciaban. Querían arrebatarles el único atributo humano que todavía les quedaba, algo más importante que la posición social, el bienestar individual o la carrera laboral: el derecho a ser personas con convicciones propias, personas constructoras de la sociedad a la que pertenecían.

Porque la Araña pretendía exactamente eso: succionar a la víctima todo lo que tuviera de amor propio y dignidad. Como habían hecho los nazis en los campos de exterminio, donde mantenían a sus víctimas en condiciones más propias de bestias, no solamente matándolas y obligándolas a trabajar, sino también procurando que todas perdieran su condición humana mediante la tortura y la humillación. En última instancia, los nazis se contentaron con «poco»: con la aniquilación física de sus víctimas. Los comunistas querían otra cosa, querían algo más: exigían que la víctima se mantuviera con vida y que festejara y celebrara el régimen que estaba aniquilando su conciencia y su amor propio.

10

Todo lo que había sido una caricatura hasta hacía poco se evaporó: la jerarquía esnob, la costumbre de dirigirse a los contertulios diciendo con voz nasal «oiga, amigo», la pseudointeligencia de los pseudoburgueses, la epidemia de títulos nobiliarios y altas graduaciones... Hasta yo mismo dejaba, por momentos, de sentirme como una caricatura. Al fin y al cabo, en ese mundo un «escritor burgués» ya no era nadie ni nada. Creía que los comunistas se habían olvidado de mí, como si fuera un mueble anticuado, pasado de moda. Empezaba a albergar esperanzas.

Por las mañanas iba a la piscina y hacía unos cuantos largos con la conciencia de cumplir una tarea. Ya no iba a la isla Margarita a jugar al tenis porque el cerco había transformado la hermosa isla en una especie de pabellón tupido y romántico; entre sus ruinas abundaba la vegetación salvaje y el entrenador como tal había desaparecido en el torbellino de la Historia, al igual que mi raqueta, al igual que mi otro yo, el que iba a jugar al tenis por las mañanas. Eso me tranquilizaba. Después de la piscina, me tomaba un café muy cargado en un local del bulevar Margit y encendía un cigarrillo comprado en el estanco de la esquina; porque habían reaparecido los cafés, los estancos y los cigarrillos. A continuación, cruzaba el puente Kossuth para llegar a Pest, donde no tenía absolutamente nada que hacer. En mi camino me cruzaba con algunos conocidos que tampoco tenían absolutamente nada que hacer. Uno de ellos había sido ministro hasta hacía poco y andaba con una alforja al hombro por las calles del centro en busca de algo barato para comer. Otro había sido escritor hasta hacía poco y se paseaba por las calles, muy asustado, en busca de alguien que creyera que seguía siendo escritor, aunque ya no tuviera ninguna posibilidad de escribir libremente. Otra de esas personas conocidas había sido mujer hasta hacía poco y vagaba por las calles con un vestido de fiesta, ataviada con plumas y muy maquillada, lista para la batalla, buscando a alguien que creyera que no era una imitación de una mujer sino una mujer de verdad. Y así otros tantos más; todos los que se cruzaban conmigo habían sido algo o alguien hasta hacía poco, pero ya no lo eran. Así que nos íbamos conociendo. Sin embargo, había pocos que formularan acusaciones o se quejaran.

La seguridad que había significado para todos ellos hasta hacía poco un orden humano bien determinado, aunque imperfecto, había desaparecido sin dejar rastro. Pocos sabían con certeza a qué clase social pertenecían, porque el término clase se había vuelto muy turbio: de la misma forma que en el pasado los esnobs arribistas habían rebuscado hasta en el desván de sus casas tratando de encontrar alguna partícula de nobleza, en esos momentos algunas personas empezaban a ufanarse de los recién descubiertos abuelos cerrajeros o las flamantes abuelas tejedoras. De la misma forma que la gente se pone a cuatro patas y comienza a andar como puede cuando se produce un terremoto, apoyándose en el suelo también con las palmas de las manos, así buscaban mis vecinos alguna seguridad en su vida social cotidiana. La caricatura había desaparecido, y su lugar lo ocupaba una fotografía irónica de los miembros del grupo de la Nueva Clase, los *sansculottes* con levita, los mercenarios burócratas mandarines.

Yo ya no escribía ni en periódicos ni en revistas: «interrumpí la emisión de mis programas», como anunciaban las emisoras de radio durante la guerra cuando había un ataque aéreo. El fragor que se desató en los periódicos y revistas era ensordecedor. Publiqué unos diarios de viaje y se editaron también los dos primeros volúmenes de la trilogía narrativa que había escrito durante la guerra: en ella pretendía describir la demoníaca vertiente pequeñoburguesa y plebeya de la caótica anarquía de los tiempos de Hitler. La prensa comunista atacó esos libros con metralleta. Un filósofo marxista que volvía de Moscú —un literato de gran renombre, famoso incluso en el extranjero— escribió por mandato un largo e indigno ensayo sobre esa obra mía que pretendía analizar el mundo hitleriano, y en él, que estaba repleto de ataques infundados, citaba algunas declaraciones de los personajes como si reflejaran mi opinión. Tras una primera lectura, me resultó difícil comprender qué había motivado a aquel crítico marxista, frío y arrogante, a realizar una ofensiva tan sangrienta. Pero al final unas cuantas expresiones esclarecedoras me revelaron el verdadero sentido del texto: la condena de la violencia y el análisis crítico de un estado anímico totalitario habían provocado el enfado del filósofo, que se tomó como una crítica personal y un ataque disimulado hacia los comunistas todo lo que yo había escrito sobre la violencia hitleriana y el totalitarismo. No tenía sentido responderle, puesto que el renombrado autor probablemente sólo oía lo que quería oír, es decir, su propia voz (nunca llegué a publicar el tercer tomo de la trilogía; sigue guardado en un cajón, cubierto de polvo).

Interrumpí la emisión de mis programas, escribía para el cajón, o sea, trabajaba como a veces me habría gustado trabajar en mi época de caricatura: en una soledad perfecta, sin producir ningún eco, pero en la cercanía de una comunidad lingüística de la cual me habían separado, en el pasado, amargos desengaños y experiencias dolorosas. Vivía como quien ya no tiene posibilidad de hablar con nadie, pero sí de callar con los demás.

Transcurrió poco tiempo hasta que todo cambió de manera extraña en el terreno social, como si la sociedad hubiese iniciado una migración dentro de sí misma. Los vecinos se apresuraban a reconstruir las casas y los pisos bombardeados, mas luego no encontraban su lugar en ellos. Otros seguían viviendo en pisos compartidos, unas madrigueras de erizos ridículamente incómodas donde a veces se amontonaban tres familias en una sola vivienda, y donde la vida social se desarrollaba en la entrada y las cenas tenían lugar en la cocina. Entre tanta alteración, había también quienes atisbaban las posibilidades y las condiciones de una vida burguesa, pero en realidad ya no podían permitirse salvar nada de aquella antigua forma de vivir. La vida social no existía, pero la clase media intentaba mantener su forma de vida con un empeño y una disciplina metódicos: sólo era posible moverse de lado, mas incluso en medio de tales estrecheces existía la posibilidad, para un pequeño grupo social, de salvaguardar la conciencia de su cometido. Los aristócratas habían desaparecido, su papel y su forma de vida habían sido absorbidos por los cambios, por el paso del tiempo. Los intelectuales sabían que los campesinos y los obreros serían desplazados de su trabajo y de su modo de vida por la revolución técnica: los campesinos abandonarían sus tierras convirtiéndose en lumpen, y los obreros dejarían las fábricas porque la producción automatizada les quitaría las herramientas de las manos; las megalópolis del mundo entero recibirían en su seno nuevas capas sociales que sólo serían capaces de desempeñar su antiguo papel si tenían asegurado cierto bienestar. Los intelectuales sabían que eran indispensables y que sólo debían esperar el momento oportuno, aunque en los tiempos que corrían quedaban excluidos de todo con una violencia maliciosa. Así que se dedicaban a esperar... Empeñaban en la casa de préstamos todo lo que no necesitaban y también parte de lo que sí. Limpiaban y planchaban sus trajes usados porque incluso en los laberintos de la existencia cotidiana se resistían a vestirse de lumpen y preferían sus trajes confeccionados según la moda burguesa. En los pisos provisionales, una parodia de viviendas, colocaban, junto a los muebles indispensables, cuyos pedazos estaban pegados con cola, otros rescatados de los hogares de las Tierras Altas, de Transilvania o del Transdanubio, de los salones de sus antepasados... Y esos muebles desvencijados de los hogares de clase media salvaguardaban un nivel cultural determinado que, en su conservadurismo, había jugado siempre a la defensiva y nunca a la ofensiva. Las antiguas costumbres aceptadas en el terreno de las relaciones sociales, el tratamiento cortés, un tono de voz humano, sin quejas, también formaban parte de la astucia cotidiana del «hay que sobrevivir», de la necesaria estrategia, prevista para un tiempo largo (una cortesía muy distinta de la de los marqueses y las duquesas que, en los sótanos de la Conciergerie, a la espera del verdugo, hacían cola por las mañanas para asearse metiendo la punta de los dedos en el cubo de agua y no traicionar las costumbres grotescas y extravagantes del *lever* de Versalles). Eran corteses porque sabían que para ellos el conservadurismo y el respeto de la tradición no eran simplemente ejercicios cotidianos de paciencia o prácticas de gimnasia para la salud, sino una misión histórica. Si no pedían clemencia, si no se quejaban, si eran capaces de rescatar de su pasado, de su esencia y su cultura la energía que emana de la tradición, sin cuya fuerza no puede haber evolución, entonces el Régimen violento se vería obligado a recurrir a ellos, puesto que los necesitaba.

La mayor parte de la clase media húngara que vivía en las Tierras Altas, en Transilvania y el Transdanubio se había trasladado en un momento dado, casi emigrado, a Budapest, y allí permanecía aún, invisible. Por aquel entonces, como había sido excluida de todas partes, podía apreciarse el enorme vacío que dejaban tras ella. En todos los terrenos del trabajo intelectual había personas silenciosas y humildes cuyos conocimientos profesionales y honradez humana no podían ser suplantados por comunistas adiestrados en cursillos acelerados. Esos intelectuales representaban la conciencia del país; no la representaba el pueblo, sino los miembros de esa intelectualidad sin títulos, sin graduaciones, sin bienes. No pertenecían a ningún Partido de nombre altisonante, no habían pertenecido tampoco antes. No pertenecían a ninguna agrupación de intereses políticos. Y la única fuerza que los mantenía unidos era una cultura —en parte heredada y en parte forjada— que no exhibían, sino que más bien ocultaban con discreción. Yo conocía sus hogares, recordaba el olor a manzana de sus recibidores en penumbra, los tarros de compotas y mermeladas caseras colocados encima de los armarios, el sofá tapizado de terciopelo que habían salvado de su éxodo desde Bártfa, Kassa o Kolozsvár, la mesa ovalada con incrustaciones o el portapipas forrado con seda verde (yo conservaba uno de mi padre que también se perdió entre los escombros de mi casa de la calle Mikó). ¿Eran progresistas? Sí, pero no como lo deseaban los adeptos del cambio radical. Preferían leer a Mikszáth antes que a Zsigmond Móricz, pero sabían que Babits era un poeta mayor que Gyula Vargha. No «progresaban», sino que salvaguardaban algo. Ellos eran quienes compraban los libros, se abonaban al gallinero de los teatros y se suscribían a los periódicos. No eran muchos, pero sin ellos la cultura húngara no existiría. Habían estado ocultos por un rimbombante y recargado decorado *bourgeois*, mas esos bastidores acababan de ser desplazados a causa de un simulacro de incendio, por lo que el escenario quedaba al descubierto, mostrando la realidad. En Hungría, los intelectuales nunca habían constituido una capa tan dividida como en Occidente debido a la pertenencia a distintos partidos, la visión del mundo o la

347

ideología. Entre los socialdemócratas húngaros sólo había un pequeño grupo de intelectuales destacados. Por otra parte, pocos intelectuales habían respondido a la llamada de la derecha en los tiempos inmediatamente posteriores a la crueldad demente de Trianón (en Transilvania y las Tierras Altas eran precisamente los miembros de esa clase media quienes habían pagado el precio de Trianón): muy al contrario, sólo se afiliaban a los partidos de ultraderecha los miembros de la pequeña burguesía plebeya que carecían de cultura y tradiciones (de la misma manera que ocurrió en Alemania y otros países), y que por tanto eran incapaces de juzgar con objetividad. En realidad, en Hungría, en un sentido político y social, sólo había dos tipos de personas: las liberales y las que no lo eran. Y esos intelectuales liberales húngaros —miembros de la clase media, sedimento de una Hungría aristocrática, desprovistos de todos sus derechos, venidos a menos y reducidos casi a la condición de mendigos profesionales, sin programa ideológico alguno— asumieron su papel: decidieron esperar el momento en que volvieran a ser necesarios, puesto que sin ellos el poder opresor no podía hacer absolutamente nada. Querían ayudar —primero ayudarse a sí mismos y después a la nación— sin ayudar a los comunistas (de la misma forma que lo harían, más adelante, los mejores de entre los exiliados). Pero eso era sumamente difícil, y a veces resultaba casi imposible fijar la línea divisoria (los comunistas se aprovecharon muy a menudo de esa imposibilidad).

Por aquel entonces había desaparecido ya todo lo que había sido una exageración de nuevos ricos, y en su lugar podía verse la realidad pura y dura: la pobreza. Yo no creo en la solidaridad entre proletarios —aunque según los etólogos existe una especie de solidaridad mutua incluso entre los cuervos—; yo creo en la solidaridad de la pobreza. En esa época, cuando la tormenta había derrumbado por completo el elegante decorado y la sociedad se había quitado el disfraz y la máscara, emergía a la superficie la solidaridad de la pobreza. Hungría, un «Canaán de leche y miel», daba leche y miel a muy pocos; a los intelectuales trabajadores sólo les había estado dando un trozo de pan como caridad. Y los pobres de clase media —una clase media humanista que leía libros, que iba al teatro, que sobrepasaba sus posibilidades económicas a la hora de educar a sus hijos y que salvaguardaba la tradición de las relaciones sociales sin llamar la atención, una clase media a cuyos representantes muchos confundían, de manera irónica y superficial, con pequeños terratenientes venidos a menos y con nuevos ricos palurdos— no decían ni palabra y no se quejaban ni hacia fuera ni hacia dentro. No se lamentaban, no reclamaban nada. Como si la capa culta de la nación —la de los intelectuales— hubiese comprendido que discutir no tenía sentido alguno, que no se podía discutir con el destino. El destino estaba cerca y era previsible. ¿De qué destino se trataba? De la soledad.

No había existido ni existía en Europa ningún otro pueblo tan asfixiado por su soledad como el húngaro. No sé qué sienten los finlandeses, nuestros «parientes», a ese respecto.... Se dice que entre ellos también hay muchos depresivos y muchos suicidas. Ese dato se explica por el clima nórdico, por las dimensiones de un país extenso, de bosques y lagos, terriblemente vacío, por su aislamiento geográfico: sus habitantes viven apartados, lejos los unos de los otros, hay poca luz, el sol es escaso... Quizá sea verdaderamente así. Sin embargo, en Hungría la soledad era distinta: suponía una asfixiante falta de aire que provocaba asma. Se trata de un pueblo que se había aproximado a Europa en una antigua migración y que había estado buscando, durante un milenio, a alguien a quien dirigir la palabra con confianza. Y que nunca lo había encontrado (si bien existían ciertas simpatías: italianos y polacos simpatizaban con los húngaros, pero la buena disposición no llegó a más). Sus reyes más importantes, sus hombres de Estado más ilustres —desde san Esteban hasta István Széchenyi—, así como sus artistas y poetas —desde los que habían servido como guardias en la corte hasta Árpád Tóth— buscaron durante siglos el camino hacia Occidente. En ocasiones parecía que Occidente estaba cerca, que sólo había que dirigirle la palabra y que respondería. Pero en realidad nunca respondió. La extraña conexión que llama a los pueblos a la solidaridad —en un sentido político o fisiológico— nunca se produjo. La conciencia de que ser húngaro es sinónimo de soledad, de que el idioma húngaro es incomprensible para las personas de otra lengua y de que tampoco tiene parientes, así como de que el fenómeno de lo húngaro, lleno de mezclas pero absolutamente peculiar, es extraño incluso para nuestros vecinos más próximos, que han compartido nuestro destino durante siglos, la conciencia de todo eso tiene algo de aterrador. A veces, durante cortos períodos históricos, en las épocas en que el curso de las civilizaciones cambiaba de sentido, cierta esperanza atenuaba ese sentimiento de soledad... Pero esas etapas se acababan pronto. Los húngaros tuvimos que aprender una y otra vez que no había pueblo alguno en Europa a quien pudiéramos dirigir la palabra con confianza, ni con quien pudiéramos compartir responsabilidades. En el momento en que una enorme potencia enemiga —la fuerza eslava, femenina y tenaz— agarró del cuello a un país mutilado, tuvimos que entender de repente, iluminados por un relámpago, que no había nadie, ni lejos ni cerca, con quien pudiéramos contar.

«Quizá América», se decía con un balbuceo temeroso. «Quizá Occidente», se insistía con una terrible falta de información (yo acababa de regresar de allí y llevaba grabados en mi cuerpo y en mi mente la indiferencia glacial, la inquina perezosa, la superioridad arrogante con que Occidente contemplaba el destino de Europa del Este). La gente comprendía, poco a poco, que no había nada que esperar, que no existía ninguna esperanza. Que no había pueblo alguno que

350

estuviese dispuesto a asumir el riesgo de dar un paso en el terreno de la diplomacia y pronunciar una sola palabra grave y verdadera en interés de los húngaros. Cuando eso se hizo obvio, un sentimiento de soledad lo cubrió todo, como las lianas cubren el suelo de la selva. Y la soledad es peligrosa porque amenaza —tanto a los individuos como a los pueblos— con petrificar y erosionar todo y a todos.

Únicamente había escapatoria hacia dentro (si acaso la había). Como siempre, en su soledad el húngaro sólo podía esperar encontrar un aliado en sí mismo, mirando hacia dentro. Así que en aquellos años, en los años de toma de conciencia de esa terrible soledad histórica, algo empezó a hablar en el interior de la gente. La soledad no vuelve a nadie mejor. No es cierto que la soledad ennoblezca. El solitario se vuelve más insociable, aunque también se hace más fuerte. La soledad es un destino... Pero es capaz de descubrir fuentes de energía que no salen a la luz en los tiempos de autoengaño del optimismo o en las épocas de falsas esperanzas. Yo empezaba a sentirme como en casa en Hungría porque esa soledad me hablaba a mí —desde todo y desde todos— como le hablaba a todo el mundo. El pueblo, tanto como el individuo, sabía que no podía alterar su soledad porque ése era su destino. Así que un pueblo y los individuos que lo componían intentaron seguir siendo solitarios de manera práctica y metódica.

«O beata solitudo», cantaba san Francisco de Asís. Y a continuación añadía: «O sola beatitudo.» Este santo —que en su época de principiante había sido hippy, y sólo más tarde llegaría a convertirse, de manera harto complicada, en san Francisco— exageraba. La soledad no es dichosa. Sin embargo, la soledad húngara era también una fuente de energía, un oasis en medio del desierto europeo. El pueblo húngaro, con todas sus particularidades, buenas y malas, se había quedado —situado de manera fatídica entre Oriente y Occidente— a solas con su destino. La gente aún escu-

351

chaba las emisoras de radio occidentales... Había algunos que todavía albergaban esperanzas. Otros callaban, y permanecieron largamente en silencio. A continuación, como no podían hacer otra cosa, empezaron a poner orden en su soledad.

11

... Desordenado, cuídate, peligroso es el orden,
los ciervos en el coto de pronto enloquecen,
bajo árboles oscuros acecha la pasión,
caen del tejado gotas de sangre lentamente,
la música, el derecho civil, la geometría
ya no mantienen como antes el mundo en orden,
lleva una gabardina el hijo de la noche,
chilla el gato salvaje, se estremecen las flores...

12

El derecho civil estaba visiblemente afectado; la música y la geometría seguían —por lo menos en apariencia— manteniendo cierto orden en el mundo y disfrutando de su prestigio de siempre, aunque eso tampoco duraría mucho. Los comunistas incluso pusieron las manos encima de la música; la tasaron. También las leyes de la geometría euclidiana se tambaleaban debido a la prisa que había por mudarlo todo: a veces daba la impresión de que ya ni el contrapunto ni la pirámide truncada eran lo mismo que antes. Los comunistas pretendían hacer desaparecer todo, cambiar todo, remodelar todo lo que recordara el pasado. Lisenko anunció su teoría sobre la «nueva genética», y dentro del contexto de la ideología científica marxista todo parecía efectivamente posible, incluso transformar la naturaleza humana por influencia medioambiental o bien conseguir la cuadratura del círculo. Anunciaron que había llegado el Nuevo Orden. Como yo soy de índole desordenada por temperamento, reparé en ello porque sabía por experiencia que todo orden se transforma pronto en sistema y que eso es peligroso.

Se construían puentes. Los tranvías se detenían, muy obedientes, en la última parada y el conductor volvía del último vagón al primero, llevando consigo el freno de mano para iniciar el mismo trayecto al revés. Después de la época de anarquía eufórica posterior al cerco de la capital había llegado el tiempo de la cruda y dura realidad cotidiana. El hecho es que en la época inmediatamente posterior al cerco, cuando no existían ni el Estado ni la Administración, la gente se las arreglaba bien, por extraño que parezca, basándose en un orden personal e individual. No existía ningún tipo de sistema, pero había un orden personal que funcionaba. Todo el mundo hacía sólo lo que quería y podía hacer. La gente sabía, por ejemplo, que incluso sin ningún tipo de licencia eran capaces de remendar un par de zapatos, arreglar un desagüe o colocar unas persianas, así que la estructura de la convivencia se mantuvo perfectamente en pie, aun sin la bendición del sello oficial. El curioso instinto que impulsa hacia la anarquía a las civilizaciones rígidas —y que normalmente se mantiene oculto como se esconde el tigre en la selva— prorrumpía de vez en cuando con algún rugido. Sin embargo, esa situación no duró mucho. En pocos meses se organizó el orden oficial: decretos y disposiciones lanzaban sus proclamas a voz en grito desde los muros de la ciudad en que se anunciaban, por la noche las calles se llenaban de policías (a veces más peligrosos que los que había que vigilar por orden expresa de la autoridad), se crearon la Oficina Tributaria, el Catastro, el Tribunal de Cuentas... Pero ya no existía un orden vivo y humano. El sistema había pedido la palabra.

Las puertas de las viviendas volvieron a tener timbre y se restableció el servicio telefónico. Tanto el timbre como el teléfono sonaban a menudo: los espasmos forzosos del odio generalizado se habían suavizado, la gente quería otra vez acercarse a los demás. En mi casa sonó el teléfono, llamaba la Gran Actriz, hablando con su voz de alondra: me cantaba, me cuchicheaba, me musitaba, me susurraba las últimas noticias. Y nos invitaba a comer (Gizi era perfecta por teléfono, mejor que en escena: en su aspecto físico nunca hubo suficiente seguridad, pero si podía ocultarse tras el biombo del teléfono, su voz tomaba cuerpo, se hacía segura y se imponía, y ella aprovechaba cada tono y cada matiz con toda la experiencia de su profesión). Sí, ya habían encontrado un piso apropiado. A su marido, Tibor, le habían dado un puesto importante en una clínica, y además era profesor titular de la facultad de Medicina. ¿Qué queríamos para comer? ¿Nos faltaba algo? Porque ella, Gizi, podía conseguirlo todo, tanto en ese momento, con Rákosi, como con Horthy en el pasado. No nos faltaba de nada, pero aceptamos la invitación. La actriz tenía un piso de tres habitaciones en el centro de la ciudad: en los restos de los escombros había conseguido levantar un auténtico castillo de hadas. No se trataba de un piso de verdad, y tampoco tenía aspecto de hogar, era más bien un decorado: para una actriz de talento incluso el hogar significa la escena, con sus decorados y bastidores. Un criado de traje blanco servía la mesa, la pasta con requesón se acompañaba de champán francés. Durante la comida, el marido —un hombre muy simpático, parco de palabra y elegante, un otorrino magnífico— se retiró a su consulta, que estaba al lado, para extirparle las amígdalas a una niña, pero volvió para el café y se sentó de nuevo con nosotros, sin decir nada, velando con el interés del anfitrión excelente por que sus invitados se lo pasaran bien. («Tibor es muy feliz —dijo la actriz en tono confidencial mientras él estaba en la consulta—: por fin ha conseguido todo lo que deseaba.») Tibor regresó, llenó nuestras copas con aguardiente, sonrió y calló. La actriz también era una anfitriona perfecta. Pero además era una actriz perfecta, y se comportaba como si estuviera actuando en su nuevo papel: hasta ayer había sido la estrella preferida del mundo burgués, ahora que habían llegado los nuevos patronos, los comunistas, interpretaba para ellos. El marido permanecía callado, parecía otro invitado más en aquel piso improvisado. Pero de pronto aquel hombre sonriente, cortés, disciplinado, me miró a los ojos y en su mirada se reflejó una pregunta inesperada y sorprendente, un destello de desesperación que no pude olvidar. Me dio la impresión de que quería decirme algo, de que tenía ganas de pegar un grito; pero se giró hacia un lado, miró a otra parte y habló de otra cosa.

Enseguida nos devolvieron la visita. Gizi cuchicheaba y canturreaba nuevamente con su voz de alondra, Tibor callaba, como siempre. Más tarde se fueron de viaje y no volví a verlos. Dos o tres años después leí en un periódico comprado en una estación ferroviaria italiana que Tibor había envenenado a Gizi, quien había muerto en el acto. A continuación se suicidó, pero desgraciadamente vivió algunas horas más. Por suerte no pudieron salvarlo y murió de madrugada. Probablemente Gizi se equivocaba al decir que Tibor era muy feliz: aunque tuviera un piso y un trabajo en la clínica, no parecía completamente feliz. Yo guardaba el recuerdo de aquella mirada fugaz, sorprendente, agresiva, el grito contenido que me había lanzado.

Había Orden, pero también había gente que no toleraba bien ese Orden. Una noche volvió a sonar el teléfono; me llamaba la esposa de un amigo mío, médico, rogándome que fuera inmediatamente al Hospital de San Roque, donde su esposo, un famoso neurólogo, estaba debatiéndose entre la vida y la muerte: se había inyectado diez centímetros cúbicos de morfina con escopolamina —*lege artis*, porque conocía los trucos de su profesión—, y por más que intentaban despertarlo dándole de bofetadas, no parecía haber muchas esperanzas de que lo consiguieran. Eso ocurrió de madrugada, pero como pude conseguir un taxi, me fui al Hospital de San Roque, donde mi amigo se encontraba acostado en una cama, inconsciente, con los ojos desorbitados. Hacia el mediodía ya tenía reflejos oculares. En la noche del día siguiente ya hablaba. No era de los médicos que sufrían problemas económicos. Los comunistas trataban bien a los buenos profesionales de la medicina, con mucho tacto y amabilidad, puesto que los necesitaban. Mi amigo no estaba obligado a hacer declaraciones de fidelidad. Era el médico gerente de su hospital, profesor titular, tenía una consulta privada muy prestigiosa, su piso había quedado intacto durante la guerra... Hasta el día de su intento de suicidio había cumplido a la perfección con todos sus deberes en el hospital, pasaba consulta y se mostraba contento y alegre. Vivía su vida de siempre, poseía un automóvil, estaba suscrito a revistas extranjeras, compraba y leía libros húngaros y extranjeros, seleccionándolos con cuidado y buen gusto. Su padre había sido un juez de renombre en las Tierras Altas, es decir, que era un típico representante de la clase media húngara, respetuoso del orden y fiel guardián de su estatus social... Le pregunté por qué había tratado de suicidarse.

Habían pasado dos días desde que lo habían devuelto del umbral de la muerte: ya estaba consciente y hablaba con claridad. Se notaba en su tono que tenía ganas de hablar de su intento de suicidio, que sentía la necesidad de confesar (lo cual se me antojaba correcto y admirable: incluso en el borde del precipicio seguía siendo un médico absolutamente profesional, que podía hablar de su propia catástrofe sin caer en la autocompasión. Hablaba con el tono soñador y relajado con que hablan las mujeres después del orgasmo, tras haber quedado satisfechas y antes de rendirse al sueño, cuando musitan unas cuantas palabras de gratitud entre susurros... A lo mejor el suicidio también tiene algún componente de satisfacción orgásmica). Me respondió: «Tenía miedo.» Le pedí que me explicara de qué tenía miedo. Me contestó formulando una pregunta, con los ojos cerrados, como si hablara medio dormido, alargando mucho las palabras: «¿Te acuerdas del Programa de Oxford?» Yo me acordaba muy vagamente de ese tema. Pero recordé una reciente conversación nuestra, en la que mi amigo el neurólogo me había explicado lo que acababa de leer en una revista occidental: en Inglaterra, después de la Primera Guerra Mundial, unas almas sensibles habían descubierto que la única «solución» era el «Programa de Oxford», o sea, la idea bienintencionada, utópica, típicamente inglesa, de una sociedad en la que el individuo usa sus propios métodos —contra un Estado que sólo desea tener esclavos— con el fin de salvaguardar la libertad que le permitirá conservar sus rasgos particulares incluso estando al servicio de la justicia social... Me acordé de que habíamos tratado ese asunto. Sin embargo, no acababa de entender por qué lo mencionaba ahora, allí, tumbado en una cama del Hospital de San Roque, blanco como la pared. Le pregunté qué tenía que ver el Programa de Oxford con su ingreso allí. Me respondió a regañadientes (pronunció la frase subrayando todas las sílabas): «Tenía miedo porque el humanismo ya no existe.» Lo contradije. Uno no intenta suicidarse porque se da cuenta de que «el humanismo ya no existe»... ¿Cuándo y en qué experiencia vital ha habido alguna vez humanismo? Incluso los hombres fuertes mienten, a sí mismos y al mundo, cuando tienen miedo... No me creía lo que me estaba diciendo. Me repetía con los labios rígidos: «Tenía miedo.» Luego empezó a hablar con los ojos cerrados. Me contó que creía haber superado el shock, los golpes de la guerra y el cerco de la capital. Creía que todo estaba «en orden» a su alrededor, y que seguía viviendo como antes... Una noche (cuando estaba escuchando un disco de Mozart, pues era un melómano apasionado), de repente, sin ningún motivo ni razón, le entró el pánico. Comenzó a sentir miedo de que en este mundo él ya no era «él», de que ya no era el que había sido, porque había perdido algo. Al decir eso, hablaba como me había hablado aquel escritor y redactor de un periódico cuando me contó que en el calabozo adonde lo habían llevado los rusos había sentido un gran pánico al comprender que en aquel sistema «él», el individuo, ya no existía, que se había diluido... Así me habló, y de pronto se calló, como sintiendo vergüenza. Salí de su habitación sin articular palabra.

En el pasillo me encontré con el médico de guardia, que me acompañó hasta la salida atravesando la sala donde se hacinaban los que habían intentado suicidarse. La sala estaba repleta de camas, ordenadas en largas filas, en las que yacían los que habían ingerido lejía, los que habían tratado de ahorcarse, los que habían saltado desde algún puente, los que habían abierto la espita del gas: los eternos mutilados de las tragedias del vertedero de la gran ciudad que —independientemente de la época histórica— se encaminaban en fila india hacia la muerte voluntaria cotidiana. El médico me contó que ahora se cometían más suicidios que durante la guerra y que en los tiempos inmediatamente posteriores al cerco de la capital, durante los primeros meses de la ocupación rusa (algunos años más adelante, Hungría se colocaría a la cabeza de Europa en cuanto a número de suicidios). Añadió que antes del cerco se podía establecer cierto diagnóstico con mayor o menor precisión: la situación social, las estereotipadas vueltas de la vida y el destino determinaban quién, cuándo y por qué se suicidaba. El enamorado que ha sufrido un desengaño, el hombre potencialmente débil para la batalla diaria de la vida social, el que quiere «vengarse» poniéndose la soga al cuello o abriendo la espita del gas: antes, esas tragedias se repetían con monotonía y con obstinación. «Pero ahora —me dijo el médico— hay muchos suicidas que, cuando se les pregunta por qué han querido "desvanecerse" —utilizó ese término de la jerga del Hospital de San Roque—, responden que no lo saben con exactitud, que simplemente sentían que no podían más porque tenían miedo. Y ninguno sabe precisar de qué tenía miedo...» El miedo se instalaba en la conciencia de la gente como un gas tóxico, inodoro e insípido. Aquellos suicidas del Hospital de San Roque —al abrir la espita del gas o al escalar la estatua del águila imperial del puente Francisco José— no temían por su puesto de trabajo, porque la mayoría no tenía trabajo, y tampoco por su posición social o por su amante, porque no tenían nada de eso... ¿Por qué y por quién tenían miedo entonces? Algo les había ocurrido —algo nos había ocurrido a todos—, algo incomprensible. Y esa falta de comprensión era tan terrible que muchos huyeron de ella hacia la muerte.

Un día me trasladé a una pequeña ciudad barroca de provincias a la que solía ir durante la guerra, cuando no se podía salir al extranjero, y en la que podía encontrar algo del tipo de vida «urbana» propia de las Tierras Altas que no existía en Budapest. La ciudad era famosa por sus excelentes vinos y también porque —al ser sede arzobispal— el clero había tenido en sus manos todo el poder social y económico. Esa insana situación se había acabado —independientemente de la llegada de los rusos y los comunistas— debido a los cambios internos suscitados en la sociedad húngara: al arzobispo le habían arrebatado las tierras y los viñedos, todas sus posesiones, y habían alojado a varias familias necesitadas en los preciosos palacetes barrocos del conjunto canónico. Me sorprendió que todo aquello no hubiese bastado para quitarle al arzobispo su poder... Mi estancia coincidió con unos días de festividad mariana, cuando la pequeña ciudad se disponía a recibir con fervor al cardenal Mindszenty. Durante tres días la ciudad acogía a una muchedumbre que llegaba en tren, en carro o a pie. Familias completas se instalaban en las escalinatas de la catedral, con todas sus pertenencias, y en las calles de la población, en cuyas aceras dormían bajo el cielo estrellado. Probablemente no andaban equivocados quienes afirmaban que alrededor de la catedral se habían reunido unos cien mil peregrinos llegados desde todos los rincones del país. El número de habitantes de la ciudad se triplicó durante aquellos días.

Yo me movía entre la multitud y observaba. Se trataba de una muchedumbre compuesta, ante todo, por campesinos paupérrimos, hombres y mujeres con niños descalzos. Reparaba en sus pies, tan deformados tras andar tanto sobre el polvo del camino que ya no parecían pies humanos, sino pezuñas de animales, de rinoceronte. Había gente por doquier, y todo el mundo permanecía en silencio, comiendo lo que

361

llevaba, mientras esperaba a Mindszenty. El arzobispo de la ciudad de Esztergom era, en aquella época —un año después de la «conspiración»—, una persona tan prominente como los antiguos príncipes de la Iglesia: en medio de aquella espera tensa y emocionada se notaba que si el cardenal hiciera una señal con la mano, la fanática multitud echaría a andar, se enfrentaría a las armas de los policías y acabaría con todo. Evidentemente no hizo ninguna señal, pues no podía. Llegó y aquella masa de gente se arrodilló ante él. Empezó a hablar —hablaba como todos los sacerdotes, desde la cima de una alta montaña—, situado muy por encima de la multitud, y los fieles apenas comprendían sus palabras, llenas de las florituras típicas de un sermón eclesiástico. Lo único que entendían era que todos tenían miedo, y que aquel hombre también.

¿De qué tenían miedo aquellos cien mil pobres peregrinos descalzos? ¿Y los demás, los millones de jornaleros que se habían quedado en casa, en sus casuchas? Los comunistas les habían hecho creer que les iban a dar tierras; les repetían, con su astuta propaganda, que todo redundaría en beneficio del pueblo trabajador y de los necesitados... Pero ellos tenían miedo. ¿Miedo a los eslavos? ¿A los comunistas? ¿Miedo a perder sus cerdos, el trigo que habían escondido? ¿Miedo al controlador de molinos, al comisario trillador, al policía democrático popular que había sustituido al guardia rural y que velaba con la misma e intransigente severidad por las maneras y los comportamientos del pueblo que su predecesor? No se sabía con certeza de qué tenían miedo. Lo único cierto era que lo tenían, que estaban arrodillados y que miraban al sacerdote como si en aquella persona —ataviada con su casulla de cardenal— se hubiese materializado una exigencia. Como si sintieran que el tiempo había elevado al cardenal sobre un pedestal peculiar: un hombre había decidido expresar en voz alta esa exigencia, la del derecho a la libertad de conciencia. Quizá era eso lo que las temerosas masas sentían. Arrodilladas, agachadas, gimiendo, rezando. Cien mil personas sentían que había llegado el momento de pasar un importante examen donde confesar y reconocer que ya no poseían más que ese algo que la religión y la filosofía denominan con diversos nombres, por ser un término difícilmente definible, pero que en el lenguaje popular se conoce simplemente como alma (entre esas cien mil personas, entre los otros millones, había pocas que supieran definir el alma, un concepto que interpretaban de modo bien distinto los filósofos griegos del *pneuma* y Dewey, el filósofo y pedagogo americano que afirmaba que el alma es el lenguaje). Es imposible imaginar lo que los peregrinos arrodillados en la fiesta mariana de Eger entendían por alma o por libertad de conciencia... Lo único seguro era que hipaban y gemían porque tenían miedo.

Quizá también tenían miedo a causa de lo que les repetían sin cesar desde los altavoces omnipresentes del Poder Central: que los días de la semana ya no eran simplemente lunes, martes, etcétera, sino que todos eran Historia consolidada. A lo mejor tenían miedo de la Historia. Nadie sabía con exactitud qué era la Historia, pero había algo siniestro en aquella amenaza. Toynbee, a la edad de ochenta años, escribió un libro más, y en la introducción decía que el estudio de la Historia no permite sacar ninguna conclusión sobre el futuro, porque no es seguro que lo que la gente hizo en determinadas circunstancias en el pasado vuelva a producirse en el futuro, dadas las mismas circunstancias. Hay que resignarse a aceptar que la Historia es indigna de confianza y que es arbitraria, como todo lo hecho por el hombre. Así que la gente empezó a atender más bien a lo cotidiano. Pero detrás de la monótona interpretación que se hacía de la Historia empezaba a aparecer otra muy distinta: la verdadera Historia.

13

Lola se refería a eso de este modo:

«... La Gruñona le daba su masaje diario a la abuela a las seis de la mañana. A esas horas, en el enorme piso de Kassa todavía dormíamos todos, sólo las criadas estaban ya despiertas, cumpliendo con sus tareas cotidianas en la cocina: encendían la lumbre, lavaban los platos que habían dejado los que habían cenado tarde, empezaban a poner la larga mesa en el comedor... En algunas ocasiones, ésta llegaba a estar preparada durante las veinticuatro horas del día. Se retiraban los platos sucios y las migas, pero casi siempre había alguien comiendo, desayunando, almorzando, merendando, cenando o simplemente tomando un piscolabis a cualquier hora, porque la familia tenía muchos miembros, y además aparecían sin cesar, y en el momento menos pensado, personas que pertenecían a la familia sólo de una manera semioficial, así que siempre había alguien sentado a la mesa. No valía la pena quitarla y volverla a poner. Las criadas la disponían a primera hora de la mañana y colocaban por lo menos doce cubiertos, a veces incluso más.

»La Gruñona era una anciana y su hija iba a las "casas bien" a coser. La Gruñona llegaba a las seis de la mañana, cuando todavía dormíamos todos. Atravesaba las habitaciones de puntillas. Había muchas: antes, la casa había albergado los despachos de los juzgados de la ciudad, y quienes no la conocían se perdían fácilmente por unos pasillos llenos de cuartos y recovecos. La Gruñona andaba como por su propia casa, no se perdía nunca y se dirigía siempre al dormitorio de la abuela, que dormía roncando bajo su edredón de plumas. La masajista no la despertaba de inmediato, se preparaba sin hacer ruido en la penumbra de la habitación, colocaba en la mesilla el frasco con alcohol, se tomaba un trago, luego metía la mano debajo del edredón, sin saludar siquiera, y empezaba a dar friegas a la barriga de la abuela con las manos impregnadas de alcohol.

»Así era el toque de diana. La abuela se despertaba y decía desde debajo del edredón, con voz todavía somnolienta: "No beba, Gruñona." Y seguía durmiendo. "No bebo, señora", respondía la masajista con su timbre ronco. Eso no era cierto, todos sabíamos que bebía. A veces se echaba un chorro de alcohol en las manos, y otras en la garganta. La llamaban Gruñona porque siempre estaba gruñendo, pues casi siempre andaba borracha y además hablaba con voz grave y balbuceando. Era una buena masajista, y la abuela sólo despertaba totalmente cuando la Gruñona había acabado ya con el vientre y le daba la vuelta para masajearle la espalda y los muslos. Eso duraba una media hora. Entonces la abuela se despertaba por completo y la criada encargada de su cuidado personal le llevaba una taza de café. No se trataba más que de un preludio del desayuno, que la abuela se tomaba de un solo trago en la cama para recobrar fuerzas después del sueño y el masaje y comprobar si tenía ganas de levantarse.

»Eso no era una operación fácil, porque la abuela era muy gorda y ni siquiera Marienbad le servía para adelgazar, por más que viajara todos los años a ese balneario de Bohemia: volvía incluso más gorda. Sin embargo, era alta y se imponía por su envergadura. Era una mujer bella, aun de mayor. La verdad es que se cuidaba. Por eso empezaba sus jornadas con un masaje al alba.

»Una vez que la Gruñona había terminado con todo el cuerpo, la abuela se levantaba de la cama, se ponía la bata y se sentaba en su tocador porque estaba a punto de llegar la peluquera. Ésta no bebía, como la Gruñona, pero hablaba sin parar. Mientras peinaba a la abuela, mientras le hacía los rizos, mientras calentaba los rizadores y los probaba en un trozo de papel de periódico —había dos tipos de rizador, uno más grueso para la parte de la cabellera que va desde la coronilla hasta los hombros, y otro más fino para el flequillo—, no dejaba de hablar. Las peluqueras siempre están enteradas de todo, y la de la abuela no constituía una excepción. Siempre llegaba preparada, pues mientras la peinaba y le rizaba la cabellera, tenía que contarle todo lo que había ocurrido en los alrededores, y también lo que habría podido ocurrir aunque no hubiese ocurrido. Cuando terminaba de arreglarla, la abuela, en bata, se quedaba sentada delante del espejo con un peinado tan perfecto como si fuera la reina Victoria de Inglaterra al inaugurar una sesión del Parlamento.

»El segundo desayuno, el verdadero, también lo tomaba en su habitación. Le llevaban una bandeja de plata con una taza de porcelana, una jarra de café y otra de leche, panecillos recién hechos, mantequilla y mermelada. Y también el *Neues Politisches Volksblatt*, cuya portada siempre se ilustraba con dibujos de los sucesos más horripilantes del día: una víctima sobre un charco de sangre, un tren descarrilado... La abuela siempre sospechó que ella no era la primera en hojear el *Neues Politisches Volksblatt*, y estaba en lo cierto, porque teníamos una vecina anciana, extranjera y muy pobre, tan pobre que no podía suscribirse al periódico, así que cada mañana las criadas le prestaban a escondidas el *Volksblatt* con un gesto de complicidad, y la abuela de al lado lo devolvía entre suspiros, tras hojearlo con avidez, para que se lo entregaran a su propietaria con el desayuno. Nuestra abuela había sido educada en el respeto total hacia la propiedad privada, y si se enteraba de que alguien había hojeado su periódico antes que ella, se enfadaba. Sin embargo, sólo eran leves ataques de furia matutina. A la abuela le gustaba desayunar. De hecho, le gustaban todas las comidas. Después del masaje y la sesión con la peluquera, se sentaba cómodamente, se colocaba los anteojos, ataviada con su bonita bata de encaje, y comía y leía con curiosidad, dando un mordisco al panecillo y otro al periódico. El café siempre iba mezclado con cebada, y por más que se protestara, era imposible impedir que las criadas echaran una cucharadita de ese cereal al café recién tostado. ¿Por venganza social o por superstición? No se sabía por qué, pero así ocurría. La abuela ya estaba cansada de protestar y acabó por resignarse a la cebada en el café. Desayunaba y leía con paciencia e interés a quién habían asesinado.

»Después del desayuno, llegaba otra vez su criada personal con una gran jarra de agua caliente. A veces, también Mademoiselle ayudaba a lavar y vestir a la abuela. Mademoiselle llevaba con nosotros más de diez años. Sucedió que después de la Primera Guerra Mundial un oficial italiano —no se sabe por qué, pero antes que los checos también los italianos habían ocupado Kassa— que había estado tomando clases de francés con ella, se fue sin despedirse, provocando con ello unas consecuencias muy tristes. Pero de eso nadie hablaba. Mademoiselle formaba parte de la familia —por lo menos a nosotros, los niños, se nos decía eso—, no como las criadas, que formaban parte de la casa y, según la abuela, eran "enemigas bien pagadas a quienes no les faltaba de nada". Una vez recuperada del asunto con el oficial italiano, Mademoiselle se quedaría aún largo tiempo en nuestra casa y todos guardarían luto con ella. Más adelante regresaría a Francia y desaparecería, como suelen desaparecer las *mademoiselles* y las *fräulein* tras cumplir con su misión en el extranjero salvaje. La misión consistía en que Mademoiselle enseñara francés y buenos modales a nosotras, las doncellas salvajes, por lo que recibía un sueldo módico, puesto que formaba parte de la familia... En realidad, nosotras, las doncellas salvajes —cuya educación nuestros padres habían puesto en manos de Mademoiselle—, nunca llegamos a aprender francés tan bien como ella consiguió aprender húngaro, y al final no fuimos nosotras las que nos afrancesamos, sino ella la que se volvió un poco magiar. Por las mañanas, a la hora de vestir a la abuela, ella entraba a veces en su habitación, porque aquello no era una tarea fácil y se necesitaba una ayudante.

»Cuando se vestía a la abuela nos dejaban entrar a nosotras también, a las niñas, y lo hacíamos a gusto, porque se trataba de un espectáculo de lo más divertido. La abuela intentaba estar al día con la moda del siglo XX, pero conservaba algunas excentricidades de finales del XIX. Le encantaba vestir bien, no solamente cuando esperaba visita, sino también para salir a la calle, porque consideraba que había que guardar las apariencias. El abuelo había sido el jefe médico militar de la ciudad regia y libre de Kassa y de toda la región de Abaújtorna, y cuando murió, a principios del siglo XX, la abuela pensó que debía conservar el decoro de sus costumbres, de su aspecto y de sus apariciones en público para respetar la memoria de su marido. Como la abuela tuvo doce hijos —en su época las mujeres no tomaban la píldora, sino que daban a luz sin parar—, los vestidos que llevaba respetaban patrones antiguos, lo mismo que los uniformes de los soldados, que nunca cambiaban de moda, puesto que tenían que estar siempre preparados para ir a la guerra y entregar la vida. La abuela también estaba siempre preparada; no para la muerte, sino para la vida: para dar a luz a un niño vivo y remplazar al que acababa de morir, así que no cambiaba nunca el corte de su ropa. Nosotras, las niñas, cuando nos dejaban entrar a ver cómo la vestían, nos sentábamos en el sofá y observábamos, curiosas y felices, cómo le ataban el corsé: aquello era mejor que una función matinal de teatro. La abuela se vestía con elegancia desde por la mañana, pero era muy conservadora.

»La doncella y Mademoiselle gemían y sudaban hasta que lograban vestirla. El corsé presentaba muchos problemas porque la abuela tenía una cintura muy gruesa, así que la criada tiraba de los lazos desde el lado derecho y Mademoiselle desde el izquierdo, mientras la abuela se miraba en el espejo y les facilitaba instrucciones con voz asfixiada. Se necesitaba tiempo para poder ajustar bien aquel torso dentro del corsé y conseguir atar todos los lazos. Cuando terminaban con esa tarea, había que calzarla, lo que tampoco era una cuestión fácil. Metida en el corsé, la abuela se convertía en una estatua, por lo que no podía agacharse para calzarse sola. Así que era la criada la que debía hacerlo, ayudándose con un calzador para encajarle los pies en los zapatos y a continuación abotonar los tres botones con un abotonador, porque a la abuela le gustaban los zapatos con tres botones. Cuando salía a la calle, se ponía uno de sus preciosos sombreros con velo, adornado con plumas y sujeto al cabello con una aguja. La punta de ese objeto asomaba por el lado opuesto del sombrero, de modo que, por razones humanitarias, Mademoiselle se veía obligada a cubrirla con un tapón protector especial. Todo ese proceso constituía un ritual complicado y ceremonioso, semejante a la costumbre del *lever* en la época de Madame de Maintenon en Versalles. Cuando terminaban, acababan todas resoplando, Mademoiselle, la doncella y la abuela. Sólo nosotras, las niñas sentadas en el sofá, nos sentíamos muy felices, porque aquello había sido un espectáculo de lo más divertido.

»Terminaban hacia las diez, y entonces la abuela se ponía unos guantes de ganchillo que le llegaban hasta los codos, cogía su bolso y salía a la ciudad. Bajaba las escaleras muy despacio, como un buque militar al salir del puerto, y nosotras la mirábamos asomadas a la barandilla del pasillo como miran los contemporáneos a un personaje histórico. Cuando iba por la calle, todos la saludaban con reverencia: los transeúntes se quitaban el sombrero y los comerciantes de los alrededores se inclinaban, porque había algo de solemnidad litúrgica en la aparición de la abuela. Caminaba despacio, pues tampoco podía hacerlo de otra manera, sonreía afablemente y devolvía los saludos asintiendo con la cabeza, y la gente se alegraba porque era reconfortante ver a una abuela tan magnífica andando por las calles. En la ciudad todavía se recordaba al abuelo, un doctor a quien todo el mundo respetaba. En la habitación de la abuela, en la cómoda, estaban colocadas en semicírculo las fotografías familiares, los hijos vivos y también los muertos, las fotografías de los yernos y las nueras y las de los nietos. También estaba la fotografía de los esponsales de mis padres: papá llevaba su uniforme de primer teniente con las dos estrellas en el hombro, porque en su época de novio todavía era un oficial en activo y sólo más tarde pasó a la reserva, tras casarse con mamá, porque no pudieron pagar el depósito de seguridad de 30.000 forintos de plata que se exigía en tiempos de paz para el matrimonio: ésa era una suma más que considerable... En el centro estaba la fotografía más grande, lujosamente enmarcada: la del abuelo, en sus bodas de plata, vestido con camisa blanca, levita negra de solapas de seda y pajarita del mismo color, con la cadena de oro de su reloj de bolsillo sobre el chaleco, barba y gran sonrisa, como debe ser en un médico, un excelente médico de cabecera que conocía los secretos de sus pacientes y sus familias y también los de los purgantes y las gotas para los achaques del corazón, y asimismo conocía todo lo que los hombres escondían bajo la levita y las mujeres bajo el corsé. En los tiempos del abuelo los médicos todavía no llevaban bata blanca para recibir a sus pacientes, se vestían con levita negra y un chaleco que adornaban con la cadena de oro del reloj de bolsillo. La abuela, al salir a la calle y despertar tanto respeto, evocaba el recuerdo del abuelo.

»Antes de pasar por la Asociación de Damas, de la cual era presidenta, entraba en la carnicería del señor Freudenfeld, que estaba en la esquina, y sin quitarse los guantes, y de pie, se comía una ración de jamón con un panecillo untado de mantequilla. Ese piscolabis era el punto más débil de la abuela: ese panecillo que se tomaba a las once de la mañana era un narcótico superfluo pero embriagador. Como los drogadictos, ella tampoco podía resistirse a entrar en la carnicería cuando pasaba por allí. En la familia se hablaba de ello entre suspiros, porque todos sabíamos que no valían ni los argumentos ni las regañinas: a los adictos tampoco se les puede convencer de que dejen la morfina.

»El carnicero lo sabía y sonreía abiertamente cuando la abuela entraba en su tienda y se detenía, toda peripuesta, delante del mostrador. No tenía que decir nada. Sobre la puerta había un letrero grande que anunciaba que aquélla era la carnicería donde se vendía "el mejor pernil de Kassa". La mayoría de los clientes, incluida la abuela, no distinguía entre pernil y jamón, pero los que iban a comprar a la carnicería del señor Freudenfeld no se preocupaban por cuestiones de semántica, sólo querían jamón, y del mejor. Y eso lo tenían asegurado. A la abuela el viejo Freudenfeld le cortaba personalmente el jamón —siempre de una nueva pieza—, y mientras su ayudante abría en dos el panecillo y lo untaba con mantequilla, él apartaba con la punta del cuchillo la grasa sobrante y a continuación colocaba la loncha rosada, blanda y sabrosa, entre las dos rebanadas de pan. Y la abuela —de pie, toda peripuesta, con los guantes en su sitio, el sombrero en la cabeza, con sus plumas y la aguja— se comía el panecillo con jamón. No se sentaba, incluso se apresuraba un tanto, porque sabía que había algo en su manía por el jamón que no era del todo decente. Al tragarse el último bocado sonreía con cierto pudor, como si le diera vergüenza una debilidad que, por otra parte, no podía remediar, así que se entregaba de lleno a su pasión. El carnicero, el viejo Freudenfeld, observaba con orgullo cómo la abuela se tragaba su jamón, luego se acercaba solícito a la puerta de cristal, la abría de par en par y se inclinaba exageradamente. Así se celebraba el ritual del jamón, todas las mañanas, antes de la visita a la Asociación de Damas.

»La abuela caminaba por la calle Fő, la calle principal, y devolvía los saludos de la gente con una amplia sonrisa. A veces se detenía —como un buque de guerra en un desfile militar— e intercambiaba unas palabras con algunos conocidos, pero sólo brevemente, pues la esperaban las damas de la Asociación, de donde se iban andando a la Cocina de la Caridad para repartir comida entre los pobres. Iba a la Cocina de la Caridad todos los días, después de haberse comido su panecillo de jamón, y siempre fingía que probaba la comida. No hacía mucho más por los pobres, porque la abuela —lamentablemente— tenía muy mala opinión de ellos. Decía que eran unos holgazanes que no querían trabajar y que además mentían y robaban. Como en muchas otras cosas, a lo mejor tenía razón también en eso. Sin embargo, vencía su aversión hacia los pobres y se presentaba todos los días en la Cocina de la Caridad, donde las damas de turno ya habían preparado la comida para los necesitados, es decir, un plato de sopa con mijo y una rebanada de pan. La abuela, siempre con el sombrero y los guantes puestos, servía un poco de sopa del caldero y fingía probarla porque tenía conciencia social, aunque de una manera distinta de Marx. Afirmaba que la sopa estaba muy buena y a continuación, con generosidad, les preguntaba a los pobres cómo estaban y si necesitaban algo.

»Los pobres, curiosamente, siempre necesitaban algo, pero sabían que no había que tomarse demasiado en serio esa pregunta de cortesía, porque no recibirían más que el plato de sopa y el pan. Así que gemían, entornaban los ojos, le besaban la mano y hacían como que no necesitaban nada más que el plato de sopa que la abuela y el resto de las damas repartían entre ellos. La abuela escuchaba a los pobres y suspiraba, porque gracias a la experiencia de su larga vida sabía que los pobres decían pocas veces la verdad y que en general era muy difícil ayudar a la humanidad. Repartía un poco de sopa entre algunos pobres y después se despedía afablemente y regresaba a casa con la conciencia del deber cumplido.

»En el camino de vuelta a veces se detenía delante de la pastelería Megay para encargar una tarta de cumpleaños, boda o santo. La familia era tan grande que apenas pasaba una semana sin que alguien naciera, se casara, aprobara un examen, se fuera al extranjero o volviera de algún país lejano... Siempre hacía falta alguna que otra tarta (para el sexagésimo cumpleaños de la abuela el piano se cubrió de tartas de regalo: las sobrantes —con un propósito social— se enviaron a los pobres). Después de arreglar sus asuntos en la pastelería, se iba a su casa. Se metía en su habitación y se quitaba el sombrero ella sola —porque su criada, junto con las demás y con Mademoiselle, estaba ocupada en el comedor—, se sacaba los guantes, se lavaba las manos y se retocaba la cara con polvos de arroz mientras echaba un vistazo a algunas de las fotografías colocadas en la cómoda que había delante del espejo: a Frici, el hijo caído en la Primera Guerra Mundial; a Rucsi, el abogado que también había muerto joven; a las hijas que vivían en América, casadas con americanos. Suspiraba porque le daba pena que esas personas, fallecidas o alejadas, ya no pudieran sentarse con ella a la mesa. También asentía con la cabeza porque era sabia, como suelen serlo las abuelas, y luego se dirigía hacia el comedor, donde ya la esperaba la familia.

»No solamente comíamos nosotros, los miembros de la familia más cercana, o sea, papá, mamá, nosotras, las niñas, los hijos de la abuela que estaban en la ciudad, sino también los maestros que iban a darnos clases, las institutrices y también algunos invitados, entre ellos los venidos a menos que la abuela convidaba por caridad. Nunca se sabía con exactitud cuántos seríamos para comer, pero la mesa era tan larga que siempre cabía algún comensal más. Después de los saludos, la abuela se sentaba en su sitio, y nosotros, los miembros de la familia y los invitados, la imitábamos muy deprisa, porque en aquella época nadie hacía régimen y a la una del mediodía estábamos ya todos muy hambrientos. La doncella llevaba la gran sopera desde la cocina con la ayuda de otra y Mademoiselle servía a todo el mundo. La abuela se sentaba en la cabecera, papá y mamá a su derecha y a su izquierda respectivamente, y a continuación todos los demás, la familia y los invitados. Una vez que todos los platos rebosaban de sopa, una dorada y sabrosa sopa de pollo y verduras con ñoquis aderezados con trocitos de hígado, la abuela miraba alrededor con severidad para comprobar si todo estaba en orden. Como un director de orquesta, daba la señal con la cuchara, y todos nos apresurábamos a coger las nuestras.

»Entonces siempre se producía un instante de profundo silencio. La abuela hundía la cuchara en su plato y todos imitábamos a la vez ese gesto solemne con honda devoción. Luego empezábamos a comer.

»... Pensábamos que simplemente estábamos comiendo. Más adelante comprenderíamos que estábamos haciendo "Historia".»

14

«Si estuviera vivo, mi padre tendría carnet de judío», me dijo el hijo de Krúdy, el novelista, cuando —inmediatamente después del cerco de Budapest— me lo encontré en los baños de vapor Rudas. El edificio, construido en la época de los pachás turcos, había quedado intacto, a excepción de algunos trozos del mosaico multicolor de la cúpula, que habían reventado por la presión del aire causada por los bombardeos, así que a través de los huecos penetraban los rayos del sol, tiñendo las aguas y los vapores de la piscina con distintas tonalidades rojizas, azuladas, amarillas y verdosas. Las personas que se estaban remojando en la piscina de agua caliente —como cocodrilos en las orillas fangosas de un río tropical— parecían los fantasmas de un mito: se habían quedado allí inmóviles entre el vapor surgido desde la profundidad de las aguas del pasado reciente y legendario de Budapest. Lo mismo ocurría a orillas del río, en las tabernas antiguas de la Vieja Buda. Y en los cafés de Pest, inundados de un olor ácido. En todas partes donde fuera posible recordar que había existido otra Hungría, diferente de la que existía en ese momento.

El «krudismo» surgió en Budapest inesperadamente, sin haber sido anunciado por ningún signo. Se propagó como una droga de moda, una droga que tomaban incluso las per-

375

sonas que nunca habían leído las obras de Krúdy y que ni siquiera conocían su nombre. Casi todas las tabernas de Buda y de la Vieja Buda se habían salvado. Quizá la Estrella de las Tabernas —a la que Krúdy menciona en una de sus obras— fue la que salvó esos santuarios paganos, la estrella que conduce a las personas sin hogar en dirección a las tabernas, escondites de paz y reconciliación. Hubo una época que duró cincuenta años en que los escritores húngaros ponían por escrito en el café lo que habían soñado en la taberna porque carecían de «hogar» en el sentido occidental de la palabra. Tabernas y cafés constituían el Parnaso húngaro, y a veces lo fueron literalmente, como en 1848, cuando un joven poeta escribió sobre el café Pilvax que «se había convertido en el templo de la libertad»...

Esa manía por Krúdy, rápidamente extendida, tenía algunos rasgos de la adicción a una droga. Caían presas de ella incluso personas que antes nunca iban a las tabernas, ni tomaban vino, ni acudían a los baños de vapor de madrugada para quitarse la resaca remojándose en las aguas curativas y dejándose masajear por manos expertas, entregándose a una existencia puramente corporal, húmeda y viscosa, antes de partir de viaje hacia ese barato nirvana budapestino de los sofás desvencijados de la sala de pedicura, y dormitar toda la mañana intentando postergar así el momento de verse obligados a pasar de la embriaguez nocturna a la sobriedad diurna. El «krudismo» suponía una especie de huida, de despertar y de ensoñación a la vez. Era obvio que mucha gente se evadía consciente y metódicamente hacia el mundo de Krúdy ante la soledad y la desesperación existentes. Él era el escritor que había observado y descrito insuperablemente la Hungría anterior. Y en la Budapest comunista despertaba entre la gente la nostalgia por ese otro país.

Porque había existido otra Hungría. No la de los castillos y los palacetes, ni la de las chabolas y los mendigos. Tampoco la de la falsa elegancia burguesa de Budapest, en la que

—si las novelas de Móricz estaban en lo cierto— el consejero del ministro no era más que un lumpen que por la noche, al regresar del teatro, entraba en la cocina hambriento, repelaba con su navaja la grasa quemada que se había quedado pegada a la sartén y la untaba en un pedazo de pan... La Hungría de Krúdy era distinta a la descrita por Jókai o Mikszáth. En otros parajes, y empleando un término técnico moderno, sus descripciones habrían sido calificadas de surrealistas, aunque la mayoría de sus lectores no tenía ni la más mínima idea de lo que significa esa palabra, y probablemente él tampoco. Él se limitaba a escribir, y creó así un mundo surrealista donde unos húngaros diferentes hacían una vida distinta a la conocida por todos. Cuando los agentes canallas de un imperio extranjero empezaron a revolver todo lo que había significado Hungría, la gente miró alrededor asustada y creyó encontrar un refugio en el «krudismo».

La leyenda que rodeaba su vida y su muerte se había vuelto absolutamente mítica. Borrachos empedernidos se ufanaban de «haberlo conocido», de haber compartido con él alguna vez una mesa en una taberna, de haberle oído pronunciar alguna de sus frases famosas, como la de «vamos a ver a qué saben estos cuatro decilitros» o «el difunto no le puede dar tabaco». La mayoría de las veces se trataba de pura fanfarronería, porque Krúdy no permitía que se sentara a su mesa, como mirón, cualquier periodista en ciernes o cualquier literato en busca de fama y presa. En los tiempos de Krúdy, en el mundo de los escritores, la jerarquía era más estricta que en la antigua corte española: todos tenían un título y un grado que sólo los iniciados conocían, y éstos respetaban escrupulosamente ese orden y nunca lo infringían. Él tenía su propia corte, como un soberano pagano, y en ella los elegidos cuidaban muchísimo de que nadie se introdujera, sin ser llamado, en el mítico círculo. Éxito, renombre, posición social, todo eso no cuenta en el mundo de los escritores; otros criterios muy distintos rigen y determinan la jerarquía celosamente respetada entre ellos. Cuando él murió, en su casa de una sola planta de la calle Templom no había ni luz porque no había podido pagar la factura. En su armario encontraron un frac viejo y unas cuantas camisas muy usadas, además de un par de docenas de novelas de Jókai. No tenía nada más. Vivió los últimos años en una pobreza extrema, gravemente enfermo, en la última fase del alcoholismo (entre los escritores húngaros ha habido pocos alcohólicos crónicos en el sentido clínico y patológico. Quizá Csokonai, o Vörösmarty durante los últimos años de su vida, aparte de Ady, Cholnoky y Krúdy. Géza Csáth era adicto a la morfina; Kosztolányi, en sus últimos años, cocainómano. Los demás sólo tomaban unas cuantas copas de vez en cuando). El alcoholismo de Krúdy no tenía cura. Su médico, un especialista del Hospital Judío, lo trataba con mucho cariño y sin ninguna esperanza. La casa de la Vieja Buda donde murió constituía una vergüenza para el país. Krúdy siempre cobró unos honorarios de miseria. Con los libros era absolutamente imposible ganar mucho, el teatro no le interesaba, los periódicos le pagaban apenas unas monedas por sus brillantes relatos y artículos... Además, no sabía administrarse el dinero: lo poco que ganaba se lo gastaba en pasear en carroza y en comer y beber en las tabernas, y a nadie parecía interesarle demasiado que en aquella casucha miserable de la Vieja Buda viviera uno de los escritores húngaros más importantes del siglo.

La sociedad húngara, burguesa y capitalista (no los intelectuales, entre quienes Krúdy se incluía también), se despreocupaba con total egoísmo y sorda indiferencia del destino del genio, de una manera más acentuada que la aristocracia de antaño, que —movida por su vanidad, por *spleen* o simplemente por moda— solía pagar su tributo al altar de la literatura. Los aristócratas sacaban su diezmo al pueblo con egoísmo cínico para salvaguardar su forma de vida, pero no se preocupaban por los beneficios. Los burgueses capitalistas, cuando por el desarrollo del sistema económico llegan al poder, son más codiciosos que los aristócratas decadentes y bien alimentados (luego llega el momento en que la rueda de la fortuna da otra vuelta, y los sindicatos presentan sus injustas y exageradas exigencias en nombre de un proletariado que se ha apoderado del poder político; y junto al capitalista antipático y explotador, aparece el proletario explotador. Ninguno se preocupa por el destino del escritor o el artista... En fin, Krúdy no llegó a conocer esa etapa). Nunca le dieron nada. En su destino también se ve qué pobre era, en realidad, la Hungría del siglo XX después de Trianón: todo el mundo quería aprovecharse del trabajador, tanto el Estado como el empresario... Y nadie pagaba decentemente el trabajo realizado con honradez.

El propio Krúdy se pagó la edición de sus últimos libros y consiguió distribuirlos por las provincias con la ayuda de pseudoperiodistas vagabundos sin trabajo. Cuando lo enterraron —en presencia de unos pocos compañeros noctámbulos, escritores y periodistas— su obra también estaba muerta ya. Una década más tarde resucitó de forma maravillosa. Ese milagroso fenómeno no se pudo explicar más que por la nostalgia despertada entre la gente, que estaba presa de la asfixiante telaraña: los húngaros comprendieron y descubrieron que aquel escritor había conocido y estaba salvaguardando una Hungría diferente, más secreta, más misteriosa, más humana (a veces más temible y más paradójica) que la del momento presente, una Hungría «distinta».

Krúdy nunca fue un escritor popular: los autores lo veneraban porque intuían que existía un hombre que —trabajando en condiciones sorprendentes e incomprensibles, en tabernas y cafés nocturnos— estaba creando algo que no tenía precedentes, algo que se subestimaba y que era absolutamente único en su género. Sin embargo, el público y los editores se limitaban a tolerarlo frunciendo el ceño, dándole unas palmaditas en la espalda, como si fuera un fenómeno excéntrico, con rasgos personales, pero al que no había que tomar muy en serio. Luego —unos diez años después de su muerte— los lectores parecieron despertar de repente. Se oyó un sonido de arpa y la voz de Krúdy, que hablaba sobre algo «diferente». ¿Sobre qué temas escribía? En su obra titulada *Siete búhos*, un anciano vuelve a alquilar una habitación en la que vivió durante su juventud para regresar al lugar y reunirse, aun siendo mayor, con las personas con que tuvo relación de alguna manera... Y los lectores se dejaban cautivar porque en ese mirar hacia atrás no solamente podían ver su propia juventud, sino también la de Budapest, de la cual de repente todos sentíamos nostalgia. Krúdy demostró que una retrospección fantástica de ese tipo puede significar algo más que mero aburrimiento y decepción (el viejo Mauriac decía que «los cuerpos hacen muecas» en la senectud, pero Krúdy demostró que, detrás de las muecas, los rostros que nos resultan cercanos siguen brillando invariablemente y que en el fondo de nuestras «vivencias» ha habido y sigue habiendo algo que ni siquiera el tiempo puede alterar).

Krúdy escribió sus obras maestras —verdaderas joyas— hace cincuenta años, publicándolas por entregas en periódicos y revistas, cobrando una miseria... Medio siglo después sigue dirigiéndose a nosotros, y su fuerza y su talla de escritor nos resultan casi incomprensibles. Ese alcohólico no produjo ni una página floja, ni una metáfora exangüe. A la edad de veinticinco o treinta años escribía con una sonámbula lucidez de propósitos y una seguridad tan insuperables y prodigiosas como veinte años más tarde, hacia el final de su vida. Observaba con incomparable clarividencia a los seres humanos y sus sueños, veía otra Hungría diferente, y lo describía todo con una fuerza espléndida. En otra de sus obras, *El premio a las señoras*, el héroe es el dueño de una funeraria que se presenta por error en una boda y más tarde llega a un burdel, donde —en una escena esquizofrénica— se encuentra con su álter ego, el señor Sueño, y los dos —una pareja de gemelos terribles— vagan por la Budapest de los vivos y los muertos de principios de siglo... Él sabía hablar con igual maestría tanto sobre lo mítico como sobre el elemento «surrealista» que circunda la realidad, como el polvo cósmico interestelar rodea los planetas... Hay pocos escritores en la literatura mundial que sepan hacer vivo y palpable lo mítico de la realidad como él. Esa mujer que da a luz en el patio de un burdel, sobre los harapos donde suelen dormir los perros, y que en su parto revive toda su existencia... Los pervertidos, los desesperados, los románticos, los paisajes húngaros, las casas, el contenido de los viejos armarios, las manías de la gente, las pasiones incomprensibles, las comidas, las costumbres... Además de la luz de su estilo, que lo ilumina todo, esa fina bruma color perla que cubre el lienzo en los óleos de Turner o en los cuadros de nenúfares de Monet. Krúdy nunca oyó hablar del «realismo socialista», pero se acercó tanto a la realidad como Flaubert, Maupassant y los grandes realistas franceses. Sus visiones son tan misteriosamente ricas como los recuerdos de Proust acerca de las aguas profundas del tiempo. La flora y la fauna de sus obras es colorida y original; su literatura está al nivel de los mejores escritores ingleses y franceses de su época. Cuando se le rescató del basurero del olvido, se procedió de la misma manera que se comporta el héroe de una de sus novelas, el extravagante personaje de *Tiempos dorados* que guarda el recuerdo de un amor y busca las joyas robadas de los Rothschild en los sótanos de Buda (la pitonisa y la muchacha histérica de Buda son como dibujos al carboncillo de Hogarth, fantasmas terribles pero atractivos, con una atmósfera tan densa y una fragancia exótica tan embriagadora que no se puede llegar a más). En *El templario* (una de las obras más singulares de Krúdy) describe algunos personajes de la época de la invasión tártara con una fuerza evocadora que sólo poseen quienes son capaces de localizar, con su poder visionario, los cadáveres medio podridos de los caídos, dondequiera que éstos se encuentren. Alrededor del amor que surge entre el caballero templario y la monja desfilan húngaros caníbales y paisajes devastados por los tártaros, se percibe un olor a carne humana asada por doquier, y se desata una orgía antropófaga que, descritos por Krúdy, parecen un espectáculo absolutamente natural, casi casual. Con unos trazos absolutamente sencillos dibuja escenas apocalípticas de sexo, carne, crueldad y desesperación. Era un hombre que se paseaba por las calles de Budapest con la cabeza ladeada, bastón en mano, casi siempre borracho, un hombre capaz de ver todo lo que había sido y seguía siendo magiar. Sus palabras son tan mágicamente exactas como las de los mejores poemas, que saben expresar el sentido de los fenómenos situados más allá de lo real.

Apenas tres lustros después de su muerte, una sociedad espiritualmente hambrienta, obligada a alimentarse con el rancho de los soldados, recurrió a sus libros con tanta ansiedad como cuando, en las épocas de ávida necesidad intelectual, espiritual e ideológica, la gente exige con afán obstinado que el Verbo se haga Carne. Su afán consistía en leer sobre algo «distinto», sobre la otra Hungría que aún existía detrás de todo: no sobre la Hungría romántica, sino sobre la Hungría más singular y diferente de sus vecinos (la mayoría de sus lectores había malinterpretado el romanticismo de Krúdy: él escribía sobre relojes musicales, sobre calles del barrio de Tabán, sobre mujeres que se paseaban por el centro de la ciudad con tanta finura y delicadeza como si todavía fueran vestidas a la moda del siglo XIX y llevaran, debajo de la falda, a la altura de las caderas, un polisón para realzar el talle, y como si aún coquetearan tras sus abanicos de encaje... Pero todo eso no era más que un decorado para esconder una cruel realidad). En otra obra, titulada *El donjuán de Pest*, describió a una joven viuda llamada señora Kecsegi —vecina de la calle Aranykéz, en el centro de Pest, en los años ochenta del siglo pasado— que en una tarde de otoño cubierta de niebla perdió las bragas en la iglesia ortodoxa serbia del barrio de Tabán... Ese acontecimiento tuvo consecuencias no solamente en la vida de la heroína, sino también en la literatura húngara, porque Krúdy lo puso por escrito y, décadas después, sus lectores lo leyeron, atentos, en medio de los problemas que azotaban el país, y por un instante, al sumergirse en esa historia de alta graduación alcohólica que los dejó embriagados y encantados, olvidaron sus penas y sus tristezas... Su estilo malicioso y elegante, su conocimiento de los seres humanos, su cinismo noble y melancólico, los tonos bajos y cálidos de su voz, propios de un violonchelo, una voz refunfuñona y al mismo tiempo susurrante, también ronca, altisonante y viril que consolaba y confortaba, encantaba, serenaba y conciliaba. Si existe una especie de «soledad de estilo magiar», entonces la soledad de los héroes de Krúdy es así... Y en la Hungría bolchevizada, fría y árida, la gente atendía a esa voz humana y solitaria. Como si nuevamente todo el mundo quisiese oír hablar de la otra Hungría, la encantada, donde la señora Kecsegi perdía sus bragas y donde ocurrían otras muchas cosas (antes, durante y después, a lo largo de mil años) que los forasteros no podían comprender.

Krúdy escribía con arrogancia y sus lectores recibían ese regalo con gratitud: el hecho de que sólo ellos, los lectores húngaros selectos, pudieran entender y compartir con él esa altivez (en 1916 escribió: «Estaría bien vivir dentro de cincuenta años.» Pues así ha sucedido. La frescura y la amenidad de sus apuntes, de sus ensoñaciones y chismorreos sobre Budapest sigue siendo la misma y no ha perdido nada en cincuenta años). Se acercó tanto a lo que describía —un rincón de una calle, una prenda de moda, un rostro humano— que parecía estar sentado en la habitación de sus lectores, hablándoles al oído. Ése es el secreto de todo gran escritor. Su resurrección en una época de crisis de la literatura húngara fue uno de los fenómenos más extraordinarios en ese terreno.

El domingo siguiente al 18 de marzo de 1944, a primera hora de la tarde, llamaron a la puerta de mi casa en Budapest. Era Poldi Krausz, que llevaba un álbum envuelto en papel de periódico debajo del brazo. Los vehículos de la Gestapo ya andaban por las calles de Budapest, arrestando a los judíos y a todas las personas sospechosas según los nazis. Esa misma mañana, en una de las casas cercanas a la mía, Bajcsy-Zsilinszky había disparado ya contra el oficial de la Gestapo que iba a detenerlo. Poldi Krausz era el propietario de la taberna Bodega Recóndita del barrio de Tabán. Ese local era uno de los favoritos de Krúdy: Poldi lo atendía personalmente y era amigo de Krúdy y otros escritores. Se trataba de un hombre bajito, de espalda encorvada y bigote tupido, que hablaba con el acento típico de los campesinos de la llanura del Noroeste. Llevaba la gorra calada hasta las cejas y se quedó de pie en la puerta. Su visita me sorprendió, pues nunca había venido a verme. Yo sí iba a su taberna, en mis noches de copas. «Guarda esto —me dijo con su voz ronca, y me entregó el paquete envuelto en papel de periódico—. Alguien me ha denunciado. No tardarán en venir por mí. Guárdalo y cuídalo, por favor.» Sus manos temblaban al entregarme el álbum, la obra de su vida, su único tesoro. Era un libro de firmas con cubierta de hule donde figuraban dedicatorias de escritores, periodistas, artistas, noctámbulos, los caballeros andantes del mundo fantasmal de Budapest; eran frases chistosas o serias, recuerdos. Los peregrinos y los vagabundos de la letra escrita y de la falta de hogar, esa sociedad más unida que cualquier secta política o religiosa, eran los clientes habituales de la Bodega Recóndita de Poldi. El tabernero no lloraba, pero sus ojos estaban húmedos y sus labios temblaban debajo del bigote. «Incluso Gyula me puso unas líneas —me dijo emocionado con su voz ronca—. Guárdalo para que no se pierda.»

Toda vida humana tiene algo único. Algo que uno prepara durante mucho tiempo, algo que cuida, que va formando poco a poco, que mima. A veces es una persona. A veces, una obsesión. En la vida de Poldi Krausz, el tabernero del barrio de Tabán, en esa vida pobre y humilde pero siempre jovial, aquel álbum era su obra maestra. Cuando comenzó la destrucción, quiso salvarlo. Lo hojeamos juntos. Miramos las firmas de los muertos y los vivos, algunos de los cuales se hallaban en el umbral de la deportación o la muerte. En una mezcla caprichosa, en ese álbum se unían los apuntes de los clásicos de la literatura húngara y de los noctámbulos del barrio de Tabán. En una página Krúdy había escrito unas líneas en diagonal con su preciosa letra redonda de colegiala (aunque estuviera borracho, sus manos no temblaban cuando se ponía a escribir). También había frases de otros, de muchos otros, de casi todos los representantes de una generación. Yo también figuraba: di con la página en la que descansaban mis palabras.

Le dije que confiara el álbum a otra persona, que en mi casa no iba a estar seguro (la idea era sensata: al día siguiente abandonamos el piso, nos fuimos a un pequeño pueblo de provincia, y cuando —al cabo de unos meses, después de terminado el cerco de Budapest— regresamos, en lugar de nuestra casa encontramos un montón de escombros donde los libros y los papeles se habían pegado en una masa informe. La policía de los cruces flechadas, que había invadido el piso, lo destrozó todo: había disparado incluso, para divertirse, a los cuadros y los muebles. El armario de Lola estaba totalmente agujereado y sus vestidos, desgarrados por las balas). Le facilité dos direcciones donde quizá podrían cuidar de su álbum con mayor garantía. Más adelante me enteré de que no había ido a ninguna, de que el álbum había perecido con él cuando, unos días después, se lo llevaron, junto con su esposa, a la fábrica de ladrillos de Újlak, y de allí a algún campo de exterminio en Polonia. Más tarde, desde la inmensa lejanía del otro lado del océano, recordé aquel momento: Poldi Krausz, bajando las escaleras del edificio de mi casa, con su álbum debajo del brazo. Se detuvo en un descansillo y levantó los ojos para mirarme, pues yo estaba situado más arriba, observándolo por detrás. Luego continuó bajando y desapareció. Fue la última vez que lo vi. Y fue también la última vez que vi la letra de Krúdy.

15

El «átomo de demencia» que menciona Goethe no se manifiesta igual que el shock esquizofrénico. Cuando la «separación» se lleva a cabo, el hecho no se refleja enseguida en la conciencia. Es como una descarga eléctrica especialmente fuerte que atraviesa el sistema nervioso sin que el organismo la detecte de inmediato. Sólo nos damos cuenta más tarde de que ha ocurrido algo fatal e irremediable. Y es entonces cuando perdemos la conciencia por unos instantes. Ése es el «átomo de demencia».

También la idea de que ha llegado el momento de la «separación significativa» va tomando forma poco a poco. Cuando muere alguien que ha sido verdaderamente importante para nosotros, no comprendemos de inmediato lo que acaba de ocurrir. Tenemos otras tareas que cumplir: es necesario iniciar el luto, decírselo a los demás, asistir al entierro. Además hay que seguir viviendo, comer o telefonear. Mientras, algo o alguien falta sin remedio posible (sin embargo, eso todavía no constituye la «demencia»). La conciencia aún intenta hacer trampas para protegerse. Igual que durante toda la vida tratamos de rechazar la certeza de que la muerte es inevitable. Como si hubiese esperanzas de que ocurriera algo; lo que podría ocurrir es inimaginable, pero quizá... Se puede descubrir un nuevo medicamento. El Consejo de

Seguridad de las Naciones Unidas puede tomar una decisión... Uno se hace viejo cuando se da cuenta de repente, sin ninguna etapa transitoria y con todas sus consecuencias, de que es mortal.

No me acuerdo exactamente del momento en que comprendí que debía marcharme de Hungría, irme definitivamente y con todas sus consecuencias. No había ocurrido nada en especial. Todavía no se había llevado a cabo la nacionalización, el saqueo institucionalizado de derechos y de bienes. Mi editor seguía teniendo su editorial, privada, y todas las semanas me enviaba, por medio de un simpático emisario, un sobre con mis honorarios por los derechos de autor de los libros vendidos en el curso de la misma, y con eso podíamos vivir humildemente pero sin problemas. Los periódicos y las revistas mantenían las secciones de crítica literaria, si bien los críticos literarios húngaros del pasado más reciente ya se habían callado, pues nadie parecía necesitar su opinión. En su lugar opinaban los «críticos» designados por el Partido, entre ellos los mafiosos de la vida literaria, unos payasos con licencia ideológica que desacreditaban ante la opinión pública la obra de escritores, pintores y compositores de renombre, y que con unas pocas frases mal escritas desprestigiaban sus creaciones, realizadas con esfuerzo, honradez y un considerable sacrificio. Nadie parecía exigir que la calificación de chapuza se aplicara también en el terreno de la crítica literaria o en el de la crítica de arte en general. Al fin y al cabo, sólo puede hacer zapatos alguien que haya aprendido y practicado previamente y que haya aprobado con éxito su examen de zapatero. Incluso para quitar callos el callista se tiene que examinar en presencia de un podólogo designado por el colegio correspondiente. Sólo puede ser médico o abogado quien... bueno, ya se sabe. Pero de pronto —como sucedía antes, en la época de los cruces flechadas— cualquier tosco escribano se sentía con derecho a destrozar, y de mala fe, la obra de poetas y escritores mediante unas acusaciones carentes de fundamento y sentido de la responsabilidad, alegando que pertenecían al terreno de la crítica literaria. La chusma bramaba en el ágora. Iban apareciendo los nuevos agentes de la autoridad, los árbitros y los jueces marxistas que —como el obispo que entra por casualidad en un burdel y empieza a pasearse solemnemente, distribuyendo su bendición entre las pupilas— aseguraban que habían cambiado las normas de la valoración literaria. Unos chapuceros sin talento alguno —que nunca habían dado testimonio con ninguna obra propia de que conocieran el verdadero sentido y la verdadera tarea de la literatura, y que tampoco sabían nada de la voluntad grandiosa y a veces heroica necesaria para crear una obra de arte, aun si ésta no es perfecta— se atrevían a escupir sobre los autores y sus creaciones. Y nadie les preguntaba con qué derecho osaban juzgar, y tampoco nadie les recordaba la responsabilidad de la crítica artística. La crítica literaria se consideraba un trabajo eventual, como el de lavar las tripas de los animales sacrificados, un trabajo para el cual no hacía falta ningún tipo de estudios, un trabajo que podía desarrollar cualquiera que tuviera tiempo para ello. De vez en cuando —al igual que en la época de los nazis y las Cruces Flechadas— me dirigían a mí también unos cuantos dardos envenenados, pero yo no me molestaba en prestar atención. Mi atención se centraba en algo muy distinto: estaba dándome cuenta de que de repente había empezado a mirar las cosas y a las personas, en la calle o en alguna reunión social, como quien se está despidiendo.

Cuando nos ocurre algo fatal, algo irremediable, no gritamos, no nos lamentamos, ni siquiera sentimos pena por lo que acaba de suceder (ni siquiera pena por nosotros mismos). Los hechos nunca son sentimentales. Yo había regresado a mi país con mucha prisa porque quería vivir en el ámbito de la lengua húngara. Había aceptado la idea de que —por un período indeterminado, quizá muy largo— no existiría para mí un ambiente apropiado para dirigirme al público. Ya no

389

publicaba en los periódicos ni en las revistas. No echaba de menos la profesión periodística (me había ganado el pan de cada día con ese oficio durante varias décadas, pero en realidad nunca lo había disfrutado), pero sí la posibilidad de escribir algo en los periódicos y las revistas. Echaba en falta la cercanía mágica que brinda la oportunidad —en las páginas de un periódico, en la dimensión de esa eternidad de veinticuatro horas— de contar al lector, de manera inmediata, la idea, la chispa juguetona o la observación lírica que inquietan al escritor en un instante determinado. Hay escritores que desprecian el género periodístico. Lo que quieren decir se lo guardan para sus libros o para revistas de tirada limitada, dirigidas a un público selecto: hablan a sus fieles desde la posición de un sacerdote o un chamán. Los parnasianos y los puristas necesitan un ambiente aséptico para escribir, un ambiente en el que el pensamiento estéril llegue al lector estéril en un estado esterilizado. En ese afán hay algo parecido al afán artístico de los tallistas de la Grecia clásica, que trabajaban con idéntico cuidado y esmero los capiteles de las columnas de las naves laterales más oscuras de los templos y los rasgos faciales de las cariátides del frontispicio: ponían la misma atención devota y detallista en lo secundario y oculto que en lo visible y llamativo... Existen dos tipos de escritores: uno de ellos crea su propio público, el otro es creado por éste (en las grandes culturas, las verdaderamente vivas, el escritor y su público creaban la obra en conjunto: se atraían entre sí, el escritor a su público, el público a su escritor, y entre ambos invocaban la obra... A Sófocles, en el teatro de Atenas, lo aplaudían no solamente los sofistas, los filósofos y los dramaturgos, sino también los alfareros y los tejedores). Sin embargo, la literatura es un instrumento musical de muchos sonidos. Los «géneros menores» —fáciles según la opinión de los lectores y de los puristas que meditan en el ozono de su Parnaso—, como el artículo literario, el folletín, la colorida descripción de algún fenómeno cotidiano grotesco, terrible o ligero, esos avisos al lector, más breves que un ensayo pero más largos que una crónica, no son tan «menores» ni tan fáciles como se suele pensar. En todo caso, son más fáciles en otro sentido: como el número que ejecuta un equilibrista al levantar un objeto pesado con un solo dedo y sostenerlo como si no tuviera peso alguno. La colaboración literaria que se produjo en la prensa húngara de entreguerras fue una hazaña de ese tipo, un número perfectamente ejecutado por escritores de primera: mostraban los fenómenos cotidianos, efímeros pero tremendamente densos, con un gesto muy ligero, haciendo así evidente que en lo efímero había algo mágico, profundo y eterno.

Yo echaba de menos escribir en los diarios porque, dentro del periodismo húngaro, ese género incitaba a los autores a crear piezas maestras absolutamente fugaces y de forma perfecta, unas piezas que no se encuentran en otras latitudes literarias. Los escritores de periódico, artesanos de artículos «coloristas», creaban sus pequeñas piezas maestras en los cafés, entre cigarrillo y cigarrillo, y éstas reflejaban determinados momentos vitales con tanta veracidad y con tanto encanto como las mejores obras de la gran literatura, los grandes poemas verdaderos: es decir, no los versos medidos y rimados, sino las obras maestras de la poesía. Tal posibilidad de concisión existía en la literatura de esos escritores periodísticos (las anécdotas, los chistes malos, la basura de la industria literaria húngara, el chismorreo al estilo de los señoritos de antaño, que se contaban sus secretos en las tertulias, todo eso no era más que subproductos y desechos de la prensa). Por el contrario, los artículos repletos de sabor y colorido —unas pocas frases llenas de complicidad en las que un escritor contaba, bajo el minimalista aspecto de una miniatura, en los periódicos matutinos o vespertinos, lo que no podía contar en sus novelas o sus dramas— significaban para los escritores la posibilidad de practicar un género muy digno. En las primeras décadas del siglo, en los periódicos de Viena y Budapest, el folletín constituía una pequeña obra maestra, como las figurillas de *tanagra* en el mercado griego. Y el escritor sabía para quién escribía: escribía para el lector que por el módico precio de un periódico había establecido un contrato con él, para que juntos, en un estado de complicidad y hechicería, hablaran y comentaran, furiosos o encantados, algún asunto en particular. El artículo se publicaba y enseguida empezaba a sonar el teléfono y a llevar cartas el cartero: los lectores acusaban recibo —así o con un guiño, con unas pocas palabras, en la calle, en el tranvía o el café— del diálogo cotidiano. En esa complicidad había algo incandescente y emocionante. Durante treinta años de mi vida yo escribí, casi a diario, una colaboración en algún periódico. Ése era mi oficio.

Una vez soñé que estaba sobre un escenario en una sala llena de espectadores. Iba vestido de frac y llevaba un sombrero de copa y una varita mágica. Pedí la amable atención del honorable público, levanté la varita, me corté la cabeza de un solo tajo, la metí en la chistera, revolví el contenido con un movimiento de mano ligero y tranquilo, y a continuación saqué la cabeza y me la puse de nuevo sobre el cuello. Dije «*Voilà*», me incliné y todos me aplaudieron. Así fue el sueño (escribir en los periódicos recordaba un número de esas características. Quizá la «alta literatura» sea también un desafío semejante... Decirlo es un sacrilegio, pero en ciertas ocasiones el sueño me sigue tentando).

Sin embargo, yo consideraba que si ése era el precio que tenía que pagar para poder permanecer cerca del idioma húngaro (sordomudo, pero cerca), debía pagarlo. No faltaron los intentos de convencerme para que publicara. Los periódicos y las revistas —no solamente los pocos que quedaban de línea burguesa, sino también los de la «nueva ideología», que enarbolaban la bandera de la política del Partido— me animaban a abandonar el silencio, a escribir como antes, a escribir lo que fuera. La tentación y los intentos de persuasión eran bastante enérgicos. Escribir para el cajón significa siempre una especie de parálisis. Al igual que el actor no puede actuar a solas, en su dormitorio, porque sin público no actúa de verdad, sino que simplemente hace muecas de loco, tampoco el escritor puede escribir exclusivamente para la posteridad porque necesita cierto eco, enseguida, de inmediato (Gide, tras decidir que solamente escribiría obras póstumas, se dio cuenta rápidamente de que no tenía ganas de escribir). Yo sentía algo parecido al sentarme —como antaño— en mi escritorio, hecho con planchas de madera de roble de cuatro pulgadas, que había sido una mesa en el comedor de un claustro de Szepes... ¿Escribir para quién? Escribir para la nada es un ejercicio similar al esfuerzo que, con la cara congestionada, realiza un mudo para hablar (el escritorio resultó dañado durante el cerco de Budapest; una esquirla de metralla había hecho en la madera una muesca que no dejaba de recordarme que algo iba mal en la literatura). Sin embargo, no dejaba de escribir: tomaba apuntes en mi diario, escribía esbozos de varias novelas y lo iba guardando todo en un cajón. No enseñaba a nadie lo que escribía. Escribía como lo había imaginado una noche, en la terraza de aquel café de París: como alguien que tiene la posibilidad de esperar a que se retiren las tropas rusas del país, y que la gente vuelva a hablar, a escribir y actuar libremente... Así soñaba yo, porque soy débil, como cualquier ser humano. Más adelante logré comprender que estaba viviendo en un país donde no solamente estaba prohibido hablar y escribir libremente, sino donde también estaba prohibido callar libremente.

Los comunistas —en medio de la multitud de tareas a las que se dedicaban— empezaron a fijarse en los escritores que permanecían en silencio sin estar obligados a ello, por voluntad propia. Esa sórdida atención me alcanzó a mí también. El destino de los escritores «burgueses» estaba tan predeterminado, prescrito y planificado en el orden bolchevique como el destino, social, religioso y político de todos los demás ciudadanos de un país condenado a la colonización. Los escritores que en la reciente etapa de extrema derecha habían prestado su voz para propagar las falacias del pensamiento fascista fueron castigados levemente y después de un corto período en el purgatorio fueron llamados de vuelta al terreno laboral delimitado por la política cultural comunista. Los escritores «burgueses» como yo fuimos puestos en cuarentena, porque los comunistas pensaban que la amenaza del hambre nos obligaría a realizar autocrítica. Pero al cabo de un tiempo hubieron de darse cuenta de que no podían poner nada en el lugar de la silenciada literatura «burguesa», nada que los lectores cogieran y leyeran por propia iniciativa. La ortodoxa literatura de partido, balbuceante y uniformizada, las obras de encargo sin ningún nivel, las esforzadas disertaciones del así llamado realismo socialista no atraían a los lectores. En los teatros se representaban las obras comunistas rusas que supuestamente habían obtenido mucho éxito en la Unión Soviética, pero ni atados se podía obligar a los espectadores a asistir a esas funciones, así que las butacas se quedaban vacías. «El teatro es tuyo, interpretas para ti», declamaba irónico el actor, tergiversando el contenido de una consigna política, al ver que la obra partidista, puesta en escena por órdenes expresas, se representaba ante un patio de butacas desértico. Los títulos de la literatura de propaganda se llenaban de polvo, amontonados en los sótanos de las editoriales que se habían visto obligadas a cambiar rápidamente de orientación, porque no había nadie que los quisiera leer. De la misma manera que los comunistas empezaron a convencer a los profesionales expertos de que regresasen a los puestos de trabajo más importantes, así intentaban convencer también a los escritores burgueses de que publicasen de nuevo. A mí también me llamaron. No necesitaba ninguna clarividencia especial para entender el sentido de sus llamamientos: aun sin verme obligado a pronunciar ninguna consigna comunista, habría tenido que avalar el régimen; yo, el escritor burgués, situado fuera del Partido, por el simple hecho de publicar hubiese dado una prueba irrefutable de que el poder comunista se había vuelto definitivo. No estaba prohibido ni siquiera criticar los «errores iniciales», se podía cuestionar a ciertas personas y ciertas instituciones, pero no poner en duda, ni con una sola palabra, el origen de todo aquello: el sistema y el régimen soviéticos, el comunismo en sí. Para producir una ilusión de buena voluntad y espontaneidad necesitaban una crítica débil e inocente.

En ese punto comprendí que tenía que irme del país, no sólo porque no me dejaban escribir libremente, sino en primer lugar y con mucha más razón porque no me dejaban callar libremente. Si un escritor, en un régimen parecido, no reniega de todo lo que ha heredado por nacimiento, educación y convicciones, de su clase, su cultura, su espíritu burgués y humanista, de la versión democrática del desarrollo social, si no reniega de todo ello, lo convierten en un muerto viviente, o bien —en el caso de los escritores rusos desobedientes— en un muerto de verdad. En los regímenes dictatoriales «los trabajadores del intelecto y el espíritu» —el escritor, el científico, el artista— tienen designado un papel especial. En la historia de esos regímenes llega invariablemente un momento en que «los trabajadores del intelecto y el espíritu» avalan el sistema con su mera presencia. Por más que se queden en un segundo plano, por más que callen, por más que todo el mundo —incluso los perros rastreadores y los sangrientos jueces del régimen— sepa que ellos en el fondo de su alma rechazan el agresivo experimento social que se está llevando a cabo, simplemente con el hecho de su presencia justifican la violencia existente. Y ése es el momento en que ya no basta con callar, sino que hay que pronunciar el no bien alto, con todas sus consecuencias, y no únicamente con la palabra, sino también con los actos. Es el momento en que hay que abandonar el área infectada. Ese *no* es una palabra muy grave: implica un sacrificio que nadie puede exigir a nadie. «Los trabajadores del intelecto y el espíritu» sólo pueden exigirse tal sacrificio a sí mismos. En *Critón* (ese pequeño volumen se había salvado de la destrucción y pude consultarlo y verificarlo), Sócrates dice que todo ciudadano tiene derecho a abandonar su patria si no quiere participar en actos que considera contrarios a los intereses de su país. Thoreau, el sabio solitario y herético de los bosques norteamericanos (no sé si conocía *Critón*, porque vivía sin libros y se alimentaba de raíces y miel salvaje), dice algo similar en su *Desobediencia civil*: si no puedes impedir convertirte en culpable, debes irte de tu país. Aquellos que no quieran hacerse cómplices de un crimen tienen derecho a ello. Babits no fue el primero (ni el último) en afirmar, en voz baja, airado: «De los culpables se hace cómplice quien mudo se quede.» En casos así, hablar en voz alta no es un derecho, sino un deber.

Muchos —grandes y pequeños— habían ejercido ya ese derecho, y muchos otros no. Quienes se quedan en casa no se vuelven cómplices del crimen cometido contra la humanidad por el simple hecho de no haber abandonado su país. Una nación como tal nunca puede iniciar un éxodo. De todas formas, es imposible exigir a los seres humanos que sean héroes durante años y durante décadas: además, el héroe suele ser, en la mayoría de los casos, el héroe de la *fuite en avant*. La circunstancia del escritor, por su condición de educador, es diferente. Sin embargo, todo eso resulta indiferente si el escritor, al decidir empuñar su bastón de vagabundo, piensa en los diez millones de personas o más que se quedan, en quienes —pase lo que pase— tendrán que vivir allí todo lo que suceda. El escritor, al dejar su hogar y su patria, deberá rendir cuentas eternamente a ese pueblo abandonado, porque él tan sólo es escritor en la lengua que ese pueblo habla. Cuando cruce la frontera de su país se convertirá en un mutilado y deberá desplazarse con la ayuda de unas muletas —quizá muy buenas, pero no dejarán de ser muletas, un aparato en el que debe apoyarse todo inválido— vaya por donde vaya, en cualquier parte del planeta. Un inglés, un francés, un italiano o un alemán nunca podrán comprender lo que significa ser escritor en el mundo cuando se escribe en la lengua de un pequeño pueblo aislado y solitario. También es preciso contar con eso. Y con muchas otras cosas más: por ejemplo, con que la libertad tiene un alto precio. En ninguna parte se recibe con aplausos al exiliado, como mucho se lo tolera. Quien no esté dispuesto a pagar ese alto precio es mejor que se quede en su casa. Porque cuando abandone esa situación especial, amenazante al mismo tiempo que protectora, la solidaridad característica del hogar, pasará de una zona peligrosa a otra que también lo es. Es preciso saber todo eso con la razón y con los instintos... Pero en mi caso había una voz que sonaba mucho más fuerte que cualquier otra, tan inequívoca como la que en la noche parisina me había gritado que debía volver a mi país para escribir y vivir allí, y que debía regresar a la lengua húngara. Sin embargo, en esa segunda ocasión la voz me decía otra cosa. Me decía que debía abandonar aquel país porque allí ya ni era posible ni estaba permitido callar libremente.

En aquellos momentos aún intentaba regatear. ¿Abandonarlo todo? ¿La lengua, la literatura húngara? ¿La solidaridad extraña e inconcebible pero real de la comunidad lingüística? ¿Qué ocurriría si intentase quedarme? En la guerra y el amor todo está permitido: ¿qué pasaría si me disfrazara, si comprara, con engaño y disimulada conformidad, la posibilidad de la soledad, del retiro, del silencio? Incluso en los regímenes dictatoriales más duros existe dicha posibilidad. El terror es peligroso porque tiene miedo. Si ve que se le teme, a veces acepta el regateo. Algunos compañeros de viaje de los comunistas que sentían la necesidad de que otros también se comprometiesen trataban de convencerme con buenas palabras de que incluso en la Unión Soviética existían excepciones, de que tampoco allí habían liquidado a todos los que no eran escritores comprometidos, de que allí seguían —marginados y apartados, en medio de una indiferencia indulgente, aunque tolerados— autores como Pasternak y otros, bastantes más (hasta que un día los comunistas acabaron enfadándose con ellos y vilipendiaron hasta la muerte a Pasternak y los demás. Pero eso no lo decían los compañeros de viaje). En Hungría todo sería distinto, me aseguraban, y sus intentos de convencerme eran más vomitivos que las mismas amenazas. Pretendían que me castrara a mí mismo para unirme al coro de los eunucos cantores de la literatura castrada... ¿Qué me esperaba si me quedaba? Me convertiría en una persona tolerada, en un pobre desgraciado, con derecho a que me arrojaran el pan de la caridad (o los bollos de la caridad, lo que es todavía peor). No tenía que afiliarme al Partido, claro que no... Bastaba con que ejerciera la autocrítica, con voz entrecortada, y que reconociese que me había equivocado al nacer y convertirme en lo que era... Bastaba con que prometiera que en el futuro cambiaría y abandonaría mis ideas obsesivas y erróneas sobre el humanismo burgués, y que me convertiría en un socio por correspondencia del club de los intelectuales socialistas. Nadie espera más de una persona como yo...

Si hacía todo eso, podría quedarme en mi patria y en mi casa: en los santuarios del Partido se decidiría si se publicaban mis libros y si se me otorgaba la cantidad de papel necesaria para reeditar alguna obra antigua. A veces podría incluso salir al extranjero (con las suficientes garantías de que volvería) y participar, con todos los gastos sufragados por el Estado, en algún que otro congreso literario celebrado fuera del país, para dar así testimonio, con mi presencia, de que también en Hungría había libertad intelectual y espiritual, puesto que yo, un escritor no comunista, podía participar en las reuniones intelectuales del mundo libre, e incluso dictar conferencias e intervenir en debates... El Partido me concedería un piso bonito en vez del provisional donde vivía, un piso en alguna vivienda abandonada por un burgués abocado al exilio voluntario o forzoso. A cambio de todo eso únicamente se me pedía que en ocasiones —según las correspondientes órdenes expresas— pegara una patada en el culo a algún condenado a muerte; no sólo a contrarrevolucionarios, sino también a comunistas, como Rajk, comunistas que los mismos comunistas ya no necesitaban, así que los liquidaban (hubo quienes lo hicieron). ¿Tendría que convencer al obrero húngaro —cuando éste ya no aguantaba por más tiempo el ritmo de los trabajos forzados denominados «emulación socialista», ni la paga miserable del estajanovismo— de que peregrinara a la estatua de bronce de Stalin y alzara sus ojos hacia el rostro del Guía de los Pueblos, para poder comprender así el sentido de tales trabajos forzados? (Hubo quienes lo hicieron.) ¿Tendría que aplaudir al ver cómo se desalojaba a los intelectuales húngaros, junto a sus familias, y ver cómo se les enviaba a unas casuchas miserables, en pueblos perdidos, tendría, pues, que aprobar esos métodos, admitiendo que eran correctos desde «un punto de vista ideológico»? (Hubo quienes lo hicieron.) ¿O bien tendría que escribir algo, como número treinta y cuatro, en el volumen en el que treinta y tres escritores y poetas húngaros celebraban el sexagésimo cumpleaños del camarada Mátyás Rákosi? (El volumen se publicó cuatro años más tarde, en 1952.) Esos lameculos que en 1952 dedicaron sus entusiastas creaciones en verso y en prosa al «líder más querido de nuestro pueblo», ya llevaban siete años observando de cerca y a diario todas las actividades del Líder. Cuando el libro se publicó, ya se había ejecutado a Rajk, ya se había obligado a los campesinos con el látigo a que devolvieran las tierras «redistribuidas» y a que ingresaran en las cooperativas agrícolas, y ya habían regresado, cabizbajos, desde la Unión Soviética los testigos oculares de lo que les había ocurrido a Béla Kun y sus compañeros y también a los millones de personas que antes de la Segunda Guerra Mundial habían desaparecido en las purgas estalinistas y que, después de la contienda, habían desaparecido en las fosas comunes y los campos de trabajos forzados dedicados a la reeducación ideológica. Cuando ese libro fue publicado, ya no existían en Hungría ni prensa, ni edición de libros ni teatro libres, y la sombra de la enjuta figura del líder bienamado del pueblo lo oscurecía absolutamente todo. Los mismos escritores y poetas que se apresuraron a alabar a Rákosi con un sentimiento de éxtasis sensual, sí, casi sexual, cuatro años más tarde, en 1956, injuriaban al tirano —«dando muestra del sentido común que caracteriza a los húngaros»— entre gritos desaforados y golpes en el pecho. Juraban, entre llantos y lamentos, que nunca más se permitirían mentir; con las condecoraciones literarias en los bolsillos maldecían, en poemas muy serios, al tirano que —según el testimonio del volumen en cuestión— habían elogiado poco antes calificándolo de héroe, personalidad o «verdadero padre»... Escribían cosas así cuando hasta los rusos estaban dispuestos a alejar del país a aquel líder demasiado aplicado. Y el pueblo húngaro se estaba preparando para llegar al borde del suicidio en su protesta contra Rákosi y su régimen...

Por supuesto, en el verano de 1948 todo eso no se podía prever. Sin embargo, algo apestaba y se percibía el asfixiante mal olor, parecido al gas tóxico que desprende el estiércol cuando entra en combustión espontánea. ¿Tendría yo que ponerme en la fila de los fieles corredores de la competición literaria, donde los ingenieros de almas trotaban sudorosos entre festivos poemas de júbilo y alabanza? Siempre ha habido regímenes autoritarios y siempre ha habido algunos poetas y escribanos que se han apresurado a festejar al dictador. Sin embargo, no hay ni un solo ejemplo en la historia de los regímenes autoritarios —ni siquiera en la vida espiritual e intelectual del Tercer Reich de Hitler o en la de la Unión Soviética de la aterradora época de las purgas estalinistas— del siguiente caso: que toda una generación de escritores haya celebrado a un tirano en un coro tan entusiasta. ¿Tendría que quedarme esperando todo eso? ¿Tendría que callarme, con el aliento entrecortado, cuando se atrevían a hablar de libertad los que vivían como verdaderos pachás tras arrebatarle a una sociedad sus derechos y libertades? ¿Valdría la pena pagar tal precio a cambio de quedarme en casa?

¿Qué patria y qué hogar compraría a un precio así? ¿Acaso hay algo —una patria, un pueblo o una nación— por lo que valga la pena renunciar a mi afán de libertad? ¿Qué es la libertad? Babits declaró, muy enfático: «¡Libertad!, dicen, y la tierra se llena de horcas.» Montesquieu (busco el volumen que se encuentra en el estante de arriba, es el tercero por la derecha) afirmaba que la libertad es el sentido más profundo de la Historia de la humanidad: un afán constante, una lucha y un esfuerzo contra el despotismo, una marcha obstinada a través de la Historia hacia la libertad... Eso es la libertad: la intención permanente de ser libres. ¿Es así de verdad? ¿Es cierto que el ser humano necesita la libertad?

En medio de la discusión que mantenía conmigo mismo recordaba mi reciente viaje por Occidente. ¿En qué parte de Europa existe un verdadero afán de libertad con todas sus consecuencias? Si la gente desea realmente la libertad, ¿por qué aguanta sin rechistar todo tipo de servidumbre? Monsieur Montesquieu nos enseña que tanto los individuos como los pueblos sólo son felices cuando pueden vivir libremente, acordes con su propia naturaleza... Y añade que por mucho que el despotismo quiera lo mejor, es en vano, pues el pueblo no quiere ese mejor si no lo ha escogido él mismo... ¿Volvería hoy en día a escribir algo tan sabio y sublime? Aristóteles (busco el libro que se encuentra al lado de *Critón*) creía —como Platón y Sócrates— que no todos los seres humanos nacían libres por naturaleza... Esos filósofos pensaban que había razas que nacían libres porque la naturaleza les confería un afán de libertad, y que existían otras cuyos cromosomas o genes eran de distinto género. Y que ese tipo de personas no querían la libertad ni estaban dispuestas a pagar el elevado precio que es necesario pagar por ella... ¿Cómo puedo saber qué significa la libertad para los cientos de millones de chinos? ¿O para los hindúes? ¿O para los eslavos? (Se puede devolver el libro al estante.) A su lado se encuentra otro volumen, un manual de consulta editado por los comunistas, un libro escrito por especialistas que nos explica qué clase de libertad nos promete el comunismo; expone con palabras sencillas, comprensibles para cualquier persona, la tesis respectiva, como si un vendedor de aspiradoras nos explicara el funcionamiento del aparato. Dice así: «... el comunismo es el orden social consiguiente al capitalismo; en él, la base de las relaciones productivas es la propiedad social de los medios de producción». Eso suena muy bien y parece muy sencillo. La realidad práctica, sin embargo, es más complicada; aunque el manual no tiene por qué saberlo. Echemos un vistazo más adelante: «... en la sociedad comunista desaparece la división en clases, se desvanecen las diferencias entre la ciudad y el campo y entre el trabajo físico y el intelectual —¿de verdad?—, y el desarrollo de los medios de producción llega a tal nivel que cada uno puede trabajar según sus capacidades y tener derecho a los bienes producidos según sus necesidades». Debe de ser así, puesto que de esa manera figura en el libro... También es verdad que siempre ha habido opiniones contrarias. Chateaubriand (no tengo el volumen a mano; mi precioso ejemplar de las *Memorias de ultratumba* se perdió tras el cerco de la capital, en medio de un montón de escombros, pero me acuerdo de algunas frases), cuando tenía ochenta años, es decir, al final de su dilatada existencia, y para resumir todo lo que había vivido y visto de cerca —el desmoronamiento del antiguo régimen de los Borbones, la Revolución Francesa, la época de Napoleón, la restauración, la nueva caída de los Borbones— escribió: «Sin propiedad privada no existe libertad.» Me acordaba perfectamente de esa frase. Y me preocupaba la idea de quedarme y olvidarla.

Porque allí estaba la trampa, no en los «peligros». No en el penoso y ridículo papel que me querían atribuir los comunistas, entre guiños piadosos, a mí, al «escritor burgués». Tampoco en su pretensión de obligarme a aceptar condecoraciones humillantes o a guardarme en el bolsillo unos premios literarios y a soportar que me colocaran en la solapa unas medallas adornadas con la estrella roja... En su pretensión de obligarme a aceptar todo eso de quienes abusan de los bienes comunes del pueblo húngaro, utilizándolos en su propio provecho, sin la autorización o el consentimiento de sus legítimo propietario... ¿Qué podía hacer si no aceptaba ese papel? ¿Dar comienzo a una huelga de hambre espiritual e intelectual? De todas formas, me obligarían a comer. Escribir es una labor orgánica; de otra manera carece de sentido y se vuelve inmoral. ¿Debería refugiarme en géneros muertos, guardar silencio en hexámetros? El verdadero peligro era otro. Lo más peligroso era que si me quedaba, un día no me acordaría del otro «yo» que hasta hacía poco tenía la fuerza y la voluntad de protestar. Llegaría un momento en el que ya no tendría fuerza para protestar —ni siquiera en mi fuero interno, ni siquiera callándome—, un momento en el que no protestaría frente a algo que consideraba absolutamente inhumano, contrario al pueblo y contrario al individuo. Y en ese caso moriría en medio de una miseria mayor que las víctimas que perecían en los campos y que al menos podían, hasta su último minuto de vida, odiar a los que estaban torturándolos y aniquilándolos.

Si me quedaba... se me empezaría a aplicar también a mí la técnica secreta del lavado de cerebro, más peligrosa que la aniquilación de la conciencia llevada a cabo en las cárceles y en las celdas de tortura, con la ayuda de medios físicos o químicos: harían que yo mismo matase mi yo opositor. Eso pretendían. Sus métodos —la alternancia, muy bien estudiada, de mimo y amenaza, de desprecio y engatusamiento— eran eficaces: quienes se someten a ellos terminarán algún día por perder su propia visión de la realidad, la visión de su propio destino. Llegará un momento en que ya no sólo serán indiferentes y estarán mortalmente cansados y desesperadamente escépticos, llegará incluso un momento en que creerán que todo está bien como está. La libertad no es un estado consciente y permanente, sino un afán constante por algo, y el lavado de cerebro aniquila ese afán en la conciencia de la víctima; quien ha sido «tratado» así un día despertará sin la voluntad de ser libre. Entonces se convencerá a sí mismo, argumentando que renuncia a su libertad personal en favor del pueblo y que opta por vivir una cómoda existencia de favorecido de la nueva clase en interés de la nación (hay presos que, tras pasar una larga vida en prisión, se suicidan cuando les conceden inesperadamente la libertad porque ya no se atreven a abandonar la seguridad de la cárcel a la que se han acostumbrado). En los regímenes de «encierro» también llega un momento en que el individuo ya no sólo es un preso domado y adiestrado del sistema, sino que se convierte en ayudante voluntario y en cómplice porque se ha consumido en él la última chispa de conciencia sobre la necesidad de la liberación. En ese instante algo se oscurece y al mismo tiempo se clarifica: es el instante en que surge el «átomo de demencia», o sea, el instante de la aniquilación o la «separación significativa» (Roger Martin du Gard —de una manera más ligera, más francesa que Goethe— decía que el odio no estaba permitido, pero sí la separación conyugal). Yo en ese instante comprendí que tenía que abandonar Hungría: sin condiciones, sin regateos, sin la esperanza de volver; era el momento de partir para siempre. Partir mientras todavía tuviera la fuerza necesaria para protestar desde mi fuero interno. Debía pagar ese precio para que ellos no pudieran comprarme a mí como individuo.

En esos tiempos solía acordarme de un poema de Karinthy que acudía a mí como una persistente melodía (seguía allí, como la *mouche volante* en la retina). Eran dos versos: «Prefiero que me coman los gusanos / a comer yo los gusanos.» Incluso en la distancia, viviendo ya en continentes lejanos, tenía muy presentes esas dos líneas.

16

Hay en la vida un estado de ánimo (ocurre en raras ocasiones y no se puede cronometrar, puesto que se trata de pequeñas fracciones de tiempo) que san Juan de la Cruz designa como «la noche oscura del alma». Yo no entiendo a los místicos, cualquier mística me resulta ajena. Sólo puedo captar «lo maravilloso» en su realidad terrenal, la más concreta y elemental, y soy incapaz de ver en «lo sobrenatural» algo que no sea un residuo de la Naturaleza. Sin embargo, es cierto que existen en la vida esas «noches oscuras». No es posible expresarlas con palabras, ni siquiera revivirlas con posterioridad. Las fuerzas que preservan el equilibrio vital —la propia conciencia, la experiencia, la capacidad disciplinaria del yo— dejan de hacerse notar y se rompe el necesario acuerdo entre razón e instinto. Eso es «la noche oscura». Yo sólo puedo decir que la he experimentado, aunque no me acuerdo de las circunstancias en que ocurrió y no sé explicar cómo fue. Tampoco los místicos —san Juan de la Cruz, Pascal o Swedenborg— saben explicarlo. Sólo queda constancia de sus efectos: de que ha cambiado la relación que mantienes contigo mismo y con el mundo. Es entonces cuando comienza la despedida.

No era del Bastión de los Pescadores de lo que debía despedirme. Ni siquiera de los crepúsculos en el lago Balaton.

Tampoco de las leyendas magiares... Debía despedirme de un yo que no era ninguna caricatura, sino un auténtico yo, y que sólo en mi país natal era el Yo que yo podía reconocer (en uno de sus ejercicios de estilo, Valéry fantasea acerca del cuerpo humano: dice que tenemos tres cuerpos distintos, uno que puede ver y conocer cualquiera, otro que sólo vemos y conocemos nosotros mismos, y un tercero, invisible, que está detrás del cuerpo visible, un cuerpo interno, visceral, compuesto por células, nervios, millones y millones de partículas extremadamente complicadas, un cuerpo que no conocemos y que sólo el cirujano es capaz de ver en una operación, o bien el forense en la autopsia). Algo así ocurre con el Yo: existen varios yos, no solamente la conciencia personal, no solamente el *Über-Ich*, sino también un Yo independiente de nuestra personalidad, de quien no sabemos nada con certeza, salvo la sospecha de que hablará en los momentos decisivos y dirá qué ha decidido. Si pensamos en nuestro cuerpo, éste no es lo mismo que el yo, puesto que decimos «mi cuerpo»... Existe el yo y existe el cuerpo del yo; por supuesto, mientras sigue con vida. Sin embargo, nadie dice «mi yo» porque el yo no es de nadie, no es ni siquiera de la conciencia. Un neurólogo podría hablar de esquizofrenia, pero se trata más bien de la conciencia de la conciencia. El yo se separa en esos instantes, se independiza del cuerpo y el alma. Algo así se atisba en «la noche oscura».

Ése es el momento en que uno debe despedirse del Yo ligado al país natal (Lola me prometió que me acompañaría, y eso me reconfortaba, porque se podía confiar en sus promesas. Uno se enamora de su mujer en dos ocasiones: la primera vez, cuando la conoce, y la segunda, veinticinco años después, a raíz de las bodas de plata. Todo lo que se sitúa entre esas dos fechas en la mayoría de los casos no es más que una confusión caótica y no tiene la menor importancia desde un punto de vista sentimental). Tampoco debía despedirme de nadie en concreto, porque ya sabía que cuando sucede algo verdaderamente notable en nuestras vidas, es muy difícil hacérselo comprender a la gente. No resulta creíble que una decisión vital no posea más sentido que la necesidad de tener la conciencia limpia: la gente sospecha que la auténtica razón se esconde tras una política de «esperar y ver», y que se trata de una decisión llena de implicaciones y proyecciones futuras. No es posible convencer a nadie de que alguien rechaza algo sin interés ni motivo alguno, aunque ese algo le pueda suponer determinados beneficios. En casos así es mejor callar. Tampoco debía despedirme de paisajes o lugares, puesto que el único paisaje que (entonces y también más tarde) me tentaba en sueños quedaba muy lejos, más allá de la frontera: eran las Tierras Altas, las ciudades del Tatra, sus bosques y sus prados. Y yo no quería regresar a unos parajes donde habitaba de nuevo gente extraña.

Transcurrió todo un año hasta que a «la noche oscura» (o lo que fuera) la siguiese el día de la partida. Durante aquel año estuve despidiéndome de todo sin que esa despedida significara una acción planificada, prevista o consciente... Por las mañanas me iba al centro, donde no tenía nada en particular que hacer; paseaba por las calles, distraído, donde no sucedía nada en especial, y de repente —en un recodo, en una esquina, en un portal— pensaba, distraído y de paso, pero de manera inequívoca: «Nunca más volveré a ver esta calle.» Y continuaba mi camino. Si me cruzaba con alguien a quien no había visto en mucho tiempo, le estrechaba la mano al despedirme de él y pensaba: «Es curioso que haya visto a esta persona por última vez, que le haya estrechado la mano por última vez.» Y al pensarlo no sentía ni el más mínimo pesar, no me hundía en ningún tipo de añoranza. Los detalles no importaban, me estaba despidiendo del conjunto.

En esa despedida incesante y silenciosa había también algo que no dejaba de llamarme la atención: parecía que no quería dejar mi tierra natal sin llevarme algo para el largo viaje. Algo que no encontraría por allá (¿dónde? Por allá). Las personas sentimentales y emotivas que emigran suelen llevarse algo para su futura tumba, unos puñados de tierra de su país originario envueltos en un pañuelo blanco. Otros se llevan una fotografía, un pequeño recuerdo, un mechón de cabello, la carta de un restaurante... Años más tarde, ya en el extranjero, palidecen cuando descubren el mechón, porque la persona a quien pertenecía ya se ha muerto, o bien tragan saliva porque ven escrito en la carta el nombre de los platos de antaño, como «Solomillo a la brasa al estilo Esterházy» o «Pastel de requesón con vainilla y pasas». Y todo eso es la «patria». Sin embargo, yo no sentía la necesidad de llevarme recuerdos materiales de ese tipo. Sólo sabía que antes de que saliera el tren debía encontrar con rapidez algo que llevarme, algo que más tarde, en el extranjero, no encontraría. Pero no era fácil, pues no sabía en qué consistía ese algo. Sólo sabía que lo echaría de menos, que ya lo estaba echando de menos, antes incluso de que el tren partiera.

En las épocas que preceden a las grandes y catastróficas sequías, la gente —para quien ese problema supone un fatal golpe del destino— se defiende con medidas extraordinarias. La sequía es un enigmático e inexplicable desastre en la economía de la Naturaleza. Nadie sabe cuáles son las causas, ni por qué se produce allí y no en otro lugar. Se intenta explicar mediante el ciclo de las manchas solares, pero sólo se trata de conjeturas. El hecho es que una fuerza sorda e inclemente seca, en un momento dado, territorios tan amplios como un país entero. Eso no ocurre de un día para otro: primero empiezan a emigrar las aves, luego se marchan los demás animales, y al final son los seres humanos quienes huyen. Los que no se van —porque su aciago destino, su nacimiento o su profesión los mantiene atados al lugar— se sienten inseguros en los días previos a la sequía e intentan comprender qué está ocurriendo. El nivel del agua baja considerablemente en los pozos, se secan las charcas, las orillas de los ríos se vuelven tan lisas como un espejo, los arroyos desaparecen... La flora también intenta defenderse: se ha observado que en las etapas anteriores a las sequías definitivas a algunos árboles, arbustos y plantas les crecen raíces muy largas, a fin de encontrar bajo tierra lo que queda del agua subterránea. Cuando la sequía abrasa las plantas y los animales, los pastores de Brasil o de África se tumban boca abajo sobre la tierra reseca, dura y quemada, para buscar con el olfato el agua acumulada en el subsuelo. Cuando huele el agua, el pastor, junto con sus animales, empieza a cavar con uñas y dientes en la tierra reseca para encontrar el preciado líquido.

Yo hice algo así, instintivamente, durante el último año que viví en Budapest. En realidad no hacía más que leer. Durante aquel año no leí ni un solo libro de escritores extranjeros. Sólo leía autores húngaros, pero no los clásicos más conocidos, apreciados y queridos —Arany, Vörösmarty o Jókai—, ni siquiera a los miembros de la gran generación de escritores de nuestro siglo —Móricz, Kosztolányi, Krúdy o Babits—, sino escritores y poetas menos famosos, en parte olvidados, que se habían desvanecido en medio de la competición literaria por el mercado, ávido de productos modernos y nombres con gancho. El asunto empezó un día cuando iba paseando y encontré, en el estante de una librería de segunda mano de los bulevares —en medio de las hileras de libros muy cuidados, publicados por dos auténticos maestros en su oficio, la imprenta Kner, de Gyoma, y la de Tevan, de Békéscsaba—, un pequeño volumen de Gyula Szini titulado *Los payasos*. Lo compré por un precio módico, me lo llevé a casa y me puse a leerlo como una curiosidad... Como alguien que entra, por casualidad, en una taberna olvidada y descubre un barril de vino noble y antiguo, así saboreaba yo esa prosa pura y contundente. Había conocido personalmente a Szini: era un hombre bajito, con modales de maestro, que usaba gafas y se peinaba con raya en medio; se sentaba casi siempre solo en el café Balaton de la avenida Rákóczi, y dejaba el portafolios, repleto de revistas literarias y periódicos franceses, encima de la mesa de mármol. Los periódicos y las revistas publicaban sus textos, pero únicamente si no tenían otro manuscrito más urgente o más solicitado. Era un escritor magnífico: humilde, discreto, al mismo tiempo fuerte y valiente. Todas sus frases hablaban de lo más esencial, de lo humano, de lo poético, de lo infantil, de lo maravilloso y lo mágico... Ese librito me recordaba las fantasmagóricas visiones de los relatos clásicos del joven Joyce en *Dublineses*; Szini contaba recuerdos que se ennoblecían y se iluminaban en el fuego poderoso de sus visiones. Así empezó el asunto... De repente, como buscan el agua subterránea los animales y las plantas en época de sequía, yo comencé a buscar, en las obras de los escritores húngaros de «segunda fila», ese algo que me quería llevar, porque sabía que en el extranjero no podría encontrar ni rastro de ello.

En Hungría tampoco era fácil conseguir esos libros: en los estantes llenos de polvo de las librerías de segunda mano encontraba, a veces, alguna antología de principios de siglo con poemas o relatos, unos libros cuyas páginas habían amarilleado y que ya habían desechado incluso las bibliotecas. Había poca gente que recordara el nombre de Gyula Szini, quien había brillado treinta años atrás con sus artículos, en la época en que los lectores de los periódicos sabían que en ellos podrían descubrir verdaderas obras maestras... Porque esa «segunda fila» de escritores y poetas húngaros poseedores de un gran talento pero menos conocidos, perdidos en el barullo del mercado literario, no podían permitirse escribir textos defectuosos. En sus tiempos todavía existía la literatura en el sentido estricto, secular y occidental de la palabra. Los escritores todavía no temían el enfrentamiento con las masas al salvaguardar su identidad y su carácter en contra de las reglas del consumo, dictadas por un gusto estandarizado y masificado (como sí temen hoy la aniquilación al renunciar a su identidad y su carácter y al rendirse ante la demanda de las masas). Esos escritores escribían para la minoría. Hablaban como los herejes: se dirigían a los miembros de su secta a través de palabras secretas. Las obras de los «grandes escritores», de los artistas famosos y celebrados, se llenan pronto de lugares comunes porque todo lo que ha sido una sorpresa en sus obras pierde colorido debido a los efectos del «éxito», del tiempo, de la vida, de la monotonía de sus repeticiones. Eso les ocurre a muchos buenos escritores. Sin embargo, el escritor a quien sólo leen los miembros de su secta no perderá fuerza con el paso del tiempo... Szini nunca tuvo «éxito», era invisible como escritor y como persona, sus libros sobrevivieron en estantes llenos de polvo, pero sobrevivieron con todo su vigor. Él no frecuentaba ningún tipo de sociedad, ni él ni los demás escritores parecidos a él, escritores húngaros que vivían en soledad monacal, como si hubiesen obedecido a La Bruyère, que aconsejaba a los escritores la abstinencia de la vida social: sostenía que los sabios no frecuentaban la sociedad porque temían aburrirse si lo hacían.

Se trataba de toda una generación de escritores: Szini, el afrancesado con gafas, un escritor parco en palabras; Tömörkény, que trazaba, con pinceladas de acuarela, a lo Chejov, el solitario destino de los habitantes de las orillas del río Tisza, y que con sus dibujos evocaba escenas y lugares asiáticos; Lovik, el jinete y caballero, quien parecía escribir sus relatos, elegantes y profundamente melancólicos, vestido con los pantalones de montar y fusta en mano: su héroe, el «jinete solitario», cabalgaba en medio de un paisaje otoñal —retratado al estilo de László Pál, maestro húngaro de la escuela de Barbizon— atendiendo al sonido lejano de las cornetas y de unos sentimientos ya extinguidos, entre la soledad del bosque y la literatura... Y esos héroes románticos de Lovik no eran en absoluto grotescos, sino reales y sinceros, y reflejaban los sentimientos vitales y la melancolía de los seres humanos de antaño. Cholnoky, un Don Quijote embriagado que en sus textos pintaba unos paisajes y unos destinos humanos dignos de los cuadros de Csontváry, pintor genial y paranoico; Géza Csáth, sobre cuya cabeza caían «los rayos dorados de la morfina» (según un verso de Kosztolányi, escrito ya en el hospital, en su lecho de muerte, y válido tanto para él mismo como para Csáth, su sobrino, un escritor de relatos que se había refugiado en la morfina y la autodestrucción). Preso de una extraña pasión, yo hacía todo lo posible para aumentar el placer de encontrar autores parecidos, rebuscando en revistas y periódicos antiguos, y me causaba una enorme satisfacción descubrir, por ejemplo, un cuento de Tamás Moly en el que un «escritor de éxito» hace una visita, lleno de remordimientos, a otro, olvidado, que ha permanecido fiel al sentido más profundo de la escritura; o bien un poema de Sándor Térey en el que el poeta recuerda una cita amorosa que tuvo lugar en Pest, cincuenta años atrás, y habla así de su bienamada: «... aquellas jovencitas de Pest / que se abren / a los besos. / Y en sus ojos de muchacha / brilla ya la luz peligrosa y loca / con la que invitan al amor y a la muerte...», para terminar la composición con unas pinceladas dignas de Boucher: «Para que no se le deslizara la espumosa falda / puso los delicados pies descalzos en la cama.» Cuando se escribió este poema, las muchachas todavía no vestían minifaldas. Yo acudía a la biblioteca y la hemeroteca del Museo Nacional en busca de más obras de escritores de esa generación, olvidados o medio olvidados, hasta encontrarlas en las páginas de las revistas y los periódicos. Los artículos y folletines publicados en la prensa —de los que los escritores malvivían, arrinconados por las editoriales y por el público, y donde destilaban su «gran tema» porque no tenían tiempo suficiente para desarrollarlo en forma de novela u obra de teatro— constituían en sí mismos un género magnífico. ¡Cuántas cosas han ardido en los laboratorios de los alquimistas de esa generación sigilosa hasta obtener de ellas unas valiosas gotas de oro!

Porque eso también era «la otra Hungría», la que vivía y creaba en silencio, que moría humilde y lentamente detrás de una fachada llena de pompa. Yo leí, durante un año entero, obras de escritores húngaros olvidados. Unos escritores que no habían recibido del mundo el oxígeno necesario para mantener su vida intelectual y espiritual: no habían recibido esa llamada de solidaridad que en las zonas lingüísticas extensas les da fuerza incluso a los escritores sin éxito. La mayoría de ellos terminaron perdidos en la redacción de algún periódico o en las tabernas. Cuando esa generación escribía, aún existía una crítica literaria en las revistas y los periódicos húngaros; los escritores hacían caso de las opiniones de Ambrus, de Péterfy, de Riedl o Schöpflin, porque esos críticos no pretendían aniquilarlos, sino instruir y ayudar: limpiaban la literatura húngara de la paja y de la mala hierba como el campesino limpia su arado al final de cada surco, para quitar el barro. «El escritor de periódico» era considerado todavía un «escritor de bellas letras», y podía cumplir con su papel de «escritor público» justamente porque el público no lo obligaba a limitarse a ser exclusivamente un «escritor de bellas letras». Había muchos así... László Lakatos, un periodista triste y elegante del asfalto de la capital, que escribía sus relatos y sus ensayos literarios con mesura y modestia, como disculpándose; su nombre y su obra, humildes pero apasionados, acabaron sepultados bajo el polvo de plomo de las imprentas. Los poetas, a la manera de los profetas de largos cabellos del desierto, gritaban sus palabras acusadoras en medio del mercadillo de la vida literaria desde sus mesas del café New York; había entre ellos algunos cuyo talento sólo alcanzaba para escribir un único buen poema, como, por ejemplo, Menyhért Szász, que escribía poemas de amor desgraciado en un tono profundo y viril sobre una mesa del café Fiume del bulevar Múzeum, mirando alrededor con ojos miopes y llenos de legañas, en medio del humo de sus puros; o bien como Artur Keleti, que en sus poemas se disfrazaba de encapuchado monje medieval para poder cantar así su tristeza, causada por las imperfecciones del orden humano y divino; o como también István Szegedi, quien escribía «poesía pura» con el instrumento más sencillo, un fino pincel de acuarela, y que ponía sus palabras en los versos como si pusiera flores silvestres en un ramo... y que tampoco dejó huella alguna. Zoltán Somlyó tuvo más suerte: poeta maldito, vestido con chaleco color granate, con el cabello negro azabache siempre despeinado, escribía poemas tan apasionados sobre las mujeres, sobre el amor, sobre la miseria y la soledad, que sus versos podían competir con la lírica selecta de sus contemporáneos más destacados. Sin embargo, él y su obra se situaban en los márgenes de la vida literaria y su eco no iba más allá de lo que sus competidores de café le permitían. Yo rastreé las huellas de esa generación durante un año, con la pasión del coleccionista, pero también como alguien que se prepara para una expedición y quisiera llevarse algo que no logrará encontrar en la peligrosa lejanía. Sólo en Hungría, sólo en las librerías de segunda mano de los bulevares y en los estantes polvorientos de las bibliotecas públicas resistían aún las huellas de esa generación.

En mi soledad, en medio de una vida de hereje retirado en su cueva, esos excelentes escritores olvidados que no habían tenido ningún éxito me brindaron un regalo muy valioso para mi viaje. A través de sus obras fui capaz de ver lo que perdía si me iba, y de una manera mucho más auténtica que con las obras maestras de los contemporáneos, que al fin y al cabo también se pueden encontrar en el extranjero. En el trasfondo, entre los miembros ya desaparecidos y ocultos de esa «segunda fila», brillaba centelleante la verdadera grandeza de la literatura húngara: la ambición de esos escritores, en medio de una época desprovista de aspiraciones, resultaba absolutamente heroica. Yo iba recogiendo las pruebas de esas ambiciones, de esas exigencias. Eso era lo que quería llevarme al extranjero en forma de recuerdos sobre mis lecturas. Debía darme prisa porque el Partido también se la estaba dando. Los comunistas hacían todo lo posible para condicionar la opinión pública literaria, para aniquilar todo lo que

415

en la conciencia y la memoria de los escritores y los lectores pudiera recordar las ambiciones y las exigencias del pasado reciente, o sea, el llamado «legado burgués». No querían oír lo que pensaba el escritor, sino lo que pensaba el Partido. No sabían o no querían saber que el artista —también el escritor, si es un verdadero artista— no puede ser más que un aristócrata, y que ese aristócrata no es ningún «elemento asocial», porque tiene un papel que asume y cumple... El escritor que callaba —que había escogido la «resistencia» silenciosa— acabó por comprender que lo estaban tratando como la Inquisición trataba a los herejes. Fue entonces cuando los comunistas decidieron demoler «los monumentos del pasado»: se empeñaron en hacer desaparecer todo lo que pudiera recordar a los húngaros su pasado burgués. Y un «monumento del pasado» era, para los comunistas, la literatura húngara de raíces burguesas.

No solamente nosotros —los escritores y los lectores húngaros asfixiados por tal ambiente— notábamos la aridez espiritual y la peculiar atmósfera de esterilidad, sino también los extranjeros. Por supuesto, los turistas occidentales —unos turistas invitados por los comunistas y colmados de atenciones y de regalos adornados con lazos con los colores de la bandera nacional, que debían maravillarse con los logros de la «democracia popular» y proclamarlos por doquier con arrobamiento— no se daban cuenta de nada, únicamente lo percibían los extranjeros que poseían una visión objetiva y aguda. Fue entonces cuando me visitó un funcionario de una potencia occidental. Llevaba poco tiempo en Hungría, y su misión consistía en observar los fenómenos de la vida intelectual y espiritual. Nos comprendimos de inmediato, y bastaron pocas palabras para ponernos al corriente. Hablaba cinco idiomas, y cuando le enseñé la traducción de Babits de la *Divina comedia*, me recitó algunos tercetos en un italiano más que aceptable y me pidió que le leyera los mismos versos en su versión húngara. Me dijo que una traducción tan exce-

lente sólo podía haber nacido en el seno de una cultura literaria de gran altura, pero añadió que había tenido que reconocer que todo lo que había observado en el terreno de la
literatura del momento le parecía árido y de escaso nivel... Le
confirmé, para tranquilizarlo, que por aquel entonces la vida
intelectual y espiritual húngara era verdaderamente poco
atractiva, aunque le dije que mirara en cualquier biblioteca
para comprobar que podía encontrar la traducción al húngaro de cualquier obra maestra de la literatura universal. Lo
noté muy escéptico, así que decidí aportar pruebas: le pedí
que se acercara a mi estantería, donde guardaba los volúmenes salvados del montón de cascotes y escombros en que se
había convertido mi casa, y le enseñé un tomo de obras esco-
gidas de Goethe en su versión húngara, herido de bala durante el cerco de la capital, otro de Shakespeare, con las tripas
un poco fuera, pero que incluso en ese estado de maltrato
histórico seguía siendo Shakespeare, y una edición de *El cor-
tesano*, de Castiglione, que, estropeado y todo, conservaba su
aspecto elegante, y le dejé tocar y contemplar todos esos objetos de culto. Le enseñé la edición húngara de la obra completa de Dante, y le expliqué que la había traducido, durante
diez años, Babits, el mismo poeta que, enfermo de cáncer de
laringe, en su lecho de muerte, aún revisaba sus traducciones
de Sófocles. Le mostré la obra maestra de János Arany como
traductor, la versión húngara de las comedias de Aristófanes;
y además traducciones de Eurípides, de la *Odisea*, de la que
existían varios textos... Le llamé la atención sobre el hecho
de que toda la obra de Shakespeare estuviese traducida al
húngaro, y le expliqué que János Arany y sus contemporáneos habían empezado a traducirla cien años atrás, y que se
había seguido traduciendo desde entonces, pues cada generación de poetas añadía su versión y quitaba algo de polvo a
esa maravilla absoluta. «¿La obra completa de Shakespeare?»,
preguntó mi huésped, dubitativo, con un tono incrédulo. «Sí
—le respondí—, incluso los *Sonetos*...»

Le dije que no mirara más aquellos restos dañados, sino que visitara conmigo las salas de la Biblioteca de la Universidad o la de la Academia, para poder admirar, en estado intacto, los cientos y cientos de volúmenes que preservan las mejores obras de los clásicos antiguos y modernos de la literatura mundial para el lector húngaro. Le conté que esa enorme labor había sido realizada por los escritores y los poetas húngaros en un lapso de doscientos años. Le aseguré que podía encontrar en nuestras bibliotecas la versión húngara de la mayoría de las obras maestras de la literatura rusa, inglesa, francesa, alemana, italiana y española. Naturalmente, el nivel de las traducciones no es siempre igual, hay entre ellas algunas obras maestras y otras menos logradas, pero el conjunto ofrece una imagen casi completa de la literatura universal en el solitario idioma de una pequeña nación... Mi huésped se quedó pensativo, aceptó mi invitación y, en efecto, al día siguiente pude demostrar en esas dos bibliotecas que le había dicho la verdad. El extranjero se ajustaba las gafas, consultaba los ficheros, cogía algunos volúmenes, los abría y examinaba, y al final admitió en voz baja que antes él no sabía nada de eso y que a partir de entonces miraría con otros ojos la vida intelectual y espiritual húngara. Yo agradecí su buena voluntad, regresé a mi estudio, busqué la novela de Gyula Török titulada *El anillo con una piedra verde*, y seguí despidiéndome de Hungría.

También formaba parte de esa despedida mi visita al primer piso de la Academia, donde Géza, el secretario, guardaba, clasificaba y cuidaba con un esmero minucioso lo que quedaba en pie de la literatura húngara: actuaba como el comandante en jefe encargado de la defensa de una fortaleza con atalayas y con puente levadizo después de una batalla perdida. Con mucha cautela —como si hubiese que temer que el enemigo viera el tesoro escondido y fuera a saquear algún poema de Vajda o alguna metáfora de Vörösmarty— buscó en un cajón y me enseñó algunas de las reliquias manuscritas de János Arany. Daba la sensación de que en ese despacho de académico la tormenta que había barrido el mundo entero no había penetrado. Una parte del legado de Arany había perecido durante el sitio de la capital, pero en el mismo despacho donde ese autor había trabajado como secretario en el siglo anterior, el clima de labor intelectual y espiritual era verdaderamente palpable. Géza me mostró el manuscrito de *El amor de Toldi*. Estaba escrito a lápiz y muy corregido, aunque se podía ver que el poeta, después de muchas correcciones, volvía a escribir, en la mayoría de las ocasiones, la primera versión del texto. Arany había llenado un cuaderno completo con sus apuntes de Historia y de cultura como documentación para *El amor de Toldi*, que eran en realidad breves ensayos sobre las costumbres de la época en el modo de vestir o en la práctica del Derecho. Géza me indicó que de aquella enorme cantidad de apuntes a lo mejor sólo quedaba un adjetivo en la versión definitiva de la epopeya. Al final de su vida János Arany fue perdiendo paulatinamente la vista, y su mujer y su hijo leían para él. Sin embargo, incluso medio ciego, no dejaba de escribir. Puso en el papel todos y cada uno de los versos de *El amor de Toldi*. Observamos el manuscrito: las palabras meticulosamente anotadas con letra esculpida y detallista nos contemplaban desde una distancia de más de medio siglo. Creo que ése fue el momento en que acabé de despedirme de la literatura húngara.

419

17

... Brilla la fría estrella; apátrida, ¡a despertar!
Otra patria te llama, su nombre, Oportunidad.
Con cabeza descubierta, con abrigo ligero,
contigo juguetea, viniendo de Oeste, el viento;
la lava ya cubrió tu baño cuanto pudo,
pero te llama el mar, sumérgete desnudo:
sal de lo que has creído, súmete en lo infinito,
de las normas caducas levántate a lo vivo...

18

La «nacionalización» fue perfectamente llevada a cabo por los comunistas que habían estudiado su oficio en Moscú y regresado desde allí. Al igual que tres años antes, en 1945, la «redistribución de las tierras» había roto el sistema nervioso que hacía moverse a los miembros de la aristocracia y a los grandes y pequeños terratenientes; así, en 1948, la «nacionalización» cortó de un tajo los tendones y músculos de los empresarios pertenecientes a la burguesía húngara. Con la nacionalización de las empresas industriales, ejecutada con un solo golpe de mano, apagaron en el país las luces de los tubos fluorescentes que distinguían, hasta entonces, las ciudades húngaras de la falta total de iluminación de los estados limítrofes. El apagón se produjo en plena noche, justo antes del alba, y nadie lo supo con antelación: los propietarios de las empresas no sospechaban lo que iba a ocurrir, y tampoco los nuevos «directores gerentes» (la mayoría de ellos obreros sin cualificación y sin ningún tipo de conocimiento sobre el *management* moderno, nombrados a toda prisa) se imaginaban que serían ellos los flamantes jefes en el mismo lugar donde hasta entonces habían trabajado como empleados u operarios.

Por la mañana, los antiguos propietarios ya no podían entrar en una fábrica que a menudo se había construido a lo largo de dos o tres generaciones de una misma familia. Si tenían una vivienda en el perímetro de la fábrica, debían abandonarla, y no podían llevarse consigo nada más que lo puesto. Así ocurrió por ejemplo en el caso del redactor jefe y propietario de una imprenta y un periódico liberal que fue expulsado del edificio que habían levantado su padre y su abuelo, tras haber dirigido el negocio con talento, proporcionando trabajo y asegurando el pan de cada día a varios centenares de operarios de imprenta, oficinistas y periodistas. El propietario y redactor jefe —un hombre silencioso y disciplinado, parco de palabra— obedeció la orden de expulsión sin decir nada. El nuevo «director gerente» lo acompañó hasta la puerta y le ordenó al portero que lo cacheara para comprobar si había escondido algo de valor en los bolsillos —dinero, títulos o valores, cualquier cosa que hasta el día anterior había sido de su propiedad—, intentando averiguar si se había guardado algo de lo suyo propio... El portero —un viejo campesino de la llanura, con el bigote muy arreglado, que había estado sirviendo en la empresa desde su edad más temprana— obedeció con manos temblorosas. Cacheó al dueño, pero de repente se detuvo y prorrumpió en llanto. Como ése era un comportamiento contrario a los intereses del pueblo, el director gerente le echó una buena bronca al portero y terminó la operación con sus propias manos. El propietario se mantuvo inmóvil, de pie; esperó paciente hasta que le dieron permiso para marcharse, y salió a la calle sin decir palabra, dejando tras de sí el edificio donde su familia había trabajado durante cien años hasta consolidar la empresa. Escenas como ésa se hicieron cotidianas durante aquellos tiempos.

Por supuesto, ése era tan sólo el primer paso de un proceso: a la «nacionalización» de las empresas industriales siguió la confiscación de las empresas de comercio al por mayor, las de los profesionales liberales, las de los «campesinos ricos» y, por último, las de los comercios al por menor. El ritmo era frenético. Mi editorial también fue «nacionalizada»: un encargado comunista comenzó a dirigir la empresa.

Al día siguiente de la nacionalización fui a hacer una visita de despedida a mi editor. El edificio se encontraba en una de las silenciosas y tranquilas calles del barrio de Lipót: se trataba de un edificio que habían levantado con esfuerzo ímprobo los descendientes de una familia de talento, una empresa de tamaño considerable, en fin, una editorial importante no sólo en el terreno de la literatura húngara, sino también en el de su proyección internacional. Editaban enciclopedias, contaban con su propia y moderna imprenta, su taller de encuadernación, su linotipia. Se editaba la obra de los autores de la casa, József Eötvös, Mór Jókai, Kálmán Mikszáth, y también la de muchos escritores contemporáneos. En primer lugar, me pasé por el almacén, donde el encargado me enseñó, tan servicial como preocupado, los ejemplares de mis libros que allí quedaban. Mi última novela, el segundo volumen de una trilogía, acababa de ser publicada, y ese mismo día un vigoroso crítico del periódico comunista oficial, llamado *Pueblo Libre*, había calificado el trabajo de una vida entera como «literatura nociva». Una calificación que no era, en aquella época, una frase sin contenido. El primer volumen de la trilogía se había agotado, pero la Oficina de Planificación (o como se llamase) había denegado el papel necesario para que se realizara una nueva impresión. Tampoco la empresa había podido conseguir el permiso necesario para reeditar otras obras mías más antiguas, ya agotadas. Había varios miles de ejemplares de mis libros alineados en los estantes del almacén, libros que había escrito durante las dos últimas décadas. Esas existencias —más de cuarenta títulos— constituían lo que, con una expresión grandilocuente, se podría denominar «la obra de mi vida» (había además artículos, viñetas y relatos —que hubiesen podido llenar otros cien volúmenes— escritos por encargo durante los últimos treinta años y que había ido publicando en diversos periódicos y revistas).

Contemplaba esas existencias (nunca había visto todos aquellos volúmenes juntos), y cara a cara con mis libros expe-

423

rimenté una sensación de perplejidad, de inseguridad, de rechazo. Allí, en «la escena del crimen», la pregunta resultaba evidente: ¿qué sentido tenía todo aquel esfuerzo? El ser humano es un animal dotado de palabra. Ese animal se hace hombre en la medida en que es capaz de expresar sus pensamientos. Pero ¿qué quiere decir una persona al empeñarse en expresar sus pensamientos por escrito? ¿Quiere contar historias? ¿Quiere enseñar? ¿Quiere divertir? ¿Quiere convencer y sacudir las conciencias? Seguro que quiere todo eso, pero ¿quiere decir algo más? Yo no sabía expresar con claridad lo que había querido decir con tantos libros. Lo tenía «en la punta de la lengua», o por lo menos así lo creía. Seguro que quería decir «algo más» cuando escribía, no solamente contar una historia o relatar una experiencia (también habría querido descubrir ese «algo más» cuando leía, pero ¿de qué se trataba?). Allí, delante de aquellas existencias, tuve la sensación de haber escrito demasiado, menos hubiera sido más. Al comprender que toda la obra de mi vida podía perecer, me surgió una pregunta difícil. Quizá habría sido más inteligente no escribirlo todo. Y ya que lo tuve que escribir, habría sido más sensato no publicarlo, dejar que se pudriera en el fondo de un cajón. Como ocurre asimismo en la vida, en los momentos de crisis somos capaces de ver y comprender que habría sido mejor no hacer o no decir muchas cosas... Sin embargo, esos momentos de arrepentimiento pasan con rapidez y queda el «conjunto» —con su carácter casual, con sus errores, incluso con sus culpas—, sin que se pueda cambiar, sin que se pueda obrar en un sentido u otro. Al fin y al cabo sólo somos responsables del conjunto, los detalles no importan. Los montones de libros que yo había escrito con mano ligera, muchas veces sin pensarlo, simplemente por jugar, al azar, también eran como eran porque no podían ser otra cosa. De todas formas, se iban a perder todos.

El encargado del almacén me acompañó hasta la salida, estrechándome la mano como en señal de duelo, como un pariente lejano se la estrecha al padre de familia en un entierro. Mientras subía las escaleras, vi un cartel enorme que habían colocado en la pared durante la noche anterior, y que rezaba: «La fábrica es tuya, trabajas para ti.» Los cajistas y los linotipistas se cruzaban conmigo por las escaleras; eran el grupo de vanguardia de los obreros húngaros, su capa más elevada y de mayor nivel, los trabajadores de las artes gráficas. Todos me saludaban con amabilidad, sí, con una expresión de solidaridad. Ninguno de ellos se comportaba como si la fábrica fuera suya y trabajara para sí. Porque sabían que todo eso era un engaño, fruto de la coerción.

En el despacho del director le estreché la mano al editor. No hacían falta muchas palabras de despedida, los dos sabíamos qué había sucedido y qué iba a suceder: sabíamos que el trabajo de cien años se había aniquilado en una sola noche. En ese antiguo y hermoso edificio no quedaba más de todo aquel esfuerzo que las paredes y —simbólicamente— los derechos de las obras. Si me quedo, mis libros serán vendidos a precio de saldo. Si me voy del país, las existencias de mis obras serán destruidas y convertidas otra vez en papel (eso imaginaba. En realidad ocurrió otra cosa: me fui del país, pero mis libros —varios miles de volúmenes de novelas, relatos, dramas, incluso de coloridas viñetas— no fueron destruidos, sino que, a raíz de los consejos de un genio comunista de las finanzas, fueron recogidos y guardados en un sótano, junto con otros libros «nocivos», y vendidos a continuación en las librerías húngaras del mundo occidental a cambio de divisas, y la considerable suma obtenida en la operación fue, naturalmente, «nacionalizada»). Más tarde, tras reflexionar, sentí cierta satisfacción por haber podido contribuir —aunque de forma indirecta y humilde— a propagar la literatura húngara en el extranjero, puesto que la cantidad de divisas obtenida ayudó a los comunistas a traducir a lenguas extranjeras las obras de los escritores que seguían la línea del Partido y eran fieles a sus ideales, a pagar sus traducciones con di-

425

visas, a costear sus ediciones en el extranjero, en parte o en su totalidad, y quizá incluso sobraran unos cuantos dólares o marcos para sufragar los gastos de los viajes propagandísticos que realizaron algunos escritores húngaros. Evidentemente, eso no representaba más que una pequeña satisfacción para mí, pero consideré que había escritores que no habían pagado con la obra de sus vidas, sino con sus vidas mismas, el hecho de haber querido escribir libremente. Entonces sentí vergüenza, puesto que yo había pagado un precio mucho menos elevado.

Abandoné el edificio donde mis libros aguardaban hasta ser vendidos en el mercadillo de baratijas. Me acuerdo de que era una mañana soleada. Recorrí la céntrica calle y salí a la avenida que lleva directamente al Parque de la Ciudad. Ésta ya había maquillado la fachada de unos edificios llenos de las preocupaciones y arrugas provocadas por el cerco, de la misma forma que las mujeres ya no se disfrazaban de viejas (como durante los peligrosos tiempos del asedio y los inmediatamente posteriores), sino que andaban guapas y alegres. Yo caminaba distraído, pensando en qué podía significar esa manía. ¿Cuál era el sentido de ser un «escritor de éxito»? ¿Qué había querido decir yo con tantos libros y tantos otros escritos? Pero todo lo que se me ocurría como respuesta me parecía un discurso artificial y estéril. Sin embargo, al llegar a la altura de la Rotonda, pensé de repente —como cuando el jugador de cartas, tras haberlo perdido todo, encuentra inesperadamente una moneda de oro en el bolsillo de su chaleco— que «el ser humano es una posibilidad en sí mismo». A primera vista se me antojaba un pensamiento pedante, como un lugar común de Señor Profesor, una frase pronunciada con el dedo índice levantado. Aunque también daba la impresión de que algo o alguien —desde el centro de ese ordenador misterioso que es el cerebro humano— hubiera sacado súbitamente a la luz esa definición. Yo había estado escribiendo sobre muchas cosas durante décadas —sobre cosas divertidas y también espantosas—, pero siempre me esforzaba por hablar de que el ser humano —un mamífero muy joven que, en el curso del proceso orgánico evolutivo, había recibido el impulso, quizá originado por la mutación aleatoria del impacto de un rayo cósmico, de desarrollar un cerebro mucho mayor que el de cualquier otro ser vivo— es algo más, algo diferente de lo que pretende parecer. Me esforzaba por escribir sobre el hecho de que hay algo en el ser humano que ninguna circunstancia —provocada por su propia naturaleza, por más terrible que ésta sea— es capaz de cambiar: de que siempre existe en él algo, no forzosamente algo mejor, sino simplemente algo más, algo diferente, una posibilidad... Los existencialistas piensan que el hombre no es como ha nacido, sino como se hace, en lo que se convierte. Yo, sin verlo muy claro ni enunciarlo con palabras, pensé que el hombre no era como había nacido, ni como se hacía, ni en lo que se convertía, sino que sencillamente era, por encima de todo, una posibilidad permanente. No puedo afirmar que todo eso lo pensara aquella mañana, después de haber estado en la editorial donde empezaba a pudrirse «la obra de mi vida», mientras andaba por las calles soleadas de Budapest. Pero me acuerdo de que, distraído, pensaba cosas similares, gruñendo y reflexionando sólo para mí.

Intentaré describir lo que ocurrió. Yo caminaba más o menos a la altura de la Rotonda. Al llegar ante el edificio del número 60 de la avenida Andrássy, miré los barrotes de las ventanas del primer piso, que impedían que los acusados, en pleno interrogatorio, se arrojaran al vacío. El edificio tenía un aspecto grave y parecía recién pintado. Se notaba que los aplicados funcionarios —que trabajaban por turnos— cumplían con su deber de forma concienzuda. Recuerdo haber pensado que el ser humano era, incluso desde ese punto de vista, una posibilidad... Seguí mi camino y entonces sucedió lo siguiente: me detuve en una esquina, y de pronto, como si hubiese notado una sensación de vértigo, no supe por dónde continuar, qué dirección tomar... Podía seguir recto y alcanzar así el parque de la Ciudad. O bien dar media vuelta, llegar hasta la plaza de Oktogon, dirigirme hacia uno de los puentes nuevos y cruzar el río para ir a Buda. Todo eso era perfectamente posible. Pero no tenía ningún sentido: a esas alturas ya no sabía por dónde ir, pues todos los caminos conducían al mismo sitio, a un lugar donde no había libertad. En cada esquina me esperaba la misma trampa, la trampa del engaño y la violencia. Podía entrar en una tienda, consciente de que allí nadie se dedicaba a las tareas del comercio, sino que cumplía las órdenes oficiales del engaño. Podía cruzarme con un conocido y éste podía hablar conmigo, pero mientras charlásemos yo habría pensado que me estaba diciendo otra cosa, con rapidez pero midiendo sus palabras, sin dejar de mirar alrededor para ver quién nos estaba escuchando o quién estaba oyendo lo que me revelaba en confianza. Podía dirigirme hacia la derecha o hacia la izquierda por las calles de la ciudad, una ciudad cuya cartografía externa e interna conocía bastante bien, pero entonces todo lo que me resultaba familiar en ella parecía estar cubierto por una sombra.

Todo eso me sorprendió, porque por primera vez desde mi vuelta de Occidente me invadía una sospecha que nunca había albergado. La sospecha de que allí había algo peor que la violencia. La sospecha de que me rodeaba no simplemente el terror organizado, sino un enemigo mucho más peligroso del cual era imposible defenderse: la estupidez. ¿Qué ocurriría (y la idea me asustó de verdad) si alguien dijera de repente que todo lo que se estaba preparando, todo lo que allí se estaba realizando, no sólo era mezquino y cruel, sino también profunda y desesperadamente superfluo y estúpido? Esa perspectiva me dejó perplejo. Nunca me había atrevido a pensarlo. Vivía entre individuos que habían aprendido de memoria y que repetían sin cesar que la Idea era una, eterna e indivisible. La persona que cree en un solo libro es siempre peligrosa: es el tipo de persona que se enfrenta a los problemas de la vida sin flexibilidad interna, basándose únicamente en rígidas suposiciones. Yo vivía, caminaba, callaba y discutía entre personas dispuestas a romperse la cabeza a sí mismas o a otras personas con tal de no ceder bajo ningún concepto, aunque —a raíz de sus inflexibles y obstinados argumentos— se encontrasen en un callejón sin salida. Y nadie se atrevía a desvelar el hecho de que el rey andaba desnudo. Nadie desvelaba el hecho de que todo lo que había que cambiar en el país —todo lo que había sobrevivido del pasado, todo lo obsoleto, falso e injusto— no se podía cambiar, a mediados del siglo XX, según el credo de una ideología que tenía cien años. Y cuando alguien se aferra a un texto escrito un siglo antes es un estúpido, porque la vida no es tal, sino un constante proceso de cambio. Sin embargo, nadie se atrevía a hablar de todo eso. El marxismo —basado en valiosas premisas, y que un siglo antes contenía elementos de una razonable indignación social y humana— había sido trasplantado a un momento histórico totalmente distinto con ayuda de una ortodoxia extrema, violenta y testaruda, como si el feudalismo hubiese influido aun después de la Revolución Francesa: un egoísmo furioso y estúpido que se proponía obligar a toda una sociedad, a un pueblo entero, a soportar una vida contraria a la naturaleza humana.

Nunca lo había visto así. Los comunistas creyentes tenían una fe incondicional y fanática en la Idea —que la realidad de la práctica ya no respetaba ni en lo más mínimo—, del mismo modo que los monjes escolásticos de la Edad Media creían ciegamente en los dogmas de la Iglesia, en dogmas como el de la Inmaculada Concepción o el de la Ascensión del Señor. No se puede discutir con fanáticos, y todavía menos si para colmo son también estúpidos. Yo andaba por las calles soleadas de Budapest, y por todas partes me seguía la sospecha de que, fuera por donde fuera, siempre me alcanzaría la sombra del mayor peligro: el peligro de una estupidez que lo oscurece todo.

Recuerdo que me detuve en la esquina de la calle Szív. Fue entonces cuando comprendí que no tenía que huir de algo, sino hacia algo. Fue como si sufriese un infarto, pero sólo duró un instante.

Goethe (no sé por qué, pero en los momentos críticos siempre me habla Goethe) decía que uno debía vivir su propio destino. No un destino impuesto por los acontecimientos, por la Historia o las circunstancias, sino su propio destino, único, irrepetible e individual. Hace cien años quizá fuera posible... En la etapa de la Revolución Francesa y las guerras napoleónicas, el individuo aún podía oponerse, con habilidad o astucia, al destino colectivo. Era posible esconderse, o bien construir en el alma un dique de contención... Hace cien años, cuando alguien subía al cadalso o caía en el campo de batalla, sabía que era su destino personal el que se estaba cumpliendo. Pero ¿y hoy? Ya no existe el destino personal, sólo existe la probabilidad estadística. No se puede considerar un destino propio cuando explota una bomba atómica o cuando una dictadura impone su obsoleta y estúpida sentencia a toda una sociedad. «Así que tengo que irme de aquí, irme a otro lugar donde quizá pueda vivir mi propio destino personal durante un tiempo. Porque aquí ya sólo soy un dato numérico dentro de una categoría dada.»

Así me habló Goethe, allí, en la esquina de la calle Szív. De pronto me pareció urgente partir, no hacia el Parque de la Ciudad, ni hacia Buda, ni hacia la lengua húngara, ni hacia la solidaridad de mis compatriotas, sino hacia un lugar más distante. «Tengo que partir de Budapest, una ciudad bonita, triste, inteligente y llena de color, porque, si me quedo, me perderé en la red de la estupidez agresiva que me rodea. Tengo que llevarme algo que tal vez sea una obsesión: tengo que llevarme el yo, mi personalidad, que es única. Ese yo no es ni mejor ni más destacado —quizá sea peor y más insignificante, sí— que otros, pero no tengo más. Y no hay ninguna Idea ni ningún Objetivo que me sirvan de consuelo si pierdo ese Yo, si renuncio a un sentimiento de nostalgia a la inversa, una nostalgia que siento ahora con tanta fuerza como había sentido en mi juventud el amor o la ambición: si me quedo, morirán en mí ese sentimiento y ese deseo. Irme hacia algo...» Era como un sentimiento de nostalgia a la inversa (el hecho es que más tarde, en el extranjero, nunca tuve ningún sentimiento de nostalgia). En realidad no se trataba de una nostalgia por una tierra determinada, un país o una patria, sino por la Tierra en sí; y, no obstante, el sentimiento era igual de intenso y turbador. Se trataba de un deseo de ver la Tierra —un planeta minúsculo y provinciano que sólo tiene la joven edad de cuatro mil quinientos millones de años, según he leído—, de verla bajo una nueva perspectiva, desde más cerca y a la vez desde más lejos, si eso es posible... Por un instante recordé la luz de Posillipo y tuve unas ganas irrefrenables de viajar otra vez hasta allí para tumbarme en ella con los ojos cerrados, para poder contemplarla de nuevo, después de tanta ceguera apestosa y de tanta oscuridad llena de mentiras. Oler, tocar, saborear la Tierra, sus frutas y sus carnes, saciarme de olores y colores, ver los océanos y sus orillas lejanas, donde habitan hombres salvajes, hombres que tienen bumeranes y frigoríficos, automóviles y fetiches, tótems y bombas atómicas, en suma, hombres temibles y al mismo tiempo ridículos... ¡Verlos de verdad, no sólo en sueños! Ver las orillas movedizas de la Vida, única e indescifrable, ver los cuatro puntos cardinales. Ver lo que vio el joven marinero desde el puesto de vigía de la carabela de Colón cuando, al alba, se puso a gritar, con voz ronca y excitada: «¡Tierra! ¡Tierra!...» A lo mejor ese marinero vive eternamente dentro de todos nosotros, en cada ser humano, sólo que a veces se queda dormido en su puesto. Colón y sus hombres aún dormían cuando la Tierra ya se divisaba en la luz.

Desanduve el camino apresurando mis pasos. ¿Cuándo sale por fin el tren hacia la Tierra?

19

Otra invitación a Suiza me brindó la posibilidad de volver a cruzar la frontera de mi país. Recibí una oferta para pasar, junto con mi familia, unas semanas en ese país y participar en unas jornadas literarias (la invitación en sí me alegró mucho, pero la perspectiva de las jornadas literarias me resultaba un poco deprimente, porque no existe ningún tipo de evento humano más aburrido, lamentable y bobo que una reunión de ese tipo). En el verano de 1948 ya no era fácil conseguir un pasaporte en Hungría. Pero tampoco era tan difícil como me imaginaba.

Después de la Segunda Guerra Mundial, el éxodo desde Hungría tuvo tres momentos clave, en los que cientos de miles de personas abandonaron el país: el primero ocurrió en 1945, cuando huyeron, ante la llegada del Ejército Rojo y los comunistas, los que tenían razones serias para ello. El segundo tuvo lugar en el verano de 1948, cuando —justo antes del proceso celebrado contra Rajk— el telón de acero todavía no estaba completamente cerrado: los comunistas estaban ya presentes en todos los despachos, pero el gobierno aún era «de coalición» y muchos funcionarios de los partidos democráticos permanecían en su puesto, así que podían arreglarse muchas cosas que unos meses más adelante resultarían imposibles, porque poco después los comunistas dejaron de respetar las reglas de la comedia democrática y tomaron el poder con abierta brutalidad. En el verano de 1948 surgió la última ocasión de obtener un pasaporte para quienes queríamos abandonar el país (y resultábamos políticamente indiferentes a los comunistas). Escritores, artistas, científicos, deportistas, propietarios de empresas nacionalizadas pudimos viajar durante esas semanas al extranjero con permiso legal. El tercer momento del éxodo llegó en 1956, cuando cientos de miles de húngaros huyeron del país en circunstancias dramáticas. Más tarde, durante años, sólo pudieron salir de Hungría las personas enviadas por los comunistas o las que optaron por escapar.

De cerca todo se presenta bajo un enfoque diferente. Cuando llevé mi solicitud —acompañándola de una copia de la invitación a Suiza— a la oficina donde se expedían los pasaportes, no sabía con certeza cuál sería la decisión. De cualquier forma, yo había decidido viajar solamente si recibía un pasaporte libre de condiciones impuestas. La respuesta tardó dos meses en llegar. Durante todo ese tiempo nadie quiso hablar conmigo sobre el asunto de los pasaportes. Y su obtención no estuvo ligada a ningún condicionamiento político ni de otro tipo. Tampoco tuve que prometer que regresaríamos cuando caducase la validez de los documentos (seis meses para el territorio de dos países: Suiza e Italia). Nadie me preguntó cuáles eran mis planes ni con quién pretendía reunirme en el extranjero. Más adelante me contaron que los representantes de la «autoridad competente» —una comisión formada por comunistas y miembros de los demás partidos de la coalición— habían estudiado concienzudamente mi solicitud, y que ésta fue llevada ante un «consejo», donde, después de una discusión, se decidió que era mejor que yo no enturbiara con mi presencia el ambiente literario del país, así que la oficina de expedición recibió la orden de entregarme los pasaportes. El Régimen decidió que yo sobraba, y que tampoco le interesaba. Un conocido mío (el mismo que había constatado que «entre los comunistas no hay ni un solo caballero», y que un poco más adelante, en el proceso contra Rajk, sería condenado a siete años de prisión) mostró curiosidad por el asunto de los pasaportes y me comentó que le había sorprendido la indiferencia que su celo había causado en los representantes de la autoridad. Dos meses después de haber presentado la solicitud, me avisaron que fuera a recoger los documentos a la oficina.

El funcionario de turno —un hombre con gafas que estaba ordenando unos expedientes, no muy amistoso pero tampoco descortés— recaudó el importe de las tasas correspondientes, firmó los documentos y estampó en ellos el sello oportuno. Los pasaportes, encuadernados en azul, llevaban en la tapa el escudo de Kossuth. Observé con detenimiento el mío porque sospeché que se trataba del último documento que daría fe oficialmente de mi nacionalidad húngara. Como no tenía nada más que hacer, me levanté y me dirigí hacia la salida. En ese momento ocurrió algo inesperado: también se levantó el funcionario con gafas. Me acompañó hasta la puerta. Se inclinó y me dijo, mirando al suelo: «Hasta la vista.» Abrió delante de mí y me dejó pasar. A continuación cerró.

Unos días más tarde llamaron a la puerta de mi casa, y un emisario oficial me entregó un «requerimiento judicial». Ese tipo de documento no representaba precisamente, en el Budapest de aquellos tiempos, una invitación de las más gratas. Me acerqué hasta los juzgados de la calle Markó, donde un ujier me indicó que me presentara ante el procurador de turno. Por los pasillos del funesto edificio iban de un lado a otro personas agitadas, abogados, testigos, guardias que acompañaban a los presos esposados a las salas de juicios... A través de las ventanas abiertas se veía el patio, donde se llevaban a cabo las ejecuciones. El procurador era un hombre joven que me miró con interés cuando leyó mi nombre en la citación. Yo no sabía qué se estaba cociendo:

detrás de cualquier arbusto podía haber francotiradores. El procurador llamó a un ujier y le indicó que me acompañara a los archivos, donde me entregarían la denuncia correspondiente. El encargado de los archivos —un hombre mayor, un funcionario judicial triste y amargado— buscó durante unos momentos y enseguida me entregó la denuncia correspondiente al requerimiento judicial, en la que se me comunicaba que se abría contra mi persona una investigación por «puesta en circulación de dinero falso». La denuncia era cierta: unas semanas antes, tras pretender pagar mi billete de autobús con una moneda de dos forintos de las recién emitidas, el cobrador —un individuo maleducado— me obligó a bajar e hizo llamar a la policía, y entonces un agente del orden me acompañó a la comisaría porque la moneda procedía de Újpest y por tanto era falsa. Allí me tomaron los datos —en ese momento las monedas falsas circulaban por doquier y las comisarías estaban repletas de gente que se encontraba bajo la misma acusación que yo—, me indicaron en qué me tenía que fijar en el futuro al pagar con una moneda nueva de dos forintos (en las monedas falsificadas las ranuras del borde eran ligeramente diferentes a las de curso legal) y me dejaron marchar. Pero la denuncia había seguido su curso. El encargado de los archivos, que me había entregado el documento tras estampar un sello en él, meneó la cabeza y me preguntó:

—¿Se va usted al extranjero, señor? Hace bien. Aquí todo está lleno de suciedad y porquería, señor mío —dijo, y señalando los estantes llenos de legajos añadió—: De un montón de porquería.

No precisó a qué tipo de suciedad y porquería se refería. Hablaba en voz alta. El ujier que me acompañaba —un hombre sin afeitar, con barba de dos días, con el rostro maltratado por la miseria, mal vestido y que llevaba calzado deportivo— se mantenía en silencio a mi lado. A continuación volvió a acompañarme al despacho del procurador.

El «procedimiento judicial» duró poco: el joven procurador estudió los cargos, se rió, firmó bajo la frase de «se retira la acusación» y me tendió la mano.

—¿Se va usted al extranjero, señor? —me preguntó, al igual que acababa de hacer el encargado de los archivos, y añadió en voz baja—: Hace bien. Ha llegado el momento de que se marche al extranjero para respirar el aire de Occidente.

Lo dijo con toda la calma del mundo, como si no hablara un procurador de la República Popular, sino una persona neutral, ajena a cualquier círculo oficial.

—Acompañe al señor escritor a la salida —le ordenó al ujier.

Al llegar a la puerta, saqué un billete de mi bolsillo.

—No acepto dinero de un escritor —me dijo con seriedad el ujier triste y mal vestido.

Y se dio la vuelta y se fue. Yo me quedé mirándolo unos instantes con el billete en la mano.

En una de mis últimas noches en Budapest me encontré con una persona, un investigador científico de primer orden que —según sabía yo— opinaba en muchos sentidos igual que yo, tanto sobre lo que ocurría en Hungría como en el mundo. Fuimos a cenar a un restaurante de Buda. Por supuesto, ese hombre también era consciente —como los representantes del Régimen y como todos los conocidos con que me encontraba durante aquellos días— de que yo no me marchaba a un viaje de placer literario, sino a un exilio voluntario: en esas fechas ya no había en Hungría ninguna persona en su sano juicio, ni siquiera entre los comunistas, que creyera que si alguien que rechazaba la autoridad del Régimen tenía la posibilidad de traspasar las fronteras, fuera a volver... En el instante de la despedida ese amigo mío empezó a hablar con amargura. No me echaba la culpa de que me marchara. Consideraba que todo escritor debía concretar su postura ante un régimen que prohibía no sólo hablar y escribir libremente, sino también callar libremente. En cuanto a él, me dijo, albergaba la esperanza de poder refugiarse tras el biombo de su trabajo en el laboratorio sin tener que adoptar una postura definida, así que se quedaba.

Ese hombre rechazaba tanto el nacionalsocialismo como el comunismo, y contemplaba consternado el florecimiento obsesionado de la polarización. De la misma forma que unos años antes la obsesión de las capas dirigentes de la sociedad había sido que contra el bolchevismo no había más defensa que el fascismo, en ese momento los dirigentes de la sociedad comunista declaraban que no había más defensa contra el peligro resucitado del «fascismo imperialista» que el bolchevismo.

—Vamos a ver —me decía mi amigo—, vamos a examinar otra vez, con todas sus consecuencias, qué ha ocurrido en realidad durante todos estos años en Hungría... Éramos muchos los que en el pasado pensábamos que tanto la estructura social y económica como la intelectual y espiritual de la vieja Hungría estaban maduras para experimentar unos cambios radicales. Nosotros, los «humanistas burgueses», fuimos incapaces de proclamar esa convicción porque las personas que, como nosotros, insistimos en épocas de profunda crisis en la idea de la «medida humana», siempre despertamos sentimientos encontrados: el hombre del «justo medio», incluso en el sentido aristotélico del término, siempre resulta sospechoso, de izquierdas para la gente de derechas y de derechas para la gente de izquierdas... También es verdad que nosotros, los «humanistas burgueses», pretendíamos muchas cosas: por ejemplo, una reforma de la tierra justa e inteligente que, con la introducción de un sistema equitativo de impuestos, hubiese acabado con la situación de amo y criado que condicionaba profundamente la sociedad húngara; pretendíamos que se instaurasen también las variantes democráticas del socialismo que hubiesen asegurado la protección de los intereses de los obreros y que ya estaban funcionando en

Occidente; pretendíamos, en fin, una Hungría humana en lugar de la «Hungría jerarquizada de los antiguos aristócratas». Pretendíamos todo eso, pero no fuimos ni lo bastante fuertes ni lo bastante consecuentes para poner en práctica nuestras pretensiones. Y un día se presentó en Hungría el Ejército Rojo, y junto con los comunistas que venían inmediatamente detrás empezó a colonizar el país. Al mismo tiempo, prometía que llevaría a cabo todo lo que nosotros pretendíamos, todo aquello en lo que creíamos, nosotros, los liberales, los humanistas, los demócratas, todo eso que no podíamos realizar porque ya no éramos lo bastante fuertes o valientes. No pudimos crear esa «Hungría humanista»... ¿Qué pretendíamos entonces?

Estuvimos sopesando esa delicada cuestión durante largo tiempo. Incluso discutimos si no estaríamos tan desengañados y tan desesperados porque no había sido nuestra clase, la clase burguesa intelectual, la que había efectuado los cambios para los que Hungría estaba madura. Sin embargo, por más que nos preguntáramos, la respuesta era siempre la misma: no podíamos aceptar el comunismo como solución social porque ese experimento no se correspondía con ninguna medida ni con ninguna escala humana, y porque su objetivo último no era servir a la sociedad húngara, sino facilitar la colonización del país por el imperialismo soviético.

En aquella hora silenciosa, en el jardín vacío de aquel restaurante de Buda, en medio de la noche calurosa de verano en la que yo degustaba por última vez los dulces sabores de mi tierra natal —el pan, la carne, la fruta, el vino—, sentí que había llegado el momento de preguntarme por el verdadero significado de ese gran debate y de responder con total sinceridad. ¿Qué es el bolchevismo? Su *Manifiesto* fue redactado hacía más de un siglo, hacía varias décadas que su amenaza pesaba sobre la conciencia humana. Yo acababa de conocer algo acerca de su realidad... ¿Cuál era el sentido de todo ello? ¿Se trataba tan sólo del imperio de un terror brutal, cruel y saqueador, materializado por un grupo minúsculo, ávido de poder? ¿Era posible que un régimen así pudiese corregir la miseria humana? Mi amigo opinaba, muy convencido, que el contenido real del bolchevismo no era más que una clara y evidente manifestación del imperialismo eslavo, y que únicamente era el primer chispazo de un sistema que iba adquiriendo forma de manera irrevocable: el comunismo sobrepasaría, lenta o rápidamente, su propia teoría y práctica, pero permanecería un moderno imperio muy preparado, el imperio eslavo, con el cual sería necesario contar en los próximos cien años, incluso cuando los comunistas ya no existiesen.

Estábamos de acuerdo en que el pueblo ruso había cargado con la cruz de la revolución, y en que ese enorme sacrificio tenía un significado y un sentido para el mundo. ¿Cuál podía ser ese significado, ese sentido? ¿La aparición del hombre sanjuanista en el escenario mundial, como creía Schubart, o sea, la aparición —después del hombre occidental, prometeico, cautivado por la posesión de la tierra— del hombre oriental, de inclinación mesiánica y que concibe el mundo como un terreno para su misión, del mismo modo que el hombre blanco veía el territorio de Camerún en el pasado? ¿O bien el ultimátum que el bolchevismo significa para la sociedad es el ultimátum de la justicia social? Veíamos a los rusos y los comunistas de cerca, pero no encontrábamos entre ellos a ningún hombre mesiánico. Y en vez de haber traído la justicia social, sólo habían traído nuevas formas de explotación. ¿Acaso era posible creer que ese ultimátum actuaría como un catalizador en Europa, y que al lado de las dos superpotencias surgidas después de la Segunda Guerra Mundial —Estados Unidos y la Unión Soviética— se crearía una Europa más humana que, ante la terrible perspectiva de la industrialización y la militarización, podría convertirse en una reserva para el humanismo, dando fe de que el conjunto es algo más que la simple suma de sus componentes? Contemplamos todas esas posibilidades y nos callamos porque no conocíamos la respuesta.

Nos despedimos en la esquina de la calle, en medio de la noche. Para decirnos adiós, nos pedimos perdón mutuamente: él por quedarse y yo por irme.

20

El expreso Arlberg salía de Budapest a primera hora de la tarde y llegó al puente sobre el Enns después de la medianoche. El guardia de fronteras soviético entró de nuevo en el compartimiento para pedir los pasaportes. Examinó los sellos, nos devolvió la documentación y cerró la puerta tras de sí con indiferencia.

La noche era tranquila y silenciosa. El tren partió sin hacer ruido. En unos instantes dejamos atrás el puente y continuamos viajando bajo el cielo estrellado hacia un mundo donde nadie nos esperaba. En aquel momento —por primera vez en mi vida— sentí miedo de verdad. Comprendí que era libre. Empecé a sentir miedo.

Nota

Los versos y poemas que figuran en el presente libro aparecieron por primera vez en 1945, en el volumen titulado *Verses Könyv*.

Salerno, 1972. S. M.

Tabla de los acontecimientos históricos, políticos y científico-culturales más significativos del período 1944-1948

1944

−19 de marzo: el ejército alemán invade Hungría.

−7 de septiembre: los soviéticos penetran en Hungría.

−22 de diciembre: los partidos y organizaciones que habían constituido el Frente Nacional Húngaro forman un gobierno provisional.

−27 de diciembre: los soviéticos cercan Budapest.

1945

−20 de enero: el Frente Nacional firma el nuevo armisticio.

−En febrero, los rusos expulsan a los alemanes de Hungría.

−Tratado de Yalta, en el que Roosevelt, Churchill y Stalin elaboran una declaración sobre la «Europa liberada», basada en un reparto de zonas de influencia política.

−15 de marzo: la Ley de Reforma Agraria distribuye miles de hectáreas de tierras entre los campesinos.

−28 de abril: Mussolini es ejecutado.

−30 de abril: Hitler se suicida.

−8 de mayo: Firma oficial en Berlín de la capitulación alemana.

−21 de junio: Firma de la Carta de las Naciones Unidas.

−6 de agosto: Primera bomba atómica sobre Hiroshima.

1946

–En febrero se proclama la república, presidida por Zoltán Tildy.

–Stalin y sus colaboradores practican purgas masivas de intelectuales en la Unión Soviética.

–A finales de año, Sándor Márai viaja a Suiza, Italia y París, ciudad esta en la que había vivido en los años veinte.

1947

–El Kremlin decide aplicar el Tratado de Yalta para apoderarse de los estados limítrofes. Hungría vuelve a las fronteras anteriores a 1938. Kassa, la ciudad de Sándor Márai, pasa en ese momento a manos checoslovacas.

–En la primavera, los comunistas envían al exilio al primer gobierno de coalición democráticamente elegido.

1948

–En agosto, Sándor Márai abandona definitivamente Hungría.